KB052366

# 시진핑 신시대 중국 특색의 사회주의 경제사상 연구

**초판 1쇄** 인쇄  2021년 07월 03일
**초판 1쇄** 발행  2021년 07월 12일
**옮 긴 이**  김승일(金勝一)
**발 행 인**  김승일(金勝一)
**디 자 인**  조경미
**출 판 사**  경지출판사
**출판등록**  제 2015-000026호

잘못된 책은 바꿔드립니다.
가격은 표지 뒷면에 있습니다.

ISBN 979-11-90159-67-8 (03820)

---

**판매 및 공급처**  경지출판사

**주소:** 서울시 도봉구 도봉로117길 5-14   **Tel:** 02-2268-9410   **Fax:** 0502-989-9415
**블로그:** https://blog.naver.com/jojojo4

# 시진핑 신시대 중국 특색의 사회주의 경제사상 연구

진눠(新諾) · 류웨이(劉偉) 지음 | 김승일(金勝一) 옮김

경지출판사
Korea Wisdom China

经典中国国际出版工程
China Classics International

# "시진핑 신시대 중국 특색의
사회주의사상 연구총서" 서언


시대는 사상의 어머니이고, 실천은 이론의 원천이다. 중국공산당 제18차 전국대표대회(十八大) 이래 시진핑(習近平) 동지를 핵심으로 한 당 중앙은 전국 여러 민족 인민들을 단합하고 이끌어서, "두 개 100년(兩個一百年)"의 분투목표와 중화민족의 위대한 부흥인 '중국의 꿈(中國夢)'을 실현하기 위해, '중국 특색의 사회주의'를 추진하고 발전시켰으며, '오위일체(五位一體)'¹의 총체적 배치를 총괄 추진하고, '네 개 전면(四個全面)'²의 전략적 배치를 조화롭게 추진했다. 또한 어려움에 맞서고, 진취적으로 개척하며, 영원히 태만하지 않는 정신력과 용맹정진 하는 분투자세로 '개혁개방'과 '사회주의 현대화 건설'의 역사적인 성과를 이룩했으며, 오랫동안 해결하려 했으나 해결하지 못했던 많은 난제들을 해결하여 지난날 이루려 했으나 이루지 못했던 대업을 이루고자 노력해왔다. 그러한 결과로 인해 중국공산당과 국가사업은 역

---

1) 5위 일체 : 중국 특색의 사회주의를 건설하기 위한 전 부문의 균형발전을 목표로 "정치건설, 경제건설, 문화건설, 사회건설, 생태문명건설"을 통하여 사회주의 현대화와 중화민족의 위대한 부흥을 실현하는 것이 그 임무이다.

2) 네 개 전면(四個全面) : 전면적인 개혁을 통해 샤오캉(小康) 사회건설, 개혁심화, 법치, 공산당 통치를 실현하자는 목표.

사적인 성과를 거두었고, 역사적인 변혁을 이끌어냄으로써 '중국 특색의 사회주의'는 새로운 시대에 진입하게 되었다. '중국 특색의 사회주의'가 새로운 시대에 진입한 것은 중국의 발전이 새로운 역사적 좌표에 직면했음을 의미하며, 또한 "시진핑 신시대 '중국 특색의 사회주의' 사상"이 탄생하게 된 배경이기도 하다. 신시대의 개창(開創)은 세정(世情)·국정(國情)·당정(黨情)의 변화에 따른 필연적인 결과이고, 사회주의 주요 모순이 전화(轉化)한 필연적인 결과이며, 중국공산당이 인민들을 이끌고 끊임없이 분투한 필연적인 결과이다. 시대의 전환은 중화인민공화국과 중화민족의 발전사에서 중대한 의의가 있을 뿐만 아니라, 세계 사회주의 발전사와 인류사회 발전사에도 중대한 의미가 있다. 마르크스와 엥겔스는 일찍이 다음과 같이 말했다. "모든 획기적인 체계의 진정한 내용은 모두 관련 체계가 만들어 낸 그 시기의 필요에 따라 형성된 것이다." 이처럼 새로운 시대는 새로운 과제를 제기하게 되고, 새로운 과제는 새로운 이론을 잉태하며, 새로운 이념은 새로운 실천을 이끌게 된다. 중국공산당 제18차 전국 대표대회 이래 정당의 거버넌스를 심화시키고, 국가 거버넌스를 추진하며, 사회 거버넌스를 보완하고, 글로벌 거버넌스에 참여하는 실천 중에서 시진핑 동지를 주요 대표로 하는 중국공산당은 시대의 발전에 순응하고, 인민들의 호소에 호응함으로써 이론과 실천을 결합하여 새로운 시대에 "어떠한 '중국 특색의 사회주의'를 견지하고 발전시킬 것?"이며, "어떻게 '중국 특색의 사회주의'를 발전시킬 것인가?" 하는 중대한 과제에 대한 답을 제시했다. 또 "시진핑 신시대 '중국 특색의 사회주의'

사상"을 창립해 전면적인 샤오캉사회(小康社會)를 완성하는 승리, 신시대 '중국 특색의 사회주의'의 위대한 승리, 중화민족의 위대한 부흥인 '중국의 꿈'의 실현과 인민들의 아름다운 생활에 대한 수요(需要)를 만족시키기 위한 행동지침을 마련했다. 그리고 인류운명공동체 구축을 추진하고, 세계평화의 실현과 공동발전을 촉진시키는데 중국의 지혜와 중국의 방안을 제공함으로써 마르크스주의 중국화의 새로운 경지를 개척했으며, 21세기 마르크스주의의 새로운 시각를 개척했다. 이렇게 공산당의 집정법칙, 사회주의 건설법칙, 인류사회 발전법칙에 대한 중국공산당의 인식을 새로운 차원으로 올려놓았고, 세계 사회주의 5백년 여정에 대한 깊은 이해를 체현했으며, 5천년 중화문명의 역사적 계승에 대한 내재적 포착을 선명하게 체현하고, 인류문명 성과에 대한 창조적 변화를 집중 체현했다.

"시진핑 신시대 '중국 특색의 사회주의' 사상"은 강렬한 역사적 사명감과 진리를 추구하고, 실효를 강조하는 작풍, 인민을 위하는 확고한 입장, 과감하게 혁신하는 정신, 신념과 과학적 방법론에 대한 확고한 믿음 등으로 관통되어 있다. 즉 이는 마르크스·레닌주의, 마오쩌둥 사상, 덩샤오핑 이론, '세 가지 대표(三個代表)'의 중요한 사상과 '과학적 발전관'의 계승발전이고, 마르크스주의 중국화의 새로운 성과이며, 당과 인민의 실천경험과 집체적 지혜의 결정체이고, '중국 특색의 사회주의' 이론체계의 중요한 조성부분이며, 전 당과 전국 인민들이 중화민족의 위대한 부흥을 위해 분투함에 있어서의 행동지침이다. 따라서 이 사상은 마르크스주의의 발전에 중국 특유의 독창적인 공헌을 했으며, 마르크스주의 중국화 행정에 있어서 기념비적인 의의를 갖고 있다. 요컨대 시진핑 사상은 마르크스주의의 새로운 경지를 개척했고, '중국 특색의 사회주의'의 새로운 경지를 개척했으며, '치국이정(治國理政)'³의 새로운 경지를 개척했고, 엄격하게 당을 관리하고 다스리는 새로운 경지를 개척했다. 중국공산당 제19차 전국대표대회에서는 "시진핑 신시대 '중국 특색의 사회주의' 사상"은 중국공산당이 반드시 장기적으로 견지해야 하는 지도사상이라고 확정했는데, 이는 중국공산당 지도사상의 시대적인 발전이라고 할 수 있다.

"시진핑 신시대 '중국 특색의 사회주의' 사상"을 학습하고 관철시키는 것은 새로운 시대에 있어서 전 당과 전국의 으뜸가는 정치적 임무이므로, 이 임무를 완수하기 위해서는 과학적 방법론을 견지해야 한다. 왕후닝(王滬寧) 동지는 다음과 같이 말했다. "시진핑 신시대 '중국 특색의 사회주의' 사상"은 새로운 시대에 중국공산당이 마르크스주의를 견지하고 발전시킨 새로운 이론적 성과이다. 일련의 독창적이고 전략적인 중대한 사상관점들은 마르크스주의를 풍부하게 하고 발전시켰다. 이는 당대 중국의 마르크스주의이고, 21세기의 마르크스주의이다. 사회과학이론 학계에서는 이론적 담당(理論擔當)을 강화해야 한다. 마르크스주의 기본이론을 연구하고 해석함에 있어서 부단히 새로운 진전을 이루어야 할 뿐만 아니라, 당 중앙의 중대한 전략적 배치를 연구하고 해석함에 있어서도 부단히 새로운 진전을 이루어야 하며, 또한 현재의 세계가 직면한 중대한 문제와 도전을 연구하고 답을

---

3) 치국이정 : 이치와 정치로 나라를 다스린다는 의미.

얻음에 있어서도 부단히 새로운 진전을 이루어야 할 것이다. 이는 "시진핑 신시대 '중국 특색의 사회주의' 사상"을 어떻게 학습하고 선전하고 해석할 것인가에 대한 방법론을 제공하여 준다. 따라서 우리는 기초이론의 연구를 강화하고, 마르크스주의의 사상적 보고(寶庫)를 부단히 발굴해야 하며, 선진이론에 대한 연구를 강화하고, 마르크스주의 이론의 시대화(時代化)를 부단히 추진해야 한다. 우리는 또한 국가 거버넌스에 대한 연구를 강화하고, 부단히 그 현대화를 추진해야 할 뿐만 아니라, 글로벌 거버넌스 연구도 강화하여 글로벌 문제를 해결함에 있어서 중국의 방안을 내놓아야 할 것이다.

"그물의 벼리(綱)를 잘 움켜쥐면 그물눈(目)은 저절로 열리고, 근본적인 것을 움켜쥐면 세부적인 것들은 자연히 따르게 된다(秉綱而目自張, 執本而末自從)." 이처럼 "시진핑 신시대 '중국 특색의 사회주의' 사상"에 대한 해석의 관건은, 그 본질을 움켜쥐고 그 실질을 깊이 깨우치며, 그 체계를 이해하는 것이다. 이론을 학습하는 차원에서 전면적이고 체계적이며 심도 있게 "시진핑 신시대 '중국 특색의 사회주의' 사상"의 중대한 의의와 과학적 체계, 풍부하게 내포된 의미, 정신적인 본질, 실천적 요구를 해석하고, "시진핑 신시대 '중국 특색의 사회주의' 사상"의 역사적 논리와 현실적 논리, 이론적 논리와 실천적 논리를 확실하게 파악하고 깊이 이해하며, 21세기 마르크스주의와 당대 중국 마르크스주의를 발전시키기 위해 중국인민대학(中國人民大學)에서는 "시진핑 신시대 '중국 특색의 사회주의' 사상 연구총서(習近平新時代中國特色社會主義思想研究叢書)"를 펴내게 되었다. 이 총서는 중국인민대학 과학연구기금 프로젝트 형식으로 입안하였으며, 우리 대학에서 실력이 가장 뛰어난 전문가와 학자들을 조직하여 집필하도록 했다. 과학정신을 보존하고, 학술적 기초를 뚜렷하게 하고, 깊이 있는 설명과 해석을 강화한다는 요구에 따라 마르크스주의의 기본 입장·관점·방법·응용 등을 견지하면서 "시진핑 신시대 '중국 특색의 사회주의' 사상"의 이론적 가치와 실천적 가치, 민족적 의미와 세계적 의미, 당대적 특색과 역사적 매력을 충분히 보여주고자 했다.

전문가들의 전문연구능력을 기초로 연구진들의 능력을 모아 과학자원을 종합한다는 기초위에서, 이론 혁신의 장점을 살리고 연구능력을 향상시킨다는 기초위에서, 연구 성과의 영향력을 부단히 제고토록 해야 할 것이다.

본 총서는 이론연구와 테마연구 두 가지 계열로 나누었으며, 선정한 내용 30가지가 포함되어 있다. 총서의 내용은 넓은 범위에서 선정하고 응모를 통해 채택한 내용도 있으며, 전문가들의 토론을 거쳐 추천을 받은 내용도 있다. 이중에서 이론연구 관련 내용은 11권으로 총론(타오원자오[陶文昭] 등 저), 역사지리권(진눠[靳諾] 등 저), 철학방법론권(하오리신[郝立新] 등 저), 경제권(류웨이[劉偉] 등 저), 정치권(양광빈[楊光斌] 등 저), 민생권(정공청[鄭功成] 등 저), 문화권(장펑위[臧峰宇] 저), 생태권(장윈페이[張云飛] 저), 당건설사상권(양펑청[楊鳳城], 자오수메이[趙淑梅] 저), 외교사상권(푸펑[蒲傅] 저)과 군사사상권(옌샤오펑[顏曉峰], 왕팡[王芳] 등 저) 등이 있다. 테마연구 관련 부분은 모두 19권으로 『전면심화 개혁사상』(양뤠이룽[楊瑞龍] 등 저), 『현대화 신노정』(녜휘이화[聶輝華]), 저우징셴[鄒靜嫻] 저), 『신 발전이념』(정신예[鄭新業], 장양[張陽] 저), 『고품질발전』(류뤠이밍[劉明瑞] 저), 『'일대일로'의 제안』(왕이웨이[王義桅] 저), 『국가 거버넌스의 현대화』(양카이펑[楊開峰] 등 저), 『당의 영도력』(마량[馬亮] 저), 『총체적 안전관』(왕훙웨이[王宏偉] 저), 『종교사업이론』(허후성[何虎生] 저), 『정확한 빈곤 지원』(왕싼궤이[汪三貴], 쑨카이[孫凱] 등 저), 『교육사상』(저우광리[周光礼] 등 저), 『건강중국』(왕준[王俊], 차오치[曹琦] 등 저), 『사상정치사상』(우푸라이[吳付來], 왕이[王易] 등 저), 『농촌진흥』(정펑톈[鄭風田] 등 저), 『사회 거버넌스』(펑스정[馮仕政] 저), "역사적 토대와 문화소양"(류허우빈[劉后濱] 저), 『의법치국(依法治國)』(펑위준[馮玉軍] 저), 『당의 자아혁명』(양더산[楊德山] 저), 『인재사상』(양웨이궈[楊偉國], 왕판[王帆] 저) 등이다.

본 총서는 역사연구와 이론연구를 결합하여 시진핑 총서기의 전문 저작, 발췌한 논술, 중요한 강화(講話, 강의하듯 쉽게 풀어서 이야기하는 것-역자 주)를 적은 단행본 등의 문헌을 기초로 하여 "시진핑 신시대 '중국 특색의 사회주의' 사상"의 역사적 지위, 과학적 체계, 풍부한 내함(內含), 실질정신, 실천요구 등을 명백히 논술했으며, 테마연구형식의 구체적이고 세밀한 연구를 통해 이론의 혁신성을 논술하고, 이론의 대중화를 추진하기 위해 중국인민대학 특유의 공헌을 하고자 하는 것이다.

본 총서는 중국인민대학 과학연구처, 중국인민대학 국가발전과 전략연구원, 중국인민대학 "시진핑 신시대 '중국 특색의 사회주의' 사상" 학습연구원 등이 공동으로 기획한 기구에서 중국인민대학 각 전공 별 영역의 전문가들을 모아 편찬했으며, 테마연구를 위해서는 국내 유관 연구기구의 연구원들을 모집했다. "시진핑 신시대 '중국 특색의 사회주의' 사상"은 심오하고 내용도 풍부하므로 국내 학술계에서는 이 사상을 깊이 있게 연구해야 한다는 생각으로 이 사상을 연구하였다. 이렇게 하여 얻어낸 성과인 이 총서는 중국인민대학의 초보적인 결과물이라고 할 수 있다. 장차 중국인민대학은 중국인민대학 자체가 가지고 있는 전통적인 장점과 학과별 장점, 훌륭한 인재에 의지하여 이 사상을 더욱 깊이 있게 연구하여 더욱 우수한 연구 성과를 낼 수 있도록 당대 중국의 마르크스주의와 21세기 마르크스주의를 논술할 것을 기대해 마지않는다.

진눠(靳諾)
중국인민대학 당위서기
2019년 봄

# - contents -

# - contents -

제1장

신시대 '중국 특색의 사회주의'

경제발전 주제에 대한 응답[4]

본 장은 시진핑 신시대 '중국 특색의 사회주의' 경제사상의 이해를 돕기 위해 '발전'의 역사 변천, '발전'이 요구하는 '중국 특색의 사회주의' 경제 이론의 혁신, 이론혁신의 실천적 활용과 검증 등 방면 및 이들의 상호 연계 등 세 가지 측면으로 시진핑 신시대 중국 특색의 사회주의 경제사상을 토론하고자 한다.

---

4) 본 장의 저자는 류웨이(劉偉)이다.

# 1

## 역사적 논리 : 신시대 '중국 특색의 사회주의' 경제발전이라는 주제의 새로운 내함(內含)[5]

'중국 특색의 사회주의'는 새로운 시대에 들어섰다. 이는 중국 발전의 새로운 역사 방향이며, 역사발전의 필연적 객관 법칙이다. 중국공산당의 영도 하에 우리는 장기간의 힘든 노력을 거쳐 낡은 제도를 뒤엎고 봉건독재에서 인민민주로의 위대한 도약을 실현했으며, 신민주주의 혁명을 완성했다. 또한 이러한 기초위에서 사회주의 혁명을 통해 사회주의 기본제도를 수립함으로써 당대 중국의 모든 발전 진보를 위한 근본적인 정치토대와 제도의 기초를 마련했다. 또한 새로운 시기에 들어선 후 중국공산당은 인민을 단결시키고 인도하여 개혁개방의 새로운 위대한 혁명을 진행했으며, '중국 특색의 사회주의' 도로를 개척해 중국이 시대의 발전과 보조를 맞출 수 있게 했다. '중국 특색의 사회주의'가 새로운 시대에 들어섰다는 것은 중화민족이 우뚝 일어서고 부유해지는 것으로부터 강대해지는 위대한 비약을 했다는 것을 의미하는 것이며, 과학사회주의가 21세기 중국의 강대해진 활력 있는 생명을 의미하고, '중국 특색의 사회주의' 길·이론·제도·문화의 부단한 발전을 의미하며, 개발도상국이 현대화를 실현할 수 있는 경

---

5) 내함 : 내부에 포함된 것.

로를 넓혀주었다.[6] 시진핑 총서기는 다음과 같이 지적했다. "지금 우리나라는 근대이후 제일 좋은 발전시기에 처해있다. 세계는 백 년 동안 없었던 대변혁의 시대에 처해있으며, 양자는 서로 엉키고 서로 큰 움직임을 보이고 있다."[7] 특히 "중국공산당 19차 전국대표대회부터 중국공산당 제20차 전국대표대회까지는 '두개 100년'의 분투목표를 실현하는 역사적 합류의 시기이며, 중화민족의 위대한 부흥을 이루고자 하는 역사과정에서 특수하고 중대한 의미가 있는 시기이다."[8]

신시대 '중국 특색의 사회주의'의 발전은 경제발전을 포함하고 있으므로 신시대의 역사적 특징과 요구가 필연적으로 따르게 되고, 발전이념·발전관·발전방식 등 면에서는 필연적으로 근본적인 변화가 일어나게 된다. 그렇기 때문에 역사는 신시대 '중국 특색의 사회주의' 경제발전이라는 주제에 새로운 의미를 부여하고 있는 것이다.

### (1) 경제발전이 뉴노멀[9] 상태에 진입.

시진핑 총서기는 "발전은 인류사회의 영원한 주제"[10]라고 말했다. 인류역사의 변천과정은 발전과정이다. 특히 사회경제발전을 기본 내용으로 하며, 또한 기초로 하고 있다. 하지만 '발전'이 경제학의 주제와 체계적으로 제기된 것은 20세기 이후 특히 냉전 이후의 일이다.

---

6) 習近平, 『決胜全面建成小康社會奪取新時代中國特色社會主義偉大胜利-在中國共産党第十九次全國代表大會上的報告』, 北京, 人民出版社, 2017, 10~15쪽.
7) 習近平. 努力開創中國特色大國外交新局面. 人民网, 2018, 06-23쪽.
8) 習近平. 努力開創中國特色大國外交新局面. 人民网, 2018, 06-23쪽.
9) 뉴노멀(new-normal) : 시대 변화에 따라 새롭게 떠오르는 기준 또는 표준을 뜻하는 말.
10) 中央文獻研究室. 習近平關于社會主義經濟建設論述摘編. 北京中央文獻出版社, 2017, 14쪽.

1940년대 이전에는 '경제발전'이라는 범주를 별로 사용하지 않았다.[11] 그러다가 세계대전 이후 여러 새로 독립된 낙후한 개발도상국에서 빈곤 탈출이라는 급박한 역사적 요구가 나타나게 되었다. 그러면 "어떻게 빈곤에서 탈출할 것인가?" 하는 문제의식에서 '발전'이 곧 역사내용의 기본적인 주제가 되었다. 하지만 이 문제의 이론연구와 정책의 제정은 서방의 주류 경제학의 특허가 되었으며, "원주민에게 주어야 한다고 건의를 제기한 것"이 서방이 경제학을 발전시키는 주류가 되었다.[12] 그들이 제시한 '처방'은 두 가지의 선명한 특점이 있었다. 하나는 제도를 배치하는 면에서, 자본주의 사유제를 기초로 하는 자유경쟁 시장시스템인 자본의 사유화라는 기초 위에서 이루어지는 자원배치 방식의 시장화이며, 다른 하나는 발전전략 면에서 현대의 공업화를 촉진시키고, 공업화를 기초로 하여 전통적 경제구조의 개조를 선도하는 현대 공업화의 기초인 '이원성 경제구조'로의 전환이었다.[13] 하지만 서방의 주류 경제학에서 처방한 '처방전'은 신통한 효과가 없었다. 절대적인 수준으로 보면 절대다수의 개발도상국은 효과적으로 빈곤에서 벗어난 것이 아니라, 장기간 빈곤에 처하게 되는 악순환을 초래했다. 즉 소위 말하는 '맬더스 함정(Malthus Trap)'이 나타났던 것

---

11) 杰拉爾德 M. 邁耶. 發展經濟學的先驅理論. 譚崇台等, 역. 쿤밍(昆明), 云南人民出版社, 1995, 1쪽.

12) 賈 N. 巴格瓦蒂. 「對勞爾普雷維什發展思路的評論」, 杰拉爾德 M. 邁耶. 『發展經濟學的先驅理論』, 譚崇台 등 역. 昆明, 云南人民出版社, 1995, 200쪽.

13) 把工業化作爲 "發展" 的主要任務, 早期由威廉呂彼克在1938年所寫的《農業國家的工業化:一个科學的問題》一文所闡釋. 張培剛. 發展經濟學往何處去-建立新型發展經濟學芻議. 經濟硏究, 1989(6).

이다.[14] 상대적으로 보면 절대다수의 개발도상국과 선진국 사이의 격차가 줄어든 것이 아니라 오히려 커졌던 것이다.[15]

개혁개방의 위대한 역사적 실천은 세계에서 인구규모와 빈곤인구의 규모가 거대한 중국이 성공적으로 빈곤의 함정에서 벗어 날 수 있게 했다. 마오쩌둥 동지를 핵심으로 하는 중국공산당의 제1대 중앙지도집단의 영도 하에 중화민족은 독립적으로 일어서게 되었고, 그러한 기초위에서 덩샤오핑 동지를 핵심으로 하는 제2대 중앙지도집단의 영도 하에 '중국 특색의 사회주의'라는 위대한 깃발을 높이 들고 중화민족이 '부유'해지는 목표를 실현했다. 그것은 첫째, 경제 총량의 거대한 규모를 실현한 것으로 나타났다. 2017년 말에 이르러 GDP는 82.7조 위안(약 12조 달러)에 이르러, 1978년에 세계 GDP총량의 1.8%를 차지하던 중국의 점유율이 15%좌우로 향상된 것이다.[16] 이는 미국이 6.3%에서 61%로 상승한 것과 맞먹는 액수이다.[17] 이에 따라 세계 경제순위에서 10위 밖이던 중국은 제2의 경제실체로 발돋움했다.(2010년).[18] 둘째, 1인당 GDP수준이 새로운 단계에 들어섰다는 점이다. 즉 1978년에 316위안(당시 약 250달러)[19]이던 1인당 GDP가 2017년에 이르러 약 6만 위안(달러로 환산하면 약 8,800달러)로 증가한 것

14) "貧困的循環" (馬爾薩斯陷阱), 卽指貧困的累積性效應(馬太效應). R. 訥克斯. 不發達國家的資本形成問題. 謹齋, 역. 北京商務印書館, 1966, 6쪽.

15) 林毅夫. 新結构主義經濟學. 北京北京大學出版社, 2012.

16) 李克强. 政府工作報告-2018年3月5日在第十三屆全國人民代表大會第一次會議上. 新華网, 2018-03-22.

17) 세계은행 데이터베이스의 데이터로 계산.

18) 國際貨幣基金組織. 2017年世界經濟展望報告. 商務部网站, 2017-01-17.

19) 中華人民共和國國家統計局. 中國統計年鑒(1980). 北京中國統計出版社, 1981, 5쪽.

이다. 초기의 빈곤상태(저 수입)로부터 최저생활수준(중하등의 수입, 1988년)까지, 다시 최저생활수준을 능가하는(중상등 수입 2010년)까지 세계에서 마지막 순위였던 중국은 세계 206개 나라 중 90위 전후로 상승했다.[20] 셋째, 경제 구조면에서 큰 진전을 가져왔다는 점이다. 노동생산율이 향상된 기초위에서 농업노동인구의 취업률은 초기의 70%에서 28%이하로 내려갔고, 공업화 정도는 현저한 발전을 가져왔으며, 제3산업도 빠른 속도로 성장해 경제구조가 공업화 후기의 특징을 갖기 시작했을 뿐만 아니라, 이에 상응하는 사회구조, 특히 도시와 농촌의 구조가 기본적인 변화를 가져왔다. 도시화 정도는 1978년의 17%전후에서 58%전후(상주인구, 2017년)로 늘어났다.[21] 이런 사회경제의 신속한 발전은 '중국 특색의 사회주의'가 새로운 시대에 진입할 수 있도록 이끄는 기본적인 계기가 되었다.

중요한 것은 중국은 서방 주류 경제학의 논리와 가치 취향에 따라 발전방식을 선택한 것이 아니라, '중국 특색의 사회주의'의 길을 견지하고, 사회주의 공유제를 주체로 하여 여러 가지 사유경제가 장기간 공동 발전하는 기본제도를 견지하였다는 점이다. 그러는 한편 사회주의 기본 경제제도와 시장 메커니즘의 유기적인 통일을 견지하였던 것이다. 그렇기 때문에 사회주의 공유제와 시장경제를 대립시킨 것도 아니며, 경제자유주의의 시장화를 채택한 것도 아니다. 이외에도 기

---

20) 세계은행에서 발표한 수치에 따르면 2016년 중국 1인당 GDP는 8,250달러였다. 국제통화기금은 2018년 중국 1인당 국민수입은 10,088달러로 예측하였으며, 191개 나라 중 72위에 이를 것으로 예측하였다.
21) 李克强. 政府工作報告, 앞의 글.

계적으로 서방 선진국의 현존하는 구조를 미래발전의 목표로 한 것도 아니고, 발전전략에서 실제에 맞추어 출발하여 기존에 가지고 있던 장점을 발양함과 동시에 새로운 성장점과 발전극(發展极)을 만들어 낸 것이다. 또한 수입으로 산업의 단점을 보충하려 한 것도 아니고, 관련 방면에서 이러한 점을 추월하기 위해 자아축적과 자력갱생을 견지하여 엄중한 '두 가지 구멍'이 나타날 수 있는 곤경이 발생하는 것을 피하게 했던 것이다.[22]

## (2) 경제조건의 시스템적 변화.

신시대에 들어서면서 경제성장과 발전조건은 필연적으로 시스템적으로 심각한 변화가 일어나게 된다. 시진핑 총서기는 9가지 방면으로 이런 변화를 논술하고, 나아가 중국의 경제발전이 새로운 뉴노멀 상태에 진입하면서 나타나게 될 새로운 특징들을 지적했다. 종합적으로 말한다면, 공급 측(供給側) 입장에서는 비교경쟁 면에서 장점인 원가가 낮았던 요인(노동력, 자연자원, 생태환경, 기술진보 등이 포함)이 이제는 근본적인 역전을 가져오게 됐으므로 새로운 장점을 배양해야 한다는 것이며, 수요 측(需求側)의 입장에서는 성장할 수 있는 시장의 공간이 커지면서 장기적인 경제 단점(투자 수요와 소비수요 등이 포함)도 이미 방향적으로 변화가 일어났으므로 수요의 증가방식도 근

---

22) 劉偉. 中國經濟改革對社會主義政治經濟學根本性難題的突破. 中國社會科學, 2017(5).

본적으로 변화되었다는 것이다.[23] 제한적이긴 하나 이러한 조건의 변화는 사회 주요 모순의 변화를 초래했으며, 새로운 발전의 기회와 도전을 형성했으므로 근본적인 발전방식의 변화를 가져와야 한다고 요구한 것이다. 이를 위해서는 먼저 새로운 발전이념을 수립해야 하는데, 예전의 GDP성장을 핵심으로 하는 발전계획의 방향을 제정할 필요가 있는 것이다. 이러한 GDP의 빠른 성장을 핵심으로 하여 목표의 제정과 발전계획을 세우는 것은 빈곤 극복의 역사과정에서 볼 수 있듯이 역사적 필연성과 과학성을 가지고 있는 것이다.

이론적인 면에서 보면 국민경제 정산체계로의 GDP는 과학성을 띠고 있다.[24] 실천적인 면에서 '빈곤의 함정'을 뛰어넘으려면, 우선 신속한 성장을 실현해야 한다. 그렇기 때문에 개혁개방 초기에 개혁개방의 총 설계사인 덩샤오핑 동지는 GDP의 목표수치를 이루기 위해 '세 발걸음(三步走)'[25]의 전략을 통해 실현할 것을 제기했던 것이다. 이는 경제발전 이론으로나 실천면에서 대단한 선견지명이고 획기적인 시도였다. 1단계는 1980년대에 이르러 1인당 GDP 수치를 배로 증가시켜 원바오(溫飽)를 실현하는 것이고, 2단계는 20세기 말에 이르러 다시

23) 中央文獻硏究室. 習近平關于社會主義經濟建設論述摘編. 北京, 中央文獻出版社, 2007, 75-78쪽.

24) Paul Samuelson, William Nordhaus. Economics, 15th edition, New York: McGraw-Hill, 1995. "확실히 GDP는 20세기의 위대한 발명이다.……GDP는 전반적으로 경제운동 상태의 이상적 경관을 그렸다."

25) 세 발걸음(三步走) : 제1보는 '온바오(溫飽)'로 "따뜻한 음식을 배불리 먹는다."는 것으로써 이는 인민이 먹고 입는 문제를 해결한다는 초보적인 단계부터 해결한다는 목표다. 제2보는 샤오캉(小康)으로 "생활을 편안하게 한다."는 것으로 중국을 중간 정도로 이끌어 올리는 목표이다. 제3보는 다퉁(大同)으로 "크게 발전하여 모두가 잘 사는 사회"로 나아가자는 것으로 중국의 현대화를 이룩하는 목표이다.

두 배로 끌어 올려 초보적인 샤오캉(小康)사회를 실현하는 것이며, 3 단계는 21세기 중엽에 이르러 1인당 GDP수준을 중진국 수준으로 향상시키는 것이다.[26]

문제는 '빈곤함정'을 극복하고 중진국 단계에 이르러 직면하게 되는 난제인 '중진국 함정'을 극복하는데 있다. GDP를 핵심수치로 하면 한계성이 있다. 우선 GDP체계는 수량적인 성장을 중심으로 하고, 구조 격상인 질적 향상을 고려하지 않는다는 것이다. 다음은 GDP의 계산은 1년 동안의 경제활동 데이터를 기초로 하는 것이므로 자본과 재부의 저장량인 장기적인 국력 축적을 고려하지 않는다는 것이다. 셋째로 GDP체계는 시장의 거래시스템을 기초로 하기에 시장효력이 없는 기타 사회발전 분야를 고려하지 않을 가능성이 있으므로 심각한 발전적 '단점'이 나타나게 된다. 넷째로 GDP체계는 환경조건을 국민경제 계산에 포함시키기 어려워 녹색생태의 원가를 고려하지 않게 된다. 따라서 중국공산당 제18차 전국대표대회에서는 '오위일체(五位一体)'[27]의 전반적인 배치로 하여 GDP를 위주로 하는 성장목표 계획을 풍부히 하고 발전시켜 신시대 역사발전이 요구하는 목표로 지정했던 것이다.[28] 나아가 지도사상에서 혁신적이고 조화롭고 친환경적이며,

---

26) 鄧小平. 『鄧小平文選』 第三卷. 北京, 人民出版社, 1993, 226쪽.

27) 오위일체 : 생태문명 건설을 경제, 정치, 문화, 사회 건설과 나란히 추진해야 한다는 중국식 사회주의 건설.

28) "全面落實經濟建設, 政治建設, 文化建設, 社會建設, 生態文明建設五位一体總体布局" 胡錦濤. 堅定不移沿着中國特色社會主義道路前進 爲全面建成小康社會而奮斗-在中國共産党第十八次全國代表大會上的報告. 北京, 人民出版, 2012.

개방적이고 함께 공유하는 다섯 가지 발전이념도 제기했다.[29]

## (3) 경제발전으로 나타난 새로운 특점.

"시대는 문제의 출제자이다." 시진핑의 신시대 '중국 특색의 사회주의' 사상이 대답해야 하는 기본적인 문제로는 "어떻게 '중국 특색의 사회주의'를 인식할 것인가? 어떻게 '중국 특색의 사회주의'를 건설해야 하는가?"이다. 경제사상이 답해야 하는 기본문제는 "어떻게 '중국 특색의 사회주의' 경제발전의 주제를 해결해야 하는가?" 하는 문제이다. 신시대에 진입하면서 이 주제의 역사적 의미, 제한 조건, 요구의 발전방식과 정책제도 배치 등은 심각한 변화가 일어나고 있으므로 "이론과 실천은 이런 변화에 어떻게 대응해야 하는가?" 하는 문제는 시진핑 신시대 '중국 특색의 사회주의' 경제사상에서 지극히 중요한 테마이다. 마르크스주의의 기본방법과 원리를 활용하여 실천과 혁신을 깊이 있게 진행하여 '중국 특색의 사회주의' 정치경제학 이론시스템을 부단히 발전시키고, 이러한 기초위에서 신시대 '중국 특색의 사회주의' 경제사상을 형성하여 신시대 발전의 역사적 필요에 적응하도록 해야 하는 것이다. 신시대에 진입하면서 '중국 특색의 사회주의' 경제발전은 일련의 새로운 특점을 가지게 되었다.

첫째는 새로운 시작점에 이르러 새로운 단계에 접어들었기에 새로운 시대문제에 직면하게 되었다는 점이다. 따라서 빈곤을 극복하고

---

29) 中央文獻研究室. 習近平關于社會主義經濟建設論述摘編. 北京, 中央文獻出版社, 2017, 21쪽.

부유함을 실현한 후 강대해지는 것을 실현해야 할 새로운 단계에 들어섰기 때문에, 반드시 신(新)발전관을 수립할 것을 요구하였던 것이며, GDP 성장목표의 실현을 강조하던 것에서 '오위일체'의 전반적인 구도를 강조하는 것으로 변화되어야 하는 것이다.

둘째는 경제성장을 구속하는 조건에 체계적인 변화가 일어났다. 따라서 경제성장 방식의 근본적인 변화를 요구해야 하고, 요소의 투입량 확장을 중심으로 규모 확장의 성장방식을 도모하던 것에서 효율변혁·구조변혁·품질변혁의 발전에 의존해야 하는 것이다.

셋째는 직면한 도전과 위기는 역사적인 변화를 가져왔다는 점이다. 현대화 실현의 목표가 이처럼 가까웠던 적이 없었기에 위험과 모순은 예전보다 더욱 복잡해졌으며, 전반적인 제도의 혁신을 통해 거버넌스 능력을 제고시키고, 거버넌스 시스템의 요구를 개선하는 것이 더욱 중요한 것이다.

넷째는 거시경제의 불균형은 새로운 특점을 가지고 있다는 점이다. 예전에 단일 총량의 방향성 불균형은 '이중 리스크'로 변화되어 병존하게 되었기에 근본적으로 거시관리 시스템을 변화시킬 것을 요구하였으며, 특히 수요관리를 고려함과 동시에 공급 측 구조개혁의 심화가 필요한 것이다.

다섯째는 세계의 경제구조와 중국 경제발전의 관계에 심각한 변화가 일어나고 있다는 점이다. 전 세계 경제의 1.8%를 차지하던 중국이 15% 전후로 상승하여 세계 제2의 경제체가 되어 제1의 경제체인 미국과의 차이가 부단히 좁아지고 있기 때문에(1978년 6.3%였던 미국의

GDP는 2017년에 이르러 61%가 되었다.) '투키디데스 함정[30]의 영향력이 나타날 수 있기 때문에, 반드시 "내외적으로 연동하는 개방구조"를 구축해야 한다는 것이다.

여섯째는 산업구조가 경제구조에 심각한 변화를 가져다준다는 점이다. 미시적 경제영역은 일련의 새로운 불균형이 나타나고 있으며, 산업조직과 산업구조 운동은 일련의 새로운 특징을 가져다주었고, 기술진보로 형성된 새로운 요구와 새로운 업무경영 상태 등은 새로운 산업시스템을 구축할 것을 요구하고 있고, 더욱 경쟁력이 있는 자원배치 체계를 구축할 것을 요구하고 있다는 점 또한 중요한 것이다.

종합적으로 말해서 신시대 '중국 특색의 사회주의' 경제발전은 새로운 기회와 새로운 도전에 직면해 있지만, 새로운 기회라는 측면에서 말하자면 중국은 어느 역사시기보다 중화민족의 위대한 부흥이라는 목표의 실현과 가까이에 와 있으며, 이를 실현할 수 있다는 자신과 능력을 가지고 있다고 할 수 있는 것이다. 새로운 도전이란 저급단계에서 중진국으로 발전하게 되면서 뉴노멀이 형성되고, 경제발전 과정의 모순과 리스크는 더욱 많아지고, 도전 또한 매우 복잡해지고 있다는 말이다. 사회 주요 모순의 변화라는 측면에서 본다면, 중국사회의 주요 모순은 이미 날로 늘어가는 인민들의 아름다운 생활에 대한 수요와 불균형에 처해 있고, 불충분한 발전과의 모순으로 변화되

---

30) 투키디데스 함정 : 신흥 강국이 부상하면서 기존 패권국가와 충돌하는 상황을 의미하는데, 신흥 강국의 부상에 기존 패권국가가 두려움을 느끼고 무력을 통해 이를 해소하려 하면서 전쟁이 발생할 수 있다는 이론이다.

어 가고 있다는 것으로, 다시 말해 발전의 불균형과 불충분이 모순의 주요 방면이라는 말이다. 이런 관계 전반의 역사적 변화는 신시대 '중국 특색의 사회주의' 경제발전에 새로운 역사적 요구를 제기하였는데, 그것은 이론혁신에 대한 요구와 실천 탐색에 대한 요구인 것이다.[31] 즉 시진핑 총서기가 언급한 바와 같이 "지금은 이론이 필요하고, 이론을 형성할 수 있어야 하는 시대이며, 사상이 필요하고 사상을 형성할 수 있어야 하는 시대이다. 우리는 이런 시대를 저버리지 말아야 한다."[32]는 것이다.

---

31) 習近平, 앞의 책, 11-15쪽.
32) 習近平, 在哲學社會科學工作座談會上的講話. 新華网, 2016-05-18.

## 2
## 이론적 논리 : 신시대 '중국 특색의 사회주의' 경제발전은 혁신과 새로운 경제발전 이론의 구축이 필요하다[33]

이론은 역사에 호응해야 하며, 사상은 시대에 호응해야 한다. 경제 이론의 혁신은 경제발전 역사실천의 요구에 적합해야 한다. 반드시 생산력과 생산관계를 분석하여 경제의 기초와 상부구조 간 모순의 움직임에서 생산력 해방과 발전이 생산력 관계에 미치는 변화와 영향을 토론하며, 경제기초 및 이에 상응하는 상부구조 변혁의 역사적 요구를 논하여 경제이론 혁신의 방법과 역사관을 명확히 하고, 생산력과 생산관계 모순의 진화와 변혁과정에서 불거진 문제에 초점을 맞추어 생산력 해방과 발전과 발전에 대한 실천적 요구와의 모순을 해결해야만 문제를 진정으로 만족시킬 수 있다. 마지막으로 반드시 "왜 발전해야 하며, 경제발전의 출발점과 입각점(立脚点, 그거로 하는 처지-역자 주)은 어디에 있는지?"에 대해 대답해야 한다. 즉 "어떤 방법과 어떤 역사관으로부터 연구할 것인가? 분석하고 설명해야 하는 기본문제는 무엇인가? 문제 분석과 설명은 어떤 실천목표를 이루려고

---

33) 關于習近平中國特色社會主義政治經濟學的理論体系和思想特征, 劉偉, 『《在馬克思主義与中國實踐結合中發展中國特色社會主義政治經濟學』[經濟研究, 2016(5)], 이 장에서는 더욱 다듬고 심화시켰다.

하는 것인가? 왜 기정의 목표를 달성해야 하는가? 왜 발전해야 하는 가?" 등의 문제는 시진핑 신시대 '중국 특색의 사회주의' 경제사상이 대답해야 하는 기본문제인 것이다. 이런 문제제기 자체가 이론적 논 리체계를 완성하는 과정이다.

시진핑 총서기는 이렇게 지적했다.

> "'중국 특색의 사회주의' 정치경제학을 견지하고 발전시킴 에 있어서, 마르크스주의 정치경제학을 지도로 하여 우리 나라 개혁개방과 사회주의 현대화 건설의 위대한 실천경 험을 종합하고 다듬어야 하며, 이와 동시에 서방 경제학의 유익한 부문을 참고해야 한다. '중국 특색의 사회주의' 정 치경제학은 오직 실천을 통해 내용을 풍부히 하고 발전시 킬 수 있으며, 실천의 검증을 이겨내고 실천을 지도해야 한 다. 연구와 탐색을 강화하며, 규칙적인 인식에 대한 총화를 보강하여 '중국 특색의 사회주의' 정치경제의 이론체계를 부단히 개선해야 하며, 중국의 특색, 중국의 품격, 중국의 패기를 충분히 체현하는 경제학을 건설해야 한다."[34]

일찍이 개혁개방 초기인 1984년에 열린 중국공산당 제12기 중앙위 원회 제3차 전체회의에서, 전면적으로 경제체제 개혁을 전개할 결의 를 결정하던 시기에, 덩샤오핑 동지는 이는 ('중국 특색의 사회주의')

---

34) 習近平主持召開經濟形勢專家座談會, 新華网, 2016-07-08.

'정치경제학의 초고(初稿)'라고 예리하게 지적했다. "이는 마르크스주의 기본원리와 중국 사회주의 실천이 결합되어 형성된 정치경제학이다."[35] '정치경제학 초고'로부터 시진핑 동지가 언급한 "'중국 특색의 사회주의' 정치경제학 이론 체계"의 발전과정과 추세는 '중국 특색의 사회주의' 개혁발전의 위대한 역사실천이 이론적으로 반영되는 과정이고, 특히 신시대 '중국 특색의 사회주의' 창조성 발전의 엄격한 요구이며, '중국 특색의 사회주의' 건설로 부유해지는 것을 실현한 시대경험의 총결이고, 신시대 '중국 특색의 사회주의'가 경제발전이 강대해지는 것을 실현할 사상지침인 것이다. 시진핑 총서기가 지적한 바와 같이 중국공산당 탄생 후 중국공산당 당원들은 마르크스주의의 기본원리를 중국혁명과 건설의 구체적인 실제와 결합시켜 중화민족이 '동아병부(東亞病夫)'[36]를 떨쳐버리고 위대한 도약을 완성했다는 것은 진실이 증명해준다. 이처럼 오직 사회주의만이 중국을 구제할 수 있는 것이다. 개혁개방 이래 중국공산당 당원들은 마르크스주의의 기본원리를 중국 개혁개방의 구체적 실제와 결합시켜 겨우 몸을 일으킨 중화민족을 부유의 길로 들어서게 했다. 이 위대한 도약도 진실이 증명해준다. 오직 '중국 특색의 사회주의'만이 중국을 발전시킬 수 있는 것이다. 신시대에 중국공산당 당원들은 마르크스주의 기본 원리를 신시대 중국의 구체적 실제와 결합시켜 "중화민족의 부유함으로부

---

35) 鄧小平, 『鄧小平文選』第三卷. 北京, 人民出版社, 1993, 83쪽.
36) 동아병부(東亞病夫) : 중국을 '동아병부' 혹은 '잠자는 사자' 라고 불렀는데, 이 말은 청나라 말기와 민국 초기에 외국인들이 중국을 동아시아의 병들고 나약한 나라라고 폄하하여 부른 말.

터 강대함으로의 위대한 도약을 맞이해야 한다. 이 위대한 도약도 진실이 증명할 것이며, 오직 '중국 특색의 사회주의'를 견지하고 발전시켜야만 중화민족의 위대한 부흥을 실현할 수 있는 것이다."[37]

시진핑의 '중국 특색의 사회주의' 경제사상은 신시대 마르크스주의 기본원리와 중국의 구체적 실제가 결합한 결정체이며, "어떤 방법과 역사가치관으로 '중국 특색의 사회주의' 경제발전의 주제를 연구해야 하는가? 신시대 '중국 특색의 사회주의' 경제사상이 설명하는 주요한 이론 문제와 난제는 무엇인가? 중국 특색사회주의 생산력과 생산관계 모순의 운동규칙을 설명하는 목적은 무엇인가? 즉 경제발전 이론의 탐색이 어떻게 생산력을 해방시키고 발전해야 하는가?" 등의 문제에 대한 명확한 답안을 제시했다. 그렇다면 마지막으로 생산력 해방을 실현하고, 사회경제 발전의 근본 목적은 무엇인가? 즉 발전의 출발점과 입각점은 무엇인가?

## (1) 방법론과 역사관.

마르크스 역사유물론과 변증법적 유물론의 기본원칙인 생산력을 해방시키고 발전시키는 것을 신시대 '중국 특색의 사회주의' 정치경제학의 역사관과 방법론의 탐색으로 하고, 신시대 '중국 특색의 사회주의' 경제발전 주제에 대한 역사변화의 기본 지도에 대한 응답으로 한다. 생산력을 발전시키고 해방시키는 것을 견지하는 원칙은 마르크스주의의 기본 역사관이고 기본방법이며, 중국공산당이 사회주의 초

---

37) 習近平. 在紀念馬克思誕辰200周年大會上的講話.『人民日報』, 2018-05-05.

급단계의 기본노선에 대한 근본 요구이며, 더욱 '중국 특색의 사회주의' 경제발전의 이론을 구축하고 활용하는 기본원칙이다. 이론 면에서 '중국 특색의 사회주의' 경제발전 이론은 오직 '중국 특색의 사회주의' 생산력과 생산관계의 모순 운동과정을 분석하는 과정에서 생산력 발전의 근본적인 요구를 이해할 수가 있다. 또한 이로부터 생산관계의 변혁과 개선을 추진하여 중국사회의 생산력을 해방시키고 발전시키는 것을 부단히 촉진시킬 수 있기 때문에, 이런 의미에서 "사회생산력의 해방과 발전은 사회주의의 본질적 요구이다"[38]라고 할 수 있는 것이다. 이는 신시대 '중국 특색의 사회주의' 경제이론의 기본방법, 근본목표, 가치취향을 집중적으로 개괄한 것이다. 실천 중에서 생산력을 해방시키고 발전시키는 것은 '중국 특색의 사회주의' 제도의 우월성을 근본적으로 증명하고, 개혁개방의 엄중한 실천의 근본적인 검증이며, '중국 특색의 사회주의' 발전을 추진하는 근본적인 원동력이다. 더욱 중요한 것은 마르크스주의 변증법적 유물론과 역사유물론의 관점, 입장과 방법의 제일 근본적인 출발점과 입각점은 인민을 중심으로 하는 발전사상을 견지하는 것이다. 인민은 발전의 중심이며, 발전은 원동력이고, 발전은 근본 목적인 것이다.

## (2) 문제의 부각

생산력과 생산관계 모순의 움직임 중에서 신시대 '중국 특색의 사회주의' 생산관계를 분석해야 한다. 부각된 문제와 난점은 어떻게

---

38) 習近平, 앞의책, 35쪽.

사회주의 시장경제의 개혁방향을 견지하고, 어떻게 '중국 특색의 사회주의' 시장경제제도를 구축하여 이를 신시대 '중국 특색의 사회주의' 경제발전의 제도·체제·구조를 실현시키는 중요한 보장을 하는가에 있다. '중국 특색의 사회주의' 개혁발전을 실천함에 있어서 부각된 특징은 사회주의 공유제를 주체로 여러 가지 소유제 경제가 장기적으로 공동 발전하는 기본 경제제도와 시장이 결정적 작용을 하는 자원배치 체제를 유기적으로 통일되게 하는 데에 있다. 이론방면에서 사회주의 공유제와 시장 메커니즘을 통일하는 것은 서방 정통의 경제학 전통을 부정하는 것이며, 마르크스이론 전통에 대한 돌파이다. 실천방면에서 개혁의 진정한 난점은 공유제 통일이라는 기본 경제제도와 시장운행 구조에 있고, 경제운행의 관건은 정부와 시장의 관계 조정에 있다.[39]

시진핑 총서기는 이렇게 말했다. "사회주의 경제개혁 방향을 견지하고, 변증법·양점론(兩点論)을 견지하며, 계속해서 사회주의 기본제도와 시장경제의 결합에 노력을 기울여 두 가지 장점을 모두 발휘케 해야 한다."[40] 이 문제의 핵심은 어떻게 '중국 특색의 사회주의'(초급단계)에서 공유제를 주체로 여러 가지 소유제가 공존하는 경제의 장기적 공동 발전의 기본 경제제도(소유제)와 경쟁성 시장의 자원비치구조(실행체제)와의 유기적 결합을 실현하는가에 있다. 이 문제는 적어도 두 단계의 기본이론 문제와 관련된다. 하나는 '중국 특색의 사회

---

39) 劉偉, 中國經濟改革對社會主義政治經濟學根本性難題的突破, 中國社會科學, 2017(5).
40) 習近平主持中共中央政治局第二十八次集体學習幷講話, 央广网, 2015-11-25.

주의' 공유제가 어떻게 상품·화폐·시장경제와의 관계에서 내적 통일을 실현할 것인가 하는 것이고, 다른 하나는 '중국 특색의 사회주의' 기본 경제제도의 기초에서 어떻게 정부의 조정과 시장의 조정이 유기적 조화를 이루게 할 것인가 하는 것이다. 경제사상과 역사상 정통이랄 수 있는 서방 자산계급 경제학은 근본적으로 상술한 통일의 가능성을 부정하고 있다. 전형적인 마르크스주의 정치경제학 이론은 자본주의 생산방식의 분석에 기초하며, 논리 면에서 공유제 사회와 시장 메커니즘의 겸용 가능성을 부정한다. 사회주의 제도의 창립과 발전의 역사에서 소련은 건립 초기에 사회주의 경제제도를 선택하는 과정에서 의견이 근본적으로 엇갈렸는데, 가장 중요한 것은 공유제와 시장 메커니즘과의 관계에 집중되어 있었다. 그 후 전통 스탈린 사회주의 계획경제 체제개혁의 탐색과정에서 처음 공유제의 우월성과 시장 메커니즘의 자원배치 경쟁성 효율을 모두 갖추려 했던 취지와는 달리 마지막에는 공유제의 사유화와 시장화를 포기하는 결과(즉 '워싱턴 컨센서스[41]의 개괄)로 나타났다. 이에 비해 '중국 특색의 사회주의'의 근본 특점은 경제제도와 운행체제에서 시종 공유제를 위주로 하고, 시장 메커니즘이 자원배치 과정에서의 결정적 작용과 통일을 견지하는 것이다.

---

41) 워싱턴 컨센서스 : 미국과 국제 금융 자본이 미국식 시장경제 체제를 개발도상국의 발전모델로 삼게 한 합의로, 1989년 미국의 정치 경제학자 윌리엄슨(Williamson, J.)이 중남미 국가들의 경제 위기에 대한 처방으로 처음 사용한 개념이다. 이후 미국의 행정부와 국제 통화 기금, 세계은행 등 워싱턴의 정책 결정자들의 논의를 거쳐 정립되었으며, 정부 규모 축소, 관세 인하, 시장 자유화와 개방, 민영화 등을 주요 내용으로 하고 있다.

## (3) 탐색의 목적

신시대 '중국 특색의 사회주의' 경제이론 연구의 근본목적은 사회경제발전의 촉진에 있고, 생산력의 해방과 발전에 있으며, 역사적으로는 경제의 지속적인 발전을 추진하는데 있다. 이를 위해서는 현 단계에서 반드시 전면적인 샤오캉사회를 실현하고, 이러한 기초위에서 신시대 '중국 특색의 사회주의' 경제발전의 사상연구 탐색의 주요 목적인 현대화를 실현할 것을 요구하는 것이다. 하지만 현 단계에서 이 '발전' 주제의 중요한 요구는 어떻게 중진국 단계에서 나아가 선진국 단계에 진입해야 할 것인가 하는 것이다.[42] 발전사상에서 보면 선진국(70개국 정도)이 중진국 단계에서 선진국 단계로 진입하는 과정은 평균 12~13년의 시간이 걸렸다. 그중 인구대국(인구가 천만이 넘는 20개 국)은 평균 11~12년의 시간이 걸렸다.

---

42) '중진국 함정' 이라는 개념을 제기해 중진국에서 선진국으로 발전하는 어려움을 묘사한 학자도 있었다. 2006년 세계은행에서는 『동아시아 발전보고(East Asian Visions: Perspectives on Economic Development)』를 발표했다. "만약 아시아가 사회 해체를 피하려면, 응당 민간사회 내부의 충돌, 날로 부단히 늘어나는 중압감과 오염되고 있는 도시 및 때로는 아무런 대응도 하지 못하거나 부패한 관료기구로 인한 도전에 대응해야 한다. 만약 적당한 완화정책을 제정하지 않는다면, 대규모적인 분배조치와 세금을 증가해야 하는 상황이 나타나게 되는데, 이렇게 되면 투자가 줄어들어 성장이 늦어진다. 이는 일부 라틴아메리카 나라들이 불행하게 겪은 현실이다." 하지만 이 보고에서는 '중진국 함정' 이라는 개념을 사용하지 않았다. 2007년 4월 5일 신화넷의 보도에 따르면, 세계은행에서 발표한 『동아시아와 태평양지구 경제 반기보고서』 에서는 "동아시아 지구 각 나라는 '중진국 함정' 이라는 새로운 도전에 직면해있다" 는 내용이 있다. 2007년 세계은행의 『동아부흥: 경제성장의 관점에 관하여』 의 개론 부분에서는 재차 동아시아의 중진국은 응당 "중진국 함정을 피해야 한다(Avoiding the Middle-IncomeTrap)" 고 기록하고 있다. (Indermit Gill and Homi Kharas, An East Asian Renaissance: Ideas for Economic Growth, Washington D.C: The World Bank, p.17; Indermit Gill[印德爾米特  吉爾], Homi Kharas[霍米卡拉斯], 『東亞复興:關于經濟增長的觀点』 , 黃志强, 余江, 번역. 北京, 中信出版社, 2008, 18쪽.)

하지만 개발도상국은 겨우 13개일 뿐, 대부분의 개발도상국은 여전히 빈곤 단계에 처해있거나[43] 비록 중진국 단계에[44] 있지만 장기간 이 단계에서 벗어나기 힘든 상황에 있다. 예를 들면, 1970년대에 중진국 단계에 진입한 라틴아메리카의 여러 나라들은 이미 반세기가 지난 지금까지도 여전히 선진국 단계에 진입하지 못하고, 「라틴아메리카의 함정」에 빠져 있다. 1980년대 동남아시아의 말레이시아, 태국, 필리핀, 인도네시아 등의 나라는 상중등(上中等) 의 수입단계에 들어섰지만, 30여 년이 지난 지금까지도 여전히 선진국 단계로 발전하지 못하고 「동남아시아의 거품」을 형성하고 있다.

1990년대의 서아시아와 북아프리카의 여러 나라도 상중등의 수입단계에 들어선지 이미 20여 년의 시간이 흘렀지만, 여전히 선진국 대열에 진입하지 못하고 「서아시아 및 북아프리카의 위기」가 나타나고 있다. 개혁개방 이후에 형성된 "정치경제학의 초고(初稿)"는 '중국 특색의 사회주의'가 「빈곤함정」을 넘어서고 점차 부유해지는 위대한 역사실천을 실현하도록 지도하고 있으며, 동시에 실천과정에서 부단히 내용을 풍부히 하고 발전시키고 있다. 시진핑의 신시대 '중국 특색의 사회주의' 경제사상, 특히 '경제발전관'은 우리가 강해지는 것을 지도하는 당대의 중국화 된 마르크스주의 경제학이며, 동시에 강해지는

---

43) 현 단계에 약 36개 나라가 여전히 저 수입 단계에 처해있으며 1인 평균 GDP는 1,005달러 이하이다.

44) 현 단계에 하중등수입국가는 54개인데 1인 평균 GDP는 3955달러이하이며 상중등수입국은 54개이며 1인 평균 GDP는 12,235달러 이하이다. 고수입인 12,236달러는 1987년의 6,000달러의 공업화 표준과 상응하다.

위대한 역사의 실천과정에서 이론의 혁신과 보완을 추진하고 있다.

## (4) 무엇 때문에 발전해야 하는가?

"발전의 근본목적은 무엇인가? 어떻게 해야만 광대한 인민 군중들의 적극성을 동원해 발전을 추진할 수 있는가? 누구를 위한 발전인가? 발전의 원동력은 어디에 있는가?" 이는 한 문제에 대한 두개 방면의 기본적인 문제이기에, 반드시 각 방면의 이익 모순을 처리하고, 각 방면의 적극성을 동원하는 것을 "신시대 '중국 특색의 사회주의' 정치경제학"의 중요 임무로 해야 하고, 근본원칙은 인민을 중심으로 하는 발전사상을 견지토록 하는 것이며, 이를 "신시대 '중국 특색의 사회주의' 경제발전"의 근본동력과 원천으로 해야 하는 것이다. 정치경제학이 처리해야 하는 문제는 사회경제 발전과정에서 여러 방면의 이익 모순의 충돌을 인식하고 분석하며 조정하는 것이기에, 경제관계와 모순운동은 사회 각 방면과의 관계 및 모순 운동의 기초가 되는 것이고, 제일 핵심적인 동기인 것이다. '중국 특색의 사회주의' 정치경제학의 중요 사명은 신시대 사회경제의 이익에 대한 모순운동의 규칙을 설명하고, 나아가 각 방면의 적극성을 동원하고, 생산력 해방과 발전의 추진을 위해 이론적 지도를 제공해야 하는 것이다.

여기에는 중앙과 지방, 지역과 지역, 도시와 농촌, 국가와 기업 및 노동자 등 방면의 격려와 구속이 포함된다. 이 때문에 발전은 진정으로 인민을 중심으로 할 것인지를 반드시 명확히 해야 한다. 인민은 역사를 창조하고, 발전을 추진하는 진정한 원동력이다.

마르크스주의 발전관의 핵심은 인민을 발전의 중심으로 하는 것이고, 중점은 '공유'이념으로 먼저 부유해지는 것과 공동으로 부유해지는 역사과정을 통일시켜 근본적으로 인민을 중심으로 하는 발전사상을 확고하게 수립하는 것이고, 경제건설을 중심으로 하는 기본노선과 인민을 중심으로 하는 근본사상을 통일시켜 최대한도로 인민들의 적극성을 동원케 하는 것이다. 시진핑 총서기는 특히 '공유'이념을 강조해 이를 신 발전 이념의 중요한 구성부분으로 했다.

'공유'이념이 강조하는 것은 인간의 전면적 발전과 인민 각 방면의 권익을 보장하는 것이고, 이는 사람을 근본으로 하는 사상을 보여주는 것이며, 전심전의로 인민을 위해 봉사하는 당의 근본 취지를 체현하자는 것이고, 인민은 발전을 추진하는 근본역량이라는 유물론적 역사관을 체현시키자는 것이다. '공유'를 신 발전 이념의 중요한 조성부분으로 하고, 전민의 공유, 전면적인 공유, 공동으로 건설하는 공유, 순차적인 공유를 강조하는 것은 '중국 특색의 사회주의' 초급단계의 수입배분 이론과 원칙을 발전시키자는 것이고, '중국 특색의 사회주의'가 공동 부유의 역사적 실현에 대한 과학적인 서술인 것이며, 인민을 중심으로 하는 발전사상을 견지하는 것에 대한 집중적 체현이다. 즉 "인민을 중심으로 하는 발전사상을 견지하고, 인민의 복지를 증진시키고, 사람들의 전면적인 발전을 촉진시키며, 공동으로 부유해지는 방향으로 착실하게 전진하는 것을 경제발전의 출발점과 입각점으로 해야 한다."[45]는 것이다. 왜냐하면 인민은 채점자이고, 사회역사발전의 진정한 원동력이기 때문이다. 종합적으로 시진핑 "신시대 '중국 특색의 사회주의' 경제사상"은 신시대 '중국 특색의 사회주의' 경제발전이라는 주제의 역사적 변화를 해결하자는데 근거하고 있는 것이다. 즉 역사관과 방법론에서 마르크스주의 유물론과 변증법적 유물론을 기본 방법으로 하여, 생산력과 생산관계·경제기초와 상부구조의 모순운동을 분석하는 과정에서 생산력 해방과 발전을 기본원칙으로 해야 한다는 것이다. 분석 고찰에서 나타난 주제에 대해서는 '중국 특색의 사회주의' 시장경제 개혁에 초점을 맞추었다.

특히 사회주의 공유제를 주제로 하고, 기타 여러 가지 사유제와 공동발전의 기본 경제제도와 자원배치에서 시장이 결정적 작용을 하는 시장경제 구조의 유기적 통일에 초점을 맞춰, 자원배치에서 결정적 작용을 하는 시장과 정부 작용의 좋은 발양이 유기적으로 통일되도록 해야 한다. 시장경제 발전이론을 토론해야 한다는 목적 하에서, 명확하게 생산력 해방과 발전을 위하는 토론을 해야 한다. 그리고 어떻게 경제발전을 실현해야 하는가 하는 문제를 서술함에 있어서, 경제운행 규칙의 분석과 경제모순의 특점에 대한 인식을 통해 각 방면의 적극성을 동원하고, 경제발전을 추진하는 것을 경제발전 이론의 기본임무로 하며, 인민을 중심으로 하는 것을 견지해야 한다는 것을 발전의 출발점과 입각점으로 해야 한다.

---

45) 中共中央文獻研究室, 『習近平關于社會主義經濟建設論述摘編』, 北京, 中央文獻出版社, 2017, 31쪽.

나아가 "왜 발전을 해야 하는가?"에 대한 답을 제시해야 하고, 인민을 중심으로 하는 발전사상을 강조하여 명확하게 "왜 '발전'을 해야 하는 것인가?"에 대한 대답을 해야 하며, "왜 '중국 특색의 사회주의' 길을 택하고, 제도해방과 생산력 발전을 해야 하는가?"를 명확히 해야 하고, "왜 발전은 근본 원동력이라고 하는가?"를 명확히 해야 하는 것이다.

# 3

## 실천논리 : 신 발전 이념의 관철,
## 현대화 경제체계의 구축[46]


이론과 실천의 통일에서 '중국 특색의 사회주의' 경제발전 이론으로 중국 경제발전의 실천을 분석하여 역사 논리와 사상 논리, 이론 논리와 실천 논리를 유기적으로 통일시킴으로서 시진핑 신시대 '중국 특색의 사회주의' 경제사상 방법론의 선명한 특점을 구성하고 발전 실천의 내적 규칙과 논리 연계를 확실하게 파악하는 것을 보여주어야 한다. 과학적 경제발전 이론으로 신시대 '중국 특색의 사회주의' 경제발전의 실천을 지도해야 한다. 우선 신시대 발전 요구의 역사변화에 근거하여 새로운 전반적인 배치를 명확히 해야 하고, 발전목표와 발전의 새로운 역사적 의미를 종합하여 발전의 기본 지도사상과 전반적 인도의 지침으로 해야 하며, 새로운 발전이념의 관철은 새로운 발전방식의 변화가 필요하고, 발전방식의 변화를 추진하려면 신시대 현대화적인 경제시스템의 구축이 필요하다. 이를 변혁을 위한 발전방식의 기본방침으로 하여 기본계획과 책략을 실시하려면 일련의 전략적

---

46) "習近平新時代中國特色社會主義經濟思想中關于貫徹新發展理念, 构建現代化經濟体系 闡釋的討論" 劉偉, 「習近平新時代中國特色社會主義經濟思想的內在邏輯」『經濟研究』 2018(5)], 본 장에서는 관련 내용을 저자에게 연락해 다시 다듬었다.

구성과 정책 조치 및 제도의 혁신이 필요하다. 이런 과정을 통해 완전한 시진핑 신시대 '중국 특색의 사회주의' 경제발전의 실천 논리를 형성시켜야 하는 것이다.

(1) 문제와 이념.

시진핑 신시대 '중국 특색의 사회주의' 사상이 대답해야 하는 근본 문제는 "어떻게 '중국 특색의 사회주의'를 인식해야 하는가?"와 "어떻게 '중국 특색의 사회주의'를 건설해야 하는가?"에 있다. 사회경제 발전의 의미로 보면 발전은 중국공산당의 집정과 나라를 부흥시키는 제일 중요한 임무이며, 인류사회의 영원한 주제이다. 이 주제는 서로 다른 역사시기에 다른 형식으로 표현되고, 다른 역사적 의미를 가지고 있다. 빈곤에서 벗어나고 '부유해지는' 단계에 들어선 후 중국의 경제발전은 필연적으로 일련의 새로운 문제에 직면하게 된다. 경제발전은 새로운 수준에 도달하여 빈곤으로부터 중진국 단계에 들어섰고, 경제발전을 구속하는 기본조건은 체계적인 변화를 가져와 경제는 뉴노멀에 진입했으며, 경제발전은 신시대의 새로운 기회와 새로운 도전에 직면했기에 사회의 주요 모순은 새로운 변화를 가져왔고, 전면적인 샤오캉사회를 실현시켜 현대화를 이룩하는 것은 신시대에 직면한 경제발전의 역사적 임무가 되었다. 따라서 근본적인 발전방식의 변화를 요구하고 있는 것이다. 이를 위해서 먼저 발전이라는 주제에 대해 신시대의 역사적 의미에 대한 과학적 인식이 필요하고, 신 발전 이념을 풍부히 하며, 예전에 GDP의 성장을 핵심으로 하던 성장이념을 발전시키고, 정치·경제·문화·사회·생태 건설을 '오위일체'의 전반적 구도로 전환시켜야 함을 명확히 해야 한다. 마르크스가 말했다시피 "문제는 시대의 구호인 것이다."[47]

그러면 "어떻게 신시대가 제기한 문제에 응답해야 하는가?" 그러기 위해서는 먼저 새로운 발전이념을 수립하여 "어떻게 '오위일체'의 전반적인 배치를 관철시켜 신시대의 신 발전을 실현해야 하는가?"에 대해 대답해야 한다. 또한 새로운 전략적·강령적·인도적인 발전의 사고방식과 발전방향 및 발전의 착력점(着力點, 어떤 물체에 대하여 힘이 작용하는 한 점—역자 주)을 확립할 것을 요구해야 하는데, 이를 위해서는 새로운 이념의 수립이 필요하다. 이를 위해 시진핑 총서기는 이렇게 제기했다. "혁신적이고 조화롭고 녹색적이고 개방적이며, 공유의 발전이념을 견지해야 한다. 이 다섯 가지 발전이념은 근거 없이 생긴 것이 아니라, 국내외의 발전 추세를 깊이 있게 분석해서 얻은 결과의 기초에서 형성된 것으로, 중국공산당의 경제사회 발전규칙에 대한 인식의 심화를 집중적으로 보여준 것이고, 우리나라 발전과정에서 돌출적으로 나타난 모순과 문제에 견주어서 제기한 것이다."[48] 신 발전이념이 체현해야 하는 원칙은 과학발전, 개혁심화, 더욱 높은 차원의 개방 등 세 가지의 유기적 통일이다.[49]

47) 馬克思, 恩格斯, 『馬克思恩格斯全集』 第四十卷, 北京, 人民出版社, 1982, 289쪽.
48) 中共中央文獻研究室, 『十八大以來重要文獻選編』 中, 北京, 中央文獻出版社, 2016, 825쪽.
49) 習近平, 『決勝全面建成小康社會 奪取新時代中國特色社會主義偉大勝利-産党第十九次全國代表大會上的報告』, 앞의 책, 29-35쪽.

## (2) 어떤 방식으로 신 발전 이념을 실행할 것인가?

중국공산당 제19차 전국대표대회 보고에서는 "신 발전 이념을 관철시키려면, '현대화 경제체제'를 구축할 필요가 있다."고 했으며, "현대화 경제체제는 고비를 넘기기 위한 절박한 요구이며, 우리나라 발전의 전략목표이다."[50]라고 했다. 그렇다면 "'현대화 경제체제'는 어떤 의미를 가지고 있는가?" 시진핑 총서기가 개괄한 것처럼 주로 일곱 가지 체계를 포함하고 있다. 혁신적인 인도와 협동 발전의 산업체계, 통일 개방과 경쟁이 질서적인 시장체계, 효율적인 체현과 공정을 촉진하는 수입의 배분체계, 우월성이 분명하고 협동적이며 상호작용을 하는 도시와 농촌지역의 발전체계, 자원절약과 환경이 친화적인 녹색발전체계, 다원적인 평형과 고효율적인 안전의 전면적인 개방체계, 시장의 충분한 작용과 더욱 훌륭한 정부의 작용이 적용되는 경제체제, 또한 시진핑 총서기는 현대화 경제체제는 사회경제 활동의 각 고리와 각 계층 각 영역의 상호관계와 내적 연계로 이루어진 유기적인 종합체라고 특히 강조했다.[51] 그렇다면 "어떻게 한 발 더 다가가 현대화 경제체계의 건설을 추진해야 하는가?" 그것은 바로 공급 측의 구조적 개혁심화를 주요 노선으로 하여 현대화 경제체계의 건설을 추진해야 한다. 즉 공급 측으로부터 전면적인 개혁심화를 원동력으로 하여 경제발전 심층구조의 모순 극복을 추진하여 공급체계가 효과적

---

50) 中共中央文獻硏究室, 앞의 책, 30쪽.
51) 「深刻認識建設現代化經濟体系重要性. 推動我國經濟發展煥發新活力邁上新台階」, 『人民日報』, 2018, 02, 01.

으로 수요 구조의 변화에 적응하도록 해야 하며, 공급체계의 품질과 효율을 높이고, 낮은 수준의 수요공급의 균형이 높은 수준으로 발전할 수 있도록 해야 한다. 그 핵심은 사회생산력을 더욱 해방시키고 발전시키는 것이다.[52] 무엇 때문에 공급 측 구조개혁을 심화시키는 것을 주요 노선으로 하여 현대화 경제체계의 건설을 추진해야 하는 것인가? 첫째는 중국 사회발전의 주요 모순은 주로 불균형과 불충분한 발전에 있고, 공급 측 구조개혁을 주요 노선으로 하여 주요 모순의 주요 방면에서의 운동 요구에 적응토록 해야 한다. 둘째, 중국경제의 뉴노멀 상황에서 경제발전의 주요 문제와 불균형의 심층적인 원인은 공급 측에 집중되어 있으며, 특히 구조적 모순에 집중되어 있다. 시장 운행방면의 '3대 불균형'인 실체 경제 내부의 공급과 수요의 구조적 불균형, 실체 경제와 금융부문 간의 불균형, 부동산과 국민경제 각 부문 간의 불균형 등은 모두 공급 측의 구조적 불균형에 속한다. 거시경제에는 이중 리스크가 존재한다. 즉 원가로 인한 잠재적 인플레이션 압력과 수요 부족으로 인한 경제의 하락이기에 심층 원인도 중요한 공급 측의 구조적 모순이다. 잠재적 원가로 인한 인플레이션의 압박은 공급 측 요소의 원가상승과 효율을 제고시키는 사이의 구조 불균형으로 인해 나타난 것이다. 경제의 침체를 초래하는 수요 부족과 투자 수요의 증가속도가 대폭적으로 감소하는 심층적 원인은 공급 측의 혁신력 부족, 산업구조 업그레이드의 원동력 부족 때문이

---

52) 中共中央文獻研究室.『習近平關于社會主義經濟建設論述摘編』, 北京, 中央文獻出版社, 2017, 108쪽.

고, 효과적인 투자기회의 결핍이지 자본화폐와 공급량의 부족 때문이 아닌 것이다. 소비 요구의 증가가 하락하는 근본원인은 공급 측이 산출하는 품질과 구조의 불합리, 국민수입 분배구조의 왜곡 때문이지 국민수입 및 그에 상응하는 주민의 총체적 구매력 증가가 부족한 것 때문이 아니다. 셋째, 공급 측 구조 개혁의 특점은 노동자·기업·산업을 포함한 생산자를 출발점으로 하여 생산자의 효율 제고를 목적으로 하는 것이지, 수요 관리와 같이 소비자를 대상으로 하는 것이 아니다. 또한 그 입각점은 조직구조·산업구조·구역구조 등을 포함하는 국민경제의 구조적 효과이고, 그 목적은 구조의 승격과 최적화이지 수요 관리와 같이 전반적인 효과는 아닌 것이다. 이 특점은 중국 신시대 경제 뉴노멀 발전의 근본적인 요구에 적합한 것으로 "고속성장 단계에서 고품질 발전단계로 변하는 단계에서 발전방식의 변화로 경제구조를 최적화하고, 성장의 원동력을 변화시키는 난관의 돌파시기"[53]에 있는 국민경제발전의 요구를 집중적으로 구현한 것이다.

어떻게 공급 측 구조개혁을 심화시키는 것을 추진하여 이를 주요 노선으로 한 현대화 경제체계의 건설을 추진할 것인가? 이를 위해 그 본질의 특징에서 보면, 중국의 공급 측 구조개혁의 심화와 서방의 '공급혁명'에는 중요한 차이가 있다. 첫째, 중국은 개발도상국으로 경제구조가 낮고, 경제적 불균형이 심각하며, 구조변화의 압력이 높아 선진국 경제와 비교할 때 발전의 단계적 차이가 있다. 둘째, 중국

---

53) 習近平, 『決勝全面建成小康社會 奪取新時代中國特色社會主義偉大胜利-共産党第十九次全國代表大會上的報告』, 앞의 책, 30쪽.

의 근본제도인 '중국 특색의 사회주의' 제도에서 공급과 수요의 관계는 근본적인 대립이 아니며, 경제발전의 근본 목적은 아름다운 생활에 대한 인민들의 수요를 만족시키는 것이지 이윤을 추구하는 자본을 만족시키기 위한 것이 아니므로, 정부의 거시 관리와 시장의 경쟁구조는 경제제도와 운행구조에서 유기적인 통일을 실현할 가능성이 존재기 때문에 이는 근본적인 대립이 아니다. 전략 실시에 있어서 첫째는 반드시 강력하게 실체 경제(특히 선진적인 제조업)를 발전시키고, 농업의 공급 측 구조개혁을 심화시켜 현대화 경제체제의 산업기초를 튼튼히 해야 한다. 둘째는 반드시 혁신적으로 발전전략을 실천하는 일에 속력을 가하고, 현대화 경제체제의 전략에 대한 지지를 강화해야 한다. 셋째는 반드시 적극적으로 도시와 농촌지역의 상생발전을 추진하고, 현대화 경제체계의 전략구도를 최적화해야 한다. 넷째는 반드시 강력하게 개방형 경제를 발전시켜 현대화 경제체계의 국제경쟁력을 높여야 한다. 다섯째는 반드시 경제체제의 개혁을 심화시키고, 제도혁신을 통해 부단히 현대화 경제체제의 제도적 보장을 개선해야 한다. 특히 정책을 관철시켜야 한다는 관점에서 볼 때, 현 단계의 "생산 조절, 재고 조절, 위험 예방, 기업비용 절감, 단점 보완" 등 '3거 1강 1보(三去一降一補)'를 깊이 있게 추진해야 만 현대화 경제체계의 시장경쟁력을 제고시킬 수 있는 것이다.[54]

---

54) 「深刻認識建設現代化經濟体系重要性推動我國經濟發展煥發新活力邁上新台階」, 『人民日報』, 2018-02-01.

(3) 수요는 공급 측 구조개혁을 위해 어떤 거시경제 조건과 제도적 질서의 환경을 마련하는가?

공급 측 구조개혁을 심화시키는 것을 주요 노선으로 하여 현대화 경제체계의 구축을 추진하며, 반드시 "안정 속 진보추구(穩中求進)를 사업의 주안점으로 하는 것을 견지해야 한다. '안정'의 중점은 안정적인 경제운행을 중점으로 하는 기초위에서 성장·취업·물가 면에서 큰 파동이 나타나지 않도록 보장하여, 금융에서 지역적인 계통적 위험이 나타나지 않도록 하는 것이다. '진보'는 경제구조의 조정과 개혁개방의 심화를 중점으로 하는 것이다."[55] '안정 속 진보 추구'라는 주안점을 관철시키는 것은 '안정 속 진보 추구'의 실질은 수요 관리와 공급 관리의 통일, 총량 조정과 구조 개혁의 통일, 단기 성장과 장기 발전의 통일을 실현하는 것이다. 한편 수요 관리의 중점은 총량적인 성장문제를 해결하는 것이다. 만약 수요 관리를 통제하지 못하거나 수요가 팽창하면 인플레이션의 압력이 커지게 되어 공급 측 구조개혁을 심화시켜야 하는 시장에 대한 압력과 원동력을 구비하지 못하게 된다. 만약 수요가 심각하게 침체되면 실업률이 올라가 공급 측 구조개혁을 심화시키는 경제공간이 줄어들고, 실현 가능성이 없게 된다. 수요관리와 공급 측 구조개혁이 반드시 균형적 통일을 이루게 하기 위해서는, 경제성장률과 인플레이션(필립스곡선)이 균형을 이루도록 하고, 경제성장률과 실업률(오쿤의 법칙) 등 거시경제의 운행수치

---

55) 中共中央文獻硏究室, 『習近平關于社會主義經濟建設論述摘編』, 北京, 中央文獻出版社, 2017, 321쪽.

가 균형을 이루도록 해야 한다. '안정'이 없다면 '진척'을 이루기가 어렵다. '안정'의 근본은 경제성장의 균형을 실현하는 것이다. 다른 한편으로 공급 측 구조개혁은 주로 요인의 효율과 총 요인의 생산성을 제고시키는 기초위에서 구조적 문제를 해결하는 것이다. 비록 상대적으로 총량 면에서의 성장은 장기성을 띠고 있지만, 근본적으로 불균형을 극복할 수 있는 '진척'이 없다면, 장기적인 '안정'은 존재하지 않는 것이다.[56] 발전방식이 변화하는 관건은 혁신의 힘으로 요소의 효율과 전반적인 요소의 효율 제고를 통해 경제성장을 이끄는 방식인데, 이는 예전에 주로 요소 투입량의 확장으로 성장을 도모하던 방식을 대체하는 것이다. 신시대에 중국경제가 불균형적인 모습으로 비쳐지는 근본 원인은 주로 구조의 모순에 집중되어 있다. '진척'의 근본은 바로 이런 구조 불균형의 문제와 효율 제고의 문제를 해결하는 것이다.

"어떻게 안정 속에서 진보적 추구를 실현할 수 있는가?" 하는 문제를 해결하기 위해서는 바로 제도의 혁신에 있다. 이처럼 신 발전 이념을 실천하려면 바로 제도혁신이 필요한 것이다. 사회주의 생산력을 해방시키고 발전시키려면, '중국 특색의 사회주의' 생산관계를 부단히 변혁하고 개선해야 한다. 사회경제의 기초인 생산관계의 역사적 변혁은 필연적인 것으로 이에 상응하는 상부구조의 변화가 요구된다.

이 때문에 전면적인 경제, 법치, 정치, 문화 등 여러 방면의 사회제도와 질서의 변혁을 요구하게 되는 것이다. 일부 국가가 중진국의 발전단계를 벗어나지 못하고, 지속적인 발전을 실현하기 어려운 근본

---

56) 위의 책, 99쪽.

제도의 원인에는 몇 가지가 있다. 첫째로 경제제도 면에서의 낙후한 현대적 의미의 시장화가 정부와 시장과의 관계를 유기적으로 조정하지 못해 시장이 기능을 잃고, 정부도 그 효력을 잃었기 때문이다. 둘째는 낙후한 법치화로 인해 시장 주체의 '사적 권력'에 대한 보호가 부족하고, 정부 주체의 '공공 권력'이 규범적이지 못하기 때문이다. 셋째는 낙후한 정치제도로 인한 정치의 거버넌스 구조와 능력의 불완전이 사회발전의 역량을 동원해 현대화가 필요한 시장화와 법치화를 추진할 수 없기 때문이다. 이렇게 되면 경제와 법치 및 정치제도에서 시장은 기능을 잃고, 정부는 권력에 집중하게 되며, 정부 권력에 대한 제약이 부족해지면 '렌트-시킹'[57] 행위는 더욱 보편화되고, 자원배치는 시장경쟁의 원칙을 따르는 것이 아니라, '렌트-시킹'의 원칙을 따르게 되며, 도덕적인 면에서 '렌트-시킹'에 대한 구속이 결핍해 공정도 없어지고 효율도 없는 상황이 나타나게 된다. 이에 관한 국제사회의 경험과 교훈을 종합하여 중국 신시대 '오위일체'의 전반 구도의 역사적 요구에 따라 중국공산당은 신시대 '4개 전면'이라는 전략구성을 제기해 '오위일체'의 전반 구도를 실천하는 방략(方略)을 제시한 것이다. 이를 통해 전면적인 샤오캉사회의 실현과 현대화라는 신시대 발전주제의 실현을 위해 경제·법치·정치 등 면에서 제도혁신을 시행

---

57) 렌트-시킹(rent-seeking) : 렌트란 본래 지대(地代)를 뜻하는 영어이지만, 현대 경제학 정치학에서는 공적 권력에 의해 공급량이 고정된 재화나 서비스의 공급자가 독점적으로 얻는 이익을 가리킨다. 예를 들어 수입 제한이나 정부 우선 조달 등 규제 보호를 받는 산업은 규제 보호가 없을 경우 더 높은 편익을 얻을 수 있다고 기대된다. 이때의 초과 이윤에 해당하는 부분을 렌트라고 하며, 기업 이익단체 정치가 관료기구 등이 렌트를 요구하여 전개하는 행동을 렌트 시킹이라고 한다. 대체로 렌트 시킹은 비생산적 비효율적 활동으로 간주된다.

하여 안정 속에서 진보를 추구하는 것을 관철시킬 수 있는 제도적 기초를 창조해야만 할 것이다.[58] 종합적으로 신시대 '중국 특색의 사회주의' 경제발전이라는 주제는 역사적인 변화를 가져왔기 때문에 발전을 이끄는 목표도 역사적 변화를 가져올 수 있기를 요구한다. GDP를 핵심으로 하는 경제성장은 '오위일체'의 전반적인 구도로 변화되어야 한다. 나아가서 신 발전의 이념을 수립할 것을 요구한다. 즉 혁신·조화·녹색·개방·공유 등 이념의 관철과 발전방식의 근본적 변화를 추진하자는 것이다. 5대 발전이념의 관철은 현대화 경제체계의 건설을 절실하게 요구한다. 이를 위해서는 개혁·발전·개방의 유기적인 통일에 기초하여 새로운 경제시스템을 구축해야 하며, 현대화 경제체계의 건설은 빈드시 공급 측 구조개혁의 심화를 수요 노선으로 해야 한다. 이렇게 해야만 현대화 경제체계 건설의 근본적인 성과를 올릴 수 있는 것이다. 공급 측 구조개혁을 심화시키려면 수요에 대한 관리를 조절하여 수요와 공급, 단기와 장기, 총량과 구조를 서로 조화롭게 하고, 공급 측 구조개혁을 심화시켜 안정적인 성장과 운행에 필요한 경제 환경을 창조해야 한다. 동시에 총량의 장기적이고 균형적인 성장을 위해 깊이 있는 구조 전환과 업그레이드된 공급조건을 창조해야 한다. 이렇게 하여 "안정 속에서 진보를 추구한다"라는 주안점을 관

---

58) 4개 전면(四个全面) : 중국공산당 제18차 전국대표대회 이후의 중앙전체회의에서 결정한 것이다. 중국공산당 제18차 전국대표대회 이후 시진핑 총서기는 여러 장소에서 여러 차례 '4개 전면'의 내용을 각각 논술했다. 하지만 '4개 전면'을 완정하게 묶은 범주가 보도된 것은 2014년 12월 장수성(江蘇省)에서 조사연구를 할 때, 시진핑 총서기가 개괄함으로서 비롯되었는데, 이 때 비로소 총서기가 처음으로 '4개 전면'이 무엇을 의미하는지를 언급했던 것이다. 新華网, 2014-12-16.

철시켜야 한다. "안정 속에서 진보를 추구한다"고 하는 주안점을 관철시킴에 있어서 '안정'의 근본은 거시경제 성장의 균형을 맞추는데 있으며, '진척'의 근본은 구조개혁에 있으므로 '4개 전면'의 전략 구성을 관철시킬 필요가 있는 것이다. 이러한 구성은 견고한 내적 연결을 지니고 있는 논리의 총체라 할 수 있다. 따라서 이러한 논리의 연계성을 파악하는 것은 시진핑 신시대 '중국 특색의 사회주의' 경제사상을 이해하는데 중요한 의미가 있는 것이다.

제2장
시진핑 신시대 '중국 특색의 사회주의'
경제사상의 시대배경[59]

59) 본 장의 저자는 류서우잉(劉守英)이다.

시진핑 신시대 '중국 특색의 사회주의' 경제사상은 중국공산당 제 18차 전국대표대회 이후, 중국 경제발전 실천이론 형성의 원동력이 되었고, '중국 특색의 사회주의' 정치경제학의 최신 성과이며, 시진핑 신시대 '중국 특색의 사회주의' 사상의 중요한 내용이며, 당과 국가의 매우 소중한 정신적인 재부이다. 시진핑 신시대 '중국 특색의 사회주의' 경제사상을 깊이 있게 인식하고 정확하게 파악하려면, 반드시 중국경제가 고속성장 단계로부터 높은 품질의 발전단계로 변화하는 단계적 특징을 정확하게 이해하여야 하고, 반드시 신중하게 현재의 중국경제가 발전하는데 있어서 직면하고 있는 복잡한 외부환경을 이해해야 하며, 반드시 중국의 경제발전이 직면한 역사적 임무를 명석하게 인식하고 파악해야 한다.

# 1
## 중국경제는 이미 고속성장 단계에서
## 높은 품질 발전의 새로운 단계에 들어섰다


**(1) 고속성장 패턴은 계속되기 어렵다.**

개혁개방 이래 노동력 자원과 수토자원의 비교적 오랜 기간 동안 폭넓은 공급, 명확한 후발국으로서의 장점, 국내·국제환경의 장기적인 안정 등 여러 가지 요인의 공동작용 하에 중국경제는 비교적 긴 시간 동안 고속성장을 유지할 수 있었다. 1979~2012년 동안 GDP의 연성장률은 9.9%였으며, 매 연도의 성장속도는 두 자리 수를 기록했다. 이는 세계 여러 주요 경제체제 중에서도 손꼽히는 속도였다. 국내의 생산총액은 80조 위안에 달해 세계 제2위가 되었고, 세계경제성장에 미친 공헌률은 30%가 넘었다. 40년 동안의 고속발전을 거쳐 21세기 두 번째 10년에 들어 선 후, 국내 경제발전의 구속조건 및 국제시장의 환경은 선명한 변화를 가져와 중국의 경제는 서서히 뉴노멀에 들어서게 되었다. 그 변화로는 다음과 같은 것이 있다. 첫째는 자원생태환경의 속박이 더욱 강해졌다는 점이다. 환경오염의 상황은 심각해졌고, 자원생태환경의 수용능력은 거의 한계에 다다랐으며, 일부지역에서는 '적자'가 나타나 조방식(粗放式)[60] 경제성장 방법은 지속

---

60) 조방식(粗放式) : 자본과 노동을 적게 투자하여 큰 이득 성과를 추구하는 방식.

되기 어렵게 되었다. 둘째로는 세계의 경제회복이 쇠퇴하고 저수준을 유지하고 있다는 점이다. 따라서 중국의 경제를 이끌던 외부 수요의 작용은 현저하게 약화되었다. 셋째는 더욱 많은 신흥경제체가 공업화의 진척을 앞당기고 있다는 점이다. 그들은 노동력의 낮은 원가를 장점으로 하여 대대적으로 제조업을 발전시켜 세계시장에서의 경쟁력을 강화하고 있다는 것이다.[61] 국내와 국제경제 형세의 새로운 변화를 종합적으로 분석하는 기초위에서 중국공산당 제19차 전국 대표대회에서는 "우리나라 경제는 이미 고속성장단계에서 고품질 발전단계로 들어섰다."고 하는 중대한 판단을 내렸다. 이는 중국경제의 발전단계에 대한 새로운 인식으로 중국경제의 건설과 발전에 대한 새로운 방향의 제시였다. 이 중대한 판단은 2014년 시진핑 총서기가 제기한 "중국의 경제발전은 뉴노멀에 들어섰다"는 논단과 일맥상통한다. 동시에 이는 중국 경제발전의 현 단계 특징에 대한 새로운 개괄로서 현재 경제건설의 뚜렷한 특징과 핵심목표의 임무를 더욱 강조한 것이고, 현재와 이후의 경제건설에 대한 발전방향을 명시한 것이다.

(2) 고품질 발전단계의 주요특징.

중국경제는 고속성장단계에서 고품질의 발전단계로 들어섰다. 이는 중국경제가 품질변혁·효율변혁·원동력변혁의 '3대 변혁'을 실현하게 된다는 것을 의미한다. 성장패턴에서 외국의 수요와 투자를 통해 성장을 실현하거나 규모를 확장해 경제성장을 이끌던 패턴으로부터 모

---

61) 『党的十九大報告輔導讀本』, 北京, 人民出版社, 2017.

든 요인의 생산성 제고에 의존해 경제성장을 이끄는 패턴으로 변화하게 된다는 것을 의미하는 것이다. 즉 고품질발전의 새로운 단계에서 중국경제는 경제성장 속도, 경제성장 구조, 경제성장 원동력 등 여러 가지 방면에서 새로운 단계의 특징을 가지게 된다는 것이다.

그 새로운 단계의 특징은 다음과 같다. 첫째, 경제의 성장속도는 중고속을 유지하게 될 것이라는 점이다. 한편으로 노동 투자, 자본 투입과 모든 요인의 생산성 등 경제성장을 결정하는 관건적 요인들을 볼 때, 중국경제가 고속성장 궤도에 재차 진입하여 V형이나 U형의 반등을 실현할 조건은 부족하다. 왜냐하면 1) 2012년 이후 중국의 노동 참여 연령대의 인구는 연속해서 6년이나 줄어들었다. 2017년에는 2016년보다 548만 명이 줄어들있는데, 이는 전반적으로 노동투입에 의해 이루어지는 성장이 날로 줄어들고 있음을 의미한다. 2) 인구의 노령화 정도가 심각해지고 있다는 점이다. 2012~2017년 중국에서 60세 이상의 인구는 14.3%에서 17.2%로 증가했다. 부양하는데 필요한 지출은 증가하고, 저축률은 내려가 "부유해지기 전에 늙어가는" 문제가 날로 뚜렷하게 나타나 투자에 사용할 수 있는 자본의 성장이 늦어지고 있다는 점이다. 3) 모든 요인의 생산성이 단기간에 대폭적으로 늘어나기가 어려운 상황이라는 점이다. 또한 중국은 세계에서 인구가 제일 많고 중등 수입의 집단규모가 제일 크며, 시장의 소비구조는 높은 단계로 변화하고 있다. 총체적으로는 여전히 도시화·공업화의 쾌속 추진기에 처해있으므로 경제발전은 여전이 큰 잠재력과 뒷심을 가지고는 있다. 이러한 상황들을 종합 분석하여 최근의 경제성장 상황과 결합하면, 이후 비교적 긴 시간 동안 중국의 경제는 6.5% 좌우의 성장속도를 유지할 수 있는 조건을 가지고 있으며, 거시경제의 추세는 큰 L자 모양이거나 작은 W자 모양의 흐름을 보여줄 것으로 보인다.[62]

둘째, 경제성장의 구조에는 전환적 변화가 나타날 것이다. 과거 중국의 경제는 투자와 공업을 위주로 외국의 수요가 경제성장을 이끄는 구조적 특징을 가지고 있었다. 최근에 나타난 일련의 변화는 중국의 경제성장은 점차 소비와 서비스업을 중심으로 하고, 국내 수요가 이끄는 구조로 변화하고 있음을 보여준다. 그 상황은 다음과 같다. 1) 소비가 국내 총생산액에서 차지하는 비중이 점차 투자를 넘어서고 있다. 2017년 사회 소비품 소매 총액은 36조 6,262억 위안에 달해 GDP의 44.28%를 차지했고, 소비가 경제성장에 미치는 적극적인 작용은 부단히 증가하여 2017년에 이르러 소비가 GDP성장에 대한 기여도는 58.8%에 달했다. 2) 제3산업의 비중이 늘어나고 있다. 2013년 제3산업의 비중은 처음으로 제2산업을 넘어섰고, 더 상승할 것으로 보인다. 공업의 3차 산업에서의 취업 비중·산출 비중은 줄어들었고, 서비스업의 비중은 늘어났다. 3) 대외무역수출의 증가 속도가 줄어들었다. 선진국의 산업 이전과 중국의 풍부하고 저렴한 노동력 자원의 혜택으로 중국에서 생산한 상품은 빠른 속도로 국제시장에서 자리를 잡아 중국은 대외무역에서 장기적으로 무역수지 흑자를 기록했다. 그러나 새로운 단계에 들어선 지금은 국제 금융위기, 무역보호주의 및

---

62) 劉世錦, 『中速平台与高質量發展』, 北京, 中信出版集團, 2018.

중국 인구의 노령화로 인한 저 원가 노동력의 장점이 변화하는 등의 영향으로 수출에 의한 성장은 점차 더욱 큰 곤란에 직면하게 되었다.

셋째, 저 원가 자원과 요소의 투입을 원동력으로 하던 경제성장은 혁신을 원동력으로 하게 될 것이다. 개혁개방 40년 동안 중국경제의 고속성장의 주요 원동력은 저 원가 자원과 요소의 투입이었다. 통계에 따르면, 지난 40년 동안 중국 1인당 GDP는 연 평균 9%의 실제 성장속도를 기록했으며, 인구 배당의 요인은 약 0.8%를 기여했다. 중국 인구의 구조변화에 따라 중국 노동력의 원가는 점차 높아져 ·노동력의 상대적 가격 장점은 점차 사라지게 되었고, 전통적인 인구에 의한 순익의 소모를 다 하게 되었다. 따라서 저 원가 자원과 요인 투입에 의한 원동력이 현저하게 줄이들고 생존공간이 너욱 줄어들게 되었다. 이와 동시에 최근 경세정장의 새로운 원동력이 나타났는데, 그것은 창업혁신, 인터넷 경제, 데이터 경제, 공유경제가 나타나 쾌속적인 발전을 가져왔다. 2013~2016년 첨단 산업, 전력 신흥산업의 증가 속도는 10% 이상을 유지해 발전의 원동력 혁신에 좋은 기초를 닦아 놓았다.

넷째, 경제발전의 주요 형태는 '증량'으로부터 '품질제고'로 변화하게 될 것이다. 지난 비교적 긴 시기에 경제발전이 주요하게 해결해야 했던 문제를 간단히 해석하면, 그것은 '문제의 존재 여부'였고, 수량적으로 볼 때 '문제가 될 수 있는가?' 하는 것이었다. 거의 70년간의 힘든 발전을 거쳐, 특히 개혁개방 이후 40년간의 발전을 통해 중국사회의 생산력 수준은 상당히 제고되었고, 물질생활이 매우 풍부해졌으며, 인민들의 생활수준도 뚜렷한 제고를 가져왔다. 이로써 공급 부족의 국면은 근본적으로 변화되게 되었다. 동시에 인민들의 소비 요구도 변화를 가져왔다. 고품질의 농산품, 고급 제조품과 고품질의 서비스에 대한 요구가 더욱 부각되었다. 하지만 국내 공급 측이 아직 이런 변화에 만족스럽게 대응하지 못하고 있다. 간단히 말하면 현재의 경제발전이 직면한 문제는 이미 품질의 '좋고 나쁨', 효과가 '우수한지? 아닌지?' 등의 문제로 변해 양으로부터 품질로의 근본적인 변화가 나타났다는 사실이다.

다섯째, 소비·투자행위의 패턴이 변하게 될 것이다.

1) 소비영역은 모방형 파도식 소비단계가 기본적으로 끝나고, 개성화되고 다양한 소비가 점차 트렌드가 되었다. 정보 소비, 친환경 소비, 여행 여가 소비 등 새로운 소비형태가 트렌드가 되고, 새로운 소비품종이 부단히 나타나고 있다. 이에 상응하여 시장의 경쟁방식도 변화하게 될 것이다. '가격전쟁', '규모전쟁' 등 전통적인 시장경쟁 수단이 점차 효과를 잃어가고, 점차 많은 시장의 주체는 차별화와 높은 품질의 상품과 서비스로 시장을 차지하게 될 것이다. 2) 투자영역에서는 40년간의 대규모적인 투자건설을 통해 제조업, 주택과 기초시설 건설 등 영역의 투자는 상대적으로 포화된 상황이고, 부분적인 영역에서는 투자과잉이 나타났다. 서로 이어지고 연관된 기초시설과 신기술, 신제품, 새로운 업무경영상태, 새로운 상업패턴은 새로운 투자기회를 창조해주고 있다. 크라우드 펀딩, 인터넷 금융 등 새로운 투자와 융자방식과 방법이 대량으로 나타나고 있다. 이 외에도 지방정부

간의 경쟁방식도 변화하고 있다. 단순하게 정책·특혜제도 등에 대한 비교로부터 경영환경·혁신환경·재능 있는 노동력 유치능력 등의 경쟁으로 변화되고 있다.[63]

여섯째, 리스크 방출과 경제전형이 병존하게 될 것이다. 수십 년간의 경제 고속성장과 자원배치에 대한 정부의 부당한 관여 등의 원인으로 이전의 발전단계에 쌓인 생산력 과잉, 지방의 채무, 자산 거품, 하이 레버리지 등의 경제위험이 점차 드러나고 있다. 2012년 이후로 중앙에서는 일련의 지향적인 정책조치를 공포해 경제적 위험을 줄이려고 노력했으며 상당한 효과를 가져왔다.

종합적으로 보면, 현재의 경제위험은 전체적으로 통제할 수 있는 상황이기는 하지만, 하이 레버리시와 거품화를 주요 특징으로 하는 여러 가지 경제적 위험은 비교적 긴 시간 동안 존재하기 때문에,[64] 경제발전의 새로운 단계는 전형과 업그레이드를 추진하고, 품질의 효익을 제고하는 단계이며, 경제적 위험을 제거하고, 건강한 발전단계를 실현하는 단계이며, 위험에 대한 제거와 전형 추진이 동시에 실행되어야 할 것이다.

### (3) 중국은 여전히 장기간 사회주의 초급단계에 처해있다.

여기서 강조해야 할 것은 비록 중국경제가 고품질 발전단계에 들어섰다고는 하지만, "우리나라는 여전히 장기간 사회주의 초급단계에

63) 楊偉民, 『新常態大邏輯』, 財新网, 2014, 12, 22.
64) 周子勛, 「中國經濟 : 防風險, 促增長, 高質量發展」, 『中國經濟報告』, 2018(7).

처해있다"라는 기본 국정에 대한 판단은 변화되지 않고 있다는 점이다. 경제의 고품질 발전의 새로운 단계는 사회주의 초급단계라는 역사의 긴 과정에 포함되는 단계이지 사회주의 초급단계라는 '큰 계단'을 넘어 선 것은 아니다. 그러한 상황은 다음과 같다. 1) 현재의 사회 생산력 수준은 현대화를 실현할 수 있는 수준에는 도달하지 못하고 있다. 이미 현대화를 실현한 선진국들과 비교하면, 중국사회의 생산력 발전은 전체적으로 중등수준이며, 여러 영역에서 여전히 적지 않은 차이가 있다. 2) 국가 거버넌스 체계와 거버넌스 능력에서 현대화를 실현하지 못했으며, 각 영역에서의 제도건설은 아직 성숙되지 못하고 있고, 형태가 고정되지 못했다. 3) 발전의 불균형·불충분의 문제는 여전히 돌출적인 문제이며, 도시와 농촌, 동부·중부·서부지역의 경제는 여전히 큰 차이가 있다. 따라서 경제의 높은 품질의 발전 단계에서 우리는 여전히 사회주의 초급단계라는 제일 큰 실제에 입각하여 시종 사회주의 초급단계의 국정으로부터 출발한다는 것을 견지하면서 새로운 단계의 경제건설을 위한 각 항의 사업을 계획하고 추진해야 할 것이다.

## 2

## 세계경제는 심각한 조정과 변혁시기에 진입했다

안정적이고 느슨한 국제환경은 중국이 개혁개방 40년 동안 높은 발전 속도를 유지할 수 있는 관건적인 요인이었다. 현재의 세계는 대 발전, 대 변혁, 대 조정의 시기에 처해있다. 세계경제의 역량패턴은 명확한 변화가 일어났고, 글로벌화는 일정 정도에서 충격을 받고 있다. 이렇게 중국 경제발전의 외부 환경은 명확한 변화가 일어났다. 신 발전 단계에 중국의 경제발전은 반드시 예전보다 더욱 복잡하고 불확실성이 더 큰 국제환경을 직면해야 할 것이다.

**(1) 세계경제의 역량구도는 명확한 변화를 가져왔다.**

세계경제 구도의 깊이 있는 조정은 "동쪽은 오르고, 서쪽은 내리며" "남쪽이 오르고, 북쪽이 내리는" 상황이다. 국제적 세력 대비는 더욱 균형적인 방향으로 발전하고 있다. '브릭스 5개국', '넥스트 11'[65] 등 신흥경제체와 개발도상국은 집단적으로 발 돋음을 하고 있

---

65) 넥스트11 : 차세대 성장국가 11개국이라는 의미로 미국의 투자은행인 골드먼삭스가 만들어 낸 말이다. 골드먼삭스는 2005년 12월초 발표한 세계경제보고서에서 성장잠재력을 감안, 새롭게 떠오를 시장으로 방글라데시·이집트·인도네시아·이란·한국·멕시코·나이지리아·파키스탄·필리핀·터키·베트남 등을 '넥스트11' 로 명명하였다. 그리고 이 11개국 중 한국이 '브릭스(BRICs)' 를 이을 '넥스트11' 의 선두주자라고 주장하면서, 이에 대한 근거로 증시가 살아나고 소비 심리가 살아나고 있는 점을 지적하였다.

다. 2016년 신흥경제체와 개발도상국이 세계의 경제성장에 미친 공헌은 이미 80%나 되었다. 환율로 계산하면 그 경제적 총량은 세계 총량의 반을 차지하는 셈이다. '브릭스 5개국'은 세계경제체의 22.4%를 차지한다. 중국이 세계의 경제성장에 미친 공헌률은 30%이상을 차지한다. 신흥경제체의 빠른 발 돋음은 제2차 세계대전 이후 유럽과 북아메리카의 선진국을 중심으로 한 글로벌경제의 질서와 글로벌 거버넌스 시스템은 강력한 충격을 주었다. 하지만 신흥시장국가 내부에는 정도가 다르게 존재하는 산업 단일화, 대종상품(Bulk commodities) 수출에 과도하게 의지하는 등 구조적 문제가 존재한다는 것을 인식해야 한다. 경제발전은 여전히 적지 않은 위험과 도전에 직면해 있다. 최근 미국 연방준비제도이사회의 이자 상승, 달러의 강세 등 요인의 영향으로 신흥경제체는 이미 국부적으로 동요하고 있다. 터키의 러라, 아르헨티나의 페소 등의 화폐는 잇따라 위급한 상황에 처하게 되었다. 기타 신흥시장국가의 화폐가치도 상당히 떨어졌다. 향후 일정 기간 동안 신흥경제체는 높은 위험 단계에 처해있게 될 것이다.[66] 서방의 선진국 경제는 회복궤도에 들어섰다.

최근 몇 년 동안 글로벌경제가 회복되는 큰 환경 속에서 미국·유로존 국가 등 선진국은 잇따라 금융위기의 영향을 떨쳐버리고 강한 회복세를 보여 주었다. 2007년의 서브프라임 모기지론 위기를 거친 미국경제는 2010에 이르러 기본적으로 금융위기의 수렁에서 벗어나고,

---

66) 陳宇, 「新興經濟体, 二十國集團与全球治理多元化的未來」, 『当代世界与社會主義』, 2018(3).

지속적인 성장을 유지하면서 천천히 회복했다. 2017년 미국 경제성 장률은 2.2%를 기록해 선진국 중 좋은 성장세를 기록한 국가 중 하 나가 되었다.[67] 유로존의 경제는 점차 유럽 채무위기, 영국의 EU 탈 퇴, 난민사태의 영향에서 벗어나 좋은 회복세를 보이고 있다. 실업률 은 연속적으로 최저치를 갱신하고 있고, 경기지수도 최고치를 갱신했 다.[68] 하지만 유럽경제의 회복은 여전히 불확실성을 가지고 있다.

유로존 각 회원국의 회복은 불균등하고, 일부 유로존 국가는 정치 면에서 불확실한 위험이 있고,[69] 미국은 필립스곡선[70]의 평탄화, 경제 성장 당좌대월 등의 위험에 직면해 있다.[71] 종합적으로 보면 서방의 선진국들은 수백 년간의 발전을 거쳐 튼튼한 발전적 기초를 가지고 있다. 자본·과학기술 등 방면에서 여전히 개발도상국보다 비교적 큰 우위를 지니고 있다.

비록 신흥경제체와 개발도상국은 빠른 경제성장의 충격으로 세계 경제의 판도는 선명한 변화가 나타났지만, 짧은 시기에 '남북'역량의 구조가 완정한 균형을 실현하기는 어렵다고 하겠다.

---

67) 梅冠群, 『美國經濟形勢分析与展望 : 國際經濟分析与展望(2017~2018)』, 北京, 社會科學文 獻出版社, 2018.

68) 張瑾, 張超, 『歐洲經濟形勢分析及展望//國際經濟分析与展望)(2017~2018)』. 北京, 社會科 學文獻出版社, 2018.

69) 楊舒, 「美欧经济复苏暗藏不确定性」, 『國際商報』 2017, 12, 28.

70) 필립스곡선 : 인플레이션율(물가상승률)과 실업률과의 관계를 나타낸 그래프로 실업률이 낮으 면 임금 상승률이 높고, 반대로 실업률이 높으면 임금 상승률이 낮다는 관계를 나타낸 곡선을 말한다.

71) 周武英, 「美國經濟面臨的不確定性」, 『經濟參考報』, 2018, 08, 16.

(2) 경제 글로벌화 과정은 충격을 받고 있다.

무역의 자유화, 생산의 국제화, 자본의 글로벌화, 과학기술의 글로벌화를 주요 특징으로 하는 경제 글로벌화는 현재의 경제발전이 보여주는 중요한 추세이며, 중국의 경제발전을 촉진케 하는 중요한 역량이다. 18세기 중엽부터 오늘날에 이르기까지 경제의 글로벌화는 대체적으로 네 개의 발전단계를 거쳐 왔다.

제1단계는 18세기 중엽부터 19세기 중엽까지의 단계이다.

영국을 선두로 하는 서방국가들은 증기를 원동력으로 하여 방직공업을 중심으로 하는 공업혁명을 일으켰다. 기계생산과 대공장 생산은 신속하게 공방에서의 수공업을 대신해 생산력을 최대한도로 끌어올렸다. 이와 동시에 서방국가들은 상품의 판로를 찾기 위해 무력으로 식민지를 확장시켜 세계시장을 형성했다.

제2단계는 19세기 중엽부터 20세기 초까지의 단계이다.

전력을 대표로 하는 제2차 과학혁명이 일어나 강철·기차 등의 중공업이 산업발전의 중점이 되었고, 서방열강은 선진적인 과학기술, 경제와 군사적인 우세로 세계를 분할해 나누어 가지는 열풍이 일어남으로써 자본주의 세계시스템을 건립했다.

제3단계는 제1차 세계대전부터 '냉전'이 끝나기 전까지의 단계이다.

유럽과 아시아의 일부 국가는 자본주의 국가의 통제를 벗어나 사회주의 국가를 건립했다. 세계는 사회주의와 자본주의 두 개의 대립된 진영과 평행시장이 형성되었으며, 경제 글로벌화는 우여곡절 속에서 진전을 가져왔다.

제4단계는 '냉전' 결속으로부터 현재까지의 단계이다.

사회주의 국가의 시장경제를 지향하는 경제체제의 변화와 정보기술·바이오테크를 대표로 하는 새로운 과학기술혁명이 나타나는 등 여러 가지 요인이 뒷받침하여 경제의 글로벌화는 더욱 발전하게 되었다. 이 기간에 글로벌화를 반대하는 목소리도 적지 않게 나타났다. 일부 사람들은 글로벌화가 초래하는 문제를 날카롭게 지적했다. 하지만 경제의 글로벌화는 세계 각국의 공통인식이 되었으며 글로벌화는 부단히 가속화되고 있다. 최근 세계경제의 침체는 지속되고 있고, 세계 일부의 지역경제는 불평등한 현상이 격화되고, 자원 분배의 불공평 등의 요인으로 영향을 받고 있으며, '역글로벌화(逆全球化)'라는 사상풍조가 나타나고 있다. '냉전' 결속 후 본래 적극석으로 글로벌화를 추진하고 있던 미국·영국 등 선진국의 글로벌화에 대한 태도와 정책은 크게 변해 경제의 글로벌화는 심각한 충격을 받았다. 그 영향은 다음과 같다.

1) 포퓰리즘 정치가 발전하기 시작했고, 세계정치의 포퓰리즘화 추세가 강화되어 더욱 '역글로벌화'적인 발전을 촉진하게 될 것이다. 2) 무역보호주의가 나타나기 시작했고, 자유무역의 이념은 주류에서 밀려나게 되었다. 국제통화기금의 수치에 따르면 2015년 전 세계 범위에서 제한성을 띤 무역조항은 736개에 달했는데, 이는 동기에 비해 50% 늘어난 수치로 자유무역을 촉진케 하는 조항보다 3배나 많아졌다. 3) 일방주의가 나타나기 시작했고, 다자무역 체제는 짧은 시간 내

에 실질적인 극복을 가져오기가 어렵게 되었다.[72]

경제의 글로벌화가 시대의 트렌드임을 알아야 하며, 글로벌화의 발전이 심화되는 것은 뒤바꿀 수 없는 추세이다. 지금의 '역글로벌화'하는 세력은 글로벌화의 전반적인 추세 및 전반적인 흐름을 전복시킬 수 있는 영향을 미치기는 어렵다. 하지만 글로벌화의 속도가 늦어지게 하거나 원동력이 변화되거나 규칙이 변화될 가능성은 있다. 동시에 우리는 이번 '역글로벌화'의 열조로 중국의 경제발전을 위한 외부환경의 불확실성이 선명하게 증가되었다는 것은 인식해야한다. 신 발전단계에서 어떻게 '역글로벌화'로 인해 나타나는 불량한 영향에 대응하며 지속적으로 높은 수준의 대외개방을 유지할 것인가 하는 것은 경제의 고품질 발전을 실현하는 관건이라고 할 수 있다.

### (3) 중국과 세계의 관계에 심각한 변화가 일어나고 있다.

경제 글로벌화의 진전과 더불어 중국과 세계의 관계는 폐관쇄국으로부터 주동적으로 세계의 경제발전에 가입하는 것으로 변화했다. 그 단계별 변화는 다음과 같다.

제1단계는 장기적인 폐관쇄국으로부터 반식민지·반봉건단계까지이다. 아편전쟁 전의 중국은 '천조상국(天朝上國)'이라고 자칭했으며, 장기간 폐관쇄국정책을 실시해 세계와의 왕래와 연락을 단절했기에 제1차 공업혁명에서 점차 뒤쳐지게 되었다. 아편전쟁이 끝난 후 서방 열

---

72) 韓召穎, 姜潭, 「西方國家 "逆全球化" 現象的一种解釋」, 『四川大學學報(哲學社會科學版』), 2018(5).

강들의 강압적인 무력 침략에 연속 패전하면서 부득이하게 나라의 문을 열게 되었고, 서방 열강들이 주도하는 세계시장 체계에서 서방 공업국들의 원자재 산지와 상품의 덤핑지가 되었다.

제2단계는 중화인민공화국의 성립 초기이다. 이 시기에 중국은 '안쪽으로 쏠린' 외교정책을 실시했다. 소련을 수반으로 하는 사회주의 진영 국가들과만 경제적으로 왕래하고 연락했을 뿐 미국을 수반으로 하는 자본주의 진영 국가들과는 장기간 적대 상태를 유지했는데, 전반적으로는 반 봉쇄 상태였다. '문화대혁명' 시기의 중국은 기본적으로 세계와 격리되어 있었다.

제3단계는 1978년 이후이다. 이 시기에는 대외개방정책을 실시해 적극적으로 선진국의 산업 이전을 받아들이고, 외국자본을 유입하였으며, WTO에 가입하는 등 주동적으로 세계경제의 대순환에 가입하여 중국은 세계와 관계하는 역사적 변혁을 실현했다.

이후 40년간의 대외개방을 통해 중국의 경제실력은 부단히 강화되었고, 신 발전단계에서 중국과 세계의 관계는 심각한 변화가 일어날 정도가 되었다. 그 변화란 다음과 같다.

1) 중국은 '세계의 공장'에서 '세계의 시장'으로 변화할 것이다. 중국 산업의 최적화 업그레이드와 함께 전통적인 저급 상품가공에서 벗어나고 있으므로 '세계 공장'이라는 역할도 점차 약화되고 있다. 소비의 업그레이드로 중국 국내에서는 거대한 소비 요구가 나타났다. 이는 세계 각국의 경제발전에 넓은 시장공간을 마련해주는 것으로 중국의 시장은 세계 경제성장에 새로운 원동력이 될 것이다. 2) 높은 수준의

'받아들이기(引進來-외자 도입)'와 '나가기(走出去-해외 투자)'를 모두 중요시해야 한다. 대외개방이 부단히 확대되면서 중국이 외국자본을 도입하는 규모도 부단히 확대되고 있다. 2016년 실제로 중국이 이용한 외국자본은 8,644억 위안에 달해 같은 시기보다 3%성장했다. 동시에 중국의 '나가기' 규모도 부단히 늘어나 2016년에 중국의 대외 직접투자는 44% 상승한 1,830억 달러를 기록해 세계 제2의 대외투자국이 되었다. 중국의 국경 밖의 자산총액은 5조 달러에 달했다.

높은 수준의 '받아들이기'와 대규모의 '나가기'는 신 발전단계에서 동시에 발생할 것이다. 3) 과학기술 방면에서 모방 유입으로부터 자주 혁신으로 변화했다. 중국교육과학기술의 발전과 더불어 과학기술 실력도 부단히 강화되고 있으며, 새로운 성과 경쟁이 대대적으로 진행되면서 일부 선진영역에서 국제 수준과 비슷하거나 국제 수준을 인도하고 있다. 더욱이 유럽과 미국 등 선진국이 서로 '결탁'하여 중국에 대한 기술 양도를 배척하는 등의 원인으로 과거처럼 모방으로 선진국의 선진기술을 유입할 가능성이 점점 줄어들고 있기에 중국은 진일보 적으로 자주 혁신능력을 강화할 수밖에 없다. 4) 외국의 선진문화와 경험을 광범위하게 유입하는 것을 강화함과 동시에 세계에 중국의 '일대일로'와 인류운명공동체의 구축, 공동으로 상의하여 공동으로 건설하고 공유하는 글로벌 경제 거버넌스 이념 등 중국의 발전경험과 발전이념을 널리 전파해야 하며, 경제발전을 한 중국의 지혜와 중국의 방안을 통해 세계에 공헌할 것을 강조해야 한다.

여기서 중요시할 필요가 있는 것은 중미관계가 재차 대대적인 조정시기에 들어섰다는 점이다. 1979년 중미관계의 정상화로부터 2016년 사이에는 비록 여러 가지 움직임이 있었지만, 중미관계는 여전히 상대적으로 안정적이었다. 2016년 트럼프가 대통령이 된 이후, 미국이 중국을 대하는 태도는 명확하게 변했다. 대 중국 전략은 불신임으로 가득했고, 중국을 전략적 경쟁상대로 여기는 것이 미국사회, 특히 엘리트정책 결정기관의 주요 사유(思惟)가 되었다. '무역전'을 대표로 하는 중국에 대한 '강력대응' 정책은 경제무역 분야에서 군사·정치 등 분야로 확대되고 있다. 적지 않은 사람들은 중미 '신 냉전'은 이미 시작되었다고 여기고 있다. 여기서 의심할 바 없는 것은 새로운 단계에서 어떻게 미국이 구축한 신형 대국관계를 추진하고, 이익의 교차점을 확대하여 '투키디데스의 함정'에 빠지는 것을 피하고, 경제의 고품질 발전에 중요한 영향을 미칠 수 있게 하는가가 중요하다.

이 때문에 반드시 미래의 중미관계를 객관적으로 예측해야만 할 것이다. 그러한 예측으로는 다음과 같은 것을 들 수 있을 것이다. 1) 중미관계가 날로 악화된다는 것은 새로운 단계의 중미관계 발전을 부득이하게 직면해야 하는 엄중한 현실이라는 점이다. 심지어 악화 정도와 범위는 더욱 커질 수도 있다. 2) 현재의 중미 간 '신 냉전' 국면이 아직은 형성되지 않고 있으므로 중미 간의 조정협력 가능성이 여전히 존재한다는 점이다. 3) 신 발전단계에 중미 양국의 국제적 지위에는 근본적인 변화가 일어나지 않을 것이라는 점이다. 미국은 여전히 세계에서 제일 큰 선진국이며, 중국은 여전히 세계에서 제일 큰 개발도상국으로 유지될 것이다.

따라서 새로운 단계에 중국은 전략을 확고부동하게 유지하고, 자신의 발전에 더욱 집중하여 자신의 발전 불균형과 불충분의 문제를 해결해야 할 것이다.

# 3
## 신시대의 3대
## 역사적 임무

　중국공산당 제19차 전국대표대회에서는 '중국 특색의 사회주의'가 신시대에 진입했다고 장엄하게 선고했으며, 아래와 같은 사항을 명확히 지적했다.

　　"이 신시대는 지나간 것을 이어받고 미래를 창조해 나아가는 시대가 될 것이고, 지난날의 사업을 계승하여 앞길을 개척하는 시대가 될 것이며, 새로운 역사조건에서 계속하여 '중국 특색의 사회주의'의 위대한 승리를 쟁취하기 위한 시대가 될 것이고, 전체적으로 샤오캉사회를 완성해 전면적인 사회주의 현대화 강국을 건설하는 시대가 될 것이며, 전국의 여러 민족 인민들이 단결 분투하고 부단히 아름다운 생활을 창조해 갈 것이며, 점차 전체 인민이 공동으로 부유한 시대를 맞이하게 되는 시대가 될 것이고, 전체 중화의 아들딸들이 협력하여 한마음으로 중화민족의 위대한 부흥을 실현하여 '중국의 꿈'의 시대를 개척하는 시대가 될 것이며, 중국이 날로 세계무대의 중심에 가까이 가는 시대

가 될 것이며, 인류를 위해 부단히 큰 공헌하는 시대가 될
것이다."

## (1) 전체적인 샤오캉사회의 실현.

전체적인 샤오캉사회를 실현하는 것은 자고로 중화민족이 갈망하
고 추구하던 꿈이며, 중화민족의 위대한 부흥을 이루는 역사과정의
관건적 구성부분이다. 1970년대 말 덩샤오핑(鄧小平)동지는 샤오캉사
회의 실현을 위한 위대한 전략구상을 제기했다. 중국공산당 제12차
전국 대표대회에서 "두 개 단계(兩步走)"의 발전전략을 확정지었고, 중
국공산당 제13차 전국대표대회에서는 '3개 단계'의 발전 전략을 제기
했으며, 중국공산당 제14차 전국대표대회에서는 '3개 단계'의 발전단
계를 거듭 선언했다. 2002년 제16차 전국대표대회 보고에서 처음으로
"전면적인 샤오캉사회의 건설", 즉 "본세기 처음 20년 동안은 역량을
집중하여 전면적으로 중국 10여 억 인구가 혜택을 받을 수 있는 높
은 수준의 샤오캉사회를 건설하자"는 것을 제기했던 것이다.[73] 2007년
중국공산당 제17차 전국대표대회 보고에서는 '전면적인 샤오캉사회의
건설'을 '전면적인 샤오캉사회의 실현'으로 수정했다.[74] 2017년 중국공
산당 제19차 전국대표대회에서는 "지금부터 2020년까지는 전면적 샤

73) 江澤民, 「全面建設小康社會開創中國特色社會主義事業新局面-在中國共産党第十六次全
國代表大會上的報告」, 『中國日報网』, 2012, 08, 28.
74) 張翼, 「從 "小康社會" 到 "中國夢" - 鄧小平 "小康社會" 理論對中國社會發展的影響」, 『湖
北社會科學』, 2014(11).

오캉사회 실현을 이루는 승리의 시기이다."라고 명확하게 제기했다.[75] 40년간의 부단한 노력과 분투를 거쳐 샤오캉사회 건설방법은 더욱더 명확해졌고, 그 내포하고 있는 의미도 더욱 풍부해졌으며, 목표의 실현은 날로 가까워지고 있다. 따라서 신 발전단계는 전면적인 샤오캉사회를 실현하는 결승전과 같은 시기이다. 이를 위해 중국공산당 제19차 전국대표대회가 제시한 요구에 따라 확고부동하게 과학과 교육을 통해 국가를 부흥시키는 전략, 인재로 나라를 강화시키는 전략, 혁신으로 발전을 선도하는 전략, 향촌 진흥전략, 지역 상생 발전전략, 지속가능한 발전전략, 군민이 융합된 발전전략을 성실하게 실시해야 한다. 돌출된 중점적인 문제를 중심으로 단점을 보완하고 미약한 부분을 강화하며, 견설하게 큰 위험에 미리 대비하고, 빈곤 해탈·오염방지 및 퇴치 등의 3대 임무를 훌륭하게 완성하여 전면적으로 샤오캉사회를 실현하여 인민들의 인정을 받고 역사의 검증을 이겨내는 것은 경제의 고품질 발전이라는 새로운 단계의 중요한 임무인 것이다.[76]

## (2) 사회주의 현대화 강국 건설을 전면적으로 시작하자

1921년 중국공산당이 성립해서부터 1949년 중화인민공화국이 탄생하기까지 중국공산당은 중국인민들을 단결시키고, 인민들을 이끌며 28년 동안 피 흘려 싸우면서 일본제국주의를 물리치고, 국민당 정권

---

75) 習近平,「決胜全面建成小康社會奪取新時代中國特色社會主義偉大胜利-産党第十九次全國代表大會上的報告」, 앞의 책, 27쪽.
76) 党的十九大報告輔導讀本』, 北京, 人民出版社, 2017.

의 통치를 전복시켜 신민주주의 혁명을 완성하면서 제국주의·봉건주의·관료자본주의 3대 산을 없애버리고, 중화인민공화국을 건립하여 중화민족이 우뚝 일어서는 역사적 비약을 실현했다. 1949년 중화인민공화국 성립 후, 중국공산당의 영도 하에 신속하게 국민경제를 회복하고, 신민주주의에서 사회주의로의 변화를 실현하였으며, 사회주의 기본제도를 건립했고, 전면적으로 대규모 사회주의 건설을 실시했으며, 초보적으로 독립적이고 완전한 공업시스템을 건립하여 중화민족의 '부유함' 실현을 위한 굳건한 기초를 닦아 놓았다. 1978년 이후 실시한 개혁개방정책을 통해 집중적으로 경제건설을 하면서 일심전력으로 발전을 도모했다. 또한 사회 생산력을 해방시키고 발전을 통해 중국은 세계 경제성장의 기적을 창조하는 놀라운 성과를 거두었다. 시진핑 총서기는 이러한 성과에 대해 명확하게 제기했다. "'중국 특색의 사회주의'는 부단히 중대한 성과를 취득하고 있다. 이는 근대 이후 많은 고난을 겪은 중화민족이 일어서고 부유해지고 강해지는 역사적 비약을 실현했다는 것을 의미한다."[77] 이 중요한 논단의 실질은 1978년 개혁개방 이후부터 중국공산당 제18차 전국대표대회까지의 역사적 주제를 "부유해지기"로 개괄한 것이고, 중국공산당 제18차 전국대표대회 이후 중국 개혁개방과 발전의 위대한 성과와 임무를 "강대해지기"로 개괄한 것이다. 이는 지금과 이후 단계의 근본적인 역사임무는 "부유해지기"의 기초에서 "강대해지기"의 실현을 위해 분투하

---

77) 習近平, 「高擧中國特色社會主義偉大旗幟, 爲決胜全面小康社會實現中國夢而奮斗」, 『人民日報』, 2017, 07, 28.

자는 것으로, 중국을 진정으로 부강하고 민주적·문명적이며, 조화롭고 아름다운 사회주의 현대화 강국을 만드는 것이다. 중국공산당 제19차 전국대표대회는 종합적으로 국제와 국내의 형세와 중국의 발전조건을 분석한 기초위에서, 2020년부터 본세기 중엽까지의 30년 동안 전면적인 사회주의 현대화 국가건설을 위해 두 단계로 나누었으며, 매 단계를 15년으로 정했다.

제1단계는 2020년부터 2035년까지이다.

이 기간에 전면적으로 샤오캉사회를 실현한다는 기초위에서 다시 15년을 분투하여 기본적으로 사회주의 현대화를 실현하겠다는 것이다. 그러려면 다음과 같은 일들을 실현해야 할 것이다. 1) 경제건설 방면에서는 중국의 경제실력과 과학기술실력을 대폭 제고시켜 신형국가들 가운데서 선두자리를 차지하도록 해야 한다. 2) 정치건설 방면에서는 인민들이 평등하게 참여하고, 평등하게 발전할 수 있는 권리를 충분히 보장받아야 하며, 법치국가·법치정부·법치사회가 기본적으로 완성되고, 각 항목의 제도도 더욱 보완되어 국가 거버넌스 체계와 거버넌스 능력의 현대화를 기본적으로 실현해야 한다. 3) 문화건설 방면에서는 사회문명의 정도가 새로운 경지에 다다라 국가 문화의 소프트 파워가 현저하게 강해지고, 중화문화의 영향이 더욱 광범해지고 깊이 있게 침투되도록 해야 할 것이다. 4) 민생과 사회건설 방면에서는 인민들의 생활이 더욱 여유롭고 중등의 수입을 올릴 수 있는 집단의 비율을 현저하게 제고되도록 해야 할 것이며, 도시와 농촌 지역 간의 발전격차와 주민 생활수준의 격차를 현저하게 줄이고, 기초 공공서비스의 균등화를 기본적으로 실현해 전체 인민들이 공동으로 부유해지도록 착실하게 다가가야 할 것이다.

제2단계는 2035년부터 21세기 중엽까지이다.

현대화를 기본적으로 실현한 기초에서 다시 15년간을 분투하여 중국을 부강하고 민주적이고 문명적이며 조화롭고 아름다운 사회주의 현대화 강국의 건설을 완성하는 것이다. 이 시기가 되면 중국의 물질문명, 정치문명, 정신문명, 사회문명, 생태문명은 전면적으로 제고될 것이며, 국가 거버넌스 체계와 거버넌스 능력의 현대화를 실현하여 종합국력과 국제적 영향력이 앞선 국가가 될 것이며, 전체 인민들은 공동으로 부유해진다는 목표를 기본적으로 실현할 것이며, 중국 인민은 더욱 행복하고 평안한 생활을 누리게 될 것이다.[78]

**(3) 중화민족의 위대한 부흥을 실현할 수 있도록 분발하자.**

중화민족은 위대한 민족이다. 길고긴 5천년의 역사를 발전해 오는 동안 끊임없이 찬란한 중화문명을 창조했으며, 오랜 기간 세계의 선두자리를 차지했었다. 현대사회에 이르기 전 1천년 동안의 중국경제는 오랜 기간 동안 세계의 앞자리를 차지했다. Angus Maddison의 연구에 따르면 1820년 중국의 GDP는 세계의 3분의 1을 차지했다고 한다. 명청(明淸)시기 인구의 폭발적 성장으로 1850년 중국 인구는 4.3억에 이르렀다. 특히 도시경제가 활발했다. 송대(宋代)에는 10만호 이상의 대도시가 40여 개나 있었는데, 같은 시기 런던·파리·베니스의

---

78) 『党的十九大報告輔導讀本』, 北京, 人民出版社, 2017.

인구는 10만도 채 되지 않았다. 중화민족은 풍부한 과학지식을 축적해 인류문명의 발전에 탁월한 공헌을 했다. 지남침은 원양 항행을 추진케 했고, 제지술은 문화의 발전을 촉진시켰으며, 화약은 전쟁의 행태와 모습을 변화시켰고, 활자 인쇄술은 지식의 전파를 촉진시켰다. 근대에 이르러 공업혁명이 일어나면서 유럽과 미국 등 여러 나라와 동아시아의 일본이 일어났다. 하지만 중국은 장기간의 폐관쇄국정책으로 점차 세계가 발전해 가는 시대의 흐름에서 뒤처지게 되었다. 아편전쟁 이후에는 열강들의 침략으로 국력이 지속적으로 몰락했다. 전통 중국이 형성한 자급자족의 자연경제 패턴은 무너졌고, 점차 서방열강들의 반식민지와 경제의 부용(附庸, 남에게 의지하여 살아감-역자 주)이 되었으며, 중국은 세계 GDP에서 서우 5%를 차지하는 수준으로 떨어졌다. 이를 극복하기 위해 중국인민은 백절불굴의 정신으로 산과 바다를 삼킬 기세로 투쟁을 진행해 눈물겨운 서사시를 완성하면서 중화민족의 위대한 부흥 실현을 위해 투쟁했다. 이는 근대 이후 무수한 인인지사(仁人志士)들이 부단히 분투하는 숙원이었다. 1921년 중국공산당이 성립된 후, 후회 없이 용감하게 중화민족의 위대한 부흥을 실현하는 역사적 사명을 짊어지고 중국인민을 단결시키고 인도했다. 거의 70년의 사회주의혁명과 건설을 통해, 특히 40년간의 개혁개방을 통해 중국은 선진국이 수백 년 동안의 여정을 통해 이룩한 현대화를 추진했으며, '시대를 따르는' 흐름에서 '시대를 인도하는' 흐름으로 전환시키는 위대한 도약을 실현했다. 중화민족은 새롭게 왕성한 생기를 띠게 되었고, 중화민족은 새로운 자태로 세계의 동방에 우뚝 일어서게 되었다. 지금 중국은 중화민족의 위대한 부흥을 실현할 수 있는 능력과 믿음을 가질 수 있는 역사의 신시대에 더욱 가까워지고 있다.[79] 시대는 사상의 어머니이며, 시대는 문제를 내주는 출제자이다. 시진핑 신시대 '중국 특색의 사회주의' 경제사상은 현지 중국 경제의 고품질 발전과 세계경제 형세의 심각한 변화의 시대흐름이라는 물음에 답한 것으로 이런 흐름을 타 반드시 중국인민을 인도하여 전면적 샤오캉사회를 실현할 것이며, 사회주의 현대화 강국을 건설하고, 중화민족의 위대한 부흥을 실현하는 신시대 흐름 속에서 더욱 풍부해지고 미진한 부분을 더욱 보완할 것이다. 또한 더욱 강한 생기와 활력으로 중화민족의 새로운 위대한 도전을 이끌게 될 것이다.

---

79) 『党的十九大報告輔導讀本』, 앞의 책.

# 제3장
## 시진핑 신시대 '중국 특색의 사회주의' 경제사상의 이론 기원[80]

---

80) 본장의 저자는 셰푸성(謝富胜)이다.

모든 역사 활동은 사람의 작용을 무시할 수 없다. 사람은 역사의 주체이며 역사의 객체라고도 할 수 있기 때문이다. 의식이 존재하고 이성적으로 존재하는 물체인 사람의 활동은 모두 일정한 사상의식과 관념의 지도하에서 모든 것이 진행되게 된다. 시진핑 신시대 '중국 특색의 사회주의' 경제사상 역시 시진핑 총서기가 인류의 선진적인 경제학설이라는 기초위에서 신시대 중국경제 건설의 실제와 결합하여 발전시킨 것이다. "모든 획기적인 체계의 진정한 내용은 모두 이런 체계가 나타나게 된 시기의 필요성이 있었기 때문에 형성된 것이다."[81] 신시대에 어떠한 '중국 특색의 사회주의'를 견지하고 발전시켜야 하고, 어떻게 '중국 특색의 사회주의'를 견지하고 발전시켜야 하는가? 이런 근본적인 문제에 답하고 해결하는 과정에서 시진핑 총서기는 '중국 특색의 사회주의' 이론을 계승해야 한다는 기초위에서, 치국이정(治國理政)[82]의 위대한 실천과정인 '중국 특색의 사회주의' 정치경제학을 창조적으로 발전시켜 21세기 마르크스주의 정치경제학 발전의 새로운 경지를 개척하였다.

---

81) 馬克思, 恩格斯 『馬克思恩格斯全集』 第三卷, 北京, 人民出版社, 1960, 544쪽.
82) 치국이정(治國理政) : "이치와 정치로 나라를 다스린다" 라는 의미로, 시진핑 중국 국가 주석이 2017년 10월 18일 개막한 제19차 공산당 전국대표대회에서 주창한 반부패, 빈곤 대책 등의 내용을 포함한 새로운 통치이념을 말한다.

1

## '중국 특색의 사회주의'
## 정치경제학 발전의 사상 원천

마르크스주의 정치가이며 이론가와 전략가인 시진핑 동지는 장기간 체계적으로 마르크스주의 관련 주요 저자의 저작을 학습했으며, 다른 계층의 지방정부에서 정무를 주관하던 과정에서 개혁개방 이후 '중국 특색의 사회주의' 경제건설의 방침과 정책을 관철 집행했을 뿐만 아니라, 국외의 경제학설을 참고하고, 우수한 중국의 전통 문화를 흡수하여 창조적으로 발전경제의 구체적 전략과 맥락으로 전화(轉化, 바꿔서 달리하게 함-역자 주)시켰다. 또한 치국이정의 위대한 실천과정에서 마르크스주의를 지도로 중국의 개혁개방과 사회주의 현대화 건설의 위대한 실천 경험을 부단히 종합하고 정제하여 시진핑 신시대 '중국 특색의 사회주의' 경제사상으로 발전시켰다.

### (1) 마르크스주의 정치경제학.

마르크스는 역사적 유물론과 잉여가치설을 창설해 인류사회발전의 일반적 규칙을 계시했으며, 자본주의 운행의 특수규칙을 계시해 인류를 위해 '필연 왕국'에서 '자유 왕국'으로 비약하는 길을 가리켜주었으며, 인민을 위해 자유와 해방을 실현하는 길을 지적해주었다.

마르크스의『자본론』은 마르크스주의 정치경제학에서 제일 대표적 저작이며, 완전한 과학이론 시스템인 마르크스주의 정치경제학의 형성과 확립의 중요한 상징이다. 이 위대한 저작에서 마르크스는 변증법적 유물주의와 역사적 유물주의의 과학 세계관과 방법론을 응용하여 과학적으로 종합하고 고전 정치경제학을 비판적으로 계승한 기초위에서, 자본주의 기본 모순을 깊이 있게 분석하여 자본주의 경제의 탄생·발전·멸망의 내적 규칙을 명시했다. 마르크스는『자본론』에서 가치와 사용가치의 원리, 노동의 이중성 원리, 잉여가치론, 분배원리, 소비원리, 사회생산의 2대 부류 원리와 가치규칙, 공수규칙, 경쟁규칙, 자본증식규칙, 축적규칙, 사회자본 재생산 과정의 모든 상품의 실현규칙 등 자본주의 생산과 관련한 일련의 기본원리와 운행규칙을 계시했다. 이런 원리와 규칙은 마르크스주의 정치경제학의 골격과 혈맥이 되었으며, 완정한 과학적 이론시스템을 형성했다. 마르크스는『자본론』에서 계시한 일부 원리와 규칙은 시장경제와 사회화 대 생산의 공통성을 반영했다. 오직 시장경제가 시장 운행구조일 때에만 작용을 하지만, 이런 일반적 원리와 규칙도 마찬가지로 적용된다는 것이었다. 예를 들면, 가치규칙, 경쟁규칙, 공수규칙, 축적규칙, 사회자본 재생산의 사회 총 상품 실현규칙 및 이윤최대화 원리, 이윤율과 축적률 제고의 방법, 경쟁과 독점이론, 경지위기 이론 등은 사회주의 시장경제 발전의 실천에도 적용된다는 것이다.[83]

자본주의 기본모순의 운동을 분석한 기초위에서 마르크스·엥겔스

---

83) 習近平,「對發展社會主義市場經濟的再認識」,『東南學術』, 2001(4).

는 인류 사회발전의 규칙에 따라 과도시기와 미래 공산주의 사회의 기본적인 경제적 특징을 서술을 했다. 자본주의가 공산주의로 과도하는 시기에 무산계급의 최초 임무는 계급·국가·상품생산을 소멸시키는 것이 아니라, 점차 자본주의 생산관계를 개조하고 대대적으로 생산력과 국유경제를 발전시켜 공산주의 사회로의 진입을 위해 물질과 사회적 조건을 창조한다는 것이다. 미래 공산주의 사회의 기본적인 경제적 특징은 아래와 같은 몇 가지 중점이 있다. 사람의 전면적인 자유로운 발전은 공산주의 사회의 본질적 특징이며, 근본 목적이다. 사유제를 소멸시키고 전 사회가 생산수단을 공유하고, 상품 생산을 없애고, 사회생산을 계획적으로 조절하며, 빠른 시간에 생산력을 발전시켜 생산이 모든 사람들을 부유케 한다는 목표로 모든 사람들이 자유적으로 지배할 수 있는 시간이 증가하고, 공산주의 사회의 저급단계에서 노동에 따른 분배의 실현 및 고급단계에서 수요에 따른 분배를 실현하며, 도시와 농촌·노동자와 농민의 차이를 없애 도시와 농촌의 융합을 실현한다. 마르크스와 엥겔스는 과도시기와 미래사회의 기본적인 경제적 특징 이론에서 사회주의 경제제도의 제일 기본적인 특징과 규칙을 계시해 사회주의 운동의 목적을 천명했고, 인류사회 역사발전의 전반적인 기본 추세를 명확히 지적했다.

마르크스·엥겔스의 사상과는 달리 사회주의 사회는 여러 선진 자본주의 국가들에서 동시에 나타나지 않고, 물질조건·문화조건·계급조건이 모두 매우 낙후한 러시아와 중국에서 나타났다. 이런 사회주의 국가의 굴곡적이고 어려운 경제건설의 역사과정은 마르크스와 엥겔스가 미래사회에 관한 경제이론을 대할 때, 마르크스주의를 종교적으로 이해하지 말아야 할 뿐만 아니라, 사회주의의 기본제도를 버려야 한다는 그릇된 주장도 제지해야 한다. 즉 과학적 사회주의의 기본원칙을 견지해야 할 뿐만 아니라, 현시대 중국 사회주의 초급단계의 실천에 근거해야 한다.[84] 또한 부단히 중국의 실제상황에 적합한 당대 중국 마르크스주의 경제이론을 검증하고 풍부히 하고 발전시켜야 한다.

## (2) 현대 서방 경제학의 합리적 부분.

사회주의 시장경제를 건립하고 발전시키는 것은 사회주의 경제와 정치생활의 각 분야와 관련된 위대한 사회실천으로 이에 상응하는 과학이론의 이론지도가 절박하다. 새로운 사회실천의 탐색은 자신의 이론이 산생하기 전에는 부득이하게 그와 관련된 이론시스템 이론을 참고하기 마련이다. 이와 동시에 새로운 이론은 탄생·발전·개선과정에서 반드시 기타 여러 이론으로부터 영양을 흡수하여 자신의 내용을 풍부하게 해야 한다. 사회주의 시장경제를 건립하고 발전시키는 사회실천과 이론 탐색도 마찬가지이다.[85] 자본주의 시장경제의 실천경험은 풍부하고 이론 발전도 비교적 높은 단계에 있다. 이런 이론은 주로 선진국에서 유행하는 신고전주의 미시경제학, 케인즈의 거시경제학 및 후진국가의 발전 촉진을 위한 발전경제학이다.

---

84) 習近平,「關于中國特色社會主義理論体系的几点學習体會和認識」,『求是』, 2008(7).
85) 習近平,「對發展社會主義市場經濟的再認識」,『東南學術』, 2001(4).

신고전주의 미시경제학은 시장에서 개체의 경제행위에서 출발하여 개체의 행위가 '경제인' 행위와 부합하다는 가정 하에 시장배치차원의 구조를 분석한다. 상품과 노동력 시장에서 소비자는 기정 가격에서 효용의 최대화를 실현할 수 있는 것을 선택하며, 소비자가 상품을 선택하는 행위는 상품의 가격변동에 영향을 미친다. 이는 제조업자에게 생산해야 할 상품을 알려주는 신호이다. 제조업자는 가격에 따라 어떤 원료조합의 기술을 사용할 것인가를 결정하게 되며, 최소 생산원가로 이윤의 최대화를 실현하게 된다. 제조업자의 결책행위는 원료 가격의 변화에 영향을 미치고 소비자의 수입에 영향을 미치게 된다. 더 나아가 원료의 공급에도 영향을 미치게 된다. 그렇기 때문에 신고전주의 미시경제학은 주로 시장 메커니즘이 이띤 방식으로 개제 행위조절을 통해 자원의 최적화 배치를 실현하는가를 분석하는 이론인 것이다. 케인즈(John Maynard Keynes)는 세의(Say, J. B.)의 "공급은 자신의 수요를 창조한다."는 것을 비판하는 기초위에서 보통 현실의 균형은 충분한 취업의 균형보다 적다고 지적했다. 총 공급이 단기간에 큰 변화가 나타나지 않는 점을 고려하면 취업량은 총 요구에 달려있다. 강제 실업과 충분한 취업보다 적은 균형이 존재하는 근원은 유효한 수요가 부족하기 때문이다. 유효한 수요가 부족한 원인은 한계 소비성향, 화폐유동의 편애 및 자본의 미래 수익의 예측 등 세 가지 기본 요인 때문이다. 만약 정부가 관여를 하지 않으면 충분한 취업보다 적은 유효한 수요 부족이 존재하게 되고, 경제는 실업과 위기가 찾아오게 된다. 그렇기 때문에 정부는 반드시 거시경제 정책을 취해야 하며, 투자를 증가해 시장의 부족한 유효 수요를 늘여 충분한 취업의 균형을 실현해야 한다. 바로 이런 케인즈 이론의 기초에서 선진국 경제학자들은 국민경제 총 과정의 활동을 연구대상으로 하는 주로 취업의 전반적인 수준, 국민의 총수입, 인플레이션, 경제주기, 경제성장 등 구제척인 문제와 재정이용과 화폐정책 등 수단을 분석하여 경제 총량의 균형을 실현하는 이론을 발전시켰다.

발전경제학은 전문적으로 빈곤하고 낙후한 국가의 경제와 사회의 전면적인 발전을 연구하는 이론이다. 발전경제학은 개발도상국의 빈곤하고 낙후한 근원을 탐구하고, 이런 국가의 경제발전을 촉진시킬 수 있는 각종 조건을 연구한다. 자원조건, 지리환경, 경제체제, 정치제도, 사회단계, 역사전통 등을 연구하여 계발적인 경제발전이론을 형성하게 된다. 예를 들면 경제발전은 국민경제 생산물의 증가를 의미할 뿐만 아니라 경제구조의 개선과 최적화 및 정치·문화와 사람의 현대화와 함께 한다. 간단하게 공업화와 국민수입의 성장을 경제발전으로 여기지 말아야 하고, 반드시 정치·사회·문화 등 내적·외적 요인과 경제성장 간의 상호 영향을 고려해야 하며, 서로간에 상생 발전이 이루어져야 한다. 발전경제학의 제기한 '발전극', '신 경제성장점', '후퇴 효과', '지속가능한 발전' 등의 이론은 지역발전, 환경과 자원 보호·생태균형 등에 모두 계몽적 의미가 있다. 낙후한 조건에서 어떻게 경제발전의 전략과 대책을 발전시켜야 할 것인지? 만약 불균형 발전전략, 수입대체전략, 수출대체전략, 깊이 있는 발전전략, 점진식 발전전략 등을 연구한다면 중국과 같은 개발도상대국에게는 중요한 참고

적 의미가 있을 것이다.[86]

### (3) 중국의 우수한 전통문화.

인간은 생물학적 존재일 뿐만 아니라 문화적 생존물이기도 하다. 인간의 사유·의식·도덕 등을 목적으로 하는 정신활동은 인간과 동물을 구분하는 중요한 특징이다. 인간의 모든 사회 실천 활동은 국가와 민족의 역사·문화·철학 등 전통적으로 생성된 요인들의 영향을 받게 된다. 모든 민족의 역사·문화·철학 전통은 그 민족의 심리구조를 결정케 한다는 말이다. 마르크스주의 경제학이나 현대 서방 경제이론 등은 모두 서방의 문화·역사·철학 등 전통의 필연적인 산물이다. 중국은 서방과 다른 역사·문화·철학 등의 전통을 가지고 있기 때문에 '중국 특색의 사회주의' 시장경제를 건립하고 발전하는 과정에서 반드시 중국의 역사·문화·철학 등의 전통이 중국 사람의 주관 요인에 미친 영향과 작용을 절대적으로 중시해야 할 것이다.

자고로 중국에는 '천인합일(天人合一)'이라는 오래된 철학 명제가 있다. '천(天)'과 '인(人)'의 관계에서 '천'은 대자연이라고 여기는데 물질세계 및 그 세계에 존재하는 운행규칙을 일컫는다. '인'은 인류를 의미한다. '천인합일'이란 바로 대자연과 인류가 혼연일체를 이루는 것을 의미하는데, 인류와 자연의 상생 통일을 강조한다. '천인합일'의 명제에서 '천'과 '인'은 주체와 종속의 구분이 없기 때문에 중국의 전통문화는 사람을 출발점으로 하고, 또한 사람을 입각점으로 하여 사물을

---

86) 習近平, 「發展經濟學与發展中國家的經濟發展」, 『福建論壇(經濟社會版)』, 2001(9).

인식하고 일관적으로 사람과 사람의 관계라는 기초위에서 건립된 '인(人)—물(物)—인(人)' 즉 '주(主)—객(客)—주(主)'의 사유 프레임을 가지고 있다. 이렇게 서방철학의 '인(人)—물(物)'과 마르크스주의 철학의 '물(物)—인(人)'의 사상 프레임 및 인식노선은 분명히 다른 것이다.[87]

'상화합(尙和合, 여러 사람이 함께 어울려 일하는 것–역자 주)'의 이념은 중화문명 수천 년 역사의 문화유전자이다.[88] 중국 사람은 예로부터 전체적으로 사람과 사람, 사람과 사회 및 기타 문명 사이의 관계를 변증법적으로 대했으며, 상반상성(相反相成–서로 다르면서도 서로 발전한다–역자 주), 화이부동(和而不同–서로 조화를 이루나 같아지지는 않음–역자 주), 화실생물(和實生物–조화로움을 실현하면 만물이 산생한다–역자 주)을 숭배한다. '자기가 싫은 것을 남에게 강요하지 말라(己所不欲, 勿施于人–)'라는 정신은 중국 사람들 자신의 행위규범이며, 가치취향의 이론원칙으로 행동을 할 때에는 자신을 타인과 집단의 이해관계와 연계지어 고려하고 선택해야 한다는 의미이다. '화이부동', '화위귀(和爲貴–화합이 가장 소중하다–역자 주)'는 사람과 사람 사이의 차이와 모순을 직시하는 기초위에서 화합을 위해 다양성의 공존과 상호 보완의 사회 상태를 추구함을 말한다. '협화만방(協和万邦, 모두 화합하고 협력한다–역자 주)'는 중국이 외부의 문명세계를 대하는 기본태도이며, 다른 국가 간의 관계를 조율하는 것을 주장하여 여러 국가는 서로 존중하고 서로 협력하며 공동으로 발

---

87) 習近平, 「對發展社會主義市場經濟的再認識」, 『東南學術』, 2001(4).
88) 馮鵬志, 「尙和合·中華心·民族魂」, 『人民日報』(海外版), 2016-11-01.

전하도록 하자는 것이다. '대동세계(大同世界)'는 중국 사람들의 이상세계를 말하는데, 중국 사람들의 미래사회에 대한 아름다운 동경을 의미한다. 중국의 유가학설은 개인의 인성과 인격의 기개형성을 중시한다. 개인의 행위규범에서 충군보국(忠君報國)을 제창하며 민족이익의 문화배경과 도덕규범을 숭배한다. 이는 서방의 개인주의 숭배의 문화·역사전통과는 완전히 다른 것이다. 이런 사유 프레임과 도덕규범을 사회경제 활동에 인입하면 사람은 더 이상 추상적인 사람이 아니라 생동적인 사회인이 되며 사회경제관계도 서방 경제이론처럼 상품·자본·노동 혹은 사람과 사물처럼 단순하거나 일방적인 추상적인 관계가 아니라, 복잡한 사람을 주체로 하는 복잡하게 뒤엉킨 이익과 감정의 관계가 되며, 사람의 주관적 요인이 사회경제활동에 미치는 영향과 작용도 개체적인 사람이나 어느 한 구체적 범위에 국한되지 않고 자유자재로 사회활동의 모든 부분과 각 방면에 침투하게 될 것이다.[89] 중화 5천년 문명이 함축된 역사·문화·철학의 전통은 은연중에 중국 사람들의 사유·의식·도덕에 영향을 미쳐왔다. 바로 '중국 특색의'의 중요한 구성부분인 것이다. '중국 특색의 사회주의' 시장경제를 건설하는 과정에서 우리는 반드시 변증법적 유물주의와 역사 유물주의의 관점·방법으로 이를 창조적으로 진화시키고, 혁신적으로 발전시켜, 당대 중국사회와 사람들의 발전에 필요한 요구에 부합되게 해야 할 것이다.

---

89) 習近平, 「對發展社會主義市場經濟的再認識」, 『東南學術』, 2001(4).

(4) 마르크스주의 경제학의 중요한 여러 가지 내용을 수용하여 '중국 특색의
　　사회주의' 경제사상을 발전시켜야 한다.

　마르크스는 『자본론』에서 자본주의 생산방식과 경제관계를 깊이
있게 분석하여 자본주의 경제의 발전 규칙 및 인류사회 발전의 일부
공동규칙을 계시했는데, 우리가 지금 진행하고 있는 '중국 특색의 사
회주의' 시장경제의 건립과 발전의 사회실천에 중요한 지도 작용을 해
준다. 하지만 마르크스가 창설한 경제학 이론도 어느 정도 사람과 사
물의 관계와 물질생산과 미시경제의 진화과정에서 결정 작용을 소홀
히 한 경향이 있기 때문에 전면적으로 경제발전 과정에서 나타나는
많은 구체적 문제를 설명하지는 못했다. 또한 자본주의 경제의 특수
성을 보여주는 원리로도 '중국 특색의 사회주의' 초급단계에서의 일
부 특수 경제문제를 설명할 수는 없다.[90] 현대 서방의 경제학은 자본
주의 사유제의 각도에서 시장경제를 연구하고 있지만, 사회관계를 연
구범위에서 배제했고, 경제활동의 특수사회 규정성과 사회경제 관계
가 경제운동에서의 결정적 작용을 인정하지 않았으며, 자본주의 사
유제 경제관계가 결정한 무정부상태와 경제순환 및 위기의 내적 연
계를 인정하지 않고, 자본주의의 수요 부족의 근원은 자본주의 사유
제에 있다는 것 등을 인정하지 않고 있다. 이 때문에 마르크스는 자
본주의 시장경제 연구와 비교하면서 명확한 결함이 존재한다는 것
을 강조했던 것이다. 발전경제학은 개발도상국의 불완전하고 성숙하
지 않은 시장경제의 기초위에서 경제를 발전시키려고 시도하지만, 지

---

90) 위의 글.

금까지 이런 기본문제에 대한 연구는 여전히 초급단계에 있기 때문에 체계적이지 않다. 발전경제학은 농업을 낙후한 경제로 여기고 있으며, 현대의 농업도 경제의 선진적 부분이라는 것을 무시했고, 농업에도 비농업분야가 존재한다는 것을 무시했으며, 농업은 스스로의 개조와 발전 및 농업자원의 재배치를 완성한다는 점을 무시했다. 농촌경제는 농촌의 잉여노동력을 대량으로 활용하며, 도시의 잉여노동력을 분산시켜준다. 발전경제학에서 형성된 수많은 유파는 보통 어느 한 방면의 이론연구에 중점을 두고, 기타 방면에 관한 연구는 달리 주의해 보지 않는다. 특히 서로간의 연계와 영향을 무시하므로 어느 정도 편견을 가지고 있다고도 할 수 있다. 발전경제학은 개발도상국의 여러 가지 원인으로 시장이 불완전하고, 또한 이로 인해 자주 '시장의 실효'가 나타는 것을 무시했고, 한 국가 혹은 국부적인 경험으로 보편적으로 적용되는 일반 원리를 추리하기에 실천을 지도할 때에 필연적으로 큰 국한성이 존재하는 것이다.[91] '중국 특색의 사회주의' 시장경제는 사회주의 기본제도와 시장경제 체제의 유기적인 결합이며, 시장경제라는 수단으로 사회주의 기본제도를 발전시킨다. 양자의 관계에서 사회주의는 기초이며 근본이기 때문에, 사회주의 시장경제와 자본주의 시장경제의 본질적 구분은 서로가 다른 사회의 기본제도이다. 우리는 현대 서방의 경제학과 발전경제학의 이론을 참고할 때, 주로 사회주의 시장경제가 빠른 시일에 건립되고 건강하게 발전할 수 있는 과학이론과 방법을 학습하고 참고해야 한다. 그렇지만 우

91) 習近平, 「發展經濟學与發展中國家的經濟發展」, 『福建論壇(經濟社會版)』, 2001(9).

리는 서방경제학의 모든 이론과 방법이 '과학적'이라고 여겨 사회주의 기본제도를 '대수술'해서는 안 된다.[92]

　'중국 특색의 사회주의' 경제이론을 구축하는 과정에서 우리는 응당 고금중외의 각종 경제이론 성과를 융통성 있게 받아들여야 한다. 상술한 분석을 보면 마르크스주의 경제학의 기본형태가 제일 과학적이다. 거시경제 연구에서 마르크스주의 경제학의 장점, 그리고 과학적이고 변증법적인 연구방법, 특히 사회주의 기본제도를 위한 경제학이라는 목적으로부터 우리가 '중국 특색의 사회주의' 경제이론을 구축하는 과정에서 반드시 마르크스주의 경제학을 기초로 하고 중요시한다는 점을 결정했다. 사회주의 시장경제를 실천 탐색하는 과정에서 현대 서방경제학의 우수한 성과를 참고하는 기초위에서, '중국 특색의 사회주의' 시장경제 건립과 발전의 실천경험을 종합하고, 내적 운행규칙을 모색해 이론으로 승화시켜 새로운 과학이론으로 발전시켜야 한다.

---

92) 習近平, 「對發展社會主義市場經濟的再認識」, 『東南學術』, 2001(4).

# 2
## '중국 특색의 사회주의'
## 정치경제학 발전

중국공산당인은 "중국의 혁명·건설·개혁을 영도하는 장기적인 실천과정에서 마르크스·레닌주의의 원리를 중국의 구체적 실제 및 시대의 특징과 결합시켰으며, 마르크스주의의 중국화를 부단히 추진해온 결과 두 차례의 역사적 비약을 실현했다."[93] 두 차례의 비약은 모두 '중국 특색의 사회주의' 경제건설의 실천적 기초위에서 완성된 것이었다. 개혁개방 이후 '중국 특색의 사회주의' 시장경제 발전과정에서 중국공산당은 '중국 특색의 사회주의' 이론을 형성했는데, '중국 특색의 사회주의' 경제이론은 '중국 특색의 사회주의' 이론의 중요한 구성부분이다. 이는 시진핑 신시대 '중국 특색의 사회주의' 경제사상의 이론 기초이다. 중국공산당 제18차 전국대표대회 이후에 시진핑 동지는 처음으로 '중국 특색의 사회주의' 정치경제학이라는 새로운 과학범주를 제기했으며, 깊이 있는 새로운 사상, 새로운 관점과 새로운 이론을 많이 제기했다.

인민을 중심으로 생산력을 해방시키고 발전시키는 중대한 원칙을 견지하면서 점차 신 발전 이념을 주요 내용으로 하는 현대화 경제체

---

93) 習近平, 「關于中國特色社會主義理論体系的几点學習体會和認識」, 『求是』, 2008(7).

제 구축에 관련된 체계적인 이론을 형성했다.

## (1) 중국 사회주의 경제이론의 첫 번째 비약.

중국 사회주의 경제이론의 첫 번째 비약은 신민주주의 혁명시기에 일어났다. 이는 실천이 증명한 중국혁명과 건설의 정확한 이론과 원칙의 경험을 총체화한 마오쩌둥사상을 형성했다. 마오쩌둥사상은 과학체계로 신민주주의에 관한 마오쩌둥 동지의 정확한 사상이 포함되어 있고, 마오쩌둥 동지의 사회주의 건설의 정확한 사상도 포함되어 있다. 『실천론』과 『모순론』에서 마오쩌둥 동지는 마르크스주의의 인식론을 풍부히 하고 발전시켰고, 인류의 인식과정은 모순적이며, 부단히 나타나고 이를 해결하는 무한 변증발전의 과정이라고 천명했으며, 이론은 일정한 조건에서 결정적 작용을 한다는 것을 논증했다. 또한 모순의 특수성은 사물을 인식하는 기초이며, 사물 모순의 특수성을 분석하는 과정은 사물을 인식하는 과정이라고 지적했고, 사람의 인식활동과 실천 활동의 근본은 부단히 모순을 인식하고 부단히 모순을 해결하는 과정이라고 했다. 1956년 중국 사회주의제도가 건립된 후, 마오쩌둥 동지는 소련의 양식을 그대로 가져오는 폐단에 대해 소련을 참고로 중국 사회주의 건설의 방향 탐색에 노력을 기울이며, 마르크스·레닌주의의 기본원리를 중국혁명과 건설의 구체적인 실제와 '2차적 결합을 진행'해 중국에서 사회주의 혁명과 건설을 진행할 수 있는 정확한 길을 찾아야 한다고 명확히 제기했다. 1956년 마오쩌둥 동지는 『10대 관계를 논하다』라는 제목의 중요한 강화와 같은 해의 중국공산당 제8기 전국인민대표대회에서 '중국 특색의 사회주의' 건설

노선의 특징 및 1957년 마오쩌둥 동지의 『인민 내부 모순의 정확한 처리에 관하여』라는 제목으로 한 보고를 표징으로, 중국공산당은 중국 정황에 적합한 사회주의 건설의 길을 찾기 위한 간고한 탐색을 시작했으며, 일련의 중요한 사상성과를 얻었다. 중요한 것은 농업을 기초로 공업을 주도하는 농업·경공업·중공업의 상생 발전을 도모하며, 여러 방면의 사업을 통일적으로 계획하고 적당하게 배치하고 종합적인 균형에 주의하며, 중앙과 지방이 함께 진행하고, 두 지역의 적극성을 충분히 발휘하며, 국가와 집체, 그리고 개인의 관계를 잘 처리하여 모두 원하는 바를 실현하며, 독립적이고 비교적 완정적인 공업시스템과 국민경제시스템을 건설하여 농업·공업·국방과 과학기술의 현대화를 전면적으로 실현하며, 자력갱생을 위주로 외부의 지원을 쟁취하는 것을 보충으로 하는 것 등이다.

## (2) 중국 사회주의 경제이론의 2차적 비약.

중국 사회주의 경제이론의 2차적 비약은 중국공산당 제11기 제3차 전체회의 이후에 나타났다. 덩샤오핑 동지를 대표로 하는 중국공산당 당원들이 중국의 경험을 총결하고, 국제형세를 연구한 기초위에서 실천으로 증명된 중국건설과 사회주의의 공고함과 발전에 연관된 정확한 이론 원칙과 경험을 종합했다. 이것이 바로 '중국 특색의 사회주의' 이론체계이다. 이 체계는 정치경제학 방면에서 주로 아래의 내용이 포함된다. 사상을 해방시키고 실사구시하며 모든 면에서 실제로부터 시작하는 사상노선을 견지하고, 사회주의의 본질은 생산력을 해방시키고 생산력을 발전시키며, 착취를 소멸하고 양극의 분화를 없애

최종적으로 공동의 부유를 실현하며, 발전은 중국의 모든 문제를 해결하는 관건이고, 경제건설을 중심으로 하는 것을 견지하며, 네 가지 기본원칙을 견지하고, 개혁개방을 견지하며, 개혁과 발전 및 안정의 관계를 정확하게 처리하고, 중국은 여전히 장기적으로 사회주의 초급단계에 처해있으며, 주요 모순은 날로 늘어나는 인민들의 물질 문화적 수요와 낙후한 사회생산력 간의 모순이며, 세 가지 단계를 거쳐 기초생활을 유지하던 단계에서 부유한 단계로의 발전을 실현하고, 전면적으로 샤오캉사회를 건설하며, 본세기 중엽에 이르러 기본적으로 현대화를 실현하며, 개혁개방은 강국을 건설하는 길이며, 중국공산당이 새로운 역사시기에 인민들을 영도하여 위대한 혁명을 진행하면서 확고부동하게 개혁개방의 정확한 방향을 견지하고, 대외개방의 기본국책을 확고부동하게 견지하고, 반드시 사람을 기본으로 하는 것을 견지하며, 시종 인민을 위한 발전이고, 인민에 의존한 발전이며, 발전의 성과는 인민들이 공유해야 한다는 것이다. 사회주의 시장경제 체제를 견지하고 보완하려면 제도적으로 시장이 자원배치에 대한 기초 작용을 잘 발휘해야 한다. 즉 도시와 농촌의 발전, 지역발전, 경제 사회발전, 사람과 자연의 상생 발전, 국내발전과 대외 개방의 전면적인 계획을 세워 중앙과 지방의 관계를 전면적으로 총괄해야 하고, 개인과 집체, 국부와 전반, 현재와 이후의 이익관계를 총괄하여 각 방면의 적극성을 충분히 동원해야 한다. 사회건설에 치중하며, 민생보장과 개선에 힘을 다하며, 사회주의 조화로운 사회를 건설해야 한다. 혁신 형 국가를 건설하며, 중국 특색의 자주혁신의 길을 개척하여 생산발전, 부유한 생활, 양호한 생태환경발전의 길을 견지케 하고, 자원절약형, 사회우호형의 사회를 건설해야 한다는 등이 그것이다.

### (3) '중국 특색의 사회주의' 정치경제학 발전.

중국공산당 제18차 전국대표대회 이후 시진핑은 여러 차례 마르크스주의 정치경제학을 정확하게 사용할 것을 강조했고, 명확하게 "'중국 특색의 사회주의' 정치경제학"의 중요한 범주를 제기했으며, 마르크스주의 정치경제학이 중국 경제건설에 대한 지도의견을 설명했고, 명확하게 '중국 특색의 사회주의' 정치경제학 발전을 견지하는 중대한 원칙과 정확한 경로를 제기하여 '중국 특색의 사회주의' 정치경제학 발전의 새로운 경계를 개척했다. 그 구체적 내용은 다음과 같다.

첫째, 마르크스주의 정치경제학 학습의 중요성을 설명했다.

2014년 7월 8일 시진핑 동지는 경제형세 전문가 세미나를 주최하면서 이렇게 지적했다. "발전은 반드시 경제규칙의 과학적 발전을 따라야 하며, 반드시 자연규칙의 지속가능한 발전을 따라야 한다. 각급 당위원회와 정부는 정치경제학을 잘 배우고 잘 응용하여 자각적으로 경제발전 규칙을 따르며, 개혁개방·경제사회발전의 인도·경제사회발전의 품질과 효익 능력의 수준 제고를 부단히 추진해야 한다."[94]

2016년 5월 17일 시진핑 동지는 철학 사회과학 사업 세미나에서 마르크스주의 정치경제학의 시대는 지났다는 주장과 『자본론』이 시대에 뒤쳐진 것이라는 주장을 비판했다. "이런 주장은 무단적이다. 국제

---

94) 習近平, 「遵循經濟規律科學發展遵循自然規律可持續健康發展」, 新華网, 2014, 07, 08.

금융위기 상황을 보면 여러 서방 국가의 경제는 여전히 지속적으로 주춤해지고, 양극 분화가 날로 악화되어 가고 있으며, 사회모순도 더욱 심각해지고 있다. 이는 자본주의 고유의 생산 사회화와 생산수단의 개인 점유 간의 모순이 여전히 존재하고 있음을 보여준다. 하지만 표현방식과 특징은 다르다. 국제금융 위기가 일어난 후, 적지 않은 서방의 학자들은 다시 마르크스주의 정치경제학과 『자본론』을 연구하기 시작하면서 자본주의의 폐단을 반성하고 있다."[95]

둘째, 마르크스주의 정치경제학 발전의 정확한 경로를 지적했다.

2015년 11월 23일 시진핑 동지는 중국공산당 중앙정치국 제28차 집체학습 시기에 이렇게 지적했다. "우리나라 국정과 우리나라의 발전 실천에 입각해 새로운 특점과 새로운 규칙을 제시해야 하고, 우리나라 경제발전 실천의 규칙성 성과를 추출하고 총결하여 실천경험을 체계적인 경제학설로 상승시켜 부단히 당대 중국 마르크스주의 정치경제학의 새로운 경지를 개척해야 한다."[96]

셋째, 창조적으로 '중국 특색의 사회주의' 정치경제학이라는 과학적 범주를 제기했다. 2015년 말 시진핑은 중앙 경제 사업회의에서 이렇게 지적했다. "'중국 특색의 사회주의' 정치경제학의 중대 원칙을 견지하자.""사회생산력을 해방시키고 발전시키는 것을 견지하고, 사회주의 시장경제의 개혁방향을 견지하여 시장이 자원배치에 결정적 작

---

95) 「習近平在哲學社會科學工作座談會上的講話」, 『人民日報』, 2016, 05, 19.
96) 「立足我國國情和我國發展實踐發展当代中國馬克思主義政治經濟學」, 『人民日報』, 2015, 11, 25.

용을 하도록 하는 것은 경제체제 개혁심화의 주요 내용이다. 여러 방면의 적극성을 동원하는 것을 견지하며, 충분히 적극성을 동원하고 충분히 중앙과 지방의 적극성을 동원하며, 기업가, 혁신 인재, 각급 간부의 적극성·적극성·창조성을 동원해야 한다."[97]

넷째, '중국 특색의 사회주의' 정치경제학 이론체계 발전의 구체적 경로를 지적했다. 2016년 7월 8일 경제형세 전문가세미나에서 시진핑은 이렇게 강조했다. "'중국 특색의 사회주의' 정치경제학을 견지하고 발전시키려면 마르크스주의 정치경제학을 지도로 우리나라 개혁개방과 사회주의 현대화 건설의 위대한 실천경험을 총결하고 정제해야 하며, 동시에 서방경제학의 유익한 부분을 참고해야 한다. '중국 특색의 사회주의' 정치경제학은 오직 실천을 통해 풍부히 하고 발전시킬 수 있고 실천의 검증을 거쳐야만 실천을 지도할 수 있다. 연구와 탐색을 강화하고 규칙적 인식에 관한 총결을 강화하고 '중국 특색의 사회주의' 정치경제학 이론체계를 부단히 보완하고, 중국의 특색, 중국의 풍격, 중국의 기개를 체현할 수 있는 중국 경제학과를 건설해야 한다."[98]

---

97) 「中央經濟工作會議在北京擧行」, 『人民日報』, 2015. 12. 22.
98) 「習近平主持召開經濟形勢專家座談會」, 新華网, 2016. 07. 08.

# 3

## '중국 특색의 사회주의' 정치경제학에 관한
## 시진핑의 창조적 발전

  과학의 이론체계는 주로 보편·특수·개별로 구성된 여러 단계의 복합적인 사상이론 체계이다. "마르크스주의의 전체 정신과 체계는 인민들이 모든 원리에 대해 (α)역사적으로 그리고 (β)기타 원리와 연계하기를 요구하며, (γ)구체적인 역사경험과 연계지어 고찰하기를 요구한다."[99] 과학의 사상체계란 첫째는 특정 연구대상의 본질 및 운동규칙을 제시하는 것이고, 둘째는 일련의 논점이 내적 논리와 연계가 있는가의 여부이며, 셋째는 주요 논점과 관점이 실천을 지도하는 것이다. 중국공산당 제18차 전국대표대회 이후, 국내외의 형세변화와 중국 각항 사업의 발전은 중대한 시대적 과제를 가져 왔다.

  중국공산당은 반드시 이론과 실천을 결합하여 체계적으로 어떤 '중국 특색의 사회주의' 경제를 견지하고 발전시킬 것인가에 답을 해야 하며, 어떻게 '중국 특색의 사회주의' 경제를 견지하고 발전시킬 것인가에 해답해야 한다. 시진핑 동지는 세계 사회주의 500년, 중화민족 5000여 년, 근대 이후 170여 년의 역사와 중국공산당 성립 90여 년, 집정 70여 년, 개혁개방 40여 년의 역사로부터 출발하여 중국의 현

---

99) 列宁, 『列宁選集』 第二卷, 3版, 北京, 人民出版社, 1995, 785쪽.

상태와 미래발전의 추세문제를 비교분석했고, 이론과 실천을 결합하여 이렇게 지적했다. "'중국 특색의 사회주의' 정치경제학을 견지하고 발전시킴에 있어서 마르크스주의 정치경제학을 지도로 우리나라 개혁개방과 사회주의 현대화 건설의 위대한 실천경험을 총결하고 정제해야 하며, 동시에 서방경제학의 유익한 부분을 참고해야 한다. '중국 특색의 사회주의' 정치경제학은 오직 실천을 통해 풍부히 하고 발전시킬 수 있으며, 실천의 검증을 거쳐야만 실천을 지도할 수 있다. 연구와 탐색을 강화하고 규칙적 인식에 관한 총결을 강화하고, '중국 특색의 사회주의' 정치경제학 이론체계를 부단히 보완하며, 중국의 특색, 중국의 풍격, 중국의 기개를 체현할 수 있는 중국의 경제학과를 건설해야 한다."[100]

시진핑 신시대 '중국 특색의 사회주의' 경제사상에 관한 일련의 논술과 중대한 관점은 '중국 특색의 사회주의' 경제학 발전의 본질 규정을 제시했고, 사회주의 초급단계에 주요 모순이 변화가 일어났음을 확정했으며, '중국 특색의 사회주의'는 새로운 시대에 진입했다고 했다. 또한 '중국 특색의 사회주의' 신시대 경제발전의 전략과 조치를 설명했다. 이런 이론·관점과 전략 조치는 내적 논리의 일치성을 구비하고 있다. 각 방면에서 시대, 실천과 과학의 발전과 함께 부단히 풍부히 하고 발전시켜 비교적 체계적이고, 완정한 경제학 체계를 형성해야 한다.

---

100) 「習近平主持召開經濟形勢專家座談會」 新華网, 2016. 07. 08.

(1) '중국 특색의 사회주의' 경제발전의 본질 규정.

중국공산당 제18차 전국대표대회 이후, 시진핑 동지는 체계적으로 국제사회주의 운동과 중화인민공화국 이후의 중국 사회주의 경제건설 실천의 경험과 교훈을 총결하는 기초위에서 깊이 있게 당대 세계 경제발전 추세를 통찰하여 '중국 특색의 사회주의' 경제발전의 내적 본질 규정을 형성했다.

중국공산당은 모든 것을 영도하고, 중국공산당이 경제 사업을 집중적으로 통일 영도하는 것을 견지하는 것은 중국경제가 시종 과학 사회주의의 정확한 방향으로 발전할 수 있는 중요한 보장이다. 중국공산당의 영도를 견지하고, 중국공산당의 전반을 고려하고, 각 측의 영도핵심으로 작용하는 것을 조율하고, 작용을 발휘하는 것은 중국 사회주의 시장경제의 중요한 특징이다. 개혁개방은 깊이 있는 혁명이기에 반드시 정확한 방향을 견지해야 하고, 정확한 길을 따라 나아가야 하며, 전복적(顚覆的)인 착오가 나타나지 말아야 한다. 전면적으로 개혁을 심화하는 과정에서 견지와 발전은 우리의 정치적 장점이다. 우리의 정치적 우세로 개혁을 인도하고 추진하고 각 방면의 적극성을 동원하여 사회주의 시장경제체제를 부단히 보완하고, 사회주의 시장 경제의 더욱 좋은 발전을 도모토록 해야 한다. 또한 인민을 중심으로 하는 발전이념을 견지해야 한다. 인민은 역사를 창조하는 진정한 원동력이라는 유물주의 역사관을 견지하고, 인민을 중심으로 하는 발전사상을 견지하며, 인민의 복지를 증가시키고, 인간의 전면적인 발전을 촉진케 하며, 공동 부유의 발향으로 안정적으로 전진하는 것을 경제발전의 출발점과 입각점으로 해야 한다. 혁신·조화로움·녹색·개방·공유의 발전이념을 공고히 수립하고, 신 발전 이념으로 발전행동을 인도해야 한다. 혁신은 발전을 인도하는 제1 원동력이고, 조화로움은 건강한 발전을 지속할 수 있는 내적 요구이며, 친환경은 국가의 번영발전이 반드시 나아가야 하는 길이고, 공유는 '중국 특색의 사회주의'의 본질적 요구이다. 신 발전 이념은 인류발전 역사의 경험과 교훈을 총결하는 기초위에서 형성된 것으로 중국공산당이 경제발전 규칙에 대한 인식의 심화를 보여주는데, 현재와 미래의 중국발전의 모순과 문제에 입각하여 제기한 것이다.

시장경제는 '중국 특색의 사회주의' 건설과 발전에서 뛰어넘을 수 없는 역사단계이고 '중국 특색의 사회주의' 시장경제는 시장경제와 사회주의 경제제도가 유기적으로 융합된 경제운행 제도이며, 시장경제의 우월성과 사회주의 경제제도의 우월성이 충분히 결합한 경제운행 제도이다. 사회주의 시장경제 개혁방향을 견지하고, 변증법적 양점론(兩点論)을 견지하고, 사회주의 기본제도와 시장경제의 결합에 지속적으로 공을 들여 두 개 방면의 장점을 제대로 발휘토록 해야 한다. 시장의 자원배치 면에서 결정하는 작용과 정부의 작용을 더욱 훌륭하게 이행하는 작용은 유기적으로 통일된 것이다. '보이지 않는 손'과 '보이는 손'은 모두 잘 이용하여 효과적인 시장과 정부가 정부의 작용을 할 수 있는 구조를 형성하게 해야 한다. 사회주의 기본 경제제도를 견지하고 보완하여 확고부동하게 비공유제 경제의 발전을 격려 지지하고 인도하여 각종 소유제가 좋은 점을 취하고 단점을 보완하면서 서로를 촉진시키고, 공동으로 발전하도록 해야 함과 동시에 공유제의 주체적 지위를 동요시키지 말아야 하고, 국유경제의 주도 작용도 동요하지 않도록 해야 한다. 이는 중국 각 민족 인민들이 발전성과를 공유할 수 있는 제도적 보장이며, 중국공산당의 집정지위를 공고히 하고, 중국 사회주의 제도를 견지하는 중요한 보증이다.

인류운명공동체를 구축하는 것은 신형 국제정치 관계를 구축하는 기본적인 원리일 뿐만 아니라, 신형 국제경제 관계를 구축하는 기본원리이고, 마르크스주의 세계 역사상의 새로운 발전이며, 참신한 세계체계의 이론이다. 대외개방을 견지하는 기본국책을 견지하고, 국내와 국제의 두 개 대세를 총괄하는 것에 능숙하고, 국내와 국제의 두 개 시장, 두 개 자원을 이용하여 더욱 높은 차원의 개방형 경제를 발전시키고, '일대일로' 건설을 제안하여 국제협력의 새로운 플랫폼을 구축하며, 글로벌 경제 거버넌스에 적극 참여하여 광범한 이익공동체를 구축하고, 공동으로 상의하고, 공동으로 건설하고, 공유의 글로벌 거버넌스 이념을 선양하여 인류의 운명공동체를 구축토록 해야 한다. 또 문제지향의 변증법적 사유방법을 견지해야 한다. 문제는 사물모순의 표현형식이다. 문제의식 강화와 문제지향의 방식을 강조하는 것은 모순의 보편성과 객관성을 승인하는 것으로 모순 인식과 해결을 통해 사업을 전개하기 위한 돌파구 마련에 능숙해야 한다. 형세를 관찰하고 사물을 분석하며 정책을 제정하고 문제를 해결하려면, 모두 모순에 대한 분석방법을 견지해야 하고, '양점론(兩点論)'과 '중점론(重点論)'을 견지해야 한다. 추상적 이론으로 구체적 실천을 지도할 때 우리는 반드시 이론으로 추상화된 부차적인 요인과 속성이 여전히 생생하게 객관적으로 존재하며, 일정한 조건에서 이런 부차적 요인과 속성은 주요 요인과 모순의 주요 방면이 될 수 있다는 점을 기억해야 한다. 안정 속에서의 진보추구를 견지하는 것을 사업의 기본으로 하는 것은 경제 사업을 잘 완성할 수 있는 방법론이다.

### (2) '중국 특색의 사회주의' 경제발전의 역사적 방향.

모든 사회의 발전은 정지된 것이 아니라 부단히 발전변화하고 있다. 한 사회발전의 구체적 역사단계를 판단하는 것은 마르크스주의가 제시한 사회운동 규칙의 필요한 전제이며, 중요한 조건이다. 사회가 처한 역사적 방향을 확정하는 것은 중국공산당 당원들이 사회발전 방향을 판단하고 정확한 이론·노선·방침과 정책을 선택하는 근본적인 출발점이다. 중국공산당 제18차 전국대표대회 이후, 세계경제의 회복세가 느리고 국부충돌과 동란이 빈번하게 발생하고 글로벌적인 문제가 늘어나는 국가상황에서 중국의 경제발전은 일련의 심각한 변화에 직면하게 되었다. 시진핑 동지는 당대 '중국 특색의 사회주의' 경제발전의 실천에 대한 깊이 있는 인식을 바탕으로 중국사회주의 경제발전은 신시대에 들어섰다는 새로운 판단을 내렸다. 경제발전이 뉴노멀에 진입하면서 중국의 경제발전은 신속한 변화와 구조의 최적화 및 원동력 변화의 3대 특징을 보여주고 있다. 이런 변화는 사람의 의지에 따라 변화되는 것이 아니라, 중국 경제발전의 단계성 특징의 필연적인 요구이다. '중국 특색의 사회주의'는 신시대에 들어섰다. 중국사회의 주요 모순은 이미 아름다운 생활을 위한 인민들의 날로 늘어나는 요구와 불균형하고 불충분한 발전 간의 모순으로 변화되었으며, 경제발전의 주요 모순은 공급 측에 있다. 명확하게 중국 사회주의 사업을 발전시키려면 반드시 '오위일체'의 전반적인 구도를 총괄적으로 추진하고, '4가지 전면'의 전략구성을 조율하여 추진토록 해야 한다.

중국 사회주의 현대화 건설의 새로운 목표와 노선도가 기획되었다. 즉 2020년에 이르러 전면적인 샤오캉사회를 실현하고, 2035년에 이르러 사회주의 현대화를 기본적으로 실현하며, 2050년에는 중국을 부강하고 민주적이며 문명하고 조화롭고 아름다운 사회주의 현대화 강국으로 건설하여 전체 인민들의 공동부유를 기본적으로 실현하는 것이다.

## (3) 신시대 '중국 특색의 사회주의' 경제발전의 전략조치.

'두개 백년'의 분투목표를 실현하고 중화민족의 위대한 부흥을 실현하는 '중국의 꿈'을 실현하려면, 반드시 과학적으로 발전전략과 조치를 제정해야 한다. 중국공산당 제18차 전국대표대회 이후, 시진핑 총서기는 '중국 특색의 사회주의' 경제발전에 관한 일련의 중대한 전략과 조치를 제기했다. 그 핵심은 공급 측의 구조개혁을 주요 노선으로 하면서 신 발전 이념을 관철시켜 현대화 경제체계를 건설하여 높은 품질의 발전을 실현하는 것이다. 혁신을 인도하고 협동적으로 발전하는 산업체계를 건설하고, 실체 경제, 과학혁신, 현대금융, 인력자원의 협동적 발전을 실현하는 과정에서 실체적 경제발전에 대한 과학혁신의 공헌도는 부단히 높아지고 있다. 실체 경제를 위하는 현대 금융의 능력도 부단히 상승하고 인력자원이 실체 경제발전을 받쳐주는 작용도 부단히 최적화되고 있다. 통일적으로 개방되고, 경쟁의 질서가 있는 시장체계를 건설하고, 원활한 시장진입, 질서정연한 시장개방, 충분한 시장경쟁, 규범적인 시장 질서를 실현하여 기업의 자주경영의 공정한 경쟁, 소비자의 자유적인 자주적 소비, 상품과 원료의 자유유동 및 평등한 교환이 가능한 현대시장의 체계를 빠른 시일 내에 형성해야 한다. 효율과 공정한 수입 분배를 촉진시킬 수 있는 체계를 건설하여 합리적인 수입 분배, 공정하고 정의로운 사회, 전체 인민의 공동 부유를 실현하고, 기본 공공서비스의 균등화를 추진하여 수입 분배의 격차를 점차 줄여야 한다. 장점을 보여주고 협조가 연동될 수 있는 도시와 농촌의 지역발전 시스템을 건설하여 지역 간의 양호한 연동, 도시와 농촌의 융합적인 발전과 육지와 해양을 총괄하는 전체적인 최적화를 실현하고, 지역의 비교 장점을 배양하고 발양케 하며, 지역 우세의 상호 보완을 강화하여 지역의 상생발전을 실현하는 새로운 구도를 만들어야 한다. 자원절약, 친환경적인 녹색발전체계를 건설하여 녹색순환의 저탄소 발전, 인류와 자연의 상생과 공생을 실현해야 한다. "녹수청산이란 바로 금산·은산이다(綠水靑山就是金山銀山)"이라는 이념을 수립하고 실천하여 사람과 자연이 조화롭게 발전하는 현대화 건설의 새로운 구도를 형성토록 해야 한다.

자원적인 평형과 안전하고 고효율적인 전면 개방의 체계를 건설하여 더욱 높은 차원의 개방형 경제를 발전시켜야 한다. 개방이 최적화된 구조, 깊이 있는 개척, 높은 효율과 이익을 위한 방향으로 나아가도록 추진해야 한다. 시장이 작용을 충분히 할 수 있으며, 정부의 작용을 더 훌륭하게 완성할 수 있는 경제체제를 건설하여 유효한 시장 메커니즘, 활력이 넘치는 미시적 주체로서의 활동, 적절한 거시관리를 실현해야 한다. 시진핑 동지의 일련의 중요한 논술은 새로운 역사조건에서 '중국 특색의 사회주의' 경제이론을 풍부히 하고 발전시켰으며, 마르크스주의 정치경제학의 기본원리와 신시대 중국경제발전의 실천이 결합된 새로운 역사적 비약을 실현했다. 본질규정-역사방위-전략조치는 내적 논리가 일치하는 유기적인 전체이며, 초보적으로 '중국 특색의 사회주의' 정치경제학 이론체계를 형성한다. 이는 중국공산당 제18차 전체 대표대회 이후, '중국 특색의 사회주의' 경제발전 실천의 이론적 결정이고, '중국 특색의 사회주의' 경제건설을 통솔하는 기본이며, 시진핑 동지가 '중국 특색의 사회주의' 경제발전 실천과정에서 마르크스주의 정치경제학의 위대한 혁신을 완성한 것으로 21세기 마르크스주의 정치경제학의 최신 성과인 것이다.

제4장
시진핑 신시대 '중국 특색의 사회주의'
경제사상의 방법론[101]

시진핑 신시대 '중국 특색의 사회주의' 경제사상은 유물론적 역사관과 변증법적 사유를 견지하고, 응용한 본보기로 마르크스주의 과학사상과 사업방법을 풍부히 가지고 있는 세계관·역사관이며, 인식관·방법론이다. 또한 무엇을 이야기하고, 어떻게 보아야 하며, 어떻게 해야 하는지를 알려준다. 또한 경제개혁 발전 중의 여러 가지 실제문제에 해답하는 것에 중점을 두고, '강을 건너는' 임무를 배치하고 과학적 방법론을 강조했으며, '교량 혹은 함선(艦船)'인가의 문제해결 방법을 지도했다. 시진핑 신시대 '중국 특색의 사회주의' 경제사상은 우리가 '중국 특색의 사회주의' 경제발전의 규칙을 인식하고 근본적으로 개혁·개방과 발전에서 나타는 기본문제의 해결을 향상시키고, 부단히 나타나는 새로운 문제를 해결하는 능력의 본보기가 되었다.

# 1
## 역사유물론과 인민의 입장

역사유물론은 마르크스 일생에서 제일 위대한 두 가지 공헌 중의 하나이다. 마르크스·엥겔스는 헤겔의 변증법을 비판적으로 계승한 기초위에서 과학적 유물변증법을 창설했고, 유물주의 원리를 사회역사영역에 응용해 인류사회 발전의 물질적 원인으로부터 출발하여 인류사회의 생산, 발전의 운동과정에 응용했다. 또한 이를 통해 인류사회의 발전은 자연적인 역사 과정이며, 사회기본모순의 운동으로부터 사회주의가 필연적으로 자본주의를 대체할 것이라고 했다. 시진핑 동지는 이렇게 지적했다. "역사와 현실이 증명하다시피 오직 역사 유물주의를 견지해야만 우리는 '중국 특색의 사회주의' 규칙에 관한 인식을 부단히 높은 수준으로 제고할 수 있고, 당대 중국 마르크스주의 발전의 새로운 경지를 부단히 개척할 수 있다."[102] 유물론적 역사관을 견지하는 기초위에서 시진핑 동지는 담대하게 역사시간과 세계적 구도의 결합, 역사와 현실의 결합, 중국과 세계의 결합이라는 차원으로 '중국 특색의 사회주의'와 세계의 발전문제를 고려했다.

---

102) 中共中央宣傳部,『習近平總書記系列重要講話讀本(2016年版)』, 北京, 學習出版社, 人民出版社, 2016, 281쪽.

### (1) 역사적 유물론과 '중국 특색의 사회주의' 경제발전.

시진핑 동지는 세계 사회주의 500년, 중화민족 5000여 년, 근대 이후의 170여 년의 역사와 중국공산당 성립 90여 년, 집정 70여 년, 개혁개방 40여 년의 역사로부터 출발하여 중국의 현 상태와 미래의 발전추세에 관한 문제를 비교 분석했고, 마르크스주의 인류사회발전의 규칙으로 지금 세계의 변화 및 기타 추세를 분석했으며, 중국공산당은 어떻게 반복적인 비교와 총결의 역사과정에서 마르크스주의를 선택하고 사회주의를 선택했는지를 깊이 있게 설명했다. 또한 '중국 특색의 사회주의'는 과학사회주의의 기본원칙을 견지했을 뿐만 아니라, 중국의 실제와 시대의 특징에 근거하여 선명한 중국특색을 형성하여 과학 사회주의를 계승하고, 풍부히 하고 발전시켰다. 이는 지금 중국 사회의 부단한 발전진보를 인도하고, 전면적 샤오캉사회의 실현을 위한 정확한 길이다. 역사유물론은 "물질생산은 사회생활의 기초이며, 생산력은 사회의 진보를 추진하는 제일 활력이 있고, 제일 혁명적인 요인이며, 사회주의의 근본임무는 사회생산력을 해방시키고, 발전시키는 것"임을 알려준다. 발전은 우리나라의 모든 문제를 해결하는 관건이다. 정신을 집중하여 건설을 하고, 한마음 한뜻으로 발전을 도모하여 우리나라 사회생산력의 부단한 발전을 추진하고, 물질이 지속적으로 풍부해지는 것과 사람의 전면적인 발전이 통일되도록 촉진시킨다. 물질생산은 사회역사 발전의 결정적인 요인이다. 하지만 생산관계는 생산력에 반작용을 하고, 상부구조도 경제기초에 반작용을 한다. '중국 특색의 사회주의'를 견지하고 발전시키려면, 반드시 꾸준히 사회생산력에 적응하고, 생산관계를 조정해야 하며, 꾸준히 경제기초의 발전에 적응하고, 상부구조를 보완해야 한다. 반드시 발전이라는 제1요인을 중심으로 전면적으로 각 분야의 개혁을 심화시키고, 사상을 더 해방토록 하고, 사회 활력을 더욱 해방시키고 증가시켜 사회의 생산력을 더 훌륭하게 해방시키고 발전시켜야 한다.

중국공산당은 시종 인류를 위해 더욱 크고 새로운 공헌을 하는 것을 자신의 사명으로 했다. 인류사회 문명의 발전에 유리한 세력만이 세계사적 의미에서 진정으로 존재했었다고 할 수 있다. 시진핑 동지는 세계사적 차원에서 지금 세계의 발전 추세와 직면한 중대한 문제를 주시했으며, 이를 바탕으로 인류운명공동체라는 주장을 제기했고, 공동으로 상의하고 공동으로 건설하며 공유하는 글로벌 거버넌스 관을 중심으로 책임을 지는 대국으로서의 작용을 하면서 글로벌 거버넌스 시스템 개혁과 건설에 적극 참여하고 있다. 신시대 '중국 특색의 사회주의' 경제발전은 중국이 현대화로 나아가는 경로를 개척한 것으로 빠른 발전을 하면서 자신의 독립성을 유지하려는 세계 국가와 민족에게 새로운 선택을 제시했고, 인류문제를 해결하기 위한 중국의 지혜와 중국의 방안을 제시했다.

## (2) 인민을 중심으로 하는 '중국 특색의 사회주의' 경제발전.

역사유물론은 인류사회발전의 규칙을 계시했고 처음으로 인민이 자신 해방의 사상체계를 창설해 세계를 개조하는 인민들의 행동을 인도했다. 시종 인민대중의 입장에 있었으며, 모든 것은 인민을 위하고 인민을 믿고 인민에 의존하면서 성심성의로 인민의 이익을 도모했다. 이는 중국공산당이 마르크스주의 입장을 견지하는 근본적인 요구이다. 시진핑 총서기는 이렇게 지적했다.

"인민의 입장은 마르크스주의 정당의 근본적인 정치적 입장이고, 인민은 역사가 진보하는 진정한 원동력이며, 군중은 진정한 영웅이고, 인민의 이익은 중국공산당의 모든 사업의 근본 출발점이고 입각점이다."[103] "우리 인민들은 생활을 열애하고 더욱 좋은 교육, 더욱 안정적인 일자리, 더욱 만족스러운 수입, 더욱 믿음직한 사회 보장, 더욱 높은 수준의 의료위생 서비스, 더욱 편안한 주거 조건, 더욱 아름다운 환경을 희망하며, 아이들이 더욱 훌륭하게 성장하고 일자리가 더욱 좋고 생활이 더욱 나아지기를 기대한다. 인민들은 아름다운 생활을 동경하고 있다. 이는 우리의 분투 목표이다."[104]

인민을 중심으로 하는 발전사상을 견지해야 한다. 발전은 인민을 위한 것이고, 발전은 인민에 의존해야 하며, 발전성과는 인민이 공유해야 한다. 이는 마르크스주의 정치경제학의 근본입장이다. 중국공산당 제18차 전국대표대회 이후, 시진핑 동지는 모든 사상, 모든 영도

---

103) 習近平, 『習近平談治國理政』第二卷. 北京 外文出版社, 2017, 189쪽.
104) 위의 책, 第一卷, 4쪽.

의 모든 실질적인 사업은 이 핵심을 중심으로 해야 한다고 했다. 시종 인민의 복지 향상과 사람의 전면적인 발전을 촉진시키고, 공동으로 부유하게 되는 방향으로 안정적으로 나아가야 하는 것을 경제발전의 출발점과 입각점으로 했다. "우리는 어떤 시기에도 경제사업의 배치, 경제정책의 제정, 경제발전의 추진을 시도할 때면 이 근본 입장을 견지해야 한다는 것을 절대 잊지 말아야 한다."[105]

인민의 입장에 서는 것을 지상(至上)의 목표로 삼은 것은 중국공산당이 성심성의로 인민을 위한다는 취지를 보여주는 것이다. 또한 이는 중국공산당이 시종 견지하는 근본적 사업노선과 근본적인 사업방법이다. 모든 입장은 실제사업에서 군중들과 밀접히 연락하고 군중들 속에서 문제를 해결하는 방안과 방법을 찾을 것을 요구하며, 새로운 형세 하에서 군중사업의 규칙과 특점을 깊이 있게 연구하여 군중들의 적극성·자주성·창조성을 충분히 동원하고, 군중의 사상 감정과의 거리를 좁히면서 인민을 위하는 실제 능력을 부단히 향상시켜야 하는 것이다.

## (3) 전략 신념 유지.

시진핑 동지는 중국공산당 제19차 전국대표대회에서 '중국 특색의 사회주의'는 새로운 시대에 들어섰고, 중국사회의 주요 모순은 이미 아름다운 생활에 대한 날로 늘어나는 인민들의 요구와 불균형하고

---

105) 中共中央文獻研究室, 『習近平關于社會主義經濟建設論述摘編』, 北京, 中央文獻出版社, 2017, 31쪽.

불충분한 발전간의 모순으로 변화되었다고 했다. 이와 동시에 시진핑 동지는 이렇게 지적했다. "우리나라의 발전은 여전히 장기간 중요한 전략적 기회에 있을 것이고, 그 앞날은 밝지만 그에 따른 도전도 매우 가혹할 것이다." "우리나라는 지금 뿐만 아니라 장기적으로 사회주의 초급단계에 처해있다는 기본국정은 변하지 않는다. 우리나라는 세계에서 제일 큰 개발도상국이라는 국제적 지위도 변하지 않는다."[106] 이는 '중국 특색의 사회주의' 경제를 발전시키는 기본 근거이다.

"'중국 특색의 사회주의'를 발전시키는 것은 장기적이고 힘든 역사 임무이기에 반드시 새로운 역사 특점의 위대한 투쟁을 할 준비를 해야 한다. 지금과 이후의 일정 기간에 우리가 국제와 국내에서 직면한 모순·리스크·도전은 적지 않을 것이다. 절대 경솔하지 말아야 한다. 각종 모순·리스크·도전의 근원과 접점은 서로 뒤엉키고 서로 작용을 한다. 만약 제때에 대비하지 않고 대응이 부족하면 서로 전도되고 중첩되며 변화하고 확대되게 되기에 작은 모순·리스크·도전은 더 큰 모순·리스크·도전이 되거나 국부적인 문제가 체계적인 모순·리스크·도전으로 변화되고, 국제적인 문제가 국내의 모순·리스크·도전이 될 수 있다. 또한 경제·사회·문화 생태분야의 모순이 정치적 모순·리스크·도전이 되어 최종적으로 당의 집정 지위를 위협하고 국가 안전을 위협하게 된다."[107] 시진핑 동지는 이렇게 지적했다. "이렇게 복잡

---

106) 習近平, 『決勝全面建成小康社會奪取新時代中國特色社會主義偉大胜利-産党第十九次全國代表大會上的報告』, 앞의 책, 2쪽, 12쪽.
107) 習近平, 『習近平談治國理政』第二卷, 222쪽.

한 환경에서 명석한 이론을 유지하고 정치적 신념을 강화하는 것이 매우 긴요하다."[108] 무수한 새로운 리스크와 새로운 도전에 우리는 반드시 충분한 전략적 신념을 유지해야 하며, 직면한 중대한 전략적 기회를 정확하게 인식하고, 변화와 불변의 관계를 제대로 파악하여 시종 분명한 전략을 유지하면서 각종 그릇된 관점에 동요하지 말고, 여러 가지 방해에 미혹되지 않으면서 모든 것은 실제로부터 출발하고, 나를 위주로 하면서 변화할 것은 끝까지 변화시키고, 고칠 수 없는 것은 확실하게 유지하면서 개혁의 지도권과 주도권을 확실하게 쥐고 있어야 한다. 전략의 신념을 유지한다는 근본은 독립자주를 견지하되 폐쇄 정체의 옛 길에 들어서지도 말고, 기본을 바꾸는 그릇된 길을 가지도 말며, 확고부동하게 '중국 특색의 사회주의' 길로 나아가야 하고, '중국 특색의 사회주의' 경제를 발전시켜야 한다. 정책을 제정할 때에는 냉정하게 관찰하고 신중하게 처리하고 의논한 후 행동해야 하며, 복잡하고 변화가 많은 국제형세를 침착하게 지켜보면서 일을 잘 마무리하려고 노력해야 한다. 또한 확고부동하게 평화발전의 길을 가야하고, 적극적으로 합력 공영을 핵심으로 하는 신형 국제관계를 구축해야 한다. 전략적 신념을 유지하는 것은 중국 국내경제 발전과정에서 충족한 역사적 인내심을 유지하는 것으로 표현된다.

사람들은 보통 발전단계의 차이와 역사배경의 차이를 고려하지 않고, 비교적 완벽한 선진국의 시장경제 제도와 비교적 높은 경제발전

---

108) 中共中央宣傳部, 『習近平總書記系列重要講話讀本(2016年版)』, 北京, 學習出版社, 人民出版社, 2016, 283쪽.

수준을 직접 중국 지금의 일부 제도배치의 부족한 부분과 부족한 발전효율의 한계성을 비교한다. 이런 사유를 따르다보면 여러 가지 역사적 실정을 초월하는 요구가 나타나며, 각종 '대약진(大躍進)' 혹은 '체제 추월(体制赶超)' 등 각종 다른 차원의 주장이 나타나게 된다. 역사적 인내심을 유지하려면 우리는 경제발전, 구조전형, 제도변혁과 국제경쟁 등 장기적인 역사변천 과정에서 시종일관 역사의 규칙을 정확히 인식하고 존중해야 하며, 국정을 정확하게 파악하여 역사적 단계를 초월해야 한다는 요구를 제기하지 말고, 맹목적인 낙관 혹은 과격하게 성과를 내려는 욕심을 버리고, 냉정하게 개혁과정에서 이미 나타났거나 가능하게 나타날 수 있는 문제를 대해야 하며, 곤란함이나 문제점을 하나씩 풀어나가면서 '빠른 발걸음이지만 침착하고 안정적'으로 발전을 도모해 나가야 할 것이다. 세계를 인식하고 개조하는 과정에서 기존의 문제를 해결하면 새로운 문제가 나타나기 마련이므로 부단히 제도를 보완해야 한다. 그렇기 때문에 개혁발전은 하루아침에 완성되는 것이 아니며, 한 번에 성공하는 것도 아니다. 각급 전략 제정자와 집행자는 반드시 충분한 '역사적 인내심'을 가지고 있어야 하고, 세계 각국과 중국에서의 여러 시기의 경험 교훈을 참고하여 후발국가가 직면할 수 있는 발전과 개혁의 특수문제와 특수 곤란상황에 직면해야 하며, 제도의 성숙과 형성은 긴 시간이 필요하다는 점을 충분히 인지해 각 세대 사람들이 자기 세대에 완성해야 할 일들을 해내야 한다. 전략적 신념과 역사적 인내심을 유지하려면 대세를 내다보고 대사에 정확한 전략을 실시해야 하며, 그 정도를 적당하게 조절해야 한다. 신념과 인내심이 있어야 한다고 해서 고정불변이라는 의미가 아니라 변화와 불변의 관계를 정확하게 파악해야 한다는 뜻이다. 곤란과 좌절에 우리는 인내심을 가지고 이겨내야 하며, 순조로운 상황에서 조급해하거나 맹목적으로 낙관하지 말고, 착실하게 각항 사업의 기초를 닦고 장원한 사업을 도모해야 한다는 의미이다. '안정'이나 '변화' 모두 변증법적 통일이며, 서로가 서로의 조건이 되는데 그 관건은 두 가지의 정도를 정확하게 파악하는 것이다. 전략적 신념과 역사적 인내심을 유지하는 것은 주동적으로 하지 말라는 뜻이 아니며, 주동적으로 한다고 해도 전략적 신념과 역사적 인내심을 전제로 해야 만 경거망동이나 맹목적인 행위가 되지 않는다는 의미이다.

## 2
## 문제지향의 변증법적 사유

"문제는 시대의 구호이다."[109]

시진핑 동지는 이렇게 지적했다.

"강렬한 문제의식을 가지고 중대한 문제를 지도방향으로 관건적인 문제를 움켜쥐고 연구하고 사고해야 하며, 우리 나라 발전이 직면한 일련의 돌출된 모순과 문제해결에 힘 써야 한다. 우리 중국공산당 당원들이 이룬 혁명·건설·개 혁은 언제나 그랬듯이 중국의 현실 문제를 해결하기 위해 서였다. 개혁은 문제의 핍박으로 생산을 진행하는 것이라 고 할 수 있으며, 부단히 문제를 해결하는 과정에서 심화 되었다."[110]

세계를 인식하고 개조하는 과정에서 기존의 문제를 해결하면 새로 운 문제가 나타나기 마련이기에 제도를 부단히 보완해야 한다. 때문 에 개혁발전은 하루아침에 완성되는 것이 아니고 한 번에 성공하는 것도 아니다. 문제는 사물의 표현형식이다. 우리는 문제의식을 높이

---

109) 馬克思, 恩格斯馬『克思恩格斯全集』第四十卷, 北京, 人民出版社, 1982, 289쪽.
110) 習近平,『習近平談治國理政』第一卷, 74쪽.

고 문제를 지도방향으로 해야 한다는 것을 강조해야 한다.

이는 모순의 보편성·객관성을 승인하는 것이며, 모순 인식과 해결을 사업시작의 돌파구로 인지하는 능력을 높여야 한다. 오직 과학적인 이론 사유로 사물을 관찰하고 문제를 분석하고 문제를 해결하는 능력을 향상시켜야만, 사업의 과학성·예측성·적극성·창조성을 부단히 강화시킬 수 있다.

### (1) 변증법적 사유능력을 향상시키고 모순 분석법을 견지하자.

변증법적 사유능력은 모순을 인정하고, 모순을 분석하고, 모순을 해결하는 것으로 관건을 움켜쥐고 중점을 정확하게 찾고, 사물의 발전규칙을 통찰하는 능력을 말한다. 모순은 보편적으로 존재하는 것이고, 사물을 연계하는 실질내용이며, 사물을 발전시키는 근본 원동력이다. 사람의 인식활동과 실천 활동의 근본은 부단히 모순을 인식하고 모순을 해결하는 과정이다. 변증법적 사유를 견지하려면 사물모순운동의 기본원리를 학습하고 파악하고, 부단히 문제의식을 강화하고 발전시키는 과정에서 나타나는 모순을 적극 직면하고 해결해야 한다. 우리가 형세를 관찰하고, 사물을 분석하며, 정책을 제정하고 문제를 해결하는 과정에서 모두 모순에 대한 분석방법을 견지하고, 모순 양측의 대립통일 과정에서 사물의 발전규칙을 파악하며, '양점론'과 '중점론'의 통일을 견지하여 극단화와 일방적인 상황을 극복해야 한다. 현재 중국 경제발전의 모순은 더욱 복잡해지고 있다. 장기적으로 축적된 기존의 모순이 있으며, 기존의 모순을 해결하는 과정에서 나타난 새로운 모순도 있을 뿐만 아니라, 형세환경의 변화에 따라 나타난 새로운 모순도 있다. 이런 모순의 대다수는 상응하는 발전 단계에 필연적으로 나타나는 것이기에 피할 수도 에돌아 갈 수도 없다. 모순을 대하는 정확한 태도는 모순을 직면하는 것이다. 서로 보완하고 서로 도움이 되는 모순의 특성을 이용하여 대립에서 통일을 파악하고 통일에서 대립을 파악하면서 변증법적 사유 능력을 부단히 제고시켜 모순을 해결하는 과정에서 사물의 발전을 추진해야 한다.

모순분석법은 추상적인 방법이다. 추상적인 이론을 응용해 구체적인 실천을 지도하는 과정에서 우리는 반드시 이론으로 추상화된 부차작인 요인과 속성이 여전히 현실에서 존재하고, 일정 조건에서 주요 요인과 모순의 주요 방면으로 변화한다는 것임을 잊지 말아야 한다. 우리는 추상적인 이론과 생생한 현실이 같다고 하지 말고, 추상화된 요인과 속성이 이론 지도사업에 미치는 복잡한 영향을 충분히 고려하여 이론의 지도가 목표성이 뚜렷하고 적응성이 강하며 활용성이 강하도록 하고, 응당한 지도 작용을 충분히 실행하여 현저한 성과를 가져오도록 해야 할 것이다.

## (2) 체계적인 사유능력을 강화하고 협조발전을 중시하자.

유물변증법은 물질세계의 보편적 연계와 영원한 발전의 특성을 계시했고, 사람들이 세계를 인식하고 세계를 개조하는 과정에서 정체적이 아니라 발전적으로 관찰하고, 한 가지만 고려하지 말고 전면적으로 고려해야 하며, 분산하여 관찰하지 말고 체계적으로 관찰하고 단일하게 고립된 관찰아 아니라 보편적으로 연계지어 사물을 관찰하여 객관적 실제를 정확하게 파악해야 한다. 체계적인 사유능력을 강화하고 규칙을 진정으로 파악하여 국부와 전반, 현재와 미래, 중요한 것과 중요하지 않은 것의 관계를 능란하게 처리하고, 신시대 '중국 특색의 사회주의'의 각종 중대한 관계를 적절하게 처리하여 총괄적으로 파악하고 협조적으로 추진하면서 제일 유리한 전략 배치를 실현해야 한다. 체계적 사유능력을 강화하고, 발전의 협조를 중시하면서 양점론과 중점론의 통일을 실현해야 한다. 시진핑 동지는 이렇게 지적했다. "어떠한 사업에서든 우리는 항상 양점론과 중점론을 논해야 하는데, 주요한 것과 부차적인 것을 구분하지 말고, 눈썹과 수염을 함께 잡아 없애는 식으로 일을 하면 사업을 훌륭하게 완성할 수가 없다."[111] 중국공산당 제18차 전국대표대회 이후, '중국 특색의 사회주의' '오위일체'의 전반적인 구도를 총괄하고, '네 개 전면' 전략적 구성을 협조적으로 추진하는 과정에서 전반적인 계획을 중시하는 한편 "소의 코(중요한 부분)"를 중시해야 한다. 예를 들면, 우리는 전면적 샤오캉사회의 실현을 위한 전면적 배치도 해야 하며, "샤오캉이 완성 되었는지는 백성들에게 달렸다"는 것을 강조해야 한다. 또한 전면적으로 개혁을 심화시키기 위해 최고의 설계를 완성해야 할 뿐만 아니라, 중요 분야와 관건적 고리에서의 개혁을 중점적으로 잡아야 한다. 그리고 전면적으로 법치국가의 건설을 위한 체계적인 배치를 추진해야 할 뿐

---

111) 中共中央宣傳部,『習近平總書記系列重要講話讀本(2016年版)』, 北京, 學習出版社, 人民出版社, 2016, 48쪽.

만 아니라, '중국 특색의 사회주의'의 법치시스템을 총 목표와 중점으로 하는 것을 강조해야 한다. 또한 전면적으로 엄격하게 당을 다스리기 위한 일련의 요구를 제기하여 당의 깨끗한 기풍의 정치건설을 돌파구로 하여 인민 군중들의 반응이 뜨거운 '사풍(邪風, 형식주의·관료주의·향락주의·사치낭비풍조)' 문제해결에 중점을 두고 감히 부패하지 못하고 부패할 수 없으며 부패를 생각하지 않도록 해야 한다. 체계적인 사유능력을 향상시키려면 전반적으로 총괄을 견지해야 하고, 큰 형세를 고려하는 의식을 수립하여 전반적 국면에 대한 관념을 가져야 한다. 시진핑 동지는 이렇게 지적했다.

> "중국에서 지도자가 되려면 반드시 상황을 정확하게 이해하는 기초위에서 전반적인 것을 총괄하고, 종합적 균형을 유지해야 하며, 중점을 강조하여 전체를 이끌 수 있어야 하고, 때로는 대(大)를 움켜쥐고 소(小)를 풀어주며, 때로는 대를 움켜쥐며 소도 고려하고, 때로는 소로 대를 이끌고, 소에서 대를 예견해야 한다. 형상적으로 말하면 손 열 가락으로 피아노를 쳐야한다는 뜻이다."[112]

전반적으로 총괄적인 것을 고려하여 당과 국가의 사업전반과 국내 국제 두 개의 대세를 출발점으로 하여 개혁과 발전의 안정을 총괄하여 유동적으로 서로 협조하고, 서로 촉진케 하면서 경제건설·정치건

---

112) 習近平, 『習近平談治國理政』第一卷.

설·문화건설·사회건설·생태문명건설 및 각 부문을 총괄하고 조정하여 전반적으로 여러 방면의 상황과 진척을 고려하고, 추진 속도·세기·진도를 고려하면서 균형과 종합적인 정책을 파악하여 더욱 좋은 효과를 실현토록 해야 한다.

### (3) 마지노선의 사고를 견지하고 전망하는 능력을 향상시키자.

마지노선의 사고를 활용한다는 것은 모든 일을 시작함에 있어서 제일 나쁜 상황을 위해 준비하고, 제일 좋은 결과를 위해 노력하면서 유비무환으로 문제에 부딪치면, 갈팡질팡하지 말고 주도권을 잡아야 한다는 것이다. 시진핑 동지는 위기의식을 가지고 위험한 도전을 방비해야 하는데, 이는 마르크스주의 방법론의 계승과 발전이며 과학적 운동이라고 강조했다. 마지노선 사고는 사물의 보편적 연계의 관점을 체현하고, 사물의 운동변화 발전에서 사물의 보편적 연계를 고찰한다. 원칙을 고수하고, 마지노선을 명백히 구분해야 하며, 적극적으로 리스크를 연구하고 판단하여 미연에 방지해야 한다. 또한 '확실성'을 고려해야 할 뿐만 아니라 '만일'도 생각해야 한다. 이렇게 해야만 개혁발전의 주도권을 파악할 수 있다. 마지노선의 사고는 위기의식의 부각이다. 마지노선은 넘지 말아야 할 경계선이며, 사물이 질적 변화를 가져올 수 있는 임계점이다. 마지노선을 돌파하면 감당할 수 없는 나쁜 결과가 나타나게 된다. 마지노선 사고능력은 객관적으로 최저 목표를 정하는 것이고, 최저점에 입각하여 제일 큰 기대치를 쟁취하는 능력이다. 마지노선 사고, 능력을 제고하는 것은 거안사위

(居安思危, 편안히 살 때 위태로움을 생각하는 것-역자 주)의 자세를 가지라는 뜻이며, 위기의식을 강화하라는 뜻이다. 형세를 더욱 복잡하게 생각하고, 직면하게 될 도전을 더욱 가혹하게 생각하여 제일 나쁜 상황을 대비하라는 의미이다. 전망하는 의식을 강화하여 사업 예방책을 충분히 준비하여 더욱 세밀한 준비로 마음을 준비하여 변화가 나타나도 허둥대지 말도록 해야 한다는 것이다. 마지노선의 사고는 위축과 보수를 의미하는 것이 아니다. 이와 반대로 마지노선의 사고방식을 견지하는 것은 여전히 개척이 필요하고 향상이 필요하다. 중국 각 지역에서는 "제13차 5개년 계획(十三五)"의 2020년 전까지의 5년 동안 연평균 경제성장률을 6.5%이상을 유지하자는 목표를 실현하기 위해 이에 상응하는 경제성장 목표를 제정했다. 어떻게 이처럼 높은 성장속도를 실현할 것인가? 관성사유(慣性思維), 낡은 체제, 시대에 뒤쳐진 방법, 전통산업으로 등으로는 불가능하다. 반드시 새로운 이념을 철저히 실행하고, 새로운 체제를 형성하며, 새로운 방법을 활용하고, 새로운 산업을 발전시켜야 한다. 다시 말하면 오직 적극적으로 노력하고, 혁신을 개혁해야만 발전목표를 실현할 수 있으며, 성장 마지노선을 지킬 수 있는 것이다. 이른바 "상등을 얻으려 하면, 적어도 중등을 얻을 수 있고, 중등을 얻으려하면, 하등의 것이라도 얻지만, 하등을 얻으려한다면 얻어지는 바가 없다.(取乎其上, 得乎其中; 取乎其中, 得乎其下; 取乎其下, 則无所得矣)"는 말과 같은 것이다. 또한 전면적으로 샤오캉사회를 실현하는 목표에서 5,000만 농촌의 빈곤인구가 현행의 표준에서 전부 빈곤에서 벗어나도록 하는 것이 가장 기본적인 마지

노선이다. 만약 책임정신이 없고, 어려운 일을 하려하지 않고, 빈곤지역과 빈곤 군중들 사이에 들어가지 않고, 빈곤의 진상과 빈곤의 원인에 대해 파악하고 정확하고 효과적인 방법과 전 사회의 적극성을 동원하여 빈곤에서 벗어나는 사업을 진행하지 않는다면, 빈곤에서 벗어나려는 목표를 실현하기 어려울 뿐만 아니라 전면적 샤오캉사회를 건설하려는 마지노선도 지킬 수 없게 된다. 곤란과 도전을 충분하게 예측하고 이에 상응하는 조치를 주밀하게 마련해야만 중국경제가 뉴노멀에 들어서고, "곤두박질을 하지 않고, 정체되지 않는 상황"이 지속되고, 증가속도가 완만하게 변화를 실현할 수 있다.

또 다른 예를 든다면 시스템의 지역적 리스크가 발생하지 말아야 하는 마지노선을 지키고, 국가경제의 금융안전을 수호하려면 더욱 진취적이어야만 한다. 경제의 글로벌화가 더욱 깊이 있게 발전하고, 중국이 전반적으로 세계경제에 융합되어 가는 대세에서 스스로 봉쇄한다는 것은 있을 수 없는 일이며, 그러한 결정은 더욱 큰 리스크를 초래할 뿐이다. 경제강국·금융강국을 건설해야만 경제안전과 금융안전을 더욱 훌륭하게 수호할 수 있게 되는 것이며, 경제강국, 금융강국을 건설하려만 반드시 대외개방의 수준을 제고하고, 더욱 높은 차원의 개방형 경제를 발전시켜야 한다. 다시 말해서 개방 중에서 자신의 실력과 위험을 막아내는 능력을 강화해야 한다는 것이다. 한 지역의 개혁발전도 이와 같은 이치이다.

# 3
## 안정 속 진보추구 사업의
## 전체적인 주안점


　안정 속 진보추구 사업의 총 주안점은 치국이정의 중요원칙이며, 경제 사업을 훌륭하게 완성할 수 있는 방법론이다. 유물변증법은 사회발전의 새로운 것과 낡은 것의 교체와 질과 양의 통일의 관점으로 경제사업의 안정과 진보와의 관계인식론의 기초를 닦아주었다. 안정 속 진보추구의 근본은 '안정'에 있으며, '추구'에 착안하여 '진보'를 목적으로 하는 것이다. 근본은 '안정'이다. 즉 경제의 안정이며 사회의 안정이다. '추구'에 착안한다는 것은 주동적으로 안정을 추구하면서 주동적으로 진보를 추구하는 것으로 '추구'로 '주동'을 쟁취하고, '추구'로 '모순'을 해결하고, 사업의 적극성·유연성·목표성·전망성을 향상시키는 것이다. 목적이 '진보'에 있다는 뜻은 안정을 보장하고, 진보를 추구하는 기초위에서 경제발전은 반드시 새로운 진전이 있어야 하며, 새로운 돌파, 새로운 성과가 있어야 한다는 것이다.

　경제발전은 저장량과 증량의 관계의 동적변화에서 실현된다. 여기에서 말하는 저장량은 경제총량 뿐만 아니라 경제구조도 포함되는데, 각종 경제 변수 사이의 관계에서 표현되는 안정성과 균형성을 모두 구비해야 하는 것을 요구한다. 증량은 전자가 안정적인 기초위에서 '진보 추구'를 통해 실현된다. 시진핑 동지는 이렇게 지적했다.

> "차근차근하고 신중하게 사업을 해나가며, 안정 속에서 좋
> 은 상태로 발전해야 한다. 경제사회 대세의 안정을 촉진하
> 여 전면적으로 개혁을 심화시키기 위한 조건을 창조해야
> 한다. 동시에 적극적으로 전면적 개혁의 심화를 추진하며,
> 문제 지향을 견지하고, 용감하게 혁신을 이끌어 개혁으로
> 발전을 촉진시키고, 방식을 변화시켜 구조를 조정하는 것
> 을 촉진케 하고, 민생의 개선을 촉진시켜야 한다. '안정'도
> 좋고, '개혁'도 좋다. 모든 것은 변증법적 통일이며, 서로 조
> 건이 된다. 안정과 변화에서 안정에 대한 신념이 있어야 하
> 며, 변화도 질서가 있어야 한다. 관건은 이 양자 간의 도를
> 파악하는 것이다."[113]

2014년 12월 1일 열린 중국공산당 중앙은 당외(党外)인사 세미나에
서 시진핑 동지는 안정 속 진보추구 사업의 총 주안점을 견지하는
의미를 천명하면서 안정의 중점은 경제운행의 안정에 있으며, 진보
의 중점은 개혁개방을 심화시키는 것과 구조조정에 있다고 했다. 또
한 이 강화에서 그는 개괄적으로 사업의 총 주안점을 설명했다. 이는
"안정과 진보의 유기적 통일과 상호 촉진"의 변증관계를 보여주었다.
2015년 12월 10일에 열린 세미나에서 시진핑 동지는 이 사업의 총 주

---

113) 中共中央文獻研究室, 『全面深化改革論述摘編』, 北京, 中央文獻出版社, 2014:49.

안점과 전반적인 경세사업의 변증관계를 천명했다. 즉 "전략 면에서 우리는 안정 속에서 진보를 추구하는 것을 견지하고, 순서와 힘 조절을 잘해야 하며, 전술면에서 관건적인 포인트를 잡아야 한다."[114] 바로 경제사업의 전략 배치와 경세사업 추진 방법론이 고도의 통일을 실현토록 해야 한다는 특성이 있기에 안정 속 진보추구 사업의 총 주안점은 당 중앙의 치국이정의 중요 원칙이 될 수 있는 것이다.

경제운행의 안정을 중점으로 하는 '안정'은 경제 사업을 훌륭히 완성하는 주안점이며 대세이다. 이 전제를 확정하여 경제사회의 안정적인 발전을 실현해야만 자원과 환경의 생태 마지노선을 지킬 수 있으며, 민생의 마지노선을 지키고, 시스템적 리스크를 방비해야 하는 마지노선을 지킬 수가 있다. 우리나라의 발전은 여전히 불균형·불협조·지속불가한 문제와 성장효과와 이익·품질이 높지 못하다는 문제가 존재한다. 이런 측면으로부터 고려하고 시작하여 경제사회의 발전 저장량에 존재하는 문제를 해결하는 것은 사업의 총 주안점인 '안정'에 대한 요구이다. '안정'의 전제하에 관건적인 영역에서 진보를 추구해야 하며, 도를 지키는 전제하에서 분발하여 성과를 이루어 경제사회발전의 새로운 진척, 새로운 돌파, 새로운 효과를 실현하도록 노력해야 한다. 안정 속 진보추구 사업의 총 주안점에 입각해 중앙에서는 전반적인 정책방향과 구체적인 정책의 자리매김이 서로 통일된 요구와 배치를 제정했다. 즉 거시적 정책은 안정적이어야 하고, 산업정책은 정확해야 하며, 미시적 정책은 영활(靈活, 지략과 행동이 뛰어

---

114) 「中共中央召開党外人士座談會」, 『南方日報』, 2015-12-15.

난 것-역자 주)해야 하고, 개혁정책은 실속이 있어야 하며, 사회정책은 내막을 잘 알고 제정해야 하는 등 여러 방면에서 목표성 있게 구체적으로 관철 실시하도록 했다. 안정 속 진보추구 사업의 총 주안점은 치국이정의 중요한 원칙이며, 경제 사업을 훌륭히 완성할 수 있는 방법론이다. 시진핑 동지는 이렇게 지적했다.

> "안정 속 진보추구 사업의 총 주안점을 견지해야 한다. '안정'의 중점을 경제운행의 안정에 두어 성장을 보장하고 취업과 물가 면에서 큰 파동이 나타나지 않게 하며, 금융시스템에서 리스크가 나타나지 않도록 하는 것이다. '진보'의 중점은 경제구조의 조정과 개혁을 심화시키는 것에 두어야 한다."[115]

안정과 진보는 서로 보완하고 서로 도움을 주고 서로를 촉진케 한다. 만약 경제운행이 안정적이면, 경제구조를 조정할 수 있고, 개혁개방을 심화시켜 훌륭한 거시적 환경을 만들 수 있다. 만약 경제의 구조조정과 개혁에 대한 심화가 순조롭게 진행된다면, 경제사회가 안정적으로 운행할 수 있는 양호한 예측을 실현할 수 있다. '안정 속 진보추구'는 거시 관리의 총 주안점이며, 총량과 구조, 단기와 장기, 성장과 발전, 발전과 개혁의 통일에 필요한 거시경제 정책의 요구인 것이다.

---

115) 「中央經濟工作會議在北京舉行」, 『人民日報』, 2014. 12. 12.

# 제5장
## '중국 특색의 사회주의'
## 경제제도의 본질적 특징[116]

---

116) 본 장의 저자는 저우원(周文)과 셰푸성(謝富胜)이다.

'중국 특색의 사회주의'의 제일의 본질적인 특징은 중국공산당의 영도이다. '중국 특색의 사회주의' 제도의 제일 큰 장점은 중국공산당의 영도이다. 중국공산당이 경제 사업에 대한 집중적 통일영도의 강화를 견지하는 것은 우리나라 사회주의 시장경제 체계의 중요한 특징이다. '중국 특색의 사회주의' 기본 경제제도를 견지하고 보완하려면, 반드시 확고부동하게 공유제 경제를 발전시키고 변함없이 비공유제 경제의 발전을 격려·지지하고 인도하여 적극적으로 혼합 소유제 경제를 발전시켜야 한다. '중국 특색의 사회주의' 시장경제를 발전시키는 과정에서 반드시 시장의 자원배치에 있어서 결정적 작용과 정부 작용을 더욱 훌륭하게 발휘하는 것을 유기적으로 통일시켜야만 '중국 특색의 사회주의' 시장경제가 발전할 수 있도록 촉진시킬 수 있는 것이다. 국가 거버넌스 체계와 거버넌스 능력은 국가제도와 제도의 집행능력에 대한 집중적 표현이며, 어떤 방향과 길을 선택하여 국가 거버넌스를 실현하는가 하는 문제는 국가의 발전방향과 앞날의 운명을 직접 결정하는 요인이다. 그런 점에서 국가 거버넌스 체계와 거버넌스 능력의 현대화를 추진하는 것은 신시대 '중국 특색의 사회주의' 사업 발전이 직면한 중대한 역사적 임무이다.

# 1
## 경제 사업에 대한 당의
## 집중적 통일영도의 견지

　당은 당정군민학(党政軍民學)과 동서남북중(東西南北中) 등 모든 것을 영도한다. '중국 특색의 사회주의'의 본질적 특징은 중국공산당이 영도한다는 것이다.[117] '중국 특색의 사회주의' 제도의 최대 장점은 중국공산당의 영도이다. 당이 경제 사업에 대한 집중적 통일 영도의 강화를 견지하는 것은 시진핑 신시대 '중국 특색의 사회주의' 경제사상의 중요내용이다. '중국 특색의 사회주의' 경제건설, 개혁과 발전과정에서 중국공산당은 시종 당의 영도가 핵심작용을 하면서 사회주의 시장경제가 정확한 방향으로 발전하도록 당이 경제 사업에 대한 영도체제의 구조를 부단히 보완하고 자아혁명을 통해 당 건설을 부단히 추진하고 강화해야 한다.

## (1) 사회주의 시장경제가 정확한 방향으로 발전할 수 있도록 한다.

　중국공산당이 경제 사업에 대한 당의 집중적 통일영도의 강화를 견지하는 것은 사회주의 시장경제가 정확한 방향으로 발전할 수 있는 내적 요구이다. 개혁개방 이후 중국공산당은 사회주의 경제건설의

---

117) 習近平, 『習近平談治國理政』 第二卷, 18쪽.

정면과 반면의 경험과 교훈을 총결하여 중국은 사회주의 초급단계에 처해있다는 역사적 위치를 확립해 새로운 역사과정에서 사회주의와 시장경제를 결합시키는 것을 확정했으며, 사회주의 초급단계의 기본 경제제도와 분배제도를 확정하여 '중국 특색의 사회주의' 발전의 길을 형성했다. 바로 마르크스주의 과학이론의 지도하에 중국공산당은 중국인민을 영도하여 사회주의 혁명을 통해 사회주의 제도를 건립했다. 이렇게 이론부터 실천까지 모두 무산계급 정당의 영도 하에서 자각적으로 발전할 수 있도록 추진했다. 이 과정이 성공하려면 사회경제 발전규칙을 따르는 것을 전제로 해야 한다. 만약 사회경제 발전규칙을 따르지 않으면 단계를 건너뛰는 상황이 나타날 수 있다. 사회주의만 강조하고 초급단계를 고려하지 않는 경우에는 봉폐되고, 정체되었던 옛길로 되돌아갈 수 있으며, '좌'적인 착오를 범할 수 있다. 국제적으로 인류사회는 여전히 자본주의에서 사회주의로 과도하는 위대한 시대에 처해있어 사회주의 역량은 비교적 미미하고 자본주의 역량은 세계범위에서 비교적 강대하다. 국내에서 비록 최근 70년의 사회주의 건설을 통해 생산력이 큰 발전을 가져왔지만, 여전히 '보편적인 사회물질 변환, 전면적 관계, 다방면의 수요 및 전면적인 능력시스템의 형성'[118]과는 거리가 멀기 대문에 우리는 여전히 '물질 의존관계' 단계에 처해있으며, 여전히 시장경제를 발전시켜 사람들의 자유적 전면 발전을 할 수 있는 조건을 창조해야 하는 단계에 처해있다. 사회주의 시장경제를 발전시키는 과정에서 시장경제만 논하고 사회주의를

---

118) 馬克思,恩格斯, 『馬克思恩格斯全集』第三十卷, 2版, 北京, 人民出版社, 1995, 107쪽.

논하지 않는 상황이 확실하게 존재하고 있기에 본질이 변할 수가 있다. 상당히 긴 역사 기간에 이 두 가지 모순은 모두 존재하게 되므로 이 두 모순을 해결하기 위해 "개혁은 반드시 정확한 방향을 견지하고 봉폐되고 정체된 낡은 길에 들어서지 말고, 본질이 변하는 그릇된 길을 가지 말도록 해야 한다."[119] 개혁의 방향을 견지하려면 반드시 당의 영도를 견지해야만 우리나라 사회주의 시장경제의 정확한 방향으로의 발전을 보장할 수 있는 것이다. 경제 사업에서 중국공산당의 집중 통일적 영도의 강화를 견지해야만 당이 전반적인 것을 총괄하고, 각 측을 조정하는 영도의 핵심작용을 발휘할 수가 있다. 이는 우리나라 사회주의 시장경제체제의 중요한 특징이다.[120] 시진핑 총서기는 이렇게 지적했다.

> "우리의 최대 장점은 우리나라 사회주의제도가 모든 역량을 동원하여 큰일을 할 수 있다는 것이다. 이는 우리가 사업에서 성취를 거둘 수 있는 중요한 법보(法宝)이다."[121]

중국공산당은 중국 공인계급의 선봉대이고, 중국인민과 중화민족의 선봉대이며, '중국 특색의 사회주의' 사업의 영도핵심으로 중국공산당의 영도 강화를 견지해야만 인민의 중심을 견지할 수 있고, 전반

---

119) 習近平, 『習近平談治國理政』 第二卷, 앞의 책, 39쪽.
120) 위의 책, 第一卷, 118쪽.
121) 위의 책, 273쪽.

적으로 개인이익과 집체이익, 국부이익과 전반 이익, 눈앞의 이익과 장기적인 이익과의 관계를 조정할 수 있으며, 개혁에 의한 발전성과가 전체 인민에게 돌아갈 수 있고, 사람의 전면적 발전을 촉진시키고 사회의 진보를 촉진시킬 수가 있다. 시장이 자원배치를 결정하는 것은 경제의 일반규칙이고, 시장경제가 생산력의 거대한 발전을 촉진시킨다. 하지만 동시에 사회화와 생산 자료의 사유화 간의 모순을 격화시키고 있기 때문에 극복하기 어려운 내적 결함이 존재한다. 우리나라에서 실행하는 사회주의 시장경제는 자본주의 시장경제의 근본적 결함을 극복하면서 사회주의 제도와 시장경제의 장점을 효과적으로 발양해야 하며, 시장이 자원배치에서의 결정적 작용을 할 때에 정부의 작용을 더욱 훌륭히 발양토록 해야 한다. 경제에 대한 중국공산당의 집중통일 영도를 견지하여 중국공산당이 경제건설 과정에서의 총괄, 조정과 동원능력을 발양하도록 하여 시장경제 발전과정에서 각 측의 이익을 조정하고, 서로 다른 의견을 보충하고, 공동된 인식을 응집시키며 여러 사람의 의견을 모아 힘을 합쳐 리스크와 도전을 방지하고 없애기 위해 제도적 보장을 제공해야 한다. '오위일체'의 전반적인 구도의 추진을 총괄하고, '4개 전면'의 전략 구도에 대한 촉진을 조정하며, 공급 측 구조개혁을 주요 노선으로 하는 것을 견지하는 과정에서 더욱 어렵고 더욱 복잡한 개혁 임무에 직면하게 된다. 오직 경제사업에 대한 당의 집중적으로 통일된 영도를 견지해야만 경제 분야의 다른 층면의 문제에 근거해 상황에 따라 방법을 제시할 수 있고, 증상에 따라 약을 처방하여 장구한 제도건설과 현재에 나타나는 문제를 결합할 수 있으며, 상부설계와 시험적 탐색을 결합하고, 체제구조의 고질을 타파하며 새로 나타난 모순문제 해결을 결합하여 시스템이 완비되고, 과학이 규범적이고, 운행 상에서 효력이 있는 제도의 체계를 위한 단단한 기초를 쌓을 수 있는 것이다. 또 경제 사업에 대한 중국공산당의 집중적인 통일영도를 강화하는 것을 견지해야만 사회주의 현대화 건설의 목표를 실현할 수가 있다. 우리나라 사회주의 건설의 기본임무는 생산력을 더욱 해방시키고, 생산력을 발전시켜 점차 사회주의 현대화 강국을 건설하는 목표를 실현하는 것이다. 경제 사업에 대한 당의 집중적인 통일영도의 강화를 견지하는 것은 정치와 경제 간의 변증법을 보여주며, 경제는 정치의 기초이고, 정치는 경제를 통해 집중적으로 표현된다. '중국 특색의 사회주의'를 발전시키려면 반드시 경제건설을 중심으로 하는 것과 네 가지 기본원칙을 견지하고 개혁개방을 견지하는 것을 통일시키면서 경제와 정치 두 방면의 장점을 충분히 발휘하여 생산력을 해방시키고 발전시키며, 사회주의 현대화의 실현을 위해 강력한 정치적 보장을 제공해야 한다. 중국공산당 제18차 전국대표대회 이후, 세계경제의 회복세가 느리고 국부적 충돌과 분쟁이 자주 발생하고, 글로벌적 문제가 격화되는 외적 환경에서 우리나라의 경제발전은 뉴노멀에 진입하는 등 일련의 심각한 변화가 나타났다.

이런 상황에서 시진핑 동지를 핵심으로 하는 당 중앙은 대세를 관찰하고 전반적인 국면을 도모하면서 경제 사업에 대한 당의 집중적인 통일영도의 강화를 견지하고, 부단히 전면적으로 심화시키는 개혁과 전면적인 개방을 추진하는 새로운 구조를 깊이 있게 진행하며, 적극적이고 주동적으로 세계경제의 체계와 융합하고, 우리나라의 경제 실력이 더욱 높은 단계로 올라가도록 추진하며, 경제 구조를 부단히 보완하고 품질과 효익의 부단한 제고를 도모하고, 인민들의 생활수준을 부단히 개선하며, 우리나라 경제가 정확한 방향으로 나아가도록 보장하여 개혁개방과 사회주의 현대화 건설의 역사적 성과를 취득할 수 있었던 것이다.

### (2) 경제 사업에 대한 당 영도체제의 구조적 보완.

경제 사업에 대한 당의 집중적 통일 영도의 강화를 견지하는 것은 구체적인 일이고, 현실생활까지 침투되어야 하며, 반드시 치국이정의 각 방면에서 나타나야 한다. 이는 당과 국가의 기구개혁 심화를 요구하며, 각항의 영도체제 구조를 보완하여 당이 경제 사업에 대해 집중적으로 영도하는 것을 보장하여 방향을 파악하고, 전반적인 국면을 고려하면서 계획하여 전략을 제기하고 정책을 제정하며, 입법을 추진하여 양호한 환경을 마련할 수 있도록 하는 것이다. 사회주의 시장경제 조건에서 당의 전면적인 영도를 견지하는 제도와 기구의 직능시스템을 더욱 보완함으로써 당이 시종일관 전반적인 국면을 파악하면서 여러 측에 협조할 수 있는 능력을 확보하여 경제 사업에 대한 당의 영도 수준을 전면적으로 제고시켜야 한다.

중국공산당 제18차 전국대표대회 이후, 당의 영도 개선, 경제 사업 영도체제의 구조적 보완을 강화하는 사업에서 큰 진척을 가져왔다.

전반적인 계획과 전문적인 항목에 대한 돌파를 통해 당이 각 항의 구체적 경제문제를 해결하는 사업프레임을 구축하고, 경제체제개혁에 존재하는 문제를 위해 당 중앙에서는 중앙에 '전면 심화개혁 위원회'를 성립했는데, 산하 경제체제와 생태문명체제 개혁의 전문 항목 소조를 포함한 6개 전문 항목 팀이 포함되어 있다. 국무원에는 국가소유 기업개혁 지도팀, 직능변화 추진 조정팀 등을 성립했다. 경제건설에서 직면하게 될 리스크와 도전에 대비해 국무원에서는 '국가 제조 강국건설 지도팀', 중소기업발전 사업촉진 지도팀, 농민노동자 사업 지도팀, 징진지(京津冀, 베이징·톈진·허베이 등 3개 지역)협동발전 지도팀, 식품안전위원회, 금융안정 발전위원 등을 성립했다. 상부설계와 협조에 대한 추진을 통해 당 중앙이 경제영역의 중대 사업에 대한 영도를 강화하고 개선하며, 중앙재정 위원회는 당 중앙이 경제 사업을 영도하는 중요한 플랫폼적인 구조이며, 당 중앙이 경제사회발전의 중대한 전략정책을 수립하는 결책기구이다. 연구 분석, 결책에 대한 배치의 완전한 구조를 형성하여 문제에 대해 지향하는 일을 견지하고, 일련의 중대한 방침과 정책, 중대한 전략과 기획 및 국민경제 생산력의 중대한 배치를 연구하고 결책하고 배치했다. 그 후에 열린 중앙경제사업회의, 중앙농촌사업회의, 중앙빈곤부축개발사업회의, 중앙도시사업회의, 전국금융사업회의 등 일련의 당 중앙의 중요회의를 거쳐 중대한 결책을 전면적으로 배치하는 일을 실행했다. 이와 같은 당과 국가기구가 전반적인 국면을 통일적으로 영도하여 효과적으로 '부문 분할', '지역 분할', '구역 분할'을 통해 체제구조의 장애를 타파하여 각종 중대한 문제를 해결할 수 있도록 추진했고, 중대한 리스크를 없애도록 하여 중국공산당 제18차 전국대표대회 이후 우리나라 경제의 건강하고 지속적인 발전을 도모했다.

'중국 특색의 사회주의'는 신시대의 경제 사업에 대한 당의 집중적인 통일영도의 강화를 견지하는 것은, 당과 국가기구의 설치 및 직능에 따른 배치에 대해 새로운 요구를 제기했다. 당과 국가기구의 설치, 직능에 따른 적절한 배치, 직책에 대한 이행능력과 효과적인 국가 거버넌스와 사회의 요구를 비교했을 때, 여전히 적지 않은 문제가 존재한다. 예를 들면 일부 영역에서 당정기구가 중첩되고, 직책이 교차되며, 권력과 직책이 갈라져 있는 문제가 비교적 돌출적으로 나타나고 있다. 또한 일부 정부기구의 설치와 직책 분할이 과학적이지 않고, 직책의 공석과 효과가 크지 않은 문제도 부각되고 있으며, 정부의 직능 변화도 실현시키지 못했다. 또한 일부 분야에서 중앙과 지방기구의 직능에 대한 구분이 없으며, 권리와 책임이 분명하지 않고 불합리한 문제가 존재한다. 높은 품질의 발전을 추진하고, 효과적인 시장 메커니즘, 활력적인 미시적 주체, 거시 관리가 적절한 경제체제를 구축하는 과정에서 일부 체제적 장애가 여전히 존재하고 있고, 특히 정부의 직능 변화가 실현되지 않고, 시장과 사회의 작용이 여전히 부족하며, 관리를 해야 하는 일에 대한 관리가 적절하지 않은 상황도 존재하고, 권리를 이관하지 못하고 있으며, 미시적 경제 사무에 대한 관여가 너무 세부적이고, 사회 관리와 공공서비스 직능이 비교적 박약하고, 때로는 직능의 전도·월권·공석 등의 현상이 나타나고 있다. 인민을 중심으로 하는 발전사상을 실천하는 과정에서 지금 정부의 사회 관리와 공공서비스의 직능은 비교적 박약하고, 정부가 전면적으로 직능을 이행하는 체제적 장애는 여전히 일정한 정도 존재하고 있으며, 인민 군중들의 이익과 밀접하게 관련된 민생문제도 여전히 명백하게 존재한다. 특정 시기에 편면적인 이해와 당정 분리의 집행으로 일부 영역에서 당의 영도가 약화된 현상이 달리 존재하고, 당의 기구설치와 직능의 배치도 온전하지 않고 유력하지도 않으며, 당의 전면적인 영도를 보장하고, 전면적으로 엄격하게 당을 다스리는 제도와 체제 구도의 추진도 정비가 필요하다.[122] '중국 특색의 사회주의' 신시대의 새로운 변화와 새로운 정황에서 문제를 지향하는 것을 견지하고, 당 영도체제의 구조 개선을 통해 체계가 완비되고 규범이 과학적·고효율적인 운행이 가능한 당과 국가기구의 직능체계를 구축하는 일에 박차를 가해야 한다. 국가 거버넌스 체계와 거버넌스 능력의 현대화 건설을 강력하게 추진하여 중국공산당이 경제 사업을 영도하는 수준을 전면적으로 제고시켜 신시대 '중국 특색의 사회주의' 발전 요구에 더욱 잘 적응하도록 하여 우리나라 경제의 혁신력과 경쟁력을 강화함으로써 높은 품질의 발전을 촉진케 해야 한다.

경제 사업에 대한 당 영도체제의 구조변혁을 추진하는 것은 전면적으로 당의 영도를 강화하는 것이며, 당이 경제 사업을 영도하는 직능을 이행하여 전면적으로 당이 경제 사업을 영도하는 수준을 제고시

---

122) 丁薛祥, 「深化党和國家机构改革是推進國家治理体系和治理能力現代化的必然要求」, 『人民日報』, 2018-03-12.

키는 것이다. 시진핑 동지는 이렇게 강조했다. "발전은 당의 집정흥국(執政興國)을 위한 제일 중요한 사업이다. 집정당으로서 우리는 반드시 경제 사업에 대한 당의 영도를 확실하게 강화하여 착실하게 경제 사업을 진행해야 한다."[123] 경제 사업에 대한 중국공산당의 영도체제 구조를 개선하여 중대 사업에 대한 당의 영도체제 구조를 개선하고, 당 조직이 동급 조직에서의 영도 지위를 강화하고, 더욱 훌륭하게 당의 직능부문의 작용을 발휘토록 하며, 당정기구의 설치를 총괄하고, 당의 규율검사체제와 국가감찰체제의 개혁을 추진하는 등의 부분으로부터 당의 조직기구를 최적화 하도록 하며, 당의 영도가 포괄할 수 있도록 하여 당의 영도가 더욱 강력하도록 보장해 주어야 한다. 자원 배치 중에서 시장의 결정적 작용과 정부의 작용을 훌륭히 발휘하자는 취지에 따라 당과 국가기구의 개혁을 심화하고, 과학적으로 기구를 설치하며 합리적으로 직능을 배치하고, 총괄적으로 편제를 사용하여 체제구조를 개선해야 한다.[124]

더 나아가서 정부와 시장, 정부와 사회의 관계를 조절하며, 정부의 경제조절, 시장 감독, 사회관리, 공공 서비스, 생태 환경의 보호직능을 개선하고 강화하여 정부기구의 직능을 최적화되도록 조절하여 전면적으로 정부의 효능을 제고시킴으로서 인민들이 만족하는 서비스형 정부를 건설하여 높은 품질, 높은 효율과 더욱 공정하고 더욱 지속가능한 발전을 추진토록 해야 한다.

---

123)  中共中央文獻研究室, 『習近平關于社會主義經濟建設論述摘編』, 앞의 책, 315쪽.
124)  「机构改革 : 推進國家治理現代化」, 人民网, 2018. 03. 17.

(3) 과감한 자아혁명을 통해 중국공산당 건설을 부단히 추진하자.

　중국공산당은 인민을 영도하여 위대한 사회혁명을 승리로 이끌 수 있을 뿐만 아니라 위대한 자아혁명도 완성할 수 있다. 과감한 자아혁명은 우리당의 제일 선명한 품격이며, 중국공산당의 제일 큰 장점이기도 하다. 중국공산당의 위대함은 잘못을 범하지 않는 것이 아니라 잘못을 감추고 고치는 것을 꺼려하지 않는 것이고, 감히 문제를 직면하고 자아혁명을 기꺼이 진행하는 강한 자아 복원능력을 가지고 있다는 점이다. 이는 당이 시종 자아혁명의 용기를 가지고 있을 것을 요구하고, 부단히 자아정화, 자아개선, 자아혁신, 자발적으로 능력을 제고시킬 것을 요구한다. 마르크스주의 정당으로서 선진성과 순결성을 유지해야 하고 숭고한 사명을 실현하려면, 반드시 한시라도 자신에게 존재하는 문제해결에 소홀하지 말고, 시종 시대적으로 필요한 실천과 인민의 요구에 부응하는 당이 되어야 하며, 자아혁명의 정신으로 자신을 연마하는 용기가 있어야 한다. '중국 특색의 사회주의'는 신시대에 들어섰고, 전면적 샤오캉사회 완성의 승리라는 어려운 임무와 중화민족의 위대한 부흥이라는 역사적 사명의 실현은 중국공산당에게는 전에 없던 새로운 도전이며 새로운 요구이다. 중국공산당의 선진성에 영향을 미치고, 중국공산당의 순결성을 약화시키는 각종 요인은 강한 위험성과 파괴성을 가지고 있다. 이는 신시대 당의 새로운 위대한 공정건설을 결정한다. 즉 기본을 공고히 해야 할 뿐만 아니라 혁신 개척이 필요하며, 관건적인 중점을 움켜쥐어야 할 뿐만 아니라 정체적 장점을 형성해야 한다. 특히 철저한 자아혁명의 정신을 발휘해야 한다. 신시대 '중국 특색의 사회주의' 경제건설의 더욱 복잡하고 혹독한 각종 시련은 당의 능력과 신념에 더욱 높은 요구를 제시하고 있다. 경제 사업에 대한 당의 집중적 통일영도의 강화를 견지하려면 우리는 반드시 위기감과 책임감을 강화해야 하며, 당의 위대한 자아혁명을 마지막까지 견지해야 한다. 자아혁명의 실현은 이상에 대한 확고한 신념에 있으며, 학습을 강화하고 부단히 '네 가지 의식'을 증강시키며, 조직체계의 건설에서 '관건적인 소수'를 움켜지고, 기층의 당 조직의 작용을 강화하여 당의 정치적 장점과 조직의 장점을 보여주어야 하며, 영도간부의 능력 제고를 도모하여 당이 경제 사업을 과학적으로 영도하는 수준을 제고시키고, 당 노선의 방침과 정책에 대한 집행을 견지하여 신시대에 '중국 특색의 사회주의' 견지와 발전, '두 개 100년의 계획'을 실현한다는 목표에 대해 강고한 정치와 조직적인 보장을 제공해야 한다. 이를 위해서 경제 사업에 대한 당의 집중적 통일영도를 견지하고, 당의 위대한 자아혁명을 추진하려면 확고한 이상과 신념이 필요하다.

혁명이상은 중국공산당원의 정신적 지주이며 정치적 영혼이다. 당이 인민들을 이끌고 효과적으로 중대한 도전에 대응하고, 중대한 리스크를 막아내며, 중대한 저항을 극복하고, 중대한 모순을 해결하려면 반드시 이상과 신념의 종지(宗旨)에 의거해야 하는데, 이는 당이 계속하여 각종 곤란과 도전을 이겨낼 수 있는 법보(法宝)이다. 당의 각급 영도 간부는 반드시 처음부터 끝까지 경전적 저작물을 학습하고 깊이 연구하여 마르크스주의를 비법으로 간주하여 정확한 정치적 방향을 견지하면서 이론사유, 전략사유, 혁신사유, 변증사유, 역사사유, 마지노선사유 등의 능력을 제고시켜 종지애 대한 의식을 증강시킴으로써 세계관·인생관·가치관의 문제를 해결하고, 자각적으로 공산주의의 원대한 이상과 '중국 특색의 사회주의' 공동이상의 굳건한 신앙자 및 충실한 실천자가 되어야 하며, 확고한 이상과 신념을 종지로 하여 각종의 리스크와 도전을 방어할 수 있는 견고한 사상기초를 구축해야 한다. 중국공산당의 제18차 전국대표대회 이후, "신시대에 어떠한 '중국 특색의 사회주의'를 견지하고 발전시켜야 하는가?" "어떻게 '중국 특색의 사회주의'라는 중대한 시대적 과제를 견지하고 발전시켜야 하는가?"하는 문제에 대한 해답을 둘러싸고 중국공산당은 완전히 새로운 시각으로 공산당의 집정규칙, 사회주의 건설규칙, 인류사회의 발전규칙에 대한 인식을 심화시키기 위해 시진핑 신시대 '중국 특색의 사회주의' 사상을 창립했는데, 이는 전당과 전국의 인민이 중화민족의 위대한 부흥을 위해 분투하는 행동지침이기 때문에 반드시 장기간 동안 견지해야 하고 부단히 발전시켜야 한다. 전당은 시진핑 신시대 '중국 특색의 사회주의' 사상을 깊이 있게 학습하고 관철시켜야 하며, '네 가지 의식'을 강화하고 '네 가지 자신'을 확고히 하며, 자각적으로 당 중앙의 권위와 집중통일의 영도를 수호하며, 자각적으로 사상적·정치적·행동적으로 시진핑 동지를 핵심으로 하는 당 중앙과 고도의 일치를 유지해야 한다. 당의 혁신이론으로 두뇌를 무장하고, 깊이 있게 관련 있는 과학적 사상방법과 사업방법을 파악하여 부단히 난관을 극복하고 모순을 없애며, 복잡한 국면을 제어하는 능력을 제고시켜야 한다. 또한 책임을 강화하고, 당 중앙의 중대한 결책 배치를 확실하게 관철 집행하여 당의 집중통일 영도의 정치적 장점을 발양하고, 사회혁명과 자아혁명의 추진을 총괄해야 한다.

경제 사업에 대한 당의 집중통일 영도의 강화를 견지하여 당의 위대한 자아혁명을 추진하려면, 반드시 조직체계의 건설을 강화해야 한다. 당의 역량은 당 조직에서 시작되며, 당의 전면적 영도, 당의 전 사업은 당의 강력한 조직체계를 통해 실현해야 한다. 한편으로 조직체계의 건설은 반드시 '관건적인 소수'를 장악해야 한다. 영도간부 특히 고급 영도간부는 단단한 이상과 신념, 정치원칙, 책임감, 능력과 작풍을 지니고 있어야 하고, 솔선수범해야 하며, 위에서 아래를 인도하면서 더욱 훌륭하게 전당의 자아혁명을 이끌어야 한다. '네 가지 의식'을 확실하게 행동에 옮겨 열심히 중앙의 결책에 대한 조치를 정확히 집행하여 당이 전반적인 국면을 고려하고, 각 측을 조정하는 영도적 핵심작용을 하도록 확보해야 한다. 또한 기층 당 조직의 작용을 강화해야 한다. 당의 기층조직은 당의 모든 사업과 전투역량의 기초로서 당의 결책에 대한 배치를 실시하고 당 건설의 품질에 영향을 미치도록 해야 한다. 당의 자아혁명은 기층 당 조직의 약화·허상화·비주류화 등의 문제해결에 힘써 당이 진정으로 사회에서의 전투적 보루를 형성하고, 기층의 활력과 창조력을 불러일으켜 부단히 조직의 장점을 강화시켜야 한다. 당의 기층조직을 통해 당원을 조직하고 인재를 결집시키고, 군중을 동원하여 사회혁명과 자아혁명을 추진하는 강력한 역량을 형성토록 해야 한다. 경제 사업에 대한 당의 집중적 통일영도의 강화를 견지하려면, 영도하는 간부는 반드시 능력을 강화하고, 당이 경제 사업을 영도하는 과학적 수준을 제고시켜야 한다. 경제 사업을 잘 해내는 것은 영도간부 능력에서 매우 중요한 부분이다. 각급의 영도간부는 경제 사회발전의 중대한 문제를 중심으로 학습하고 연구해야 하며, 시장경제의 규칙, 자연규칙, 사회발전의 규칙을 파악하고 활용하는 능력을 제고시키고, 과학적인 결책, 민주적인 결책 능력을 제고시켜야 하며, 글로벌적인 사유, 전략적인 사유능력을 강화하여 능력을 축적시켜 점차 그 힘을 보여주어야 한다. 각급의 영도간부는 현상을 통해 본질을 알아내는 능력을 제고시켜 경제규칙·사회규칙·자연규칙에 대한 파악을 통해 경제 사업을 더욱 자각적이고 더욱 효과적으로 영도해야 한다. 또한 법치사유를 견지하고, 법치관념을 강화하여 법에 따라 경제를 조정하고 관리해야 하며, 영도간부는 무엇보다 앞장서서 법에 따라 사무를 처리하고, 자각적으로 법치사유와 법치방식을 활용하는 방법으로 개혁을 심화시키고, 발전을 추진하며, 모순을 해소하고, 안정을 수호해야 한다. 각급 당위원회의 영도동지들은 학습과 실천 등의 방식으로 빠른 시일 내에 자신의 역할을 수행하여 경제 사업을 영도하는 전문가가 되어야 한다. 각급 당 위원회 및 조직부문은 선발·임용·심사·양성 등 여러 방면으로부터 각급 조직에 경제를 알고 과학적인 발전을 영도할 수 있는 능력을 지닌 간부가 등장하도록 해야 한다.

# 2
## 기본 경제제도를
## 견지하고 보완해야 한다

　중국공산당 제15차 전국대표대회에서 처음으로 "공유제를 주체로
다양한 소유경제의 공동발전은 우리나라 사회주의 초급단계의 기본
경제제도"라고 제기했다. 당의 제16차 전국대표대회에서는 '두 가지
확고부동'한 원칙을 제기했다. 즉 확고부동하게 공유제 경제를 발전시
키고, 확고부동하게 비공유제 경제의 발전을 격려하고 지지하고 인도
하는 것이다. 중국공산당 제18차 전국대표대회 이후, 기본 경제제도
의 견지와 보완을 중심으로 당과 국가는 이론과 실천에서 일련의 중
대한 혁신을 이루었다. 중국공산당의 제18차 전국대표대회 제3차 전
체회의에서는 "공유제 경제와 비공유제 경제는 모두 사회주의 시장경
제의 중요한 구성부분이며, 우리나라 경제사회발전의 중요한 기초"라
고 명확하게 제기했다. 중국공산당의 제19차 전국대표대회에서는 '두
가지 확고부동'한 목표를 거듭 천명했다. 기본 경제제도를 견지하고
보완하기 위해 공유제 경제와 비공유제 경제 두 방면의 적극성을 동
원하고, 두 가지 방면의 장점을 충분히 보여주려면 반드시 확고부동
하게 공유제 경제를 공고히 하고 발전시키며, 확고부동하게 비공유제
경제의 발전을 격려, 지지하고 인도하면서 적극적으로 혼합적인 소유

제 경제를 발전시켜야 한다는 것이다.

## (1) 확고부동하게 공유제 경제를 공고히 하고 발전시키자.

공유제는 생산수단의 소주제이며 경제제도로 사회주의 사회의 성격을 결정한다. 『중화인민공화국헌법』 제6조에는 이렇게 규정했다. "중화인민공화국의 사회주의 경제제도의 기초는 생산수단의 사회주의 공유제이다. 즉 전민 소유제와 노동 군중의 집체소유제이다." 중국공산당이 영도하는 사회주의 국가인 우리나라 공유제 경제는 국가발전의 역사과정에서 형성된 국유경제·집체경제·혼합 소유제 중의 국유 요인과 집체 요인이다. 사회주의 초급단계의 기본 경제제도 중에서 공유제 경제는 주체적 지위를 차지한다. 공유제의 주체적 지위는 주로 공유자산이 사회 총 자산에서 우위적 지위를 차지한다는 점에서 체현되며, 국유경제가 국민경제의 명맥을 파악하고 경제발전에서 주도적 작용을 한다. 공유제의 주체적 지위를 견지하고, 공유제 경제가 인민들의 공동이익을 보장하며, 실체 경제를 발전시키며, 국가안전을 수호하고, 중대 과학기술 돌파 등 방면의 장점을 충분히 발양시켜 경제건설·국방안전·과학기술 발전·인민생활 개선을 위해 거대한 공헌을 해야 한다. 동시에 국유자본이 공산품과 공익성 사업에 대한 투자 및 국유기업 개혁에서 비공유제 경제발전에 제도와 환경보장을 제공했고, 더욱 큰 발전 공간을 제시했으며, 비공유제 경제의 발전은 공유제 경제의 지지를 떠날 수 없다. 공유제의 주체적 지위와 국유경제의 주도적 작용은 우리나라 여러 민족 인민이 발전성과를 공유할 수 있는 제도적 보장이며, 당의 집정지위를 공고히 하고, 우리나라 사회주의 제도를 견지하는 중요한 보장이기에 절대로 동요하지 말아야 한다. 공유제 경제의 재산 조직형식과 경영방식은 공유제의 실현형식으로 변화가 가능하며, 유연성을 가지고 있기에 사회화 생산규칙의 조직형식과 경영방식을 나타내는 모든 방식을 채용할 수 있다. 공유제의 주체적 지위를 견지하려면 반드시 적극적으로 공유제의 실현형식을 탐색하고 혁신해야 한다. 개혁개방 40년 동안 공유제의 실현형식은 부단히 혁신되었고, 다양화되어 주주제·주주 협력제·청부제·리스제·위탁 경영제 등 여러 가지 형식이 나타났다. 이는 생산력의 발전을 적극 촉진시켰다.

국유경제 즉 전민소유제 경제는 사회주의 경제제도의 중요한 경제적 기초이며, 전 국민경제의 영도 역량으로 우리나라 국민경제에서 주도적 지위에 있고, 주도적인 작용을 하고 있다. 국유기업은 국유경제에서 주요한 매개체이며, 국가발전의 중대한 전략과 국가 민생의 중대한 사업방면에서 중요한 작용을 한다. 우리나라 국유기업은 이중적인 속성이 있다. 독립적인 시장 주체와 동시에 국가의 현대화를 추진하고 인민의 공동이익을 보장하는 중요한 역량이기도 하다. 2016년 10월에 열린 전국 국유기업 당 건설 사업회의에서 시진핑 동지는 국유기업의 중요 지위와 작용을 충분히 인정했다. "국유기업은 '중국 특색의 사회주의'의 중요한 물질적 기초이고, 정치적 기초이며, 우리 당의 집정흥국의 중요한 버팀목이며, 의지하는 역량이다."[125]

---

125) 習近平, 『習近平談治國理政』 第二卷, 175쪽.

156　시진핑 신시대 '중국 특색의 사회주의' 경제사상 연구

1978년부터 국유기업의 개혁은 기업의 자주권 확대와 기업의 활력을 강화하는 것을 시작으로 권리 이양, 정부와 기업의 분리, 양권의 분리, 현대 기업제도의 건립, 큰 것을 잡고 작은 것을 풀어 주는 것, 회사제 개혁, 분류별 추진개혁 등 단계를 거쳐 시장경쟁에서 부단히 발전하고 장대해져서 '중국 특색의 사회주의' 경제의 핵심역량이 되었다. 국유기업을 강하고 우수하고 거대하게 키우는 것은 '중국 특색의 사회주의'를 견지하고 발전케 하는 필연적 요구로 우리가 반드시 당당하게 국유기업을 비방하고 먹칠하는 언론을 반대하고, 확고부동하게 국유기업 개혁의 정확한 방향을 견지해야 한다. 국유기업의 개혁은 절대로 국유기업을 작게 만들고, 무너뜨리고 사라지게 하는 것이 아니라 국유기업을 강하고 우수하고 거대하게 발전시켜 국유기업 발전의 새로운 국면을 개척하는 것이다. '중국 특색의 사회주의' 국유경제의 장대한 발전을 위해서는 반드시 국유기업을 강하고 우수하고 거대하게 발전시키는 기초위에서 국유자본의 강대함·우수함·거대함를 실현해야 한다. 당의 제19차 전국대표대회 보고에는 이런 내용이 있다. "각종 국유자산 관리체제를 개선하고, 국유자본의 위탁경영 체제를 개혁하여 국유경제의 배치를 최적화하고, 구조조정 및 전략적 개편에 박차를 가해 국유자산에 대한 보장과 증가를 촉진시키고, 국유자본의 강대함·우수함·거대함을 추진하여 국유자본의 유실을 효과적으로 방지해야 한다."[126] 바로 국유자산 관리체제와 경영구조의 개

---

126) 習近平, 『決勝全面建成小康社會奪取新時代中國特色社會主義偉大胜利-産党第十九次全國代表大會上的報告』, 앞의 책, 33쪽.

혁 및 국유자산의 개편과 유동을 통해 국유자산에 대한 감독 관리를 개선하여 자본의 규모, 효익, 구조, 품질, 기능 등 방면에서 제고를 가져와 국유자본을 강하고 우수하고 거대하게 발전시키는 것이다.

집체경제는 공유제 경제의 중요한 구성부분으로 우리나라 경제사회발전을 추진하는 중요한 역량이다. 집체경제는 농촌집체 소유제 경제와 도시집체 소유제 경제로 나뉜다. 농촌집체 소유제 경제는 현 단계 우리나라 농촌의 주요 경제형식이다. 개혁개방 이래 세대별 연동 도급경영, 통일과 분산이 결합된 이중 경영체제를 실시하여 우리나라 농촌의 생산력을 대대적으로 해방시키고 발전시켰으며, 광대한 농민들의 적극성을 불러일으켜 농촌집체 소유제 경제의 발전을 촉진시켰다. 농촌집체 소유제 경제를 발전시키는 것은 '3농(농업, 농촌, 농민)' 에 대한 문제를 효과적으로 해결하는 경로이며, 공동으로 부유해지자는 목표를 실현하는 중요한 보장으로 근본을 공고히 하고 기초를 강화하는 전략적 의미를 지니고 있다. 현 단계에서 응당 농촌의 토지제도와 집체 자산권 제도에 대한 개혁을 심화하여 농업의 규모적인 경영을 발전시켜 농민들의 재산권익을 보장하고, 농촌경제 발전의 내적 원동력을 강화하면서 집체 소유제의 효과적인 실현형식을 탐색하여 농촌집체 소유제 경제를 발전시켜야 한다. 도시집체 소유제 경제는 공업, 건축업, 운수업, 수공업, 상업, 서비스업 등 광범한 분야에 분포되어 있다. 개혁개방 40년 이래, 부단한 탐색과 개혁을 거쳐 우리나라 도시집체 소유제 경제는 큰 변화를 가져와 재산권 제도, 조직형식, 발전방식의 혁신 방면에서 큰 중대한 공헌을 했다. 노동자의 노동

연합과 노동자의 자본연합이 서로 결합된 주주합작제와 집체 주주제 및 협력제의 특징을 지니고 있는 신형의 집체 소유제 경제는 '중국 특색의 사회주의' 이론의 중요한 구성부분이다.

(2) 확고부동하게 비공유제 경제의 발전을 격려하고 지지하고 인도해야 한다.

개체경제, 민영경제, 외자경제 등이 포함된 우리나라 비공유제 경제에는 경제의 지속적이고 건전한 발전의 중요한 역량이다. 개혁개방 이후, 비공유제 경제는 빠른 발전을 가져왔으며, 지위도 부단히 제고되어 공유제 경제에 필요한 유익한 보충으로부터 사회주의 시장경제의 중요한 구성부분과 우리나라 경제사회발전의 중요한 기초가 되었다. 비공유제 경제는 성장을 안정시키고, 혁신을 촉진시키며, 취업률을 제고시키고, 민생을 개선하는 등의 면에서 중요한 작용을 한다. 40년 간 당의 개혁개방 정책의 영도 하에 비공유제 경제는 시장과의 밀접한 연계와 융통적인 경영방식으로 대대적으로 생산력을 해방시켜 경제에 큰 활력을 가져다줌으로써 사회에 거대한 공헌을 했다. 2017년 말에 이르러 우리나라 민영기업은 2,700만 개를 넘었고 자영업자는 6,500만을 넘어 등기자본은 165조 위안이 넘었다. 민영경제는 '56789'의 특징을 가지고 있다. 우리나라 50%이상의 세금, 60%이상의 GDP, 70%이상의 기술혁신, 80%이상의 도시 취업, 90%이상의 새로운 일자리와 기업 수는 바로 민영경제가 제공한 것이다. 비공유제 경제의 존재와 발전은 공유제 경제의 발전을 촉진시키고 지지하고 있다. 국유기업 개혁의 매 역사단계와 평생직업의 타파, 청부제의 실행, 큰 것을 움켜쥐고 작은 것을 풀어주는 정책, 혼합소유제 개혁 등 수많은 개혁조치의 실행과정은 개체경제와 민영경제의 지원을 떠날 수가 없다. 공정한 시장경제 환경에서 비공유제 경제의 존재와 부단한 성장은 국유기업의 생산경영 활동에 '메기효과'[127]를 가져다주어 국유기업이 경쟁력 압박을 느끼게 하면서 국유기업의 발전을 촉진시켰다. 비공유제 경제는 '중국 특색의 사회주의' '특색'이며, 비공유제 경제의 존재와 발전이 없다면 사회주의 기본경제제도도 완전할 수가 없다. 2016년 3월 4일 시진핑 동지는 전국 정치협상회의 제12기 대표대회 제4차 회의 중국민주건국회, 공상연합회 위원들과의 소조회의에서 '다섯 가지 중요'로 비공유제 경제의 지위와 작용을 명확하게 설명했다. "비공유제 경제는 경제를 안정시키는 중요한 기초이며, 국가 세수입의 중요한 내원이며, 기술혁신의 중요한 주치이고, 금융발전의 중요한 의탁이고, 경제가 지속적으로 건전하게 발전할 수 있는 중요한 역량이다."[128] 중국공산당 제18차 전국대표대회 이후, 당의 18기 3차, 4차, 5차 전체회의 정신에 따라 비공유제 경제의 발전을 격려하고 지지하고 인도하는 관련 정책과 조치를 잇달아 공포하면서 비공유제 경제의 발전을 위한 전례 없는 양호한 정책 환경과 사회분위기를 창조했다. 하지만 일련의 원인으로 이런 조치들의 실시와 실제 효과가 좋지 않았고, 비공유제 경제는 발전과정에서 민영기업 융자 경로가

---

127) 메기효과 : 미꾸라지 떼가 있는 곳에 메기 한 마리를 넣으면 미꾸라지들이 메기를 피하려고 빨리 움직여 활동성을 유지하는 것을 기업 경영에 비유하여 이르는 말.
128) 習近平, 『習近平談治國理政』 第二卷, 260쪽.

협소하고, 자금줄이 확보되지 않는 등 비교적 많은 시장진출에 대한 제한적 요인이 문제점으로 다가와 이 문제에 직면하게 되었으며, '유리 문', '스프링 문', '회전 문' 등 정부부문이 민영기업 관련 문제해결에 효율이 낮은 문제가 종종 나타났다. 이런 곤란함을 비유하여 형상적으로 시장의 빙산(冰山), 융자의 고산(高山), 변화의 화산(火山)이라고 하는데, 이를 총칭하여 '세 가지 대산'이라고 한다. 이와 동시에 사회에서는 비공유제 경제를 부정하고 의심하는 언론이 나타나기 시작했으며, 소위 말하는 '국진민퇴(國進民退)', '민영경제 철수', '신공사합영(新公私合營)' 등의 견해가 나타났다. 이런 언론과 견해는 당과 국가가 변함없이 비공유제 경제를 발전시킨다는 일관적인 정책과 어긋난 것이며, 공유제 경제와 비공유제 경제를 분리시키려는 것으로 완전히 잘못된 것이다. 비공유제에 대해 시진핑 동지는 "세 가지가 변하지 않았다"는 중요한 판단을 명확하게 제기했다. "비공유제 경제는 우리나라 경제사회발전 중에서 그 지위와 작용이 변하지 않는다. 우리가 변함없이 비공유제 경제발전을 격려하고 지지하고 인도하는 방침정책은 변하지 않는다. 우리가 비공유제 경제발전을 위해 양호한 환경을 제공하고 더 많은 기회를 마련해주는 방침정책도 변하지 않는다."[129]

비공유제 경제의 건전한 발전을 촉진시키는 정책과 조치들을 관철시키고 실행하며, 비공유제 경제의 발전에 양호한 환경을 마련하고 더욱 많은 기회를 제공하기 위해, 문제가 지향하는 점을 부각시켜 민영경제의 발전에서 나타난 실제문제에 대한 해결에 힘을 써야한다.

---

129) 위의 책, 259쪽.

비공유제 경제가 보편적으로 직면하게 되는 문제로는 주로 몇 가지가 있다. 첫째는 중소기업의 융자가 곤란하다는 문제이다. 이를 해결하기 위해 금융시스템을 건전히 하고 개선하여 중소기업 융자를 위해 확실하고 효율적이며 편리한 서비스를 제공하도록 한다. 둘째는 시장진출에 대한 허가문제이다. 이 문제를 해결하기 위해 법률적으로 금지한다고 명시하지 않은 분야와 영역에 민간자본의 투자를 응당 격려해 주어야 하며, 우리나라 정부가 이미 외국자본에 대해 개방했거나 개방하겠다고 약속한 분야에서는 응당 민간 자본도 동등한 기회를 주어야 한다. 셋째는 공공서비스 문제로 이 문제에서 응당 공공서비스 시스템 건설에 박차를 가하여 민영기업의 공동적 기술서비스 플랫폼 건설을 지지하고, 적극적으로 기술시장을 발전시켜 민영기업의 자주혁신을 위해 기술적 지지와 전문적인 서비스를 제공해야 한다. 넷째는 기업의 규모문제이다. 이 문제를 해결하기 위해서는 응당 민영기업이 재산권 시장으로 민간자본을 조합하도록 인도하고, 많은 지역, 다양한 업종의 합병 개편 등을 진행하여 뚜렷한 특색을 지니고 시장경쟁력이 강한 대기업 그룹을 배양토록 한다. 다섯째는 정부의 관여문제이다. 이 문제 해결을 위해 민간투자 관리와 관련된 행정의 심사비준 사항과 기업 관련의 수금문제를 정리하고 간략화 하며, 중간부분과 중개 조직행위를 규범화하여 기업의 부담을 줄이고, 기업의 원가를 줄이도록 한다. 비공유제 경제발전을 격려하고 지지하며 인도하는 사업의 중점은 실시에 있다. 중앙은 정책체계를 더욱 개선하여 정책의 실속성과 활용성을 강화하는 동시에 각 지역 각 부문에서는 응당 정책 실행을 강화하여 각항 정책이 완전하게 실제적으로 실행하도록 해야 한다. 비공유제 경제발전을 촉진시키는 정책 환경, 법치환경, 경영 환경이 부단히 최적화되고, 정책의 실행이 확실하고, 정확하고 세밀하게 되면 중앙정책의 실질적 가치는 민영기업 발전의 '추진제'가 되며, 비공유제 경제는 부단히 강대해지고 건전하게 발전하게된다. 당 중앙은 역대로 민영기업가에 관심을 두고 애호했으며, 시종비공유제 경제 인사들이 '중국 특색의 사회주의' 사업에 부합된 건설자로 성장하도록 촉진하고 격려했다. 사회의 대중적인 인물인 창업에성공한 민영기업가는 사회에 강한 시범적 효과와 영향력을 가지고 있기에 비공유제 경제는 건전하게 발전해야 한다. 이를 위해서는 우선비공유제 경제 인사들의 건전한 성장이 필요하다. 시진핑 동지는 광대한 비공유제 경제 인사들이 자아학습, 자아교육, 자아제고를 강화하고, 자신을 소중하게 여기며, 훌륭한 사회적 이미지를 형성하여 일할 것을 호소했고, 의무와 이익을 모두 고려하면서 자각적으로 사회책임을 이행하여 나라를 사랑하고, 맡은 바 임무를 진지하게 책임지며, 법을 지키고 경영하며 창업과 혁신을 하면서 사회에 보답하는 모범이 되어야 한다고 했다. 시진핑 동지는 형상적으로 '친(親)'과 '청(淸)'이라는 두 글자를 인용하여 영도간부와 비공유제 경제 인사의 두 가지 각도는 신형 정부와 상인의 관계를 결정한다고 했다.

  "영도간부에 대해 말하자면 '친'은 떳떳하고 진심으로 민영
  기업과 접촉하고 왕래해야 하는 것으로, 특히 민영기업이

곤란함이나 문제에 봉착했을 때 적극적으로 해결해주고 미리 서비스를 해주어야 하며, 비공유제 경제 인사들에게 관심을 두고 마음을 나누며 여러 모로 인도하여 실제적 곤란을 해결하도록 하면서 진심으로 민영경제의 발전을 지지해주어야 한다는 것이다. 소위 '청'은 민영기업가와의 관계가 청렴하고 순수해야 하며, 탐욕과 사심을 가지지 말고 실정을 이야기하고 간언을 하면서 열정으로 지방발전을 지지해주어야 한다는 것이다. 즉 '청'은 세속에 물들지 않고 자신의 순결을 지키며 정도를 견지하고, 법률을 지키면서 기업을 키우고 정정당당하게 경영해야한다는 의미이다."[130]

비공유제 경제사의 건전한 성장이든 '친', '청'의 신형정부와 상인의 관계구축이든 모두 사람에 대한 요구로 정부 관리는 책임을 지고 사심 없이 청렴해야 하고, 민영기업가는 신심을 가지고 법을 지키고 신용을 지키는 상인이 되어 '중국 특색의 사회주의' 사업의 건설자로서의 의무를 다하면서 자강불식(自强不息)을 통해 가장 훌륭한 경제에 이르러야 한다는 것이다.

### (3) 혼합소유제 경제를 적극 발전시켜야 한다.

공유제 실행을 주체로 여러 가지 소유제가 공동으로 발전하는 기본 경제제도는 중국공산당이 확립한 국정방침이며, '중국 특색의 사

---

130) 위의 책, 264-265쪽.

회주의' 제도의 중요한 기둥이며, 사회주의 시장경제 체제기의 기본이다. 공유제 경제와 비공유제 경제 모두는 사회주의 시장경제의 중요 구성부분이며, 모두 우리나라 경제사회발전의 중요한 기초이다. 양자는 서로를 촉진시키고, 서로를 지지 협력하고 공생하며 공동으로 발전하는 관계로 어느 것도 다른 하나를 떠날 수는 없다. 공유제 경제를 공고히 하고 발전시키는 것으로 비공유제 경제발전을 격려하고 지지하고 인도하는 것을 대체할 수 없으며, 비공유제 경제의 발전을 격려하고 지지하고 인도하는 것으로 공유제 경제의 발전을 공고히 하고 발전시키는 것을 대체할 수 없다. 공유제 경제와 비공유제 경제 각자의 장점을 충분히 발양케 하면서 혼합소유제 경제의 발전을 탐색토록 해야 한다. 당의 제18기 중앙위원회 제3차 전체회의에서는 이렇게 제기했다. "국유자본, 집체자본, 비공유제자본 등의 교차 주식보유와 상호 융자의 혼합소유제 경제는 기본 경제제도의 중요한 실현형식으로 국유자본의 기능 확대, 가치보장과 증가, 경쟁력 제고에 유리하며 여러 가지 소유제 자본의 상호보완·상호촉진·공동발전에 유리하다."[131] 혼합소유제 경제를 적극 발전시키는 것은 신형세 하에서 공유제의 주체적 지위를 견지하고 국유경제의 활력·통제력·영향력 증가를 위한 효과적인 경로이며, 필연적인 선택이고, 공유제 경제와 비공유제 경제의 상호 촉진·상호 융합을 추진하는 중요한 형식이다.

혼합소유제 경제를 적극 발전시키는 것은 '두 가지 확고부동함'을 견지하기 위한 것이며, 사회주의 기본 경제제도를 개선하기 위한 것

---

131) 『中共中央關于全面深化改革若干重大問題的決定』, 北京, 人民出版社, 2013, 8쪽.

이다. 『중국공산당 중앙의 전면적으로 개혁을 심화시키는 것과 관련한 약간의 중대 문제에 관한 결정』에서 더 많은 국유경제와 기타 소유제 경제의 발전이 혼합된 소유제 경제를 허락하며, 국유자본 투자 항목에 비국유자본의 주식을 투자할 수 있고, 혼합소유제 경제의 실체가 기업의 직원이 주식을 보유하는 것을 허락하여 자본소유자와 노동자의 이익공동체를 형성토록 했으며, 『중국공산당 중앙, 국무원의 국유기업에 대한 개혁의 심화에 관한 지도 의견』에서는 국유기업의 혼합소유제 개혁을 추진하고, 비국유자본의 참여와 국유기업의 개혁을 도입하며, 국유자본이 여러 가지 방식으로 비국유기업에 참여하도록 격려하고, 혼합소유제 기업의 직원들이 주식을 소유할 수 있는 방법을 모색하여 공유제 경제와 비공유제 경제가 한 운명공동체에서 이익을 공유하고, 리스크를 분담하면서 부단히 새로운 형식으로 공유제를 주체로 하는 것을 실행하고, 여러 가지 소유제경제가 공동으로 발전하는 기본 경제제도를 건설해야 한다고 했다.

적극적으로 혼합소유제 경제를 발전시키는 것은 국유기업 개혁의 발전을 확실하게 추진하는 것이며, 국유기업을 더욱 훌륭하게 강하고 우수하고 거대하게 발전시키는 것이다. 비록 개혁을 거쳤지만 국유기업은 여전히 시급히 해결해야 할 돌출한 모순과 문제가 존재한다. 오직 국유기업 개혁에 대한 심화를 통해서만 이런 모순과 문제를 해결할 수 있고, 국유기업 혼합소유제가 국유기업 개혁을 대폭적으로 추진할 수 있다. 중국공산당 제18차 전국대표대회 이후, 다른 단계의 개혁 시점은 초기적 성과를 거두기 시작했고, 국유자산과 기타 소유제자산은 질서 있게 융합되고 있으며, 혼잡했던 개혁방식과 경로도 부단히 개선되어 기업경제의 효익도 현저한 제고를 가져왔다. 이는 국유자본 유동이 더욱 합리적이고, 국유자본의 분포구조가 더욱 최적화된 것을 의미하며, 국유경제의 전반적인 기능과 효율도 제고되었음을 보여준다. 여러 가지 형식으로 비국유자본이 국유기업의 개혁에 참여하도록 하는 것은 국유자본이 주식의 통제권을 임의로 포기한다는 뜻이 절대로 아니며, 대량의 국유기업을 개인 소유의 사유기업이나 외자기업으로 만든다는 것은 더욱 아니다. 국유기업의 혼합소유제 개혁은 반드시 '세 가지 유리'라는 기본방침과 원칙을 따라야 하는데, 반드시 국유자본의 가치를 보존과 증가에 유리해야 하고, 국유경제의 경쟁력 제고에 유리해야 하며, 국유자본의 기능 확대에 유리해야 한다. 혼합소유제 경제를 적극 발전시키는 것은 더 유력하게 비공유제 경제의 발전을 격려하고 지지하며 인도하기 위함이고, 비국유자본의 경쟁력 제고를 촉진시키기 위함이다. 국유기업 혼합소유제 개혁의 목표에는 두 가지 방면이 있다. 국유기업 자신의 측면에서 볼 때, 국유기업이 경영체제를 변화시키고 국유자본의 기능을 확대하며, 국유자본의 배치와 운행의 효율을 제고시키는 것이고, 각종 소유제 자본의 측면에서 보면, 각종 소유제자본의 상호보완, 상호촉진, 공동발전을 실현하는 것이다. 정책은 국유자본이 여러 가지 방식으로 비국유기업 주식을 보유하는 것을 격려한다. 예를 들면 국유자본의 투자, 회사경영의 자본경영 플랫폼의 작용을 충분히 보여주면서 공공서비스, 첨단기술, 생태환경보호, 전략적 산업을 중점 분야로 선택하여 시장화의 방식을 통해 잠재력이 크고 성장능력이 강한 비국유기업 주식에 투자해야 한다. 주식투자, 연합투자, 개편 등 여러 가지 방식을 통해 비국유기업과 주식 융합, 전략 협력, 자원 경합을 해야 한다. 국유자본이 비국유기업 주식에 투자하여 비국유기업의 자본 경쟁력을 강화시키고, 비공유제 경제의 발전을 위해 더욱 큰 공간과 더욱 많은 기회를 창조해야 한다.

# 3

## '보이지 않는 손'과 '보이는 손'을
## 잘 이용해야 한다

우리나라 경제체제의 개혁과정은 정확한 인식과 정부와 시장과의 관계 처리의 과정이다. 당의 제14차 전국대표대회에서 사회주의 시장 경제체제의 수립을 목표로 제기한 이후 20여 년 동안 중국공산당은 시종 우리나라 실천발전과 이론혁신에 근거하여 정부와 시장관계의 새로운 과학적 위치를 정했다. 당의 제16차, 제17차, 제18차 전국대표대회를 거쳐 정부와 시장의 관계를 설명한 것은 "시장이 국가의 거시적 관리 하에 자원의 배치에 기초적 작용을 하도록 한다"[132]로부터 "제도적으로 시장이 더욱 훌륭하게 자원을 배치하는 중에서의 기초 작용을 하도록 한다."[133]를 거쳐 "더욱 큰 정도로 더욱 넓은 범위에서 시장이 자원배치에서의 기초적 작용을 하도록 한다."[134]로 변화했다. 이는 당과 국가가 정부와 시장의 관계에 대한 인식이 부단히 심화됐

---

132) 「江澤民. 全面建設小康社會, 開創中國特色社會主義事業新局面-在中國共産党第十六
次全國代表大會上的報告」『中國共産党歷次全國代表大會數据庫』, 2002, 11, 08.

133) 胡錦濤,「高擧中國特色社會主義偉大旗幟 爲奪取全面建設小康社會新胜利而奮斗-
在中國共産党第十七次全國代表大會上的報告』『中國共産党歷次全國代表大會數据
庫』, 2007, 10, 25.

134) 「堅定不移沿着中國特色社會主義道路前進爲全面建成小康社會而奮斗-在中國共産党
第十八次全國代表大會上的報告」, 新華网, 2012, 11, 17.

다는 것을 보여준다. 당의 제18기 중앙위원회 제3차 전체회의에서 처음으로 "시장이 자원배치에서 결정적 작용을 하도록 하며, 정부의 작용을 더욱 훌륭하게 보여주도록 하자"[135]고 제기했다. 이는 중국공산당의 이론과 실천에서의 새로운 중대한 돌파이다. 시장이 자원배치에서 결정적 작용을 하는 것은 시장작용의 새로운 정의이며, 문제를 지향하는 것을 관철시킨 것이다. 더욱 훌륭한 정부의 작용을 위해 과학적 거시 관리와 효과적인 정부 거버넌스를 요구한다. 이는 사회주의 시장경제의 우월성과 인민을 중심으로 하는 개혁의 가치취향을 보여준다. 오직 시장의 작용과 정부의 작용이 유기적으로 통일되어야만 효과적인 시장과 확실한 정부의 직능을 실현할 수 있는 것이다.

**(1) 시장이 자원배치에서 결정적인 작용을 하도록 해야 한다.**

중국공산당 제14차 전국대표대회부터 제18기 중앙위원회 제3차 전체회의까지 20년 동안의 개혁개방을 거쳐 우리나라 사회주의 시장경제체제는 이미 초보적으로 건설되었다. 공유제를 주체로 여러 가지 소유제 경제가 공동으로 발전하는 사회주의 기본경제제도와 노동에 따른 분배를 주체로 각종 분배형식이 병존하는 개인 수입 분배제도를 형성하여 재산권이 명확하고 권리와 책임이 명확하고, 정부와 기업이 분리되고 관리가 과학적인 현대 기업제도로 통일되고, 개방적이며 경쟁질서가 있는 시장체계를 구축하며, 간접적 수단을 주로 하고, 완전한 거시 관리시스템으로 다층구조의 사회보장 제도를 구축하며,

---

135) 「中共中央關于全面深化改革若干重大問題的決定」, 中國政府网, 2013, 11, 15.

시장경제의 법률체계와 규범제도를 구축하여 공동으로 사회주의 시장경제체제의 기본 프레임을 구축해야 한다. 하지만 시장질서가 규범적이지 않고, 생산요인 시장의 발전이 정체되고, 시장규칙이 통일적이지 못하며, 시장경쟁이 불충분한 등의 문제가 여전히 존재하기에 사회주의 시장경제체제의 더욱 완전한 발전에 영향을 미치고 있다. 그렇기 때문에 이론적으로 정부와 시장의 관계에 새로운 정의를 내릴 필요가 긴박해졌다. 객관적 조건으로 보면 우리나라 사회주의 시장경제 체제는 이미 초보적으로 건립되었고, 시장화 정도도 대폭 제고되었다. 주관적 조건으로 보면 우리는 시장규칙에 대한 인식과 제어능력은 부단히 제고되고 있고, 거시적 관리시스템도 더욱 건전해지고 있어 주관적·객관적 조건이 모두 구비되었다고 할 수 있다. 중앙에서는 이론적으로 정부와 시장의 관계에 새로운 설명을 할 조건이 이미 성숙되었다고 여겨 응당 시장이 자원배치 중에서의 '기초적 작용'을 '결정적 작용'으로 수정해야 한다고 결정했다.

'결정적 작용'은 '기초적 작용'의 연결이고 계승이며 발전이다. '기초적 작용'을 '결정적 작용'으로 수정한 것은 우리나라 사회주의 시장경제체제의 발전상황을 과학적으로 판단하고, 반복적인 토론과 광범위한 연구를 거쳐 여러 측면의 의견을 수렴한 결과이고, 경제 건설의 현실적 문제에 대한 주동적 선택이며, 주관·객관조건을 구비한 필연적인 결과이고, 정부와 시장의 관계에 대한 인식의 심화로 당과 국가가 사회주의 시장경제 체제를 개선하는 길에서 새로운 발걸음을 내디뎠다는 것을 의미한다. 2014년 5월 26일 시진핑 동지는 중국공산당 중앙정치국 제15차 집체학습 시기에 이렇게 지적했다. "자원배치 시장에서의 결정적 작용을 제기한 것은 우리 당이 중국 특색 사회주의 건설규칙에 대한 인식의 새로운 돌파이며, 마르크스주의 중국화의 새로운 성과로써 사회주의 시장경제발전이 새로운 단계에 들어섰음을 상징한다."[136]

합리적인 사회경제 자원을 배치는 경제활동의 중심문제이며, 시장의 자원배치와 정부의 자원배치는 사회경제 자원의 두 가지 기본적인 배치방식이다. 시장이 자원배치에서 결정적 작용을 하거나 시장이 자원배치를 결정하게 하려면 가치규칙에 의거하여 공수·경쟁·가격 등 시장 메커니즘이 경제활동에 작용을 하면서 실현된다. 시장 메커니즘이 경제활동에 대한 조절작용은 일련의 조건에 의거해야 하는데 미시적 경제주체의 자주적 결책, 완벽한 시장시스템, 규범적인 시장운행구조, 가격이 보여주는 공수변화, 자원의 자유로운 유동 등이 있다. 이런 조건이 구비되면 시장의 자원배치를 통해 자원은 사회 각 부문 간의 합리적인 분배를 통해 자원을 고효율적인 부문에 배치하고, 경쟁구조의 작용을 통해 전 사회의 생산력 발전을 추진하며, 우열성패를 실현하여 기업의 시장경쟁력을 강화한다. 국내외에서의 대량실천이 증명하다시피 정부의 행정적 자원배치와 비교하면 시장의 자원배치는 제일 효율적인 형식이다. 우리나라 경제체제 개혁이 성공할 수 있었던 것은 정부의 자원배치가 고도로 집중된 계획경제에서 시장 자원배치의 활력이 넘치는 사회주의 시장경제로의 전향이 있었

---

136) 習近平, 第一卷, 116쪽.

기 때문이다. 시진핑 동지는 『전면적으로 개혁을 심화시키는 문제와 관련한 약간의 중대 문제에 대한 중국공산당 중앙의 결정'에 대한 설명』에서 이렇게 지적했다. "시장이 자원배치를 결정하는 것은 시장경제의 일반규칙이고, 시장경제의 본질은 시장이 자원배치를 결정하는 경제라는 점이다."[137] 이러한 논술은 사회주의 시장경제의 위치를 확정한 것이며, 우리가 시장경제의 일반 규칙을 따를 것을 요구하며, 사회주의 시장경제에서 시장의 작용에 대해서도 완전히 새로운 위치를 제시한 것이다.

　사회주의 시장경제 체제의 개선을 촉구하기 위해 시장이 자원배치에서 결정적 작용을 한다고 제기한 것은, 사회주의 시장경제 체제의 개선을 하루 빨리 완성하기 위해 중점을 명확히 지적한 것이다. 시장이 자원배치에서 결정적인 작용을 하고 있기에 시장과 가치 규칙의 충분한 작용을 하지 못하게 방해하는 모든 문제는 우리나라 경제체제 개혁의 중점이 된다. 이런 유형의 문제를 잘 해결하지 못하면 사회주의 경제체제를 개선할 수 없고, 경제의 고품질 발전에도 영향을 미치게 된다. 바로 이런 각도에서 출발하여 시진핑 동지는 이렇게 지적했다. "시장이 자원배치에서 결정적 작용을 한다고 제기한 것은 사실 문제에 대한 지향을 관철시킨 것이다."[138] 사회주의 시장경제체제를 발전시키는 과정에서 시장의 효과작용에 영향을 미치는 문제는 주로 시장주체, 시장체계, 시장질서, 시장규칙, 시장경쟁 등의 방면에 집

---

137) 위의 책, 77쪽.
138) 위의 책, 117쪽.

중되어 있다. 구체적으로는 시장주제의 활력이 속박을 받고, 생산요인의 시장은 구조적으로 매칭이 되지 않으며, 부문의 보호주의와 지방의 보호주의가 존재하고, 정부 관여가 너무 많으며, 감독이 제대로 이루어지지 않고, 경쟁이 불충분하며, 우열성패를 실현하기가 어렵고, 각종 시장의 장벽이 높으며, 업계의 독점이 존재하는 등의 문제가 있다. 이런 문제 때문에 시장의 결정적 작용은 효과적이지 못하다. 이 때문에 광범위하고 깊이 있게 시장화 개혁을 진행하여 시장이 작용을 할 수 있는 분야에서 모두 충분히 작용을 하도록 하려면, 근본적으로 이상의 문제들을 해결해야 한다.

문제는 행동을 선도하게 한다. 당의 제19차 전국대표대회에서는 이렇게 지적했다. "경제체제개혁은 반드시 재산권제도와 요소의 시장화 배치를 중점으로 재산권의 효과적인 격려, 요소의 자유 유동, 자격의 영활한 반응, 경쟁의 공평과 질서와 기업의 우열성패를 실현해야 한다."[139] "전면적으로 시장 진입의 부정적인 목록제도를 실시하고, 시장의 통일과 공정한 경쟁을 방해하는 각종 규정과 작법을 정리하고 폐지하며, 민영기업의 발전을 지지하고, 각종 시장주체의 활력을 불어넣어야 한다."[140] 이런 개혁의 중점과 조치는 직접 문제를 견주어야 하며, 개혁조치의 실시는 시장의 결정 작용의 충분한 역할에 도움이 될 것이다.

---

139) 習近平, 『決勝全面建成小康社會奪取新時代中國特色社會主義偉大胜利-産党第十九次全國代表大會上的報告』, 앞의 책, 33쪽.
140) 위의 책, 33-34쪽.

(2) 더욱 훌륭하게 정부의 작용을 보여주어야 한다.

시장이 자원배치에서의 결정 작용은 정부의 작용이 아니다. 시장의 작용을 충분히 보여주는 동시에 정부의 작용을 더욱 잘 보여줘야 한다. 우리나라 경제체제는 사회주의 시장경제체제로 사회주의 기본제도와 시장경제가 결합된 것이기에 시장경제의 일반 속성을 가지고 있을 뿐만 아니라, 사회주의 제도의 장점도 지니고 있어 '시장경제'를 강조함과 동시에 '사회주의'라는 것도 잊지 말아야 한다.

사회주의 제도의 속성은 정부가 작용을 더욱 잘 이행할 것을 요구하고 있다. 이는 아래의 몇 가지 원인 때문이다. 첫째는 독점, 외부성, 공공상품, 정보의 불완전 등 문제에서 시장경제는 시장이 작용을 하지 못할 가능성이 있다는 점이다. 둘째는 가치규칙의 조절이 일정한 맹목성·자발성·낙후성을 가지고 있기에 사회자원의 낭비를 초래할 수 있다는 점이다. 셋째는 시장의 메커니즘이 작용을 하려면 안정한 거시적 환경, 건전한 법률시스템, 완전한 사회 보장 등의 외부조건이 필요하기 때문에 이러한 환경은 시장자체로는 형성할 수 없다는 점이다. 넷째는 자본주의 시장경제가 이미 각종 심각한 폐단을 보여주고 있다는 점이다. 노동자와 자본가의 대립, 빈부격화, 경제위기 등의 폐단은 시장경제에 경종을 울려주었다. 사회주의를 견지하고, 인민민주독재를 견지하며, 중국공산당의 영도를 견지하고, '마르크스·레닌주의'와 '모택동 사상'을 견지하는 것은 사회주의 시장경제의 우월성이다. 시장이 본신과 자본주의 시장경제가 해결할 수 없는 일련의 문제에 대해서는 반드시 사회주의 제도의 우월성을 견지하여 보여주고, 당과 정부의 적극적인 작용을 보여주어야 한다.

인민을 중심으로 하는 개혁의 가치취향은 정부가 작용을 더욱 잘 발양할 것을 요구한다. 인민을 중심으로 하는 것을 견지하는 것은 전면적 개혁심화의 기본가치가 추구하는 것이고, 우리당이 전면적으로 개혁을 심화시키는 목적으로 사회주의의 공정과 정의를 촉진시키고, 개혁발전의 성과가 더욱 공정하게 전체 인민들에게 돌아가도록 하는 것이다. 이는 정부가 분배의 혁신과 정책도구의 운용을 통해 공정하고 정의로운 사회 환경을 창조하도록 할 것이다. 정부가 국민수입에 대한 첫 분배와 재분배에 참여하여 수입의 격차를 줄이고, 케이크를 부단히 크게 만듦과 동시에 케이크를 잘 분배하기를 희망한다. 근본적으로 정부의 작용을 더욱 발양케 하는 것은 생산력을 해방시키고 발전시키는 기초위에서 날로 늘어나는 아름다운 생활에 대한 요구와 불균형하고 불충분한 발전간의 모순을 해결하여 사람들의 전면적 발전과 전체 인민들의 공동 부유를 부단히 추진하는 것이다.[141]

정부의 작용을 더욱 훌륭히 하게 하려면, 반드시 시장의 작용과 정부 작용의 경계를 확실히 해야 한다. 중요한 원칙은 시장이 관리하기 어렵거나 관리할 수 없는 일을 정부가 하고, 정부는 관리해야할 일을 정확하고 확실하게 완수해야 한다. 그렇기 때문에 시장이 효과적으로 해결할 수 있는 부분에서 정부는 기구를 간소화하고, 권한을 이양해야 할뿐만 아니라 충분하고 정확하게 해야 한다. 또한 시장이 효과적으로 해결할 수 없는 부분에서 정부는 주동적으로 보충하고 적

---

141) 秋石, 「論正确處理政府和市場關系」, 『求是』, 2018(2).

극 관여해야 한다. 당의 제18기 중앙위원회 제3차 전체회의에서 정부
의 직책과 작용은 주로 거시경제를 안정시키고, 공공서비스를 강화하
고 최적화하며, 공정한 경쟁을 보장하고 시장의 감독을 강화하며, 시
장의 질서를 수호하고, 지속가능한 발전을 추진하여 공동 부유를 촉
진시켜 시장의 실패를 보충해야 한다. 시진핑 동지는 중국공산당 중
앙정치국 제15차 집체학습 시기에 이렇게 지적했다.

> "더욱 훌륭하게 정부의 작용을 완성하려면 착실하게 정부
> 의 직능을 변화시키고 행정체제의 개혁을 심화하며, 행정
> 관리의 방식을 혁신하고, 거시적 관리체계를 건전히 하며,
> 시장 활동에 대한 관리를 강화하고, 공공서비스를 강화하
> 고 최적화하며, 사회 공정의 정의와 사회 안정을 촉진시켜
> 공동으로 부유해지는 것을 촉진시켜야 한다."[142]

또한 정부의 작용을 더욱 훌륭하게 실행하기 위한 방향을 제시했
다. 사회주의 시장경제체제의 제도적 장점을 발양시키고, 정부작용
을 더욱 훌륭하게 보여주려면 과학적인 거시 관리와 효과적인 정부
거버넌스가 필요하다. 과학적 거시 관리를 실현하려면 국가 발전계획
이 전략적으로 지향하는 작용을 하고, 건전한 재정, 화폐, 산업, 구
역 경제 등 경제정책에 협조하는 구도가 있어야 하고, 소비의 체제구
조 개선을 촉진토록 해야 하며, 투자융자체제의 개혁을 심화시키고,

---

142) 習近平, 『習近平談治國理政』第一卷, 앞의 책, 118쪽.

현대적 재정제도의 건설을 촉구하며, 규범화된 투명하고 표준적인 과학과 구속력이 있는 예산제도를 전면적으로 건립하고, 세무제도의 개혁을 심화시키며, 금융체제의 개혁을 심화시키고, 화폐정책과 거시적인 세밀하고 신중한 정책 등 두 기둥에 대한 조정프레임을 건전히 하여 이율과 환율의 시장화 개혁을 심화시키며, 금융관리 감독시스템을 건전히 하여 시스템적 금융리스크의 마지노선이 붕괴되는 것을 방지해야 한다. 효과적인 정부 거버넌스를 실현하기 위해 정부의 직능을 변화시키고, 정부기능의 간소화와 권한 이양을 심화시키고, 감독관리방식을 혁신하며, 정부의 공신력과 집행력을 강화하여 인민이 만족하는 서비스형 정부를 건설하고, 정부가 자원에 대한 직접적인 배치를 대폭 감소시키며, 정부의 권력이 너무 크고 심사 비준절차가 번잡하고 관여가 너무 많은 등의 문제를 면제하여 확실하게 정부직능의 전도, 월권, 결핍 등의 현상을 변화시키고, 정부의 사업 중심을 공정한 경쟁을 하는 시장이 되게 환경을 조성하며, 생태환경 보호와 혁신을 지지 하는 등의 실질적인 일들을 해야 한다.

(3) 정부의 작용과 시장 작용의 유기적 통일을 실현하자.

정부와 시장을 보통 사회자원을 배치하는 '두 개의 손'이라고 불린다. 시장은 '보이지 않는 손'이고 정부는 '보이는 손'이다. '두 개의 손'은 서로 부정하고 결렬(決裂)하는 대립적인 관계가 아니라 유기적 통일의 서로 보완하고 보충하며 상호 협조하고 서로 촉진하는 관계이다. 양자의 관계문제에서 유물변증법의 두 가지 측면을 고려하고, 형이상학의 편면적인 논리는 반대해야 한다. 일방적으로 다른 한 가지 작용을 부정하거나 한 가지 작용으로 다른 작용을 대체하는 것은 모두 착오적인 것이다. 시장의 작용과 정부작용의 직능은 다른 것이다. 오직 정부와 시장 두 가지의 장점을 잘 발양토록 해야만 경제가 지속적으로 건강하게 발전한다. 정부작용과 시장작용의 관계에 대해 시진핑 동지는 이렇게 명확하게 지적했다.

> "시장이 자원배치에서 결정적 작용을 하고, 정부의 작용을 훌륭하게 해내기 위해 양자는 유기적으로 통일되는 것이지 서로 부정하는 것이 아니기에 양자를 따로 고려하거나 대립시키지 말아야 한다. 시장이 자원배치에서의 결정적 작용으로 정부의 작용을 대체하거나 부정하지 말아야 하고, 정부의 작용으로 시장이 지원 배치 중에서의 결정적 작용을 대체하거나 부정하지 말아야 한다."[143]

정부와 시장의 관계를 잘 처리하는 것은 중대한 이론 명제이고, 중대한 실천 명제이기도 하다. 시장이 자원배치에서 결정적 작용을 하고 정부의 작용을 더욱 훌륭하게 완성하도록 하는 것은 당의 제18기 중앙위원회 제3차 전체회의에서 제기한 중대한 이론 관점이고, 경제체제에 대한 개혁은 전면적으로 개혁을 심화시키는 중점이며, 경제체제 개혁의 핵심문제가 바로 정부와 시장의 관계를 잘 처리하는 것이

---

143) 위의 책, 117쪽.

다. 우리나라가 경제체제 개혁을 단행한 40년 이래 거대한 성과를 거두게 된 원인은 여러 가지가 있다. 사회주의 제도를 견지하는 우월성과 중국공산당의 영도, 정부의 작용으로 시장 작용과 정부 작용이 유기적으로 결합하였기에 사회주의 시장경제체제의 부단한 개선을 보장했다. '중국 특색의 사회주의' 신시대에 진입하면서 공급 측의 구조개혁 추진이나 생산능력을 없애고, 재고를 없애며, 지렛대를 없애고, 원가를 줄이며, 단점을 보완하는 임무를 완성하거나, 또는 신 발전 이념에 대한 관철과 현대화 경제체제의 건설, 인민을 중심으로 백성들의 거주·교육·의료·양로 등의 민생문제를 해결하거나 발전방식의 변화를 통해 우리나라의 경제가 고품질의 발전을 보장토록 하는 것 모두를 시장에만 의존할 수는 없으며, 정부에만 의존해도 안 된다. 오직 '두 개의 손'을 결합시킴과 동시에 '보이는 손'과 '보이지 않는 손'을 동시에 잘 이용하여 '두 개의 손'의 장점으로 상호 보완하고 협동작용을 실현토록 해야 하는 것이다. 정부와 시장의 관계를 정확하게 처리하여 시장이 자원배치에서 결정적 작용을 하고, 정부의 작용을 더욱 훌륭하게 이행하려면 사회주의 시장경제의 개혁방향을 견지하고, 당의 제19차 전국대표대회에서 시장 메커니즘이 효과적이고 미시적 주체가 활력이 있으며 거시 관리가 적절한 경제체제를 구축하자는 요구에 따라 정부와 시장의 양자 관계를 바로 잡고, 시장이 충분한 작용을 하고, 정부가 자신의 작용을 하는 경제체제를 건설토록 해야 한다. 이를 위해서 첫째로 사회주의 조건하의 사회주의 시장경제 발전을 견지토록 해야 한다. 즉 시장경제의 장점과 사회주의 제도

의 우월성을 발양시키고, 중국공산당의 영도를 견지하면서 사회주의
경제제도와 시장경제를 결합시켜야 한다. 둘째, 시종일관 정부와 시
장이 유기적인 통일을 기반으로 각항의 개혁을 추진토록 해야 한다.
시장의 작용을 충분히 발양케 하는 방면에서 시장 메커니즘과 현대
의 시장체계를 개선하여 각종 시장 주체의 활력을 불러일으켜야 하
고, 정부의 작용을 더욱 훌륭하게 발양시키는 방면에서는 인민을 중
심으로 하는 것을 견지하고, 사회의 공정과 정의를 보장하며, 거시적
인 관리를 혁신 개선하여 정부의 거버넌스 능력을 제고시켜야 한다.
셋째, 재산권 제도와 시장화 배치를 개선하는 것을 중점으로 사회주
의 시장경제 체제의 개선을 촉구해야 한다. 재산권제도의 개선을 통
해 재산권을 효과적으로 격려하고, 미시경제 주체의 활력을 강화하
여 기업가의 재산권익을 보호하는 한편, 각종 국유자산 관리체제를
개선하고, 국유자산의 가치보장과 증가를 촉진시켜 정부의 작용을
발양케 하기 위해 물질적 기초를 제공해야 한다. 요인의 시장화 배치
를 추진하는 것을 통해 요인의 자유적인 유동을 실현하여 요인 가치
의 시장화 개혁을 촉구하여 시장 메커니즘의 효과적인 작용을 보장
하는 한편, 투자·융자체제와 금융체제에 대한 개혁을 심화시키는 것
을 통해 투자와 지본시장이 거시적 관리에서 관건적인 작용을 하도
록 해야 한다. 오직 시장의 규칙을 따르고 시장 메커니즘을 충분히
활용하여 문제를 해결하고, 정부는 용감하게 책임을 지며, 실행해야
하는 일을 훌륭하게 완성하여 "효과적인 시장과 자신의 일을 완성하
는 정부"를 실현해야 한다. 경제학의 세계적 난제인 우리나라의 사회

주의 시장경체 체제의 건설을 실천하는 중에 우리는 반드시 성공적인 해결을 가져오게 될 것이다.

### (4) 국가 거버넌스 체계와 거버넌스 능력의 현대화를 추진해야 한다.

당의 제18기 중앙위원회 제3차 전체회의에서 제기한 전면적으로 개혁을 심화시키자는 총 목표는 '중국 특색의 사회주의' 제도를 개선하고 발전시키고, 국가 거버넌스의 체계와 거버넌스 능력의 현대화를 추진하기 위한 것이라고 했다. 당의 제19차 전국대표대회 보고에서도 이 서술을 계속 사용했으며 '국가 거버넌스 체계와 거버넌스 능력의 현대화 추진'을 신시대 '중국 특색의 사회주의' 사상에 포함시켰다. 국가 거버넌스 체계와 거버넌스 능력의 현대화를 추진하는 것은 신시대 '중국 특색의 사회주의'를 발전시키는 사업이 직면한 중대한 역사적 임무이고, '중국 특색의 사회주의'가 신시대에 접어들 수 있는 필연적인 요구이며, 사회주의 현대화를 실현하는 의미이다. 반드시 '중국 특색의 사회주의' 길을 따라 사회주의 핵심 가치 체계를 굳게 지키면서 전면적으로 개혁을 심화시켜 국가 거버넌스 체계와 거버넌스 능력의 현대화를 추진해야 한다.

### (1) '중국 특색의 사회주의' 길을 따라 국가 거버넌스 체계와 거버넌스 능력의 현대화를 추진해야 한다.

국가 거버넌스 체계는 당의 영도 하에 국가를 관리하는 제도체계이고, 국가 거버넌스 능력은 국가 제도로 사회 각 방면의 사무를 관리하는 능력을 말한다. 국가 거버넌스 체제와 거버넌스 능력의 현대화 실현은 경제, 정치, 문화, 사회, 생태, 당 건설 등 분야의 체제구조와 법률·법규개혁 및 개선을 실현하여 각 영역의 거버넌스가 법률화, 제도화, 절차화를 실현함으로써 최종적으로 개혁발전의 안정, 내정·외교·국방·치당치국치군(治党治國治軍) 등 각 방면의 거버넌스 능력을 제고시키는 것이다. 국가 거버넌스 체제와 거버넌스 능력은 국가제도와 제도의 집행능력의 집중 표현이며, 어떠한 길을 방향으로 하여 국가 거버넌스를 실현하는가 하는 것은 한 국가의 발전방향과 앞날의 운명을 직접 결정하게 한다. 특히 중국과 같은 개발도상 대국은 근본과 전반적인 중대한 문제와 관계된다. 그렇기 때문에 국가 거버넌스 체계와 거버넌스 능력의 현대화를 추진하려면 우선 근본적으로 나아가야 할 방향과 길을 정해야 한다. 전면적으로 개혁을 심화시키는 총체적 목표는 '중국 특색의 사회주의' 제도를 개선하고 발전을 추진하는 것이며, 국가 거버넌스 체계와 거버넌스 능력의 현대화를 추진하는 것으로 위의 문제에 대해 명확한 대답을 했다. 총체적 목표의 첫 부분은 "중국 특색의 사회주의' 제도 개선과 발전'이고, 그 다음이 '국가 거버넌스 체계와 거버넌스 능력의 현대화 추진'이라는 근본 방향이다. 실천이 증명하는 바와 같이 우리는 반드시 이 방향으로 나아가야 하며, '중국 특색의 사회주의'의 길을 견지해야 하는데, 봉폐 경직의 낡은 길이나 근본을 바꾸는 사로(邪路)는 모두 행동과 목적이 상반되는 것으로 경제·정치·사회가 흔들려 당·국가·인민에게 재난을 가져다 줄뿐이다. 중화인민공화국은 노동자 계급이 영도하는 공농연

맹(工農聯盟)을 기초로 하는 인민민주 독재의 국체(國体)이고, 인민대표대회 제도를 실행하는 정체(政体)를 실행하며, 중국공산당이 영도하는 다당 합작과 정치협상제도, 민족구역 자치제도 및 기층 군중의 자치제도를 실행한다. 40년간의 개혁개방을 거쳐 공유제를 주체로 여러 가지 소유제 경제가 공동으로 발전하는 기본 경제제도는 부단히 개선되었으며, 헌법을 핵심으로 하는 '중국 특색의 사회주의' 법률체계가 기본적으로 형성되었고, 경제체제, 정치체제, 문화체제, 사회체제 등 각 항의 구체적인 제도도 더욱 건전해져 기본적으로 '중국 특색의 사회주의' 국가 거버넌스 체계를 형성했다. 이는 우리나라의 역사, 문화, 경제, 사회, 정치 등의 요인을 기반으로 장기간의 발전, 점차적인 개선, 내생적인 진화를 거쳐 형성되었다. 개혁개방 40년 동안 취득한 거대한 성과가 충분히 보여주다 시피 우리나라의 국가 거버넌스 체계와 거버넌스 능력은 우리나라의 국정과 발전적 요구에 적응했으며, 자신의 독특한 장점을 가지고 있기에 전반적으로는 좋은 것이다. 하지만 시진핑 동지는 이렇게 지적했다. "우리는 국가 거버넌스 체계와 거버넌스 능력 방면에서 시급히 개선해야 할 점이 많다. 국가 거버넌스 능력을 제고시키려면 더욱 큰 힘이 필요하다."[144] 확실히 우리나라의 국가 거버넌스 체계와 거버넌스 능력은 개선과 개량이 필요하다. 하지만 어떻게 개선하고 개량하며 어떤 방향으로 개선하고 개량하는가 하는데서 주장과 신념이 필요하다. 여기에서의 신념은 바로 '중국 특색의 사회주의' 길이다. 국가 거버넌스 체계와 거버넌스 능

---

144) 위의 책, 105쪽.

력의 현대화를 추진하려면, 넓은 마음으로 모든 좋은 것을 학습하고 받아들여야 할 뿐만 아니라, 국정을 고려하지 않고 서방의 양식을 그대로 옮겨오는 것은 피해야 한다. 현대화는 절대로 자본주의화 되는 것과는 다른 것이다. 확고부동하게 선택한 길에 대한 확신과 제도에 대한 확신을 견지하여 '중국 특색의 사회주의' 제도의 프레임에서 국가 거버넌스 체계와 거버넌스 능력의 현대화를 추진하는 것이 당과 국가사업의 발전, 인민의 행복 평안과 건강, 사회의 조화로움과 안정, 국가의 장기적인 안정을 보장해주는 것이다. 이는 국가 거버넌스의 현대화를 실현하는 근본이다. 국가 거버넌스 체계와 거버넌스 능력은 유기적으로 통일되고 서로 보완하고 도움을 준다. 훌륭한 국가 거버넌스의 체계가 없다면 국가 거버넌스 능력을 제고시키기가 어렵고, 좋은 국가 거버넌스 능력이 없다면 국가 거버넌스 체계가 효과적으로 움직일 수가 없다. 국가 거버넌스 체계와 거버넌스 능력의 현대화를 추진하기 위해서 국가 거버넌스 체계 방면에서 일련의 완비되고 더욱 안정적이고 더욱 효과적이며 더욱 과학적인 제도체계를 제공하여 '중국 특색의 사회주의' 제도가 더욱 성숙되고 더욱 정형화되도록 해야 한다. 일찍이 제18기 중앙위원회 제3차 전체회의 제2차 회의에서 시진핑 동지는 이렇게 명확하게 지적했다. "국가 거버넌스 체계와 거버넌스 능력의 현대화를 추진하려면 시대의 변화에 적응해야 한다. 개혁이 실천적으로 발전해야 한다는 요구의 체제구조, 법률법규에 적응하지 못하면 부단히 새로운 체제구조와 법률규범을 구축하여 각 방면의 제도를 더욱 과학적이고 더욱 완벽하게 개선하여 당과 국가, 사회 각항 사무 거버넌스의 제도화·규범화·절차화를 실현해야 한다."[145] 국가 거버넌스 체계와 거버넌스 능력의 현대화를 촉진시키기 위해 국가 거버넌스 능력방면에서 보면 당의 과학적인 집정, 민주적인 집정, 법에 의한 집정의 수준을 제고시키고, 국가기구의 직무이행 능력을 제고시키며, 각급 간부와 각 방면 관리자들의 정치적 소질, 과학문화적 소질, 사업적 능력을 제고시키고, 인민 군중이 법에 따른 국가사무, 경제·사회·문화사무 및 자신의 사무능력을 제고시켜 당·간부·군중 모두가 제도와 법률을 운용하여 국가를 다스리도록 함으로써 국가 거버넌스 체계의 효과적인 운행을 촉진토록 해야 한다. 이를 위해서는 더욱 큰 역량이 필요하다. 최종적으로는 당과 국가기관, 기업의 사업단위, 인민단체, 사회조직 등의 사업능력을 제고시키는 데에 있다. 당의 제19차 전국대표대회 보고에서는 국가 거버넌스 체계와 거버넌스 능력의 현대화를 추진하는 시간표를 확정했다. 2035년에 이르러 각 방면의 제도를 더욱 개선하여 기본적으로 국가 거버넌스 체계와 거버넌스 능력의 현대화를 실현하고, 2050년에 이르러 우리나라 물질문명, 정치문명, 정신문명, 사회문명, 생태문명을 전면적으로 제고시켜 국가 거버넌스 체계와 거버넌스 능력의 현대화를 실현한다고 했다.

(2) 전면적으로 개혁을 심화시키는 것을 통해 국가 거버넌스 체계와 거버넌스 능력의 현대화를 추진해야 한다.

---

145) 위의 책, 92쪽.

제도에 대한 확신을 확고히 하는 것은 제자리걸음을 하는 것이 아니다. '중국 특색의 사회주의'의 길을 따라 국가 거버넌스 체계와 거버넌스 능력의 현대화를 추진하는 것은 제도에 대한 확신을 확고히 하는 것이다. 이러한 확신은 반드시 부단한 개혁에 의지해야만 철저히 할 수 있고 장구적으로 할 수 있다. 오직 부단한 개혁을 통해 발전의 새 원동력을 강화하고, 사회의 공정과 정의를 수호하며, 인민 군중들의 획득감을 증가시키고, 광대한 간부들의 적극성을 불러일으켜야 제도에 대한 확신을 확고히 할 수 있다. '중국 특색의 사회주의' 제도를 더욱 우수하게 만들고, 국가 거버넌스 체계와 거버넌스 능력의 현대화를 실현하려면, 반드시 실속 있게 전반적으로 개혁을 심화시켜 경제사회발전을 제약하는 체제구조의 문제를 해결함으로써 체제구조의 폐단을 제거하고, 체제구조에 대한 안배를 최적화해야 한다. 그렇기 때문에 국가 거버넌스 체계와 거버넌스 능력의 현대화를 추진하는 것은 추상적인 이론 구호가 아니라, 구체적인 개혁의 실천이며, 어느 한 분야나 몇 개 분야의 개혁을 추진하는 것이 아니라 모든 분야의 개혁을 추진하는 것으로 경제, 정치, 문화, 사회, 생태 건설, 당의 건설 등 각 분야가 포함된다. 국가 거버넌스 체계는 완정한 일련의 긴밀히 연결되고 서로 협조하는 국가제도이다. 이는 국가 거버넌스 체계의 현대화를 위한 개혁은 필연적으로 체계적이고 전반적이며 협동적이라는 점을 결정한다. 2017년 6월 26일 시진핑 동지는 '중앙 전면개혁심화 영도소조' 제36차 회의에서 이렇게 지적했다. "체계성, 전반성, 협동성을 중시하는 것은 전반적으로 개혁을 심화시켜야 한다는 내적 요구이며, 개혁을 추진하는 중요한 방법이다. 개혁이 심화될수록 협동에 주의해야 한다. 개혁방안의 협동을 움켜쥐어야 할 뿐만 아니라, 개혁 실시를 위한 협동도 움켜쥐어야 하며, 더욱 개혁 효과적인 협동도 할 수 있도록 움켜쥐어야 한다. 각항 개혁의 조치를 위한 정책을 지향하는 데서의 상호 배합, 실시 과정에서의 상호 촉진, 개혁 효과에서의 상부상조를 촉진시켜 전면적 개혁의 총체적 목적을 향해 힘을 다하도록 해야 한다."[146] 전면적으로 개혁을 심화시키는 것은 매우 거대한 공정으로 상술한 각 분야의 개혁과 개선의 연동을 집성(集成)하여 오로지 힘을 합쳐야만 총체적인 효과를 얻을 수 있으며, 당, 국가, 사회 각항 거버넌스의 법률화, 제도화, 절차화를 실현할 수가 있다. 중국공산당 제18기 중앙위원회 제3차 전체회의에서는 경제체제, 정치체제, 문화체제, 사회체제, 생태문명체제와 당의 건설제도 개혁에 관한 "여섯 가지를 긴밀히 에워싸자"는 전략적 구호로 전면적으로 개혁을 심화시키는 노선도를 그렸다. 긴밀하게 시장이 자원 배치에서의 결정적 작용을 중심으로 경제체제의 개혁을 심화하고, 당의 영도와 인민을 주인으로 하는 것 및 법에 따라 나라를 다스리는 것을 유기적으로 통일시키는 것을 중심으로 정치체제의 개혁을 심화시키며, 긴밀하게 사회주의 핵심가치관의 체계와 사회주의 문화강국의 건설을 중심으로 문화체제의 개혁을 심화시키고, 민생의 보장과 개선, 그리고 사회의 공정과 정의를 촉진시키는 것을 중심으로 사회체제의 개혁을 심화시키며, 아름다운 중국의 건설을 중심으로 생

146) 위의 책, 第二卷, 109쪽.

태문명 체제의 개혁을 심화시키고, 과학 집정, 민주 집정, 법에 따른 집정의 수준을 제고시키는 것을 중심으로 당의 건설제도 개혁을 심화시켜야 한다. 『당의 제18기 중앙위원회 제3차 전체회의 중요 개혁 조치 실시기획(2014—2020년)』은 각항의 개혁을 위한 조치에 대한 개혁방법, 성과 형식, 시간의 진도에 대한 계획으로 전면적 개혁을 심화시키기 위한 총체적 시공도(施工圖)를 그린 것이다. 총체적 시공도의 요구에 따르면 중국공산당의 제18기 중앙위원회 제3차 전체회의 이후 우리나라는 기본경제제도의 개선, 시장체제의 개선, 정부의 직능변화, 재정과 세무금융체제의 개혁을 심화, 도시와 농촌 일체화 체제구조의 완비, 대외개방의 확대, 생태문명제도의 건설 등 영역에서 모두 일련의 개혁조치를 취했고, 착실하게 당과 국가기구의 개혁, 행정관리제도의 개혁, 의법치국(依法治國)체제의 개혁, 사법체제의 개혁, 외사체제의 개혁, 사회 거버넌스 체제의 개혁 등 일련의 중대한 개혁을 추진함으로써 전면적으로 개혁을 심화시키는 일은 이미 시작되었다. 당과 국가기구의 개혁심화는 국가 거버넌스 체계와 거버넌스 능력의 현대화 추진을 심화시키는 엄중한 변혁이다. 당과 국가기구의 직능체계는 '중국 특색의 사회주의' 제도의 중요한 구성 부분으로 중국공산당 치국이정의 중요한 보장이다. 또한 신시대 새로운 임무에 직면한 상황에서 새로 제기한 새로운 요구인데, 당과 국가기구의 설치와 직능배치 및 효과적으로 국가를 다스리는 사회적 요구와 비교하면 시급히 개혁에 대한 심화를 통해 근본적으로 해결해야 할 문제들이 여전히 적지 않다. 국가 거버넌스 체계와 거버넌스 능력의 현대화 추진에 박차를 가하기 위해 중국공산당 제19기 중앙위원회 제3차 전체회의에서는 당과 국가기구의 개혁을 심화시킬 것을 제기했다. 완비한 시스템, 과학적인 규범, 높은 효율로 운행하는 당과 국가기구의 직능체계 구축을 목표로 하여 전반적인 것을 움켜쥐고 각 방면을 조정하는 당의 영도체계를 형성하여 직책이 명확하고 법에 따른 행정의 정부 거버넌스 체계를 구축하여 중국 특색을 가진 세계 일류의 무장역량 체계를 형성하고, 연계가 광범위하고 군중을 위해 봉사하는 군중 단체의 사업체계를 구축하여 당과 국가기구가 당의 통일적 영도하의 행동을 조정하고 협력에 대한 강화를 추진함으로써 전면적으로 국가 거버넌스의 능력과 거버넌스의 수준을 제고시키는 것이다. 정부의 직능을 개선하는 것은 당과 국가기구의 개혁을 심화시키는 중요한 임무이며, 정부직능의 변화를 통해 시장이 자원배치 면에서 결정적 작용을 하는 것을 제약하고, 정부의 작용을 제약하는 체제구조의 폐단을 폐지하는 것이다. 구체적으로 거시적 관리부문의 직능을 합리적으로 배치하여, 국가의 거시경제 거버넌스 능력과 수준을 제고하고, 정부 기구의 간소화와 권한 이양을 추진하는 것을 심화하여 각종 시장주체의 활력을 불러일으키고, 시장의 감독 관리와 법률의 실행체제를 개선하여 시장의 감독 관리기구로서의 직능의 높은 효율을 촉진시키며, 자연자원과 생태환경 관리의 체제개혁을 통해 생태문명 건설에 제도적 보장을 제공하고, 공공서비스 관리체제를 개선하며, 사후와 과정에서의 감독 관리를 강화하고, 행정 효율을 제고한다.

전면적 개혁 심화를 통해 국가 거버넌스 체계와 거버넌스 능력의 현대화를 추진하려면, '네 가지 전면' 전략구성의 통일사상으로 정확하게 개혁의 대국을 파악하고, 개혁에 대한 강의 영도를 강화하며, 전반을 고려하는 의식과 책임의식을 공고히 하여 개혁을 한 가지 중대한 정치 책임으로 움켜쥐고, 개혁규칙에 대한 인식과 운용을 심화시키며, '삼엄삼실(三嚴三實)'을 개혁의 전반과정에 관철시키고, 문제적 지향을 견지하여 개혁의 실시를 확실하게 움켜쥐며, 용감하게 자아개혁을 진행함으로써 개혁 촉진파의 실무능력자가 되어야 한다. "1할 배치, 9할 실시"라고 전반적 개혁심화의 노선도와 총체적 시공도를 그리는 것은 만 리 길의 첫 발걸음을 내디딘 것에 불과하다. 관건은 설계도대로 실시하는 것이다. 제대로 실시하지 못한다면, 아무리 좋은 설계도라도 백지에 불과하고, 아무리 가까워진 목표라도 거울에 비친 꽃이요, 물속에 비낀 달일 뿐이다. 시진핑 동지는 여러 차례 개혁에 대한 실시를 공고히 움켜쥐어야 한다고 강조해 방안은 정확한 위치에서 실시하고, 행동도 정확하게 실시되어야 하며, 검사가 적절하게 실행되도록 독촉하고, 개혁성과가 정확하게 나눠지며, 홍보 인도도 정확하게 실시하도록 해야 한다고 제기했다.

(3) 사회주의 핵심가치 체계를 굳게 지키고 국가 거버넌스 체계와 거버넌스 능력의 현대화를 추진하자.

한 나라의 국가 거버넌스 체계는 역사계승, 문화전통, 경제사회발전의 기초에서 장기간의 발전과 부단한 변화를 거치면서 형성된 것으로 우리나라 국가 거버넌스 체계와 거버넌스 능력의 현대화는 중화민족의 깊이 있는 역사적 뿌리와 우수한 문화전통을 떠나서는 실현될 수 없는 것이다. 민족의 문화는 한 민족을 구분하는 독특한 표징이다. 중화문화 5천년의 찬란한 문명은 중화민족의 제일 뿌리 깊은 정신적 추구의 산물로서 대대손손 내려온 중화의 전통미덕이다. 오늘날 우리는 넓고 심오한 중화문화를 발굴하고 발양해야 할 뿐만 아니라 전통문화의 창조적 변화와 혁신적인 발전을 실현하여 시공간을 초월하고 국경을 초월한 영원한 매력과 당대의 가치를 지니고 있는 문화정신을 선양해야 한다. 우수한 전통문화는 당대에 알맞게 승화시키고, 시대적인 변화를 통해 중화민족의 제일 기본적인 문화가치의 유전자에 당대 사회가 적응되도록 하여 국가 거버넌스와 통일되고 전면적 개혁 심화의 새로운 생각, 새로운 동향과 새로운 조치가 통일되도록 해야 한다.[147] 이는 우리나라 국가 거버넌스 체계와 거버넌스 능력의 현대화를 추진하는 필연적 요구이다. 그리하여 민족의 넋을 응집시키고 기초를 공고히 해야 한다. 사회주의 핵심가치체계의 기본내용은 마르크스주의 지도사상, '중국 특색의 사회주의' 공동이상, 애국주의를 핵심으로 하는 민족정신과 개혁혁신을 핵심의 시대정신으로 한 사회주의의 영욕관(榮辱觀)이다. 사회주의 핵심가치관인 부강, 민주, 문명, 화합, 자유, 평등, 공정, 법치, 애국, 경업(敬業), 성신(誠信), 우선(友善)을 제창하고, 국가, 사회, 공민 세 가지 층면으로부터 집중적으로 사회주의 핵심가치체계를 개괄하고 보여주어야 한다.

---

147) 王偉光, 『馬克思主義中國化的最新成果-習近平治國理政思想研究』, 北京, 中國社會科學出版社, 2016, 197쪽.

시진핑 동지는 이렇게 지적한 바 있다.

> "핵심 가치관을 배양하고 선양하고 효과적으로 사회의식
> 을 정합하는 것은 사회시스템이 정상적으로 돌아가고, 사
> 회질서를 효과적으로 수호할 수 있는 중요한 경로이며, 국
> 가 거버넌스 체계와 거버넌스 능력의 중요한 방면이다. 역
> 사와 현실이 보여주다시피 강대한 감화력을 가진 핵심가치
> 관의 구축은 사회의 조화로움과 안정에 관계되며, 국가의
> 장기적인 나라의 태평과 사회의 안정에 관계된다."[148]

국가 거버넌스 체계와 거버넌스 능력의 현대화를 추진함에 있어서
반드시 가치체제 문제를 해결하고, 충분히 중국 특색의, 민족특성,
시대의 특징을 나타내는 가치체계의 구축을 촉구하며 대대적으로 사
회주의 핵심가치관을 기르고 선양해야 한다. 사회주의 핵심가치체계
는 국가 거버넌스 체계와 거버넌스 능력의 현대화를 추진하는 사상
적 보장이고, 앞길을 인도하는 것이며, 행위의 표준이다. 우선 사회
주의 핵심가치의 체계는 당과 전국 각 민족 인민이 단결하여 분투한
공동의 사상과 도덕을 기초로 한다. 공동의 사상과 도덕적 기초가 없
다면 한 정당, 한 나라, 한 민족의 생존과 발전은 어려울 것이다. 사
회사상 의식이 다원적이고 변화가 많은 상황에서 오직 마르크스주의
지도사상을 견지하고 '중국 특색의 사회주의' 공동 이상을 수립하며,

---

148) 習近平, 『習近平談治國理政』第一卷, 163쪽.

애국주의와 개혁혁신의 정신을 확대 발전시키고 사회주의 영욕관을 배양하며, 사회주의 핵심 가치관을 실행하여야만 '중국 특색의 사회주의' 사상도덕의 기초를 다질 수 있기 때문에, 사회주의 핵심가치체계는 국가 거버넌스 체계와 거버넌스 능력의 현대화를 추진하기 위해 사상적 보장을 해주는 것이다. 다음으로 국가 거버넌스 체계와 거버넌스 능력의 현대화 추진은 반드시 전면적인 개혁의 심화를 통해 실현해야 하는데 개혁은 방향과 경로 선택의 문제가 있기 마련이며, 이익 조정과 가치취향의 문제가 있기 마련이다.

오직 사회주의 핵심가치 체계의 인도 하에서만 개혁이 '중국 특색의 사회주의'의 길을 따라 나아가고 전면적 개혁의 심화가 전복적인 착오를 범하지 않으면서 개혁의 방향이 변하지 않고, 변혁의 색이 변하지 않도록 할 수 있는 것이다. 그렇기 때문에 사회주의 핵심가치 체계는 국가 거버넌스 체계와 거버넌스 능력 현대화 추진을 위해 나아가야 하는 길을 인도해 주는 것이다. 마지막으로 국가 거버넌스 체계와 거버넌스 능력의 현대화를 추진하는 것은 당과 국가 및 사회 각항의 사무 거버넌스의 제도화·규범화·절차화를 실현하는 것이고, 제도를 준수하고 절차를 존중하며 규범을 따르는 것은 거버넌스 현대화의 응당한 의미이다. 오직 사회주의 핵심가치 체계의 기본요구에 따라 사회주의 핵심가치관을 배양하고 선도하고 각 분야의 규정제도를 건전히 하며, 각종 주체의 행위준칙을 개선하여 법치를 높이 소중히 여기며 권리를 수호해야만 인민들이 일상적인 사업과 생활에서 정확한 가치관에 따라 옳고 그름을 판단할 수 있고, 사회는 일상적인 관리차원에서 해야 할 것이 있고 하지 말아야할 것이 있어야만 사회 시스템이 정상적으로 작동할 수 있으며, 사회질서는 효과적으로 수호될 수 있는 것이다. 따라서 사회주의 핵심가치체계는 국가 거버넌스 체계와 거버넌스 능력의 현대화를 추진하기 위해 행위표준을 제공하는 것이다.

# 제6장

## 경제발전을 인도하는
## 뉴노멀을 파악하고 적응하자[149]

---

149) 본장의 저자는 천옌빈(陳彦斌)이다.

직면한 경제의 새로운 상황, 새로운 모순과 새로운 기회를 정확하게 인식하고 파악하는 것은 정책과 조치에 대한 결책을 하고, 정확하게 제정하는 전제이다. 2008년 글로벌 금융위기 이후, 우리나라의 경제는 비록 일련의 적극적인 정책을 통해 경제의 증가속도가 잠깐 오르기는 했지만, 그 후로 경제의 증가속도는 계속 내려갔다. 2012년 우리나라 GDP의 증가속도는 이번 세기에 처음으로 8%이하로 내려갔으며, 2013년에 GDP의 증가속도는 7.8%로 내려갔다. 당시 국내외 전문가 학자들은 미래 우리나라 경제의 추세를 격렬히 토론했다. 낙관적인 파와 비관적인 파로 나뉘어졌다. 낙관파는 우리나라 경제의 증가속도는 점차 늘어날 것이라고 했고, 심지어 향후 20년 내에 계속 8% 이상의 고속성장을 유지할 것이라고 했다. 비관파는 우리나라 경제의 증가속도가 계속 떨어져 6% 이하로 내려가거나 심지어 5%이하로 내려갈 것이라고 했다. 각계의 의견이 분분한 상황에서 시진핑 동지는 2014년 5월 9일부터 10일까지 허난(河南)을 고찰하던 기간에 처음으로 뉴노멀의 개념을 제기하고, 우리나라가 뉴노멀에 진입했다는 중대한 판단을 내려 경제의 증가속도가 더는 빠른 속도로 증가하거나 줄어들지 않고 중고속 성장을 유지할 것이라는 깊이 있고 정확한 결론을 내렸다. 경제발전 뉴노멀이라는 개념을 제기함으로써 당시 각계가 우리나라 경제에 의견이 분분한 상황을 종결시켰다. 특히 '중국 쇠퇴론'과 '중국경제의 급랭' 등을 논하는 언론에 강력한 한방을 날렸다. 경제발전이 뉴노멀에 진입했다는 것은 시진핑 동지를 핵심으로 하는 당 중앙에서 세계 경제성장의 주기와 우리나라 발전단계적 특징 및 상호작용을 분석하여 내린 중대한 전략적 판단이다. 시진핑 총서기는 국가 발전전략의 높이에서 경제발전 뉴노멀에 어떻게 적응하고, 어떻게 그 특점과 내용을 파악하며, 어떻게 인도 할 것인가에 대해 예리하게 논술을 했으며, 예정된 시간 내에 전면적으로 샤오캉사회를 완성하고, 두 번째 백년의 분투 목표를 실현하고, 중화민족의 위대한 부흥의 실현을 위한 착실한 경제기초를 마련하자는 요구를 명확하게 제기했다.

# 1
## 경제발전의 뉴노멀에 적응

**(1) 투자가 경제성장을 이끄는 패턴은 지속되기 어렵다.**

개혁개방 이후 우리나라의 경제발전은 세상이 주목하는 위대한 성과를 거두었다. 1978~2011년 사이에 우리나라 GDP의 평균 실제 증가속도는 10%에 달해 처음 세계 제10위였던 경제체에서 세계 제2대 경제체로 발돋움했다. 경제의 고속적인 성장 뒤에는 투자로 경제성장을 이끄는 패턴이 막강한 작용을 했다. 1978~2011년 사이에 우리나라의 고정자산 투자는 연평균 23%로 성장했다. 투자율(신증 자본형성/GDP)은 33%에서 48%로 대폭 제고되었다. 나아가 성장의 견적각도와 측량계산의 결과에 따르면 1978~2011년 사이에 자본축적이 경제성장에 미친 공헌은 60%를 넘어 기술의 진보와 노동 등 기타 생산요인의 공헌도를 현저하게 앞섰다. 사실상 우리나라처럼 높은 투자율을 가진 나라는 세계적으로 보기가 드물다. 역사를 되돌아보면 세계의 주요 경제체들의 투자율을 보면 그 최고치는 모두 중국보다 낮았다.(그림 6-1) 예를 들면 미국의 투자율 최고치는 1950년에 29.7%였고, 일본, 한국, 싱가포르의 투자율 역시 그 최고치는 각각 1970년의 38.8%, 1991년의 39.7%와 1984년의 46.9%이다. 투자율이 높았던 신흥경제체도 중국보다 현저히 낮았다. 예를 들면 브라질, 멕시코,

인도와 남아프리카 네 개 국가의 투자율의 최고치는 각각 1989년의 26.9%, 1981년의 27.4%, 2007년의 38%와 1981년의 33.4%였다.

비록 개혁개방 이후 투자가 경제를 이끄는 성장패턴은 우리나라 경제의 고속성장 과정에서 중요한 역사적 작용을 했지만, 투자가 이끄는 경제성장패턴은 '양날의 칼'이라는 점을 명확히 해야 한다. 고속성장과 함께 동시에 경제의 지속적인 발전에 불리한 일련의 문제가 나타났다. 이런 문제는 투자가 이끄는 경제성장 패턴이 지속되지 말아야 하는 주요 원인이다.

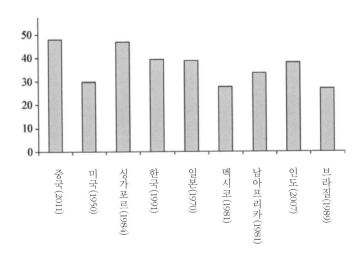

그림 6-1 세계 주요국가 투자율 역사 최고치.

※ 이 자료의 출처는 세계은행 WDI 데이터베이스이며, 국가명 뒤의 연도는 투자율 최고치를 기록한 연도이다.

첫째, 과도하게 높은 투자율이 경제의 장기적인 성장을 이끌었고, 동시에 주민들의 소비도 일정정도 높여주었지만, 이런 제고는 실제

GDP의 성장보다 낮았다. 비록 국민들의 행복감이라는 의미가 넓어지고는 있지만, 경제학 각도에서의 핵심은 주민들의 소비를 확대시켜 주민들의 복지수준을 제고시키는 것이다. 개혁개방 이후, 투자율의 상승과 함께 우리나라 주민의 소비가 GDP에서 차지하는 비중은 계속 내려가고 있다.(그림 6-2) 1979—2011년 우리나라 주민의 소비율 평균치는 겨우 45.5%였다. 같은 시기의 기타 국가와 비교하면 우리나라의 주민 소비율은 일본(56%), 영국(62.8%)과 미국(67.5%) 등 선진국보다 낮았고, 브라질(63.1%), 인도(64.3%)와 멕시코(66.5%) 등 개발도상국보다도 낮았다. 1990—2008년 사이에는 투자율이 너무 높아 우리나라의 실제 복지수준은 복지의 최대 수준에서 5%정도의 손실을 내었다고 측산한 학자도 있었다.

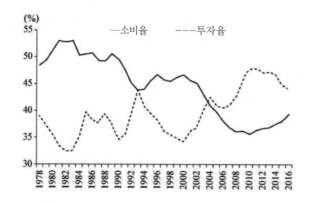

그림 6-2 1978—2016년 사이 우리나라 거주민 소비율과 투자율.
자료출처: 국가 통계국.

둘째, 다년간 지속된 이런 성장패턴은 우리나라의 자원과 환경이 감당할 수 있는 능력을 모두 소진시켰다. 장기간 우리나라의 투자가 이끄는 성장패턴은 자원의 과도한 소진에서 형성된 것이었다. 2011년 우리나라 에너지 소모의 총량은 세계 총량의 21.3%를 차지하여 에너지 소비 면에서 제1 대국이 되었다. 이와 비교하면 우리나라 GDP의 총량은 겨우 세계의 10.5%를 차지했다. 높은 투자의 조방발전(粗放發展)적 패턴에서 대량의 자원이 저효율 적으로 사용되었고, 과도하게 소비되었다. 이와 동시에 강한 오염, 높은 에너지 소모 산업이 신속하게 확장되면서 우리나라의 생태환경은 부단히 악화되었다. 환경이 감당할 수 있는 능력은 날로 취약해져 거대한 환경오염의 대가를 치르고 있다. 대기환경을 예를 들면 2013년 아시아개발은행에서 발표한 『환경이 지속가능한 미래를 향하여 중화인민공화국 국가 환경분석』 보고에 따르면, 중국 500대 도시 중 겨우 1%미만의 도시가 세계 대기환경 표준에 부합되고, 세계 대기오염이 제일 엄중한 10대 도시 중 중국이 7개를 차지하고 있다.

셋째, 투자가 이끄는 경제성장 패턴은 시장 메커니즘의 장기적인 왜곡과 그릇된 자원배치로 문제가 비교적 엄중해졌기에 협조와 지속가능한 구역과 산업구조의 형성에 불리하고, 경제의 장기적인 성장에 불리하다. 투자가 이끄는 경제성장 패턴의 핵심이 물질자본의 대규모적인 투자로 경제의 쾌속성장을 추진하는 것이기에 요인가격의 규제는 투자가 이끄는 경제성장 패턴의 중요한 기초이다. 하지만 대량의 이론과 실증적 연구가 표명해주다시피 요인가격의 규제는 불가피하게 자원의 그릇된 배치문제를 초래하게 된다. 이율규제는 자본의 원가를 절하시키고, 기업의 투자욕구를 불러일으켰다. 하지만 동시에 저

이율은 신용에 대한 요구를 초과하게 되어 신탁배급현상이 나타나게 된다. 정부의 암묵적 보증과 정부와의 밀접도 정도 등 요인의 영향으로 국유은행은 보조금 성질을 띤 저비용 대출투자는 국유기업이나 지방정부에 쏠리게 된다. 이 때문에 중소기업은 줄곧 융자가 어렵고 비싼 문제에 직면하게 됨으로 경제운행에 있어서 효율의 손실이 비교적 크고, 경제의 잠재적 성장률은 하락되었다.

넷째, 투자가 이끄는 경제성장 패턴은 국유기업과 지방정부에 고액 채무라는 위험을 격화시켰고, 우리나라의 경제안정과 금융안정에 심각한 영향을 미쳤다. 국유기업과 지방정부는 우리나라의 투자가 이끄는 경제성장의 패턴을 실시하는 주체로 이들이 과도하게 투자 규모의 신속한 확장을 추구할 뿐 투자 수익률에는 큰 관심이 없었다. 이 때문에 대량의 신용 대부금은 수익이 적거나 심지어 아무런 수익도 없는 분야에 투자되어 국유기업과 지방정부는 점점 더 큰 채무를 짊어지게 되었다. 국제 청산은행의 추산에 따르면 2012년 우리나라 기업부문의 부채율은 130.6%에 달했는데, 주요 경제체 중에서 앞자리를 차지했으며, 그중 74%는 국유기업의 채무였다. 심계서(審計署)의 통계에 따르면 2013년 6월 말까지 우리나라 정부의 채무 규모는 17.89조 위안에 달했다.

다섯째, 투자가 이끄는 경제성장 패턴의 국내외 환경은 현저한 변화를 가져왔기에 투자가 이끄는 경제성장 패턴은 지속되기 어렵다. 국내환경에서 부동산·제조업·기초시설 투자는 예전 우리나라가 많이 투자한 세 가지 업종이었다. 하지만 최근에 부동산시장의 공급수요가 점차 줄어들고 제조업 생산과잉의 문제가 날로 엄중해지는 상황에서, 기초시설 건설도 과잉투자 상황이 나타났다. 이 때문에 이 세 가지 분야에 대한 높은 투자는 지속적이고 효과적인 지지를 제공할 수 없었다. 국제환경은 2008년 글로벌 금융위기가 폭발한 이후 외부의 수요가 현저하게 줄어들어 '수출-투자' 연동구조가 저항을 받게 되어 투자의 빠른 성장을 계속 촉진시키기가 어렵게 되었다. 2011년 우리나라의 수출액은 세계시장에서 10.4%를 차지하여 세계에서 제일 큰 최대 수출대국이 되었다. 역사 경험으로부터 보면 일본·한국 등 수출지향형 국가는 각자의 역사발전 궤도에서 수출이 세계시장에서의 점유율이 최고로 10% 좌우였다. 이는 미래 우리나라의 수출성장 여지가 점차 줄어들 것임을 의미한다.

## (2) 경제발전은 뉴노멀에 진입했다.

글로벌 경제 침체와 그동안 우리나라의 투자가 이끄는 경제성장 패턴은 계속하여 중첩된 영향을 미치기가 어렵다. 2012년 이후, 우리나라의 경제성장은 현저히 하락되었다. 2011년 GDP 증가속도는 1.6% 줄어들었다. 이는 2008년 글로벌 금융위기 이후의 연 하락속도의 최대 기록이다. 이와 동시에 우리나라 경제는 비교적 엄중한 과잉과 고액 채무 등 일련의 문제가 나타났다. 복잡한 경제상황에서 2013년 12월 10일 시진핑 동지는 중앙 경제사업 회의 강화에서 우리나라는 이미 '3기 중첩(三期疊加)'단계에 들어섰다고 했다. 시진핑 동지는 이렇게 지적했다. "지금 우리나라 경제성장이 변속기·구조조정 진통기·전반기 자극정책 소화기라는 '3기 중첩'의 상황에 처해있어 경제의 형세는 예측하기 어렵게 변화가 많고 그 변화 또한 빠르다."[150]

'3기 중첩'은 당시 중국경제가 처한 발전단계를 개괄했다. 하지만 미래에 중국경제가 어떻게 나아가야 하고, 어떻게 해야 하는가 하는 등의 중요한 문제에 명확한 해답을 주지 않았다. 특히 경제의 증가속도가 지속적으로 빠른 속도로 줄어들 것인지 등의 문제에 대해 국내외 각계는 의견이 분분했다. 이에 시진핑 동지는 시진핑 동지 2014년 5월 9일부터 10일까지 허난(河南)을 시찰하던 기간에 처음으로 뉴노멀의 개념을 제기했다. 시진핑 동지는 이렇게 지적했다.

> "현재 우리나라 경제발전의 단계적 특징으로부터 출발하여 뉴노멀에 적응하고 전략 면에서 평상심을 유지해야 한다." 경제성장 속도는 계속 내려가지 않을 것이며 "전술상에서 각종 리스크를 고도로 중시하고 방지하고 미리 계획하고 사전에 방비하면서 제때에 대응책을 마련하여 부정적인 영향을 최대한으로 줄여야 한다."[151]

2014년 12월 9일, 시진핑 동지는 그가 쓴 『경제사업은 경제발전 뉴노멀에 적응해야 한다』에서 '3기 중첩'과 '뉴노멀'의 관계를 더욱 상세하게 논술했다. 시진핑 동지는 이렇게 지적했다.

---

150) 中共中央文獻硏究室, 『習近平關于社會主義經濟建設論述摘編』, 앞의 책, 73쪽.
151) 위의 책, 73-74쪽.

"'3기 중첩' 단계에서 경제발전 속도는 필연적으로 늦어질 것이다. 하지만 끝없이 내려가지는 않을 것이다. 경제 구조 조정은 고통스러운 일이지만 반드시 넘어야할 산이다. 초기에 정책소화는 필수적이지만 효과적으로 소화과정에 나타나는 각종 유형의 리스크 영향을 완화시키도록 인도해야 한다. 이는 우리나라 경제형태가 더욱 고급적이고 분업이 더욱 복잡하며 구조가 더욱 합리적인 단계로 진화하고 있음을 설명한다. 이런 추세적인 변화가 바로 뉴노멀의 외적 특징이고, 뉴노멀의 내적 원동력으로 일부는 더욱 강화되고 일부는 변화할 수 있다."[152]

뉴노멀의 제기는 당시 각계의 논쟁에 유력하게 대응한 것으로 미래 중국의 경제추세에 대한 정확한 연구판단이었다.

### (3) 고속성장의 의존에서 벗어나는 것은 뉴노멀의 관건이다.

정확하게 뉴노멀의 심각한 의미를 인식하는 기초위에서 어떻게 경제성장이 줄어든 뉴노멀에 잘 적응할 것인가 하는 문제는 시급히 해결해야 할 난제이다. 이는 우리나라의 사회보장 체계가 건전하지 못하고 완정하지 못하기 때문이다. 예전에 정부는 경제의 고속성장을 유지하는 것을 통해 '케이크를 계속 크게 만들 수 있도록 하고", 주민의 취업 안정, 주민의 수입수준의 제고와 민생재정 지출의 증가를 보

---

152) 위의 책, 79쪽.

장하는 것으로서 사회건설 분야에 숨겨져 있는 깊은 단계의 모순을 완화했었다. 이 때문에 예전 중국의 비교적 엄중했던 '고속성장에 대한 의존증' 때문에 '9% 유지', '8% 유지', '7.5% 유지' 등 성장속도를 유지하는 목표가 사람들의 시야에 들어오게 되었다. 이는 경제성장의 약화를 특징으로 하는 뉴노멀과 강렬한 충돌과 모순을 형성했다.

'고속성장에 대한 의존증' 해결과 뉴노멀과의 모순 충돌을 해결하는 데에는 두 가지 방법이 있다. 하나는 경제성장 속도를 제고시키는 것이고, 둘째는 고품질의 발전패턴으로 경제와 사회가 고속성장에 대한 의존 정도를 낮추는 것이다. 부정할 수 없는 점은 중국은 확실히 계속 높은 투자로 성장을 받쳐주는 발전 패턴을 계속 실시할 수 있으며, 8% 이상의 높은 성장궤도에 재진입할 수도 있지만, 대대적인 오염, 높은 에너지 소모, 빈부 격차의 악화, 생산능력 과잉의 악화, 경제구조의 불균형, 유동성의 범람과 부패의 성행 등 낡은 문제는 영원히 해결할 수 없다. 시진핑 동지는 이렇게 강조했다.

> "여전히 예전의 조방형 고속성장 발전을 그리워하며 일을 벌이고 프로젝트를 가동하는데 습관 되어 있다면, 향후의 형세를 따라가지 못한다. 낡은 방법으로 잠시나마 속도를 끌어 올린다면 오래가지 못할 뿐만 아니라 발전과정에서의 모순과 문제는 더욱 많이 쌓이고 격화될 것이다. 이는 총체적인 폭발을 초래할 뿐이다."[153]

---

153) 中共中央文獻硏究室, 『習近平關于社會主義經濟建設論述摘編』, 앞의 책, 80쪽.

그렇기 때문에 경제의 고속성장에 대한 의존도를 낮추는 것이 모순을 해결하는 관건인 것이다. 우선 전략 면에서 평상심을 유지해야 한다. 시진핑 동지는 이렇게 지적했다.

> "경제발전의 속도가 빠르면 '매우 좋은' 형세가 아니고, 경제발전 속도가 늦춰진다고 하여 '매우 나쁜' 상황이 되는 것도 아니다. 경제발전 속도의 변화는 모두가 정상적이다. 경제의 파동이 없으면 경제발전 규율에 맞지를 않는다. 오직 파동이 합리적인 범위에 있으면 평상심을 가지고 크게 놀랄 필요는 없다. 더욱 우리는 거시 관리의 적극성을 가지고 있다. 우리는 위기의식을 강화할 필요가 있지만 도를 넘는 불필요한 걱정을 할 필요는 없는 것이다."[154]

다음으로 개혁의 심화를 통해서 고속성장에 대한 전반 사회의 의존도를 낮추어야 한다. 그러러면 첫째, 적극적으로 사회개혁을 추진하여 사회건설을 강화해야 한다. 경제건설을 견지하는 것을 중심으로 한다는 기초위에서 사회건설을 중시하고 강화해야 한다. 사회건설을 강화는 사회구조를 안정시키고, 사회의 유연성을 강화하여 경제와 사회의 고속성장에 대한 의존도를 낮추어야 한다. 사회개혁을 추진하고, 사회건설을 강화하는 과정에서 중점은 사회의 기본 공공서비스 체계를 개선하여 사회 관리의 수준을 제고시키며, 취업률을 높이

---

154) 위의 책, 80-81쪽.

고 재취업을 촉진시키는 것이다. 둘째, 행정체계의 개혁에 속도를 올리고, 정부의 각 부문은 "경제발전이라는 기초위에서 지속적으로 민생을 개선해 나가야 한다. 특히 교육·의료 등 기본적인 공공서비스의 수량과 품질을 제고시키고, 공평한 교육을 추진해야 하며, 정확하게 빈곤을 부조하는 정책을 실시하고, 돈을 특정 군중과 특정 곤란이 있고 목표성이 있는 빈곤 대상에 대해 부조하는 정책을 진행하여 그들이 현실적으로 획득감을 느끼도록 하고, 그들과 그들 후대의 발전능력이 효과적인 제고를 가져오도록 해야 한다."[155] 셋째, 경제체제의 개혁을 심화시키는 과정에서 시장이 자원배치에서의 결정적 작용을 더욱 중요시해야 한다. 요인시장을 개혁한 후, 노동·자본·토지 등의 요인 가격은 높아질 수 있고, 주민들의 수입도 오르게 된다. 이는 국민의 수입 분배 구조에서의 약세적 지위를 개선하는데 유리하므로 "케이크를 잘 배분"하는 데에 도움이 된다.

---

155) 中共中央文獻研究室, 『習近平關于社會主義經濟建設論述摘編』, 앞의 책, 94쪽.

# 2
## 경제발전의 뉴노멀을 파악해야 한다.

### (1) 경제발전 뉴노멀의 3개 특점.

2014년 11월의 아시아·태평양 경제협력체(APEC) 공상업 지도자 정상회담에서 시진핑 동지는 처음으로 속도 변화, 구조의 최적화, 원동력의 변화 등 3개 방면에서 뉴노멀에 대해 체계적인 서술을 했다. 시진핑 동지는 이렇게 지적했다. "중국의 경제는 뉴노멀을 보여주고 있다. 주로 아래와 같은 몇 가지 특점이 있다. 첫째, 고속성장에서 중고속성장으로 변화하고 있다. 둘째, 경제구조는 부단히 최적화되고 업그레이드되고 있으며, 제3산업과 소비욕구는 점차 주체가 되고 있음과 동시에 도시와 농촌의 지역차이가 점차 줄어들고, 주민수입의 비율도 높아지고 있으며, 발전성과는 더욱 광대한 민중들에게 돌아가고 있다."[156] 이상의 세 가지 특점을 깊이 있게 이해하는 것은 정확하게 성장상태가 내포하고 있는 핵심을 파악하는데 도움이 된다. 이를 좀 더 구체적으로 살펴보면 다음과 같다.

첫째는 고속성장에서 중고속성장으로 빠르게 변화한다는 것이다.

경제이론과 국제경험에서 한 나라의 경제성장은 영원히 놀라운 발전 속도를 유지하기가 어렵고, 경제가 일정한 수준으로 발전하게 되

---

156) 위의 책, 74쪽.

면 경제성장 속도는 필연적으로 점차 줄어든다는 것을 알 수 있다. 구체적으로 우리나라의 상황을 보더라도 개혁개방 이후, 30여 년 간 우리나라가 줄곧 10%의 높은 성장속도를 유지했는데, 이는 절대로 쉬운 일이 아니었다. 뉴노멀에서 우리나라의 경제는 불가피하게 고속성장에서 중고속성장으로 점차 하락하게 된다. 이는 '3기 중첩'의 영향 외에도 중국경제의 고속성장을 지탱해주는 4대 순익 모두가 서로 다른 정도로 줄어들고 있기 때문이다. 인구 순익 면에서 인구노령화의 속도가 빨라지고 있다. 우리나라 노동력인구(15~59세)수와 점유율은 2012년부터 모두 줄어들고 있다. 이는 저가노동력이라는 원가가 갖고 있던 장점을 약화시키고 있다. 체제개혁 순익 면에서는 시장화 개혁이 심화되면서 개혁 난이도도 점차 높아지고 있어 이익그룹의 저항을 상대해야할 뿐만 아니라, 성장패턴의 변화로 인한 고통도 상대해야 한다. 글로벌 순익 면에서 글로벌 금융위기 후 주요 경제체의 회복세가 느려짐으로서 중국의 외부 수요는 지속적으로 침체되고 있다. 기술진보의 순익 면에서 중국의 기술수준이 점차 국제적인 선진수준과 비슷해질수록 기술 돌파의 효과가 더는 존재하지 않게 되어 경제성장에 미치는 작용도 눈에 뜨이게 하락하게 된다. 따라서 경제가 고속성장에서 중고속성장으로 변화하는 것은 뉴노멀의 핵심특징인 것이다. 적지 않은 나라들은 고속성장에서 중고속성장으로 하락한 후 이 하락기를 성공적으로 넘기지 못하고 경제적 진화를 실현하지 못하면서 경제발전은 장기적으로 침체되었고, 사회모순은 부단히 악화되어 소위 말하는 '중진국 함정'에 빠졌다. '중진국 함정'은 필연적

규칙이 아니다. 하지만 이를 완전히 무시하거나 이런 경제현상의 존재를 무시하지 말아야 한다. 이에 관련해 시진핑 총서기는 우리는 뉴노멀을 확실히 이해하고 "전략에 대한 신념을 유지하여 발전에 대한 믿음을 강화해야 한다"[157]고 했다. 시진핑 동지는 또 이렇게 강조했다.

> "우리나라 경제발전이 뉴노멀에 진입했다는 것은 사실이나 우리나라 발전이 여전히 충분한 가능성이 있는 중요한 전략적 기회라는 판단은 변하지 않고 있고, 변화하는 것은 중요한 전략적 기회가 된다는 의미와 조건이다. 우리나라의 경제발전이 전반적으로 호전되고 있다는 기본만큼은 변하지 않았고, 변한 것은 경제발전 방식과 구조이다."[158]

뉴노멀은 중국에 신 발전의 기회를 가져다주었다. "우리나라 경제는 형태가 더욱 고급적이고 분업이 더욱 복잡하고, 구조가 더욱 합리적인 단계로 진화하고 있다."[159]

둘째는 구조가 최적화된다는 것으로, 즉 생산능력의 확대에서 저장량 조정과 증량의 최적화로 병행되게 된다는 것이다.

우리나라 경제가 비록 예전에 고속성장을 실현했지만, 이는 구조 불균형이라는 엄중한 문제를 초래했다. 중요한 문제점은 3가지가 있

---

157) 위의 책, 85쪽.
158) 위의 책, 81쪽.
159) 위의 책, 79쪽.

다. 1) 산업구조 불균형으로 공업이 산업구조에서 비교적 높은 점유율을 가지고 있고, 서비스업의 점유율이 현저하게 낮다는 점이다. 2) 총수요의 구조 불균형으로 투자의 점유율이 높고, 소비가 낮다는 점이다. 3) 수입구조의 불균형으로 국민수입의 분배 패턴에서 기업이윤과 정부의 수입이 높고, 주민 수입의 점유율이 비교적 낮으며, 주민의 부문별 수입의 차이가 지속적으로 현저해지고 있다는 점이다.

이를 감안하여 뉴노멀에서는 구조조정을 무엇보다도 중요한 위치에 놓아야 한다. "만약 방식전환과 구조조정을 중요시하지 않고, 단기간의 경제성장을 위한 부양책만 실행한다면, 지속적으로 미래의 성장을 미리 사용하는 것이 된다. 전통 경제발전 방식이 축적한 모순과 문제에 대한 해결을 망설이고 기다리기만 한다면, 잠복기의 소중한 기회를 놓치게 되고, 개혁개방 이후에 축적해놓은 귀중한 자원을 소진하게 된다. 이는 적지 않은 국가의 교훈이다."[160] 그렇기 때문에 뉴노멀에서 우리나라의 경제는 생산량 증가로부터 저장량 조정과 증량의 최적화를 모두 중시하여 "점차 제3산업, 소비자 수요를 주체로 하여 도시와 지역의 차이를 점차 줄이고, 주민의 수입 점유율을 높여 발전 성과 혜택이 광대한 민중들에게 돌아가도록 해야 한다."[161]

셋째, 원동력이 전환된다는 것인데, 즉 요소 원동력과 투자 원동력이 혁신 구도로 전환된다는 것이다.

개혁개방 이후, 우리나라의 경제성장은 주로 자본과 노동 두 개의

---

160) 위의 책, 86-87쪽.
161) 「謀求持久發展, 共築亞太夢想」, 『人民日報』, 2014, 11, 10.

원동력에 의존했다. 그중 자본이 경제성장에 미친 기여도는 60%를 초과했다. 경제성장은 선명한 요인 원동력, 투자 원동력의 특징을 보여주고 있다. 하지만 경제가 뉴노멀에 진입한 후로 높은 투자는 높은 채무와 생산능력 과잉 등 일련의 문제에 의해 제약을 받게 되고, 인구별 순익도 인구 노령화의 지속과정에서 점차 사라지게 될 것이다. 때문에 우리나라는 경제성장 원동력의 전환이 필요하다. 국제적 경험으로부터 우리는 경제성장의 수준을 제고시키는 것과 함께 국가의 성장원동력이 요인 원동력·투자 원동력에서 혁신 원동력으로 전환하는 것은 성장의 각도에서 자본과 노동이 경제성장에 미치는 기여도를 낮추고, 전 요인의 생산율과 인력자본의 기여도를 높여준다. 현재 전 요인의 생산율과 인력자원은 미국, 일본 등 선진국 경제성장에서는 50% 좌우의 기여를 하고 있다. 하지만 중국 경제성장에서의 기여도는 겨우 20%에 달했다. 이를 위해 중국은 응당 전 요인의 생산율과 인력자본이 경제성장에 미치는 기여도를 제고시켜 "확실하게 경제발전 원동력을 변화해 새로운 역사 시작점에서 경제사회발전의 신국면 개척을 위해 노력해야 한다."[162]

## (2) 경제발전 뉴노멀의 네 가지 기회.

비록 뉴노멀에서 중국경제는 새로운 임무와 도전에 직면해 있지만, 동시에 중요한 전략적 기회이기도 하므로 뉴노멀은 중국에 신 발전의 기회를 가져다줄 것이다. 이 때문에 뉴노멀에서 경제발전의 새로

---

162) 中共中央文獻研究室,『習近平關于社會主義經濟建設論述摘編』, 앞의 책, 82쪽.

운 특징을 이해하고 파악해야 하며, 경제발전의 새로운 기회를 놓치지 말아야 한다. 이에 시진핑 동지는 2014년 11월 APEC 비즈니스 지도자 정상회담에서 뉴노멀의 네 가지 기회를 구체적으로 강조했다.[163]

첫째, 뉴노멀에서 중국경제의 성장속도는 비록 줄어들었지만, 실제 증량은 여전히 적지 않다. 개혁개방 이후 40년간의 고속성장을 거쳐 중국의 경제총량은 예전과는 완전히 다른 상황이다. 2013년 1년간 중국경제의 증량은 1994년 전년의 경제총량과 같았는데, 이는 세계에서 제17위였다. 2050년 전후로 1인당 GDP가 선진국 수준에 도달하는 목표를 실현하여 선진국 행렬에 들어서려면 2030년 이후 20년 동안 연평균 성장률이 세계 평균수준이면 된다.[164] 때문에 뉴노멀에서 우리나라의 경제성장 속도를 적당하게 늦추어 구조 전환과 원동력 전환을 위한 공간을 마련해주고, 우리나라 경제가 "높은 품질, 높은 효익, 최적화된 구조, 충분히 장점을 보여주는 발전의 새 길을 개척하여 우리나라의 경제가 더욱 고급적인 형태, 더욱 최적화된 분업, 더욱 합리적인 구조의 단계로 발전하도록 한다."[165]

둘째, 뉴노멀에서 중국의 경제성장은 더욱 안정되고 성장 원동력이 더욱 다원화되고 있다. 예전에 우리나라 경제는 주로 자본과 노동력이라는 투자의 양대 요인에 의존했다. 특히 자본투자에 더욱 의존했으므로 성장 원동력이 단일했다. 투자는 쉽게 대중의 기대와 정책 충

163) 「謀求持久發展, 共筑亞太夢想」, 『人民日報』, 2014, 11, 10.
164) 劉偉, 「我國經濟面臨歷史性新机遇」, 『人民日報』, 2016, 04, 08.
165) 中共中央文獻研究室, 『習近平關于社會主義經濟建設論述摘編』, 위의 책, 85쪽.

돌 등 요인의 영향으로 비교적 큰 파동을 보여준다. 이로 인해 지난 30여 년간 우리나라 경제의 파동은 비교적 컸다.[166] 뉴노멀에서 우리나라 경제성장 원동력의 변화와 함께 성장 원동력도 다원화되고 있다. 한편으로 총 요소의 생산성과 인력자본 이 두 가지 양대 '신 원동력'이 경세성장에 미치는 지탱작용은 점차 강화되고 있으며, 다른 한편으로 구조조정의 최적화로 자본과 노동력 품질의 제고를 이끌어 자본과 노동 두 가지 양대 '낡은 원동력'을 더욱 발굴할 수 있다. 이 때문에 우리나라 경제성장은 더욱 안정되고 경제의 유연성은 더욱 강화된다.셋째, 뉴노멀에서 중국의 경제구조는 최적화되고 업그레이드되어 미래의 발전은 더욱 안정적이 될 것이다. 시진핑 동지는 이렇게 강조했다. 뉴노멀에서

"성장, 품질, 효율은 어디에서 오는가? 오직 경제구조 조정에서 온다. 경제구조 조정에서 계산을 잘 해야 한다. 더 할 것은 새로운 성장점을 발견하고 배양하는 것이고, 뺄 것은 낙후한 생산능력을 압축하고 생산능력의 과잉을 해소하는 것이며, 곱하는 것은 전면적으로 과학기술, 관리, 시장, 상업 패턴의 혁신을 추진하는 것이고, 나누는 것은 분자를 늘이고 분모를 줄이는 것으로 노동생산율과 자본회수율을

---

166) GDP 증가속도 표준 차로부터 보면(거시경제 파동 정도를 가늠하기 위한 제일 자주 쓰는 지표) 선진국(7개국 그룹)의 1980~2014년간 GDP 증가속도 표준 차는 1.58%에 그쳤지만, 같은 기간 중국의 GDP 증가속도 표준 차는 2.73%를 기록했다. 그중 중국 전사회 고정자산 투자 증가속도의 표준 차는 GDP 증가속도 표준 차의 4.77배에 달해 경제 파동을 이끄는 핵심 요인이다.

제고시키는 것이다."[167]

　뉴노멀에서 경제구조가 부단히 조정되고 최적화되고 있는데 이는 우리나라가 점차 규모와 속도 형의 조방형 성장패턴에서 품질 효율형의 집약(集約)형 성장패턴으로 변화되고 있음을 말해준다. 이렇게 경제발전의 미래는 더욱 안정적이고, 경제성장의 품질과 효익도 이에 상응하며 제고될 것이다.

　넷째, 뉴노멀에서 중국정부는 정부기구의 간소화와 권한 이양을 대대적으로 진행하여 시장에 활력을 불어넣어야 한다. 시진핑 동지는 뉴노멀 개념을 제기하기 전, 2013년 11월에 열린 중국공산당 제18기 중앙위원회 제3차 전체회의에서 이미 전면적인 개혁 심화를 위해 전반적인 배치를 했는데, 15개 분야, 330개 중대 개혁조치가 포함된다. "경제체제개혁은 전면적으로 개혁을 심화시키는 중점이고, 핵심문제는 정부와 시장의 관계를 잘 처리하는 것으로 시장이 자원배치에서 결정적 작용을 하고, 정부의 작용을 훌륭히 완성하도록 해야 한다."[168] 이를 위해서는 시장이 해낼 수 있는 것은 시장에 맡기고, 시장이 효과적으로 완성할 수 없는 작용을 정부에 맡기는 원칙에 따라 정부의 직능변화를 촉구하여 "권한을 유용한 위치로 이양시켜 필요한 환경을 조성하고, 필요한 규칙을 제정하여 기업가들이 이용할 수

---

167)　中共中央文獻研究室,『習近平關于社會主義經濟建設論述摘編』, 앞의 책, 82쪽.
168)　「中共中央關于全面深化改革若干重大問題的決定」, 中國政府網, 2013, 11, 15.

있게 함으로서"[169] 시장의 거대한 잠재적 활력을 불러일으켜야 한다.

## (3) 경제발전 뉴노멀의 세 가지 인식 오류.

뉴노멀은 우리나라 경제가 처한 신 발전단계를 정확하게 개괄했다. 이 개념이 제기되자 사회의 광범한 인정을 받았다. 하지만 뉴노멀 개념에 관한 일부의 해독은 부적당한 경향을 보여주고 있다. 예를 들면, 뉴노멀이 낡은 노멀보다 못하다거나 뉴노멀의 개념을 사회, 문화, 관리 등 여러 방면에서 사용하여 뉴노멀이 가지고 있는 본질적 의미를 벗어났으며, 뉴노멀이 일부 지방관리들이 '직무태만 직무유기'의 방패가 되는 경우도 있었다. 이에 시진핑 동지는 『성장 부장급 주요 영도간부들이 참석한 당의 제18기 중앙위원회 제5차 전체회의 정신 관철 관련 세미나에서의 강화』에서 뉴노멀의 의미를 더욱 체계적으로 서술해 뉴노멀의 세 가지 보편적인 오류를 해석함으로써 뉴노멀에 대한 인식을 통일시켰다.[170]

첫째, 뉴노멀은 사건이 아니기에 좋고 나쁨으로 판단하지 말아야 한다. 시진핑 동지는 이렇게 지적했다. "뉴노멀은 객관적인 상태로 오늘날 우리나라 경제발전 단계에서 필연적으로 출연하게 되는 상태로 내적 필연성을 가지고 있기에 좋고 나쁜 구분이 없다."[171] 역사를 돌이켜 보면 경제성장 속도의 변화, 경제 구조조정의 최적화와 성장 원

---

169) 「謀求持久發展, 共筑亞太夢想」, 『人民日報』, 2014, 11, 10.

170) 習近平, 「在省部級主要領導干部學習貫徹党的十八届五中全會精神專題研討班上的講話」, 『人民日報』, 2016, 05, 10.

171) 위의 글.

동력의 변화는 한 나라가 중진국에서 선진국으로 발전하는 단계에서 반드시 거쳐야 하는 과정이다. 만약 이 과정에 경제운행의 객관 상태를 정확하게 파악하지 못하고, 계속 전통적인 발전패턴과 전통적인 조정으로 경제를 살리려고 한다면 고속성장은 지속되기 어려울 뿐만 아니라, 사회모순이 부단히 축적되어 '중진국 함정'에 빠질 위험이 높아진다. 아르헨티나·브라질 등 라틴아메리카 국가가 '중진국 함정'에 빠진 사례가 바로 우리에게 주는 엄중한 교훈이다. 때문에 우리는 더는 "뉴노멀이 좋은 것인지, 아니면 나쁜 것인지"하는 문제에 얽매이지 말고, "상황에 따라 계략을 세우고, 상황에 따라 움직이고, 상황에 따라 진행해야 한다."

둘째, 뉴노멀은 광주리가 아니기에 모든 것을 담지 말아야 한다. 뉴노멀은 우리나라 경제가 새로운 지속적인 단계에 진입했다는 것을 의미한다. 때문에 뉴노멀 개념을 경제발전이라는 특정한 범위에서 이해해야 한다. 시진핑 동지는 이렇게 지적했다. "뉴노멀의 개념을 남용하여 문화의 뉴노멀, 여행의 뉴노멀, 도시 관리의 뉴노멀 뿐만 아니라 나쁜 현상까지 뉴노멀에 귀납시켜 한 무더기의 '뉴노멀'을 만들어내지 말아야 한다."[172] 만약 '뉴노멀'의 개념이 본질적 의미를 벗어나 광범위하게 문화, 여행, 관리 등 기타 분야에 남용되고 다른 해석을 추가한다면, 간부와 군중들의 뉴노멀 개념을 혼란시킬 수 있을 뿐만 아니라 일부 군중들의 반감을 사게 된다. 또한 뉴노멀의 개념을 남용하여 뉴

---

172) 習近平,「在省部級主要領導干部學習貫徹党的十八屆五中全會精神專題研討班上的講話」『人民日報』, 2016, 05, 10.

노멀이 모든 것을 내포할 수 있는 개념으로 만든다면 응당 중요시하고, 즉각 해결해야 할 문제들이 덮어질 수 있다. 그렇게 되면 우리는 경제구조와 발전패턴 변화의 중요한 잠복기를 놓치게 된다.

셋째, 뉴노멀은 대피소가 아니기에 나쁜 사업, 어려운 사업을 모두 뉴노멀로 귀결하지 말아야 한다. 지난 시간동안 GDP로 간부들의 실적을 평가했다. 때문에 뉴노멀에서는 GDP 증가속도의 작용을 희석시키기에 일부 지방간부들의 사업에 대한 적극성이 내려가고, '직무태만', '복지부동'의 현상이 나타난다.

이런 오류를 시정하기 위해 시진핑 동지는 세 가지 '아니다'를 지적한 것이다. "뉴노멀은 사업을 하지 않는 것이 아니고, 발전을 하지 않는 것이 아니며, 국내 생산총액의 성장을 도모하지 않는 것이 아니다."[173] 이와 반대로 중국 경제발전이 뉴노멀에 진입했다는 것은 직면한 심각하고 복잡한 변화의 국내외 상황에서 잠재되어 있는 곤란과 도전이 존재하고 있고, 동시에 경제발전의 중요한 전략적 기회에 처해 있으므로 우리나라는 거대한 경제성장의 잠재적 능력을 현실로 변화시키는 역사적 기회를 가지고 있는 것이다. 그렇기 때문에 정부 부문은 주관적으로 능동성을 보여주고, 곤란을 직시해야 하며, 지구전을 위한 준비도 해야 하고, '창조정신으로 발전을 추진'하려는 정신으로 공고히 개혁을 하고, 담대하게 혁신을 해야 하는 것이다.

---

173) 위의 글.

# 3
## 경제발전 뉴노멀의 인도

2017년 10월 18일 시진핑 총서기는 당의 제19차 전국대표대회 보고에서 "중국 특색의 사회주의'는 신시대에 진입'했다는 중대한 판단을 내렸다. 시진핑 총서기는 이렇게 지적했다.

> "이 신시대는 계승·창조·발전으로 새로운 역사조건에서 지속적으로 '중국 특색의 사회주의'의 위대한 승리를 쟁취하기 위한 시대이고, 전국 각 민족 인민들이 단결 분투하고, 아름다운 생활을 부단히 창조하여 전체 인민이 공동으로 부유해지는 상황을 점차 실현하는 시대이며, 전체 중화의 아들딸들이 한마음으로 협력하고 분투하여 중화민족의 위대한 부흥이라는 '중국의 꿈'을 실현하는 시대이고, 우리나라가 점차 세계무대의 중앙과 가까워지며 인류를 위해 더욱 큰 공헌을 이바지하는 시대이다."[174]

만약 뉴노멀이라는 개념을 제기한 것이 우리나라 경제가 처한 '3기

---

174) 習近平, 『決胜全面建成小康社會奪取新時代中國特色社會主義偉大胜利-産党第十九次全國代表大會上的報告』, 앞의 책, 10-11쪽.

중첩' 단계에 관한 깊이 있는 인식이라고 한다면, 신시대라는 개념의 제기는 우리나라 사회의 주요 모순이 이미 변화되었다는 중요한 판단이다. 구체적으로 말하면 우리나라 사회생산력 수준이 현저하게 제고되었고, 우리나라가 십여 억 인구의 안정적인 기본생활을 만족시킬 수 있는 능력을 구비하여 곧 전면적인 샤오캉사회를 완성하게 된다는 것이다. 아름다운 생활을 갈망하는 인민들의 요구는 더 이상 물질문화의 생활에 대한 높은 요구에 국한되지 않고, 민주, 법치, 공평, 정의, 안전, 환경 등 방면에 관한 요구도 모두 나날이 늘어나고 있다. 그렇기 때문에 "우리나라 사회의 주요 모순은 이미 날로 늘어나는 아름다운 생활에 대한 인민들의 요구와 불균형하고 불충분한 발전의 모순으로 변화되었다."[175] 사회의 주요 모순이 변화한 신시대에 우리나라의 경제발전도 새로운 단계에 들어섰다. 2017년 12월 말에 열린 중앙경제사업회의에서 신시대의 기본특징은 우리나라 경제가 고속성장단계에서 고품질발전단계로 변화한 것이라고 명확하게 강조했다. 고품질발전은 "경제의 지속적인 건강한 발전을 유지하는 필연적 조건이고, 우리나라 사회의 주요 모순의 변화와 전면 샤오캉사회의 완성, 사회주의 현대화 국가를 전면적으로 건설하는데 있어서 필연적인 요구이다. 또한 경제규칙의 발전을 따르는 필연적 요구이기도 하다. 고품질 발전을 추진하는 것은 현재 및 금후의 일정 기간에 발전 맥락을 확정하고, 경제정책을 제정하며, 거시관리를 실행하는 근본적인 요구로서 반드시 고품질발전을 추진하기 위한 지표시스템, 정책시스

---

175) 위의 책, 11쪽.

템, 표준시스템, 통계시스템, 업적시스템, 정치상의 업적 심사를 빠른 시일에 제정하여 제도적 환경을 구축하고 개선하여 우리나라 경제의 고품질발전을 실현하는 데서 새로운 진척을 얻을 수 있도록 추진해야 한다."[176] 고품질발전단계가 제기된 후, 사회 각계에서는 고품질발전의 의미를 다양하게 해석했다. 개괄해보면 고품질발전의 의미는 혁신에 의존한 견인, 더욱 높은 생산효율, 더욱 높은 경제적 효익, 더욱 합리적인 자원배치, 더욱 최적화된 경제구조와 소비가 경제발전에 미치는 기초 작용을 더욱 중시하고, 더욱 줄어든 빈부차이 및 행복지향을 더욱 중시하며, 더욱 중요하게 금융리스크를 방지하고, 더욱 친환경적인 발전방식을 선택하는 것 등이 있다. 비록 지금 각계에서 고품질발전에 대한 해석이 날로 풍부해지고 있지만, 각 방면에 내포하고 있는 사이의 상호 관계, 특히 서로 간의 인과관계 연구는 강화할 필요가 있다. 고품질발전의 의미를 연구 할 때 인과관계 분석을 중시해야만 문제의 본질과 돌파구를 파악할 수 있다.

수많은 고품질발전의 의미 중에서 아래의 6대 돌파구를 중시할 필요가 있다. 1) 요소의 견인으로부터 혁신 견인으로 변화해야 한다. 2) 자본의 품질과 인력 자본의 품질을 제고시켜야 한다. 3) 깊이 있게 제19차 전국대표대회 보고에서 제기한 '요인에 따른 분배 체제구조'와 '정부의 재분배 조절직능 이행'을 관철시키는 등의 조치로 수입의 차이를 줄어야 한다. 4) 금융리스크를 미연에 방지하고 해결해야 한다. 시진핑 동지는 특히 이렇게 강조했다. "금융 활성화를 통해 경

---

176) 「中央經濟工作會議擧行習近平李克强作重要講話」, 新華网, 2017. 12. 20.

제를 활성화하고, 금융을 안정시켜 경제를 안정시켜야 한다. 반드시 금융이 경제발전과 사회생활에서의 중요 지위와 작용을 충분히 인식해야 하며, 금융의 안전을 수호하는 것을 치국이정의 대사로 여겨 착실하게 금융사업을 훌륭히 완성해야 한다."[177] 5) '고품질 발전'은 인민의 성취감, 행복감을 높여줄 것을 요구하므로 정부의 지출구조를 최적화시킬 필요가 있다. 특히 민생과 사회 보장을 위한 지출을 증가시켜야 한다. 6) 오염을 다스려 환경을 보호해야 한다. 2017년 12월 말에 열린 중앙경제사업회의에서는 "오염을 다스리는 것을 미래 3년 동안의 3대 공격전의 하나로 한다"고 했다. 2018년 5월에 열린 전국 생태환경보호 대회에서 시진핑 동지는 이렇게 명확하게 강조했다. "생태문명건설을 대폭적으로 강화하고 생태환경문제를 해결하여 끝까지 오염을 방지하고 다스리는 공격전을 진행하여 우리나라 생태문명건설이 새로운 높이에 오르도록 추진하자."[178] '중국 특색의 사회주의'는 신시대에 진입했고, 중국의 경제발전도 신시대에 들어섰다. 경제는 고속성장의 단계에서 고품질발전 단계에 들어섰으며, 발전방식의 변화, 경제구조의 최적화, 성장 원동력의 변화 등 전략적으로 관건적인 시기에 진입하였다는 것이 기본특징이다. 시진핑의 신시대 '중국 특색의 사회주의' 경제사상을 지도로 현재의 경제발전의 신형세를 확실히 이해하고, 미래 경제발전의 새로운 중점을 파악하여 '혁신, 협조, 녹색,

---

177) 「習近平主持中共中央政治局第四十次集體學習」, 中國政府网, 2017. 04. 26.

178) 習近平, 「堅決打好汚染防治攻堅戰推動生態文明建設邁上新台階」, 新華网, 2018. 05. 19.

개방, 공유'의 신 발전 이념을 깊이 있게 이해하고 관철시켜 뉴노멀에 대한 파악, 뉴노멀에 대한 적응, 뉴노멀을 인도하는 것을 견지하는 것은 현재와 향후 한 동안은 우리나라 경제발전의 큰 논리이며, 현대화 경제체계 건설이 반드시 거쳐야 하는 길이고, 신시대 두 개의 '백년 목표'를 실현하는 중요한 보장이다.

# 제7장
## 새로운 발전이념으로
## 발전행동을 인도하자[179]

'중국 특색의 사회주의'가 신시대에 들어서면서 경제사회발전은 일련의 불균형하고 불충분한 새로운 도전에 직면하게 되었다. 시진핑 총서기는 이렇게 강조했다. "경제사회발전의 새로운 추세와 새로운 기회, 새로운 모순과 새로운 도전이 있는 상황에서 '제13차 5개년 계획'시기 경제사회발전을 기획하려면 반드시 신 발전 이념을 수립하여 신 발전 이념으로 발전행동을 인도해야 한다."[180] 신 발전 이념으로 발전행동을 인도하는 것은 시진핑 총서기가 '중국 특색의 사회주의' 신시대에 국내외 발전 환경의 변화 전반을 고려한 기초위에서 우리나라의 빠른 개혁과 발전을 위해 내린 처방이다. 2017년 7월 26일 시진핑 총서기는 성장, 부장급 주요 영도간부 전문 세미나에서 진일보 적으로 이렇게 요구했다. "우리는 견결하게 신 발전 이념을 관철하여 유력하게 우리나라 발전이 더욱 높은 품질, 더욱 효과적이고 더욱 공정하고 더욱 지속가능한 발전으로 부단히 전진하도록 촉진시켜야 한다."[181] 확고부동하게 신 발전 이념을 관철하고 신 발전 이념으로 신시대의 새로운 도전에 응하고, 전반적인 발전 행동을 인도하는 것은 시진핑 신시대 '중국 특색의 사회주의' 경제사장의 중요한 내용이다.

신 발전 이념을 제기하기 전후는 중국이 새로운 중대한 역사 시기에 진입하는 시기로 대국 전환의 관건적인 시기였다. 당의 제18기 5차 전체회의에서 '혁신, 협조, 녹색, 개방 공유'의 신 발전 이념이 때

---

180) 習近平. 「關于《中共中央關于制定國民經濟和社會發展第十三个五年規划的建議》的說明. 新華网」, 2015, 11, 03.
181) 習近平, 『習近平談治國理政』第二卷, 60쪽.

마침 제기되었다. 이는 시진핑 동지를 핵심으로 하는 당 중앙에서 경제사회발전의 규칙을 심각하게 파악하여 '중국 특색의 사회주의' 발전관을 계승하고 돌파했다는 것을 집중적으로 보여준다. 신 발전 이념과 '오위일체'의 전반 구도는 일맥상통하는 것으로 '4개 전면'의 전략적 배치의 구체적인 세부화로 명확한 지향성과 풍부한 포용성을 가지고 있다. 단기적으로 볼 때 신 발전 이념은 성장속도를 포기하는 것으로 발전품질의 제고를 실현해야 할 필요가 있다. 하지만 장기적으로 보면 신 발전 이념은 확실하게 우리나라 경제발전의 원동력을 전환하고, 경제발전 방식을 전환하여 '성장·녹색·공유' 간의 충돌을 타파할 수 있으며, 서로를 촉진시키고 협동하는 양질의 순환을 실현하게 된다. 때문에 확고부동하게 신 발전 이념을 관철하여 현대화 경제체제를 주요 임무와 착력점으로 부단히 사상을 해방하고 성장과 발전, 국내와 국제, 총량과 구조의 관계를 명확하게 하며, 시장과 정부, 중앙과 지방의 관계를 바로잡고 적극적으로 글로벌 공공재화 제공과 규칙 제정에 참여하여 신 발전 이념이 뿌리를 내려 보편적인 실천으로 변화시켜 중국의 발전을 인도토록 해야 한다.

# 1
## 신 발전 이념 제기의 배경과 필요성

이념은 행위를 선도한다. 발전이념은 한 나라 혹은 지역의 발전 사유, 발전 방향, 발전 체제의 지휘봉이다. 발전이념의 정확 여부는 근본적으로 발전의 성과 심지어 성패를 결정한다. 하지만 발전이념의 정확 여부는 발전을 위한 실천의 부단한 변화와 신 발전 환경 및 시대배경의 변화에 따라 예전에 정확하던 발전이념이 새로운 시기에 발전을 방해하는 올가미가 될 수 있다. 발전환경의 변화가 신 발전 이념의 중요성에 대해 시진핑 총서기는 『새로운 발전이념으로 발전을 인도하자』는 문장에서 이렇게 강조했다.

> "신 발전 이념은 하늘에서 떨어진 것이 아니라 우리가 국내외 발전의 경험과 교훈을 깊이 있게 종합한 기초위에서 형성된 것이며, 국내외 발전의 추세를 깊이 있게 분석한 기초위에서 형성된 것으로 집중적으로 경제사회의 발전규칙에 대한 중국공산당의 인식의 깊이를 집중적으로 보여주는 것으로 우리나라 발전의 돌출적인 모순과 문제에 대해 제기한 것이다."[182]

---

182) 위의 책, 197쪽.

발전이념은 전반적인 것, 근본적인 것, 방향과 미래를 다스리는 전략·강령·인도성을 가진 것으로 발전의 효과 심지어 성패와도 직접 관련된다. 발전이념의 갱신은 발전을 실천하는 변화에서 시작된다. 당의 제18기 중앙위원회 제5차 전체회의에서 '혁신, 협조, 녹색, 개방, 공유'의 발전이념을 확립했다. 이는 국내발전에 관계되는 심각한 변혁으로 신 발전 이념의 제기는 시대 발전의 트렌드에 순응하고, 발전의 기회를 파악하여 발전의 장점을 탄탄하게 발전시키는 전략적 선택이므로 특수한 시대배경을 띠고 있다. 그렇기 때문에 신 발전 이념을 제기한 현실배경을 연구하는 것은 신 발전 이념의 제기의 필요성과 긴박성을 확실히 이해하여 신 발전 이념을 확고부동하게 관철시키는데 중요한 의미가 있다. 우리나라 발전의 실천으로부터 볼 때, 복잡한 국내외의 발전환경 변화에서 신 발전 이념을 제기한 것이다. 이는 신 발전 이념으로 발전행동을 인도해야 하는 필요성도 충분히 보여준다.

### (1) 혁신적 발전을 견지하여 발전의 원동력을 새로 형성하자.

이론과 실천은 혁신이 경제사회발전을 결정하는 첫 번째 원동력이고, 근본 원동력이라는 것을 보여준다. 혁신이 첫 번째 원동력이 되어 '중국 특색의 사회주의' 신시대 발전 원동력의 구조문제를 해결해주었다. 혁신이 근본적인 원동력이 된 것은 신시대 사회경제 발전의 환경변화가 결정했다. 시진핑 총서기는 2013년 베이징 중관촌(中關村)에서 열린 혁신이 견인하는 발전전략의 실시를 주제로 하는 중국공산당 중앙정치국의 제9차 집체학습회의에서 이렇게 지적했다.

"세계적으로 과학기술은 더욱더 경제사회발전을 추진하
는 주요 역량이 되었고, 혁신이 견인하는 것은 대세가 되었
다. 새로운 과학기술 혁명과 산업의 변혁이 점차 일어나고
있는 지금 일부 중요한 과학문제와 관건적 핵심기술은 이
미 혁명적인 돌파의 징조를 보여주고 있고, 관건기술의 교
차융합과 그룹의 비약을 이끌었으며, 변혁 돌파의 에너지
는 부단히 축적되고 있다. 곧 출현하게 되는 새로운 과학기
술 혁명과 산업의 변혁은 경제발전 방식의 빠른 변화를 추
구하는 우리나라와 역사적으로 합류하고 있어 우리가 실행
하려는 혁신을 견인하는 발전전략에 모처럼 커다란 기회를
제공해 주고 있다. 기회는 순식간에 사라진다. 기회를 잡으
면 좋은 기회이고, 그렇지 못하면 도전이 된다. 우리는 반
드시 위기의식을 강화하고 새로운 과학기술 혁명과 산업
변혁의 기회를 기다리거나 지켜보지 말아야 할뿐만 아니라
태만하지 말고 공고히 움켜쥐어야 한다."[183]

시진핑 총서기는 신시대 글로벌 과학기술과 혁신경쟁이 치열한 과
학적 판단을 위해 혁신이 제1원동력이 될 수 있도록 중요한 버팀목을

---

183) 習近平, 「敏銳把握世界科技創新發展趨勢切實把創新驅動發展戰略實施好」, 『人民日
報』, 2013, 10, 02.

제시했다. 줄곧 중국의 전통경제 성장패턴은 과도하게 노동력과 자원에 의존하는 발전이었기에 혁신능력이 상대적으로 부족했다. 현재 저원가요인과 자원투입이 경제성장에 미치는 견인력은 약해지고 있다. 이는 주로 두 가지로 표현되고 있다. 첫째는 1인 평균 노동생산 수준을 선진국과 비교할 때 여전히 낮은 수준이다. 국제노동기구가 발표한 수치에 따르면 2015년 우리나라 단위당 노동생산율은 7,318달러인데, 미국(98,990달러)의 7%에 미치는 수치였고, 세계 평균 수준인 18,487달러의 40%에 미치는 수치였다. 둘째는 종합에너지 소모율이 국제 선진 수준보다 낙후되어 있다는 점이다. 최근에 우리나라 에너지 소모율이 대폭 하락하면서 세계 에너지소비 통제 총량에 큰 공헌을 했다. 예를 들면 1972—2015년 사이 우리나라 에너지의 천 달러당 단위는 1.698 석유환산톤/천 달러에서 0.214 석유환산톤/천 달러로 87.4% 줄어들었지만, OECD 국가와 비교할 때 우리나라 에너지원의 강도는 여전히 비교적 높은 수준이다. 혁신능력에서 세계 지식재산권 조직사이트에서 계산한 혁신지수[184]에 따르면, 2016년 스위스의 혁신지수는 세계에서 제일 높은 67.69였고, 중국의 혁신지수는 겨우 52.54로 세계 제22위를 기록해 선진국과 큰 차이를 보여주었다.

혁신적 생산품과 혁신능력의 국제경쟁은 날로 치열해지고, 혁신 투입의 국제경쟁도 날로 강화되고 있다. 혁신 견인의 실질은 혁신적인

---

184) 글로벌 혁신지수는 혁신투입 변수(기구, 인력, 상용과 ICT기초 프레임, 시장 복잡도와 업무 복잡도), 혁신 생산품 변수(과학과 혁신 성과, 건강 요인) 들을 종합하여 여러 개 측면으로 한 경제체의 경제혁신능력을 평가하는 지수이다.

인재를 견인하는 것으로 과학기술혁신의 관건은 사람이다. 시진핑 총서기는 2015년 3월 5일 제12기 전국인민대표대회 제3차 회의 상하이 대표단 심의에 참가하여 이렇게 강조했다. "인재는 혁신의 근본적인 기초이고, 혁신 견인의 실질은 인재를 견인하는 것이다. 천하의 영재들을 선택해 활용하고, 분야 별 과학기술의 앞장에 서서 국제적인 시야와 능력을 가진 통솔능력을 지닌 인재를 모아야 한다."[185] 하지만 연구개발 인원의 수량은 국제와 비교하면 2015년 우리나라 100만 명 중 연구개발 인원은 1,089.2명으로 미국, 캐나다, 프랑스, 독일, 영국 등 선진국의 4분의 1정도였다. 날로 치열해지는 혁신을 위한 투입경쟁에 대비하여 시진핑 총서기는 일찍 2013년에 제18기 중국공산당 중앙정치국 제9차 집체학습 시에 이렇게 강조했다. "정부의 과학기술 투입을 늘여 기업과 사회의 연구개발 투입을 인도해야 한다."[186]

신시대 우리나라 경제사회발전의 국제환경으로부터 볼 때, 세계 각국의 과학기술 혁신의 수요는 역사적으로 어느 시대보다 더욱 절박하다는 것을 알 수 있다. 40년의 개방과 발전을 거쳐 중국은 글로벌 분업에서 이미 리스크가 적고 효익이 적은 '개발도상국과의 경쟁, 선진국과의 협력'으로부터 점차 상품과 서비스로 변화했으며, 리스크가 크고 효익이 높은 '선진국과의 경쟁'으로 바뀌었다. 글로벌경쟁이 치열해지는 현실에서 확고부동하게 혁신발전의 이념관철과 제1동력인 혁

---

185) 「總書記連續四年參加上海團審議：談創新話改革」, 人民网, 2016, 03, 07.
186) 習近平,「敏銳把握世界科技創新發展趨勢切實把創新驅動發展戰略實施好」,『人民日報』, 2013, 10, 02.

신의 강조와 혁신에 대한 투입과 혁신적 생산능력을 강화를 신시대 중국사회 경제발전의 필연적 선택으로 해야 한다.

국내 발전환경의 변화에 대해 시진핑 총서기는 이렇게 지적했다. "국내 상황을 보면 혁신을 견인하는 것은 부득이한 상황이다. 우리나라의 경제총량은 이미 세계 제2위가 되어 사회생산력, 종합국력, 과학기술실력은 새로운 높이로 도약했다. 동시에 우리나라 발전의 불균형·불 협조, 지속 불가능한 문제는 여전히 돌출되어 있고, 인구와 자원 환경의 압력은 점점 더 커지고 있다. 우리가 신형공업화, 정보화 도시와, 농업의 현대화를 함께 발전시키려면, 반드시 일찌감치 새로운 견인을 위한 발전궤도에 진입해야 하고, 과학기술의 잠재력을 잘 이끌어내어 과학기술 진보와 혁신의 작용을 충분히 나타내야 한다."[187] 시진핑 총서기는 우리나라 경제성장의 장기적 원동력 구조로부터 출발하여 전통적 성장패턴에서 나타난 불균형·불 협조, 지속 불가능한 현실문제에 견주어 중국 특색 사회주의 신시대에 빠른 속도로 '네 가지 현대화(四化)' 건설의 전략 목표 하에서 혁신을 제1동력으로 하는 신 발전 이념의 중요한 의미를 심각하게 종합했다. 상술한 국내외 발전환경의 변화하는 배경에서 혁신발전 이념이 나타나게 된 것이고, 혁신은 제1동력이 되었다는 신시대 사회경제 발전의 원동력 구조의 방향을 제시했다. 혁신 발전이 신 발전 이념 중에서의 인도 작용에 대해 시진핑 총서기는 이렇게 강조했다. "5대 발전이념 중에서 혁신발전은 제일 중요한 것이고, 발전을 견인하는 제1동력으로

---

187) 위의 글.

혁신을 움켜쥐면 경제사회발전의 전반을 이끌 수 있는 핵심을 움켜쥔 것이다."[188]

## (2) 협조발전을 견지하고 발전의 단점을 보완하자.

개혁개방 이후 중국의 경제사회는 빠른 발전을 가져왔다. 우리는 '중국의 기적'을 창조한 동시에 '성장의 고뇌'도 나타났다. 발전의 불균형·불 협조·지속 불가능한 문제들이 뚜렷해졌고, 이익 주체의 다원화와 이익 요구의 다양화 등의 문제가 선명하게 드러나고 있다. 어떻게 발전의 전반적인 성능을 올리고, 사업의 전면적인 진보를 추진하며, 어떻게 공평정의의 시대적 과제를 해결하는가 하는 것이 신시대 우리나라 사회경제 발전이 직면한 새로운 도전이다. 협조발전은 광범위한 의미를 내포하고 있다. 우리나라 협조발전의 돌출적인 주요 문제를 보면, 지역발전의 불 협조와 지역발전의 차이가 커지는 등의 문제로 우리나라 발전과정에서 직면한 큰 도전과 선명한 단점이다. 지역 차이가 크고 발전이 불균형한 점은 우리나라의 기본 국정이고, "적음을 걱정하지 않고 고르지 않음을 걱정하며, 빈곤함을 걱정하지 않고 불안함을 걱정한다"는 의식은 우리 민족의 비교적 강한 전통의식이다. 따라서 지역의 균형발전 문제를 해결하는 것은 신시대의 중대한 과제이다. 현재 지역발전의 불 협조 문제는 이미 신시대에 시급히 해결해야 할 중요한 과제로 떠올랐다. 지역의 협조발전을 빠른 시일 내에 추진하는 것은 시진핑 총서기의 협조발전 이념의 중요한

---

188) 習近平, 『習近平談治國理政』第二卷, 201쪽.

구성부분이다. 우리나라 지역경제 발전수준은 선명한 차이가 있다. 2016년 1인당 평균 실제 GDP가 전국 10강에 든 성(省) 가운데 동부지역의 성시가 9개를 차지했으며, 전국의 마지막 10위에 포함된 성중에는 중부지역의 성이 2개이고, 서부지역의 성이 8개였다. 구체적으로 본다면 2016년 상하이는 1인당 평균 실제 GDP가 제일 높은 수치인 8.94만 위안이었고, 꿰이쩌우(貴州)의 1인당 평균 실제 GDP는 제일 낮은 수치인 1.68만 위안을 기록했는데, 이는 상하이의 1/5일 정도였다. 이렇게 경제발전 측면으로부터 보면, 지역의 협조발전 임무는 여전히 어렵다. 이외에도 지역발전의 불균형은 기본공공서비스 분야에서도 나타난다. 현재 지역 간의 기본 공공서비스 불균형 문제는 매우 엄중하다. 고등학교 단계의 입학률, 고등교육의 입학률에서 동서부의 차이는 비교적 크다. 만 명당 병원의 병상 수, 백만 명당 공공도서관 수량에서 비록 중서부지역이 동부지역을 초월한 상황이지만 질과 서비스능력은 매우 낮다. 동서부 인터넷 보급률의 차이도 현저하다. 이로부터 지역경제의 협조발전과 기본공공서비스의 균등화를 빨리 추진하는 것이 신시대 사회경제 발전이 해결해야할 중요한 문제라는 점을 알 수 있다. 지역경제의 발전이 불균형할 뿐만 아니라 도시와 농촌의 발전도 조화롭지 않다. 시진핑 총서기는 이렇게 지적했다. "지역의 협조 발전은 발전을 총괄하는 중요한 내용으로 도시와 농촌의 상생 발전과 긴밀히 연관되어 있다. 지역발전의 불균형은 경제규칙의 작용의 원인도 있지만, 지역격차가 너무 크면 중시해야 할 정치문제가 된다. 지역의 협조발전은 평균적 발전이나 같은 구조의 발전이 아니라 장점을 서로 보완하는 차별화된 협조적인 발전이다."[189] 전면적으로 샤오캉 사회를 완성하는 중요한 역사시기에 시진핑 총서기는 이렇게 강조했다. "샤오캉의 여부는 백성들에게 달렸다." "농촌의 샤오캉, 특히 빈곤지역의 샤오캉을 실현하지 못한다면 전면적인 샤오캉사회를 완성하지 못한다."[190] 도시와 농촌의 상생발전을 촉진시키고, 특히 농촌지역의 발전을 촉구하기 위해 시진핑 총서기는 이렇게 지적했다. "발전은 도시를 유럽으로, 농촌을 아프리카로 발전시키거나 일부는 유럽처럼 일부는 아프리카처럼 만드는 것이 아니라 도시와 농촌이 서로 어울리고 지역이 협조적인 상황으로 만드는 것이다."[191] "도시와 농촌의 일체화는 서로 어우러져야 하고, 도시와 농촌 일체화의 인구유동, 분포, 사회발전 등의 문제를 모두 잘 기획해야 한다."[192] "도시와 농촌의 연동은 도시와 농촌의 이원적인 구조를 타파하고, 발전모듈 경제와 도시화를 결합시키고, 지역경제의 협조발전을 결합시키며, 농업과 농촌의 현대화를 촉구하는 것을 결합시켜야 한다."[193]

시진핑 총서기는 도시와 농촌의 협조발전에 관련해 일련의 중요한 논술을 했다. '중국 특색의 사회주의' 신시대에 도시와 농촌의 발전격차는 날로 늘어나고, 도시와 농촌의 발전이 불 협조하는 문제는 이미 긴박한 상황이다. 관련수치에 따르면 개혁개방 이후 중국의 도시

---

189) 習近平,「干在實處走在前列-推進浙江新發展的思考与實踐」, 北京, 中共中央党校出版社, 2006, 38쪽.
190) 習近平,『習近平談治國理政』第一卷, 189쪽.
191) 習近平,「干在實處走在前列- 推進浙江新發展的思考与實踐」, 앞의 책, 23쪽.
192) 위의 책, 27쪽.
193) 위의 책, 126쪽.

와 농촌 주민의 수입 차이는 한동안 줄어드는 듯했다. 1983년 도시와 농촌 주민의 1인당 평균 수입은 1.82:1로 줄어들었다가 2009년에는 3.33:1로 늘어났고, 2016년에는 2.72:1였다. 도시와 농촌 주민의 수입 차이는 늘어나는 추세를 보여주고 있는데 이는 시진핑 총서기가 '중국 특색의 사회주의' 신시대 도시 농촌 발전이 불 협조하다는 것을 과학적 판단으로 입증했으며, 지역의 협조와 도시와 농촌의 협조를 핵심으로 하는 협조발전 이념이 강대한 현실 목표성을 가지고 있음을 말해준다. 때문에 시진핑 총서기가 제기한 협조발전 이념이 중시하는 것은 발전의 불균형을 해결하는 것이다. 특히 지역과 도시와 농촌의 발전 불균형의 문제를 해결하여 "나무욕조 효과(木桶效應)"를 방지해야 한다. '중국 특색의 사회주의' 신시대에 협조발전 이념의 출현은 새로운 특점이 있다. "협조는 발전의 수단일 뿐만 아니라 발전 목표이기도 하다. 동시에 발전을 평가하는 표준과 척도이다."

"협조는 발전의 양점론과 중점론의 통일로 한 나라, 한 지역 나아가서 한 직업이 특정의 발전시기에 발전의 장점을 가지고 있는 동시에 제약적 요인도 존재한다. 발전상에서의 난제 해결과 단점 보완에 힘을 써야 하며, 기존의 장점을 공고히 하고 배양해야 한다." "협조는 발전 균형과 불균형의 통일이다." "균형은 상대적이고, 불균형을 절대적이다."[194] 협조발전 이념을 견지하여 지역발전 구조의 균형을 도모하고 지역의 협조발전을 추진하는 것은 사회주의 현대화 강국을 건설하는 과정의 중요한 부분이다.

---

194) 習近平, 『習近平談治國理政』第二卷, 205-206쪽.

(3) 공유발전을 견지하여 수입 분배를 개선하자.

  "빈곤을 없애고, 민생을 개선하고, 공동으로 부유하게 되는 것을 실현하는 것은 사회주의의 본질적인 요구이다."[195] 사회주의 본질적 요구라는 측면에서 보면, 개혁·발전성과 공유를 실현하는 것은 '중국 특색의 사회주의' 신시대에 반드시 잘 해결해야 할 중대한 발전의 문제이다. 중국은 개혁개방 이후 사회경제의 쾌속발전을 거쳐 인민들의 전반적인 생활수준은 대폭 개선되었고, 행복감과 획득감도 보편적으로 제고되었다. 하지만 이와 동시에 다른 사회집단은 발전과정에서 수익의 차이가 커졌다. 시진핑 동지는 이렇게 지적했다. "우리나라 경제발전의 '케이크'는 부단히 커지고 있지만, 분배의 불공정 문제는 비교적 뚜렷하고, 수입 격차가 크며, 도시와 농촌 지역의 공공서비스 수준은 큰 차이가 있다. 공유개혁 발전성과에서 실제상황이나 제도설계 모두 불완전한 점이 있다. 그렇기 때문에 우리는 반드시 발전은 인민을 위하고, 발전은 인민에 의존하며, 발전성과가 인민이 공유한다는 것을 견지하여 더욱 효과적인 제도를 제정하고, 전체 인민들이 공동 부유의 방향으로 침착하게 전진하도록 하며, '부자들이 거액을 가지고 있고, 빈곤한 자들이 변변치 못한 음식을 먹지 못하는' 현상이 나타나지 말도록 해야 한다."[196] 우리나라 경제사회의 빠른 발전과 빈부격차도 소홀히 대하지 말아야 한다. 역사적으로 볼 때 1994

---

195) 習近平, 『在河北省阜平縣考察扶貧開發工作時的講話 : 做焦裕祿式的縣委書記』, 北京, 中央文獻出版社, 2015, 25쪽.
196) 習近平, 『習近平談治國理政』 第二卷, 200쪽.

년 이후로 우리나라 지니계수는 줄곧 국제적으로 공인하는 경계치인 0.4보다 높았으며 높은 수치는 줄어들 기미가 보이지 않는다. 세계적으로 중국 지니계수가 높은 수치를 보여주고 있다. 비록 남아프리카, 브라질 등 국가보다 낮다고 하지만, 스위스, 영국, 프랑스 등 유럽 국가들보다는 훨씬 높은 수치이다. 그런 의미에서 시진핑 동지의 공유발전사상은 완벽한 타이밍에 제기되었다고 할 수 있다. 이는 당 중앙 주도집단이 우리나라 수입 불균형의 현 상황을 정확하게 인식하고 파악하고 있음을 확실하게 보여준다. 2013년 3월 17일 시진핑 총서기는 제12기 전국인민대표대회 제1차 회의에서 사회수입의 균형을 촉진시키고, 발전성과의 공유수준을 제고하는 사업이 중국 사회주의 사업에 있어서의 중요성을 강조했다. "우리의 위대한 조국과 위대한 시대에 생활하고 있는 중국 인민은 인생을 찬란하게 공유할 수 있는 기회가 있고, 공동으로 꿈을 이룰 수 있는 기회를 가지고 있으며, 공동으로 조국과 시대와 함께 진보할 수 있는 기회를 가지고 있다."[197] 이어 시진핑 총서기는 당의 18기 중앙위원회 제5차 전체회의에서 이렇게 지적했다. "발전이념의 공유를 수립하려면 반드시 발전은 인민을 위하고, 발전은 인민에 의존하며, 발전성과가 인민이 공유한다는 것을 견지하여 더욱 효과적인 제도를 제정하여 전체 인민들이 함께 공유발전을 추진하는 가운데서 획득감을 높이고, 발전 원동력을 강화

---

197) 習近平, 「在第十二屆全國人民代表大會第一次會議上的講話」, 中國人大网, 2013. 03. 18.

하며, 인민단결을 강화하여 공동적 부유를 향해 나아가야 한다."[198]

바로 오랜 기간 동안 우리나라 수입 분배의 불균형과 공유발전이 부족한 문제 등의 현실적인 문제에 관심을 두고, '중국 특색의 사회주의'의 본질적 요구를 정확하게 파악하고 있었기에, 시진핑 동지를 핵심으로 하는 당 중앙 지도집단은 처음으로 공유발전이념을 제기하여 사회 공평정의의 문제를 중시했다.

### (4) 녹색발전을 견지하여 환경오염을 줄이자.

공업혁명 이후로 인류가 창조한 물질재부는 신속하게 성장했다. 하지만 이로 인한 생태환경의 문제도 날로 부각되고 있다. 개혁개방 이후, 중국경제의 고속성장은 일정한 생태환경의 문제를 대가로 진행되었다. 경제가 상대적으로 낙후하고 물질재부가 상대적으로 빈약한 발전의 시작단계에서는 기술과 자본의 제약을 해결해야 했기에 자원요인 투입에 의존하는 것이 중국 경제성장의 중요한 원동력이었다. 또한 장기적으로 경제성장의 실적을 평가하는 상황에서 지방정부는 경제발전과 생태보호의 관계를 착오적으로 인식해 자원의 대대적인 투입과 에너지의 높은 소비 및 환경오염이 많은 '세 가지가 높은 특징'의 수량형 성장구도를 형성했다. 세계나 중국의 발전상황으로 볼 때, 생태환경의 문제는 이미 지속발전을 저애하는 관건적인 문제가 되었다.

공업화 이후 인류사회의 경제발전 과정에 나타난 생태문제에 대해

---

198) 中共中央宣傳部, 『習近平總書記系列重要講話讀本(2016年版)』. 北京 學習出版社, 人民出版社, 2016, 136쪽.

시진핑 동지는 제네바 팔레 데 나시옹에서 "공동으로 인류운명의 공동체를 구축하자"는 취지로 열린 회의에서 이렇게 강조했다. "공업화는 전예 없는 물질적 재부를 창조했지만, 생태환경은 회복할 수 없을 정도로 파괴되었다. 우리는 선조들이 남겨놓은 재부를 탕진하고 자손들의 길을 막아 놓으면서 파괴적인 방식으로 발전을 추진할 수는 없다. 청산녹수가 바로 금산이고 은산이다. 우리는 응당 천인합일(天人合一)을 지키고, 도리와 법도의 자연적 이념을 지켜 영원히 지속 가능한 발전방법을 찾아야 한다."¹⁹⁹ 중국의 생태환경문제에 관련해 시진핑 총서기는 2018년 전국 생태환경보호대에서 이렇게 지적했다. "총체적으로 우리나라 생태환경은 지속적으로 호전되고 있으며, 추세를 보이고 있다. 하지만 효과는 안정적이지 못하다.……생태문명의 건설은 압력이 중첩되고, 무거운 짐을 짊어지고 나아가야 할 관건적인 시기에 처해있어, 이미 더욱 양질의 생태상품을 제공해 인민들이 날로 늘어나는 아름다운 생태환경의 수요를 만족시키는 공격기에 들어섰고, 생태환경의 돌출적인 문제를 해결할 수 있는 능력을 가진 잠복기가 형성되었다."²⁰⁰ 시진핑 총서기는 공업화 이후 글로벌 생태환경문제가 부각되고 있는 문제와 현재 우리나라 생태환경건설 상황에 관한 과학적 논단을 표명했다. 세계적으로나 중국 자신의 사회경제의 지속가능한 발전으로나 경제발전에서의 생태환경건설 문제를 잘

---

199) 習近平, 『習近平談治國理政』 第二卷, 544쪽.
200) 「深刻認識加强生態文明建設的重大意義-論學習貫徹習近平總書記全國生態保護大會重要講話」, 中國政府网, 2018, 05, 19.

해결하여 녹색발전을 실현하는 것은 인류생존과 관련된 중대한 문제이다. 시진핑 총서기는 이렇게 강조했다. "만약 여전히 조방형 발전으로 국내의 생산총액을 배로 불리는 목표를 실현한다면 오염은 어떤 상황이 될까? 그때가 되면 자원환경은 견디기가 어렵게 된다. 지금 상황에서 경제발전 방식을 변화시키지 않고 경제총량을 배로 성장시킨다면 생산능력은 과잉상태가 된다. 그렇게 되면 어떠한 생태환경이 될 것인가? 경제는 발전했지만, 백성들의 행복감은 크게 줄어 들 것이고 심지어 강렬한 불만정서를 초래할 수 있다. 이는 어떤 상황일 것인가? 그 때문에 우리는 생태문명건설을 강화하고, 생태환경의 보호를 강화하며, 녹색 저탄소 생활방식을 제창해야 하는 등을 경제문제로만 간주할 수 없다."[201] 바로 현재의 중국과 세계의 생태환경 문제에 대한 관심과 사고를 통해 시진핑 총서기는 녹색발전을 촉진시키려는 것을 뉴노멀의 발전이념으로 할 것을 제기했다. 녹색발전이념은 사람과 자연이 어울리는 문제해결을 중시했다. 시진핑 총서기는 국내외 여러 장소에서 수차례 녹색발전이념에 관한 중요한 강화를 했다. "인류발전 활동은 반드시 자연을 존중하고 자연에 적응해야 하며 자연을 보호해야 한다."[202] "청산녹수가 바로 금산 은산이다."[203] "눈을 보호하듯이 생태환경을 보호하고, 생명을 대하듯 생태환경을 대해야 한다."[204] "생태환경보호는 생산력을 보호하는 것이고, 생태환경을 개

---

201) 中共中央文獻硏究室, 『習近平關于社會主義經濟建設論述摘編』, 103쪽.
202) 習近平, 『習近平談治國理政』 第二卷, 앞의 책, 272쪽.
203) 人民日報 社理論部, 『深入學習習近平同志重要論述』, 北京, 人民出版社, 2013, 75쪽.
204) 中共中央宣傳部, 『習近平總書記系列重要講話讀本(2016年版)』, 앞의 책, 233쪽.

선하는 것은 생산력을 발전시키는 것이다."[205] "인류발전을 위한 활동은 반드시 자연을 존중하고 자연에 적응해야 하며 자연을 보호해야 한다."[206] 이런 녹색발전이념의 관점과 주장은 녹색발전이 '중국 특색의 사회주의' 사업 전반 포국에서 중요한 자리에 있다는 것을 말해준다.

## (5) 개발발전을 견지하고 세계와의 소통능력을 강화하자.

중국 사회경제의 쾌속 발전 경험은 중국발전에서 개혁개방은 관건적인 방법이라는 것을 말해준다. 이에 시진핑 총서기는 이렇게 지적했다. "개방으로 개혁을 촉진시키고, 발전을 촉진시키는 것은 우리나라 개혁발전의 성공적인 실천이다. 개혁과 개방은 서로 보완하고 서로를 촉진시킨다. 개혁은 필연적으로 개방을 요구하고, 개방 역시 필연적으로 개혁을 요구한다. 확고부동하게 대외개방을 실시하는 기본국책을 진행하고, 더욱 적극적이고 주동적으로 개방전략을 실행하며, 확고부동하게 개방형 경제의 수준을 높이고, 확고부동하게 외자유입과 외래기술을 들여오며, 확고부동하게 대외개방 체제구조를 개선하고 개방을 확대하여 개혁을 심화시키고 개혁의 심화로 개방의 확대를 촉진시키고, 경제발전에 새로운 원동력과 새로운 활력을 불어 넣어 새로운 공간을 확장토록 해야 한다."[207] 대외개방해서부터 지금까

205) 人民日報社理論部, 『深入學習習近平同志重要論述』, 北京, 人民出版社, 2013, 71쪽.
206) 中共中央宣傳部, 『習近平總書記系列重要講話讀本(2016年版)』, 앞의 책, 134쪽.
207) 「中央全面深化改革領導小組第十六次會議召開」, 中國政府网, 2015, 09, 15.

지 중국과 세계의 왕래는 부단히 빈번해졌고, 세계평화와 안정은 중국의 발전에 영향을 미친다. 1980~2016년 중국의 수출과 해외투자의 총액은 부단히 상승했다.(그림 7-1) 1980년 중국의 수출은 세계의 0.9%를 차지해 세계 제26위를 기록했다. 2010년 중국의 수출은 일약 세계 제1위를 기록했고, 그 뒤로 줄곧 세계 1, 2위를 차지해 세계의 주요 수출국이 되었다. 중국의 경제는 세계 경제와의 융합과정에서 빠른 발전을 가져왔다. 시진핑 총서기는 이렇게 강조했다. "우리의 사업은 세계 각국과 협력하여 공영을 실현하는 사업이다. 국제사회는 날로 내안에 네가 있고, 네 안에 내가 있는 운명공동체가 되고 있다. 세계경제의 복잡한 형세와 글로벌적인 문제에 어느 국가든 독선기신(獨善其身)[208]으로 홀로 살아남을 수는 없다. 세계 각국이 한마음으로 마음을 합쳐 협력하여 곤란을 극복해야 하고, 본국의 이익을 추구하는 한편 타국의 합리적인 이익도 고려해야 하며, 본국의 발전을 추구하는 과정에서 각국이 공동으로 발전하도록 촉진시키는 작용을 하게 하고, 더욱 평등하고 균형적인 신형 글로벌 발전파트너 관계를 수립하여 인류공동의 이익을 증진하고 함께 더욱 아름다운 지구를 만들어야 한다."[209]

---

208) 독선기신(獨善其身) : 자신의 편안함만을 추구하는 것을 비유하는 말.
209) 「習近平同外國專家代表座談時强調中國是合作共贏倡導者踐行者」, 『人民日報』, 2012, 12, 06.

표7-1 주요 연도 중국 수출입 수량과 백분율

| 연도 | 세계 수출총액 (억 달러) | 중국 수출액 (억 달러) | 중국이 세계에서 차지하는 백분율(%) | 순위 |
|---|---|---|---|---|
| 1980 | 20,340 | 181 | 0.9 | 26 |
| 1990 | 34,490 | 621 | 1.8 | 15 |
| 1995 | 51,660 | 1,488 | 2.9 | 11 |
| 2000 | 64,590 | 2,492 | 3.9 | 7 |
| 2005 | 105,080 | 7,620 | 7.3 | 3 |
| 2010 | 152,830 | 15,778 | 10.3 | 1 |
| 2016 | 208,193 | 22,000 | 10.6 | 2 |

자료 출처: 세계은행 데이터베이스.

시진핑 총서기는 이렇게 지적했다. 개혁개방 40주년의 역사적 시기에 "중국인민은 개혁개방이라는 중국의 제2차 혁명에서 중국을 엄청난 변화를 가져왔을 뿐만 아니라, 세계에 깊은 영향을 미치고 있다고 자랑스럽게 말할 수 있다."[210] 또한 현재 중국의 개방발전을 촉구하는 과정에서 직면하고 있는 외부환경의 새로운 변화에 대해 시진핑 총서기도 예리하게 관찰했다. "지금 세계경제의 회복세는 여전히 주춤하고 있고, 글로벌 무역과 투자도 침체되고 있으며, 대종 상품의 가격은 지속적으로 불안정하여 국제적 금융위기의 깊은 차원의 모순도 아직 해결하지 못했다. 일부 국가의 정책은 자국의 이익만을 고려하는 경향이 심해지고 있고, 보호주의도 다시 나타나고 있어 '역 글로벌화'

---

210) 習近平, 「開放共創繁榮創新引領未來-在博鰲亞洲論壇2018年年會開幕式上的主旨演講」, 人民网, 2018. 04. 11.

사상이 꿈틀거리고 있다. 지연적 정치 요인이 복잡하게 엉켜있고, 전통과 비전통의 안전 리스크는 서로 교차되고 있으며, 테러리즘, 전염병, 기후 변화 등 글로벌적인 도전이 더욱 악화되고 있다. 브릭스 국가들의 발전은 더욱 복잡하고 심각한 외부환경에 처해있다."[211]

중국은 높은 수준의 대외개방을 위해 새로운 구조를 구축해야 하는 내적수요와 국제적으로 나타나고 있는 '역 글로벌화'가 나타나는 상황에서 시진핑 총서기는 '개방은 반드시 거쳐야하는 길'이라는 신발전 이념을 제기해 중국이 새로운 개방을 통해 발전해야 하는 환경에서 "더욱 넓은 범위, 더욱 많은 분야, 더욱 깊이 있게 개방형 경제의 수준 제고"를 위한 사상적 안내를 제공했다. 개방발전이념의 인도하에 시진핑 총서기는 이렇게 강조했다. 중국은 개혁개방 정책을 견지하는 데에 동요하지 말고 계속해서 개방을 확대하는 새로운 중대조치들을 내놓으면서 아시아와 세계 각국과 함께 아시아와 세계의 아름다운 미래를 개척해야 한다. "중국 개혁개방은 필연적으로 성공할 것이며, 반드시 성공할 것이다!"[212]

---

211) 習近平, 「堅定信心共謀發展-在金磚國家領導人第八次會晤大范圍會議上的講話」, 人民网, 2016, 10, 16.
212) 習近平, 「開放共創繁榮創新引領未來-在博鰲亞洲論壇2018年年會開幕式上的主旨演講」, 人民网, 2018, 04, 11.

# 2
## 신 발전 이념의 역사적
## 논리와 시대의 혁신성

　어떠한 사상형식이든 하루아침에 나타난 것은 아니고, 단번에 형성되는 것도 아니다.　신 발전 이념도 근거 없이 만들어진 것이 아니라 신시대 우리나라 사회주의 사업발전의 현실을 반영에서 나온 것이며, 중국 역대 당 지도자들의 집체적 발전사상이 그 역사의 기초이다. 역사적으로 보면, 신 발전 이념의 제기는 하루아침에 나타난 것도 아니고 단번에 형성된 것도 아니라 깊은 차원의 역사적 논리를 가지고 있다. 당의 18기 중앙위원회 제5차 전체회의에서는 이렇게 강조했다. "공산당의 집정규칙, 사회주의 건설규칙, 인류사회 발전규칙에 대한 인식을 심화시켜 일련의 치국이정의 신 이념, 신사상, 신전략을 형성하여 새로운 역사적 조건하에서 개혁개방의 심화, 사회주의 현대화의 빠른 추진을 위해 과학적인 이론지도와 행동지침을 제공했다."[213] 중국 사회주의 발전이념의 맥락을 정리하는 5대 이념과 '중국 특색의 사회주의' 발전사상은 일맥상통한 것으로 중국 사회주의 사업발전의 역사적 논리에 부합된다. 이와 동시에 새로운 시대배경에서 시진핑 총서기를 핵심으로 하는 당 중앙에서 제기한 '5대 발전이념'은

---

213) 「十八屆五中全會公報全文」『第一財經』, 2015, 10, 29.

당과 정부가 경제사회규칙에 대한 깊이 있는 이해를 집중적으로 체현한 것이며, 사회주의 발전관의 계승과 돌파는 현저한 시대적 혁신성을 체현한 것이며, 새로운 역사적 조건에서 개혁개방을 심화시키는 것과 사회주의 현대화의 빠른 추진에 대한 과학적 이론의 지도와 행동지침을 제공했기 때문이다.

### (1) 사회주의 발전관의 진전과 신 발전 이념의 계승성.

시진핑 총서기는 2018년 5월 4일, 마르크스 탄생 200주년 기념대회에서 이렇게 말했다. "마르크스주의는 물질 생산력은 전부 사회생활의 물질 전제로 생산력 발전의 일정 단계에 적응하는 생산관계의 종합과 함께 사회경제의 기초를 구성한다." "우리는 용감하게 전면적으로 개혁을 심화하고, 자발적으로 생산관계 조정을 통해 사회생산력 발전의 활력을 불어 넣고, 자발적으로 상부구조의 개선을 통해 경제기초의 발전 요구에 적응하여 '중국 특색의 사회주의'가 규칙적으로 발전하도록 해야 한다."[214] 자각적으로 상부구조를 개선하여 경제기초 발전의 요구에 적응하도록 하면서 마르크스주의 발전이념이 실천변화의 이론 특징을 체현했다. 중국 사회주의 사업발전 과정에서 마르크스주의 발전관의 변화도 줄곧 이 이론의 품질을 체현하고 있다.

중화인민공화국 성립 초기, 모든 것이 정체되었던 나라 전체는 공업이 상대적으로 낙후했고, 인민들의 생활은 빈곤했다. 이런 상황에서 마오쩌둥 동지를 핵심으로 하는 당 중앙 주도집단은 '네 가지 현

---

214) 習近平, 「在紀念馬克思誕辰200周年大會上的講話」, 『人民日報』, 2018, 05, 05.

대화'의 발전목표를 확정하고 농업의 현대화, 공업의 현대화, 국방의 현대화와 과학기술의 현대화의 위대한 사회주의 국가로 건설할 것을 제기했다. 발전전략 면에서 당의 제1대 주도집단은 '두 개 단계' 발전 전략을 세워 첫 단계에는 독립적인 공업시스템을 건립하고, 두 번째 단계는 전면적으로 '네 가지 현대화'를 실현하는 것으로 우리나라 국민경제가 세계의 앞자리를 차지하도록 하는 것이다. '네 가지 현대화'의 발전목표와 '두 개 단계'의 발전목표는 중화인민공화국 성립초기의 사회주의 사업건설의 실천요구에 부합한 것으로 발전관과 발전 신념의 긴밀한 결합을 보여주었다.

개혁개방 초기에 중국은 여전히 사회주의 초급단계에 처해있다는 현실과 노동력·자본 등 경제성장을 촉진하는 요인들이 활성화되지 않은 상황에서의 경제기초를 가지고 굳건한 발전을 하기란 어려웠다. 그러나 개혁개방 이후 경제전설을 견지하는 것을 중심으로 하여 사회주의 시장경제체제의 건설과 대외적으로 개방을 하는 전략을 가동하여 내외로 연동해 경제의 더 큰 발전을 도모할 수 있었다. 발전전략에서는 "먼저 부유해지고 부유를 이끄는 책략"을 제정해 먼저 연해지구를 먼저 발전시키고, 연해지구가 내지의 발전을 돕도록 하여 공동으로 부유해지는 것을 달성하자는 것이었다. 개혁개방 이후 중국발전의 실천이 표명하다시피 경제건설을 핵심으로 먼저 부유해진 다음 공동 부유를 이끄는 발전사상은 큰 효과를 거두었다.

신시대에 접어들면서 경제총량과 1인당 평균 GDP는 새로운 규모를 형성해 경제의 성장속도는 고속에서 중고속으로 변화되었고, 경제구조도 심각한 변화를 가져왔으며, 발전 원동력의 부족, 수입 분배의 악화, 환경오염 등의 난제가 나타났으며, 사회의 주요 모순은 이미 "아름다운 생활에 대한 인민들의 날로 늘어나는 요구와 불균형하고 불충분한 발전의 모순"으로 변화되었다. 이에 시진핑 총서기는 신발전 이념을 제기했다. 그중 혁신발전은 발전원동력에 대한 문제해결에 중점을 둔 것이고, 협조발전은 발전의 불균형 문제 해결에 중점을 두었으며, 녹색발전은 사람과 자연의 조화로워져야 하는 문제를 해결하는데 중점을 두었고, 개방발전은 발전의 내외 연동의 문제에 중점을 두었으며, 공유발전은 사회의 공평과 정의의 문제해결에 중점을 두었다. 혁신, 협조, 녹색, 개방과 공유의 발전이념으로 당과 정부의 사업을 이끌고, 경제발전에 있어서 품질 변혁의 효율적인 변혁과 원동력 변혁을 추진하도록 했다. 마르크스주의 발전관의 철학기초에 기반을 둔 중국 사회주의 발전사상은 마르크스주의의 "모든 자연계, 인류사회 그리고 인간의 사유 모두는 부단히 운동하고 변화하며 발전한다."는 기본원리를 견지하고 있다는 것을 알 수 있다. 발전관을 발전의 총체적 관점으로 하여 줄곧 사회발전의 문제를 중시한 마르크스주의는 일련의 중요한 발전이념을 형성했다. 시진핑 총서기의 신 발전 이념은 마르크스주의 발전관을 확실하게 계승한 것으로 마르크스주의 발전관의 생기와 활력을 유지하는 중요한 보장인 것이다.

(2) 사회주의 발전관의 돌파와 신 발전 이념에 의한 시대 혁신.

이론은 실천에서 형성되는 것으로 실천의 발전에 따라 발전한다.

마르크스주의는 줄곧 이론 혁신을 중시했고, 마르크스주의 발전관은 부단히 혁신하는 과정이다. 개혁개방 이후로 중국공산당의 혁신 이론은 당시 제기된 시대적 과제에 대한 해답에 초점을 맞추어 "사회주의는 무엇이고, 어떻게 사회주의를 건설해야 하는가?"에서부터 "어떠한 당을 건설하고, 어떻게 당을 건설해야 하는가?"로 변화되었고, "어떠한 발전을 실현하고, 어떻게 발전해야 하는가?"로 진화되었다. 이런 시대적 과제는 중국의 방향과 목적에 관련된 것으로 모두 중국의 앞날과 관련되지 않은 경우가 없었다.

시진핑 동지를 핵심으로 하는 중앙의 지도집단은 '5대 발전이념'을 제기했는데, 이는 확실한 혁신성을 띠고 있다. 이 혁신은 발전이념과 발전 전략의 5대 변화에서 표현된다.

첫째, 경제건설은 성장에서 발전으로 변화했다. 즉 합리적인 경제성장의 속도를 보장하는 기초위에서 수입의 공정과 녹색발전을 중시하면서 경제의 고품질 성장과 성과가 인민들이 공유하도록 확보하는 것이다. 둘째, 전반적인 포국은 '3위 1체'에서 '4위 1체'로, 다시 '5위 1체'로 변화되어 경제건설, 정치건설, 문화건설, 사회건설, 생태문명건설로 확장되었다. 셋째, 경제체제는 "계획경제 위주" "시장의 조정 보조", "계획적인 상품경제", "사회주의 시장경제의 건립", "시장의 사회주의 국가가 거시 관리하는 체제에서 자원배치의 기초 작용", "시장의 자원배치에서의 기초 작용", "시장의 자원배치에서 결정적 작용" 등 7개의 발전단계를 거치면서 시장경제체제는 부단히 개선되었다. 넷째, 수입 분배는 처음의 "균등적인 부유"에서 "먼저 부유해진 다음 부유를 이끌게 한다."로 변화되었고, "효율과 공정을 모두 고려한다."로 변화되었다. 이렇게 공정의 문제가 더욱 중요하게 된 원인은 우리나라의 수입 분배가 부단히 악화되었기 때문이다. 다섯째, 신시대 '중국 특색의 사회주의' 주요 모순이 이미 "인민들의 날로 늘어나는 아름다운 생활에 대한 요구와 불균형하고 불충분한 발전과의 모순"으로 변화되었음을 확실하게 인식했다는 점이다.

서로 다른 역사단계와 발전시기에 중국공산당의 발전이념은 발전 실천의 변화와 수요에 따라 부단히 갱신되어 일련의 풍부한 발전 사상과 이론적 성과를 형성했다. 이는 중국 사회주의 발전의 실천에 큰 작용을 미쳤다. 사회주의 발전관은 서로 다른 시기의 발전을 돌파하는 과정에서 마르크스주의 운동발전의 철학관을 보여주었다. 시진핑 총서기는 이렇게 강조했다. "문제는 사물모순의 표현형식으로 문제의식 강화와 문제 지향을 견지하는 것을 강조하는 것은 모순의 보편성과 객관성을 승인하는 것이며, 모순을 인지하고 해결하는 것을 사업 완성의 돌파구로 능숙하게 활용하는 것이다."[215] 신시대 '중국 특색의 사회주의' 사회 주요 모순의 변화는 새로운 이론을 요구한다. 시진핑 총서기의 신 발전 이념은 바로 새로운 모순의 문제가 제기된 상황에서 중국 사회주의 사업의 발전사상에 대한 총결이며, 이 신 발전 이념은 일련의 중대 문제에 대한 응답으로 목표지향과 문제 지향을 체현한 것이며, 신시대 발전의 실천으로부터 출발한 중대한 이론적 혁신이다.

---

215) 中共中央宣傳部, 『習近平總書記系列重要講話讀本(2016年版)』, 앞의 책, 280쪽.

# 3
## 신 발전 이념의 내적 논리와 실천 지향성

**(1) 신 발전 이념의 내적 논리의 통일성.**

시진핑 총서기는 이렇게 강조했다. "혁신적이고, 조화롭고, 친환경적이며, 개방적이고, 공유되는 발전이념, 상호 관통, 상호 촉진은 내적 연계가 있는 집합체이다."[216] 신 발전 이념이 내포하고 있는 의미는 풍부하고, 내적 논리체계도 엄밀하며, 5대 방면은 변증법적 통일을 이루고 있으며, 신 발전 이념의 내적 논리는 정체성과 통일성의 특징을 가지고 있다. 이론의 내적 논리 통일의 문제에 대해 시진핑 총서기는 '중국 특색의 사회주의' 이론을 논술할 때에 이렇게 강조했다.

"'중국 특색의 사회주의'는 과학사회주의 이론적 논리와 중국사회 발전의 역사적 논리의 변증법적 통일이며, 중국 대지에 뿌리를 내린 중국인민의 소원이며, 중국과 시대 발전 진보의 요구에 상응하는 과학사회주의이다. 과학사회주의의 이론적 논리는 이 이론체계의 각 기본 관점의 내부 연계를 말하는 것으로 '사회주의는 필연적으로 자본주의를 대체한다는 내적 규칙을 계시했고, 중국사회 발전의 역사

---

216) 위의 책, 136쪽.

255

적 논리는 중국사회발전의 필연적인 과정이라는 의미로서 오직 사회주의만이 중국을 구할 수 있고, 오직 중국 특색의 사회주의만이 중국을 발전시킬 수 있다.'는 역사의 필연성을 계시했다."[217]

"혁신적이고 조화롭고 친환경적이며 개방적이고 공유해야 한다."는 이 신 발전 이념은 사물발전의 본체론·방법론·가치론의 논리적 통일을 충분히 체현했으며, 엄밀한 내적 논리구조를 가지고 있다. 이에 시진핑 총서기는 이렇게 강조했다. "혁신발전은 발전원동력의 문제해결에 중점을 둔다." "협조발전은 발전의 불균형문제 해결에 중점을 둔다." "녹색발전은 사람과 자연의 조화로움 문제 해결에 중점을 둔다." "개방발전은 발전의 내외 연동의 문제에 중점을 둔다." "공유발전은 사회의 공평, 정의 문제 해결에 중점을 둔다." "이 5대 발전이념은 서로 관통하고, 서로를 촉진케 하는 내적 연계가 존재하는 집합체로서 어느 한쪽도 소홀히 하지 말아야 하며, 대체하는 일이 없이 통일적으로 관철토록 해야 한다. 어느 한 발전이념이 제대로 관철되지 못한다면, 발전은 영향을 받게 된다. 전당의 동지들은 반드시 5대 발전이념을 관철하는 능력과 수준을 제고시키면서 부단히 새로운 경지를 개척해야 한다."[218] 구체적으로 보면 혁신 발전이 그 핵심이다. 혁신을 움켜쥐면 경제사회발전 전반을 움직이는 관건적인 부분을 움켜쥐는 것

---

217) 人民日報理論部, 『深入學習習近平同志重要論述』, 北京, 人民出版社, 2013, 165쪽.
218) 習近平, 「在党的十八屆五中全會第二次全体會議上的講話(節選)」, 『求是』, 2016(1).

과 같은 것이다. 혁신 발전은 발전를 속도 추구하는 것에서 품질을 추구하는 발전 원동력의 변화를 강조하는 것인데, 이는 사회주의 발전의 기본 원동력규칙과 원동력체제의 확장과 제고를 통해 혁신은 발전을 움켜쥐는 것이고, 혁신은 미래를 도모케 하는 것이다. 협조발전은 '13차 5개년 계획' 하에서 전국을 발전시켜야 하는 임무를 전제로 해서 완성토록 하는 비결이다. 협조발전은 '한 개의 분야'를 중시하는 것보다 '전반'의 발전을 중시하는 것으로, 협조는 발전의 수단이기도 하고, 발전의 목표이기도 하다. 동시에 발전을 평가하는 표준이며 척도로 발전의 양점론과 중점론의 통일이고, 발전균형과 불균형의 통일이며, 발전의 단점과 잠재력의 통일이고, 사회주의 발전전략의 규칙을 확장시키고 제고시키는 것이다. 녹색발전은 그기초이다. 생태환경은 대체품이 없고, 이용할 때에는 느끼지 못하고, 잃어버린 후에야 생존이 어렵다는 것을 느낀다. 녹색발전이념의 제기는 개혁발전과정에서 '생존' 중시로부터 '발전을 도모하는' 품질변화 중시로의 변화를 보여주며, 사회주의 발전의 품질 및 내적 규칙의 확장과 제고를 보여준다. 개방발전은 그 관건이다. 개혁개방은 중화민족의 위대한 부흥을 실현하는 관건이며, 개방발전이념은 중국이 발전과정에서 "적극 받아들이는 측"에서 "주동적으로 만들어가는 발전 공간 사유"로 변화하여 개혁개방이라는 관건적인 방법을 정확하게 사용하고, 적극적으로 개방발전이념을 실천하는 것은 사회주의 발전전략 규칙의 확장과 제고이다. 공유발전은 또한 그 근본이다. "인민을 중심으로 하는 발전사상"은 '중국 특색의 사회주의'의 본질적 요구이며, 인민의 아름다운 생활에 대한 희망으로 우리의 분투목표이다. 공유발전이념은 사회주의 본질을 체현하고 가치를 고수하는 것에서 제도의 안배로 발전이론이 변화되었는데, 이는 사회주의 발전을 목적으로 하는 규칙의 확장과 제고이다.[219] 따라서 신 발전 이념의 내적 논리로부터 볼 때, 5대 방면은 각각의 목표성을 가지고 있지만 주안점이 다른 것이다. 하지만 5대 방면은 공동의 논리적 출발점이 있는데, 바로 '중국 특색의 사회주의' 발전사업을 견지하고, 전면적인 샤오캉사회가 하루 빨리 실현되도록 하게 하는 것이다. 또한 공동목표의 입각점이 있는데 바로 "인민을 중심으로" "인민의 아름다운 생활에 대한 갈망"을 만족시키는 과정에서 중화민족의 위대한 부흥을 실현하는 것이다. 5대 신 발전 이념의 내적 논리체계는 매우 엄밀하고, 특수성과 일반성을 겸비하고 있다. 이는 마르크스주의의 우수한 이론적 품질을 체현하는 것이다.

## (2) 신시대 신 발전 이념의 실천 지향성

신 발전 이념은 신시대 '중국 특색의 사회주의'의 발전실천에 뿌리를 내리고, 사회의 주요 모순 변화를 중심으로 하며, 강한 실천 지향성이 있다. 신 발전 이념은 경제성장 촉진을 중심으로 하던 우리나라의 발전목표가 균형적인 경제성장, 지역간 협조, 사회의 공정과 환경이 우호적이어야 하는 다중 목표로 변화되고 있음을 말해준다. 단기적으로 보면 이런 목표는 이해득실이 존재한다. 신 발전 이념는 현

219) 習近平, 『習近平談治國理政』 第二卷, 201, 217쪽.

재 경제발전의 뉴노멀은 신 발전 이념 논리의 구체적인 체현으로 당과 정부의 자주적 선택의 결과이다. 중장기적으로 볼 때 신 발전 이념은 확실하게 우리나라 경제의 발전원동력을 변화시키고, 경제발전의 방식을 변화시킬 것이고, "성장·녹색·공유" 사이의 충돌을 타파하여 서로를 촉진케 하고 서로가 협동하는 양성순환을 실현하게 할 것이다. 신 발전 이념의 실천 지향성은 집중적으로 아래 몇 가지에서 표현된다.

표 7-2 공업혁명 여정

| 기술혁명 | 기술혁신 | 응용분야 | 핵심 국가 |
|---|---|---|---|
| 제1차 공업혁명 | 증기타빈 | 철도, 방직 강철 등 | 영국 |
| 제2차 공업혁명 | 전기 기계 발명과 전기 에너지 사용 | 전력, 석유화학, 자동차 등 | 미국 |
| 제3차 공업혁명 | 인터넷, 컴퓨터, 생체공학 | 정보, 항공, 바이오테크 | 미국 |

첫째, 혁신으로 경제성장과 녹색생태의 모순을 해결한다.

먼저 혁신은 경제성장을 촉진케 하는 중요한 엔진이다. 글로벌경제의 발전을 실천하는 과정, 특히 18세기 이후 내연기관, 전력, 컴퓨터, 정보와 통신기술, 생체공학 등의 출현은 경제생산구조와 운행패턴의 거대한 변화를 초래했고, 기계화·전기화·자동화에서 정보화로의 변화는 인류의 노동생산효율을 크게 제고할 수 있도록 촉진함으로서 글로벌경제는 부단히 업그레이드되었다. 이왕의 공업혁명은 모두 혁신기술을 가지고 있는 국가가 신속히 경제사회의 발전궤도에 오르도록 촉진하는 작용을 했다.

영국은 제1차 공업혁명을 통해 세계맹주의 자리에 올랐고, 미국은 제2차 공업혁명에서 영국을 제치고 세계 제1이 되었고, 그 뒤로 계속 세계 맹주의 자리를 차지했다.(표 7-2)

전 세계적인 범위에서 보면 혁신과 경제성장은 긴밀한 관계가 있다. 2016년 세계 지식재산권 조직 사이트에서 계산한 혁신지수와 1인당 평균 GDP수치에 근거하여 현재 세계의 혁신과 경제발전의 구도를 그렸다. 그림 7-1이 보여주는 바와 같이 횡적인 위도로 보면 글로벌 혁신지수는 70을 돌파하지 않아 아직 상승할 공간이 있지만 글로벌 혁신의 불평등의 문제가 비교적 심각하다. 2016년에 거의 80% 국가의 혁신지수는 50보다 적었다. 그중에서 혁신지수가 10~30사이의 국가는 36%를 차지했는데, 그 평균 수치는 36.54였다. 두 번째 위도를 보면 혁신지수와 경제성장은 양의 상관관계를 보여준다. 혁신지수가 높은 국가는 기본적으로 비교적 높은 경제발전 수준을 유지하고 있다. 이로부터 혁신 발전은 국가 및 지역 사이의 경제발전 격차를 줄이는 중요한 수단이라는 것을 알 수 있다. 때문에 혁신발전에 도움이 되는 제도를 수립하여 혁신기술의 확산과 공유를 촉진할 필요가 있음을 알 수 있다. 다음으로 혁신은 녹색 발전의 내적 원동력이다. 개혁개방 이후, 전통적인 성장패턴에서 중국의 경제발전은 거대한 효과를 가져왔다. 이와 동시에 생태환경 문제도 심각하게 부각되었다.

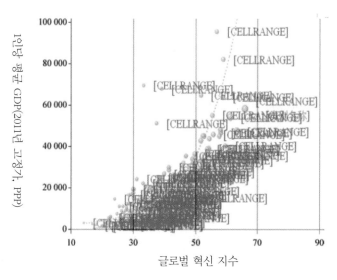

그림 7-1 2016년 세계 각국의 혁신지수와 1인당 평균 GDP관련 도표
주: 자료출처는 세계은행 WDI 데이터베이스. 국가 뒤에 표시한 것은 투자율이 최고치를 찍은 연도이다.

시진핑 총서기는 이렇게 강조했다. "생태환경보호의 성패는 경제구조와 경제발전방식에 의해 결정된다. 경제발전은 자원과 생태환경의 갈택이어(竭澤而漁, 못의 물을 말려 고기를 잡듯이 눈앞의 이익만 보고 장래를 생각하지 않는 것—역자 주)여서는 안 되며, 생태환경보호도 마찬가지로 경제발전을 포기하면서 연목구어(緣木求魚, 나무에 올라가 물고기를 구하는 식으로 불가능한 일을 하려고 하는 것—역자 주)여도 안 된다. 발전과정에서 보호하고 보호하는 과정에서 발전을 도모하는 것을 견지하면서 경제사회발전과 인구, 자원, 환경이 서로 조화로움을 실현하고, 자원의 이용률을 높이고, 녹색 생산시스템 건설을 촉구하여 전사회의 절약정신, 환경보호 의식, 생태의식을 대대적으로 강화시켜야 한다."[220] 어떻게 경제성장과 생태건설을 모두 고려하고, 어떻게 발전과정에서의 보호와 보호과정에서의 발전을 실현할 것인가 하는 문제에 대해 시진핑 총서기는 이렇게 지적했다. "경제발전 방식의 변화를 촉구해야 한다. 근본적으로 생태환경상황을 개선하려면 반드시 물질자원을 소모하는 것에 과도하게 의존하고, 조방형 확장에 과도하게 의존하고, 높은 에너지의 소모와 높은 배출의 산업에 의존하는 발전방식을 변화시켜야 한다. 발전의 기본을 혁신에 두어 혁신구동(革新驅動, 혁신에 박차를 가하는 것-역자 주)에 더욱 의존하고, 장점을 보여줄 수 있는 인도형 발전에 의존해야 한다."[221] 혁신을 발전의 기본으로 한 것은, 혁신은 전통적 발전 패턴의 경제성장과 생태건설의 모순을 해결하는 관건이며, 혁신이 추진하는 신에너지 절약기술, 오염퇴치기술과 설비, 생태보호기술의 발전은 자원절약과 환경개선에 도움이 된다. 혁신을 견인하는 차원에서 새로운 생산기술, 새로운 생산 공업화 과정, 새로운 관리 방식은 적은 자원소모와 환경파괴로 업종별 생산효율의 최대화를 실현하는 데에 도움이되고, 산업이 에너지소모가 적고, 오염이 적고, 기술 함량이 높은 산업으로 전향하도록 인도한다. 녹색 과학기술 상품, 녹색 교통기술, 녹색 건축과학기술 등은 주민의 녹색생활방식을 형성하는데에 도움이 된다. 둘째, 협조발전은 불균형과 불충분의 문제해결에 도움이 된다. 당의 제19차 전국대표대회의 보고에는 이런 내용이 있다. "우리나

220)  习近平,「在海南考察工作结束时的讲话」, 2013, 04, 10.
221)  「习近平主持中共中央政治局第四十一次集体学习」, 人民网, 2017, 05, 28.

라 사회의 주요 모순은 이미 인민들의 날로 늘어나는 아름다운 생활에 대한 수요와 불균형하고 불충분한 발전 간의 모순으로 변화되었다."[222] 불균형과 불충분의 문제를 잘 해결할 수 있는 여부는 현재 사회주의발전의 모순 변화의 관건적인 요인이며, 협조 발전은 불균형과 불충분을 완화하는 관건이다. 발전 중의 불균형 문제는 장기간 우리나라 사회경제 발전의 품질 제고를 제약하는 장애물이다. 특히 빠른 발전과정에서 나타난 지역 발전의 불균형과 도시와 농촌의 발전 격차의 확대 등의 문제는 "인민 군중들이 갈망하는 아름다운 생활"의 걸림돌이 되었다. 지역이 협동 발전하는 가운데서 시진핑 총서기는 징진지(京津冀, 베이진·텐진·허뻬이 등 3개 지역을 말함—역자 주)의 협동발전을 예로 하여 이렇게 지적했다. "목표는 명확하다. 베이징의 비수도(非首都) 기능을 원활하게 하고, 경제구조와 공간구조를 조정하여 집약(集約)발전의 새로운 길을 도모하고, 인구의 경제밀집지역 최적화 개발 패턴을 모색하여 지역의 협조적인 발전을 촉진케 하고, 새로운 성장극을 형성토록 해야 한다."[223] 시진핑 총서기는 협조 발전을 촉진과 새로운 성장극 형성의 촉진을 위해 지역발전의 총괄적인 배치를 촉구했고, 지역발전의 불균형문제 해결에 사상과 방법론을 제공했다. 도시와 농촌발전의 불균형 문제에 대해 시진핑 총서기는 이렇게 강조했다. "유력한 조치를 위하여 지역의 상생발전과 도시와 농

222) 习近平, 『决胜全面建成小康社会夺取新时代中国特色社会主义伟大胜利-产党第十九全国代表大会上的报告』, 앞의 책, 11쪽.
223) 「习近平主持召开中央财经领导小组第九次会议」. 人民网, 2015, 02, 10.

촌의 상생발전을 촉진시키고, 발전이 뒤처진 지역의 발전을 촉구하여 적극적으로 도시와 농촌발전의 일체화와 도시와 농촌의 기본 공공 서비스의 균등화를 적극 추진토록 해야 한다."[224] 지역간 상생과 도시와 동촌의 상생을 통해 발전과정에서 축적된 불균형 문제를 해결해야 한다. 발전과정에서의 불충분 문제는 주로 발전내용과 발전효과의 단편적인 면에서 나타난다. 개혁개방 이후 경제의 빠른 발전 속도는 물질적 재부의 쾌속적인 발전을 가져왔다. 인민 군중들의 물질생활 수준은 제고되었지만, 정신문명 건설은 반대로 뒤쳐졌다. 최근 사회 발전 과정에서 나타난 일부 도덕심 하락 등의 문제는 발전이 불충분하다는 증거이다. 물질문명과 정신문명 문제의 협조 발전에 대해 시진핑 동지는 이렇게 강조했다. "오직 물질문명 건설과 정신문명 건설을 모두 움켜쥐고 국가의 물질적 역량과 정신적 역량을 동시에 강화하여 전국 각 민족 인민들의 물질생활과 정신생활을 개선해야만 '중국 특색의 사회주의' 사업이 순조롭게 앞으로 나아갈 수 있다."[225] "'두 손으로 움켜쥐고, 두 손 모두 꽉 움켜쥐어야한다.' 변증법적, 전면적, 균형적인 관점으로 정확하게 물질문명과 정신문명의 관계를 처리하고, 정신문명 건설이 개혁개방과 현대화의 전반적인 과정을 관통시켜야 하며, 생활의 각 방면에서 함께 해야 한다."[226] 때문에 지역의 협조

---

224) 「习近平在华东七省市党委主要负责同志座谈会上强调抓住机遇立足优势积极作为系统谋划"十三五"经济社会发展」, 人民网, 2015, 05, 29.
225) 「习近平在全国宣传思想工作会议上强调胸怀大局把握大势着眼大事努力把宣传思想工作做得更好」, 人民网, 2013, 08, 21.
226) 「习近平会见第四届全国文明城市文明村镇文明单位等先进代表」, 中国政府网, 2015

발전, 도시와 농촌의 상생발전 및 물질문명과 정신문명의 협조발전의 촉진을 핵심으로 하는 협조발전이념은 현재 우리나라 사회경제발전 과정에서 직면한 불균형과 불충분의 문제를 해결하는 관건이다. 이 각도에서 보면 협조발전이념과 협조발전전략 배치의 제기는 강한 발전실천과 목표성을 가지고 있어 불균형·불충분한 발전의 난제해결에 귀중한 사상지도와 전략적인 지도를 제공하고 있다.

셋째, 녹색발전은 경제성장과 함께 인민의 복지를 제고시켜준다.

녹색발전은 넓은 의미를 가지고 있고, 전통적인 발전패턴과 생활방식에 대한 전면적인 반성을 말해준다. 시진핑 총서기는 이렇게 강조했다. "녹색발전 방식과 생활방식의 형성을 추진하는 것은 발전관의 심각한 혁명이다. 이를 위해서는 신 발전 이념을 견지하고 관철시켜 경제발전과 생태환경 보호의 관계를 정확하게 처리하고, 눈을 보호하듯이 생태환경을 보호하며, 생명을 대하듯이 생태환경을 대하여 생태환경을 손해 보게 하거나 파괴하는 발전형식을 견결하게 버려야 하며, 생태환경 파괴를 대가로 일시적으로 지역의 성장을 가져오는 방법을 견결하게 버림으로서 양호한 생태환경이 인민생활의 성장점이 되게 하고, 경제사회가 지속적으로 건강하게 발전할 수 있는 버팀목이 되도록 하며, 우리나라의 양호한 형상을 보여주는 돌출점이 되게 하여 중화 대지의 하늘이 더욱 파랗고, 산이 더욱 푸르며, 물이 더욱 맑고, 환경이 더욱 아름답도록 만들어야 한다."[227] 녹색발전을 심각한 혁명으로 간주하여 정치의 높이로 녹색발전이 중국 사회경제의

227) 「习近平主持中共中央政治局第四十一次集体学习」, 中国共产党新闻网, 2017. 05. 28.

지속적인 발전과 인민 군중의 복지 제고를 촉진시키는 중대한 의미로서 이해하는 것은 시신핑의 녹색 발전이념이 관건적으로 내포하고 있는 의미이다. 녹색경제발전을 버팀목으로 녹색생활 방식의 전면적인 제고를 이끌어내야 한다. 시진핑 총서기는 이렇게 지적했다. "녹색발전은 생태문명 건설의 필연적인 요구로 현재의 과학기술과 산업의 변혁방향을 대표하며, 장래가 제일 유망한 발전분야이다."[228] 이 말은 과학기술과 산업의 변혁방향으로부터 녹색발전의 중요한 의미를 생각하게 한다. 이는 녹색발전이 경제의 지속적인 고품질 성장을 촉진하는 위도에서 강대한 생명력을 가지고 있음을 보여주고, 시진핑 총서기의 녹색발전관이 경제의 지속가능한 발전을 촉진시키는 가운데 실천해야 하는 목표성을 집중적으로 보여주며, 뉴노멀 하에서 중국경제의 전형적인 발전과 새로운 성장점 탐구를 위한 방향을 제시해준다. 그렇기 때문에 녹색발전이념은 '중국 특색의 사회주의' 신시대에서의 국제경제와 산업경쟁의 감시와 제제의 한계를 파악하여 중국경제의 지속적이고 안정적인 성장을 실현하는 중요한 실천지도가 되게 해야 한다. 녹색발전의 다른 중요한 의미는 녹색생활 방식의 전면제고에 있다. "인류발전의 활동은 반드시 자연을 존중하고, 자연을 따라야 하며, 자연을 보해해야 한다."[229] "생태환경 보호에서 꼭 대국관(大局觀), 장원관(長遠觀), 전체관(整体觀)을 가지고 있어야 하며, 작은

228) 习近平, 『为建设世界科技强国而奋斗』, 北京, 人民出版社, 2016, 12쪽.
229) 「성장 부장급 주요 영도간부들이 참석한 당의 제18기 중앙위원회 제5차 전체회의 정신 관철 관련 세미나에서의 시진핑의 강화」

것을 위해 큰 것을 잃지 말아야 하고, 하나를 고려하다 다른 것을 잃지 말아야 하며, 미리 당겨쓰는 일이 없어야 하며, 눈앞의 성공과 이익에만 급급하지 말아야 한다."[230] "눈을 보호하듯이 생태환경을 보호하고, 생명을 대하듯이 생태환경을 대해야 한다."[231] 이처럼 시진핑 총서기는 여러 차례 녹색발전에 관한 이념과 주장을 명백하게 지적했다. "인민 군중들의 아름다운 생활에 대한 동경을 만족시키는 것"은 현재 중국공산당이 직면한 중대한 과제이고, 아름다운 생활에 대한 동경이다. 물질생활, 특히 개혁개방이후 물질적 재부는 빠른 속도로 축적되어 인민 군중들의 물질생활은 제고되었고, 비교적 만족되었지만, 양호한 생태환경에 대한 소비 수요는 날로 증가되고 있다. 이 각도에서 봤을 때, 시진핑 총서기의 녹색발전이념은 "양호한 생태환경이 인민 생활의 성장점"이 되어야 한다는 것을 강조했음을 알 수 있다. 즉 현재 인민 군중들의 복지 개선을 핵심적인 포인트로 하여 인민 군중들의 행복감과 획득감에 대한 제고를 위해 착력점을 제공한 것이다. 넷째, 개방발전은 신시대 중국개혁과 발전 공간에 도움이 된다. 개혁개방 이후 중국 사회경제발전의 실천이 보여주다시피 개방은 우리나라 경제사회가 빠른 발전을 촉진시킨 관건이라는 것을 보여준다. 부단한 대외개방 확대를 통해 국내에 더욱 많은 자본과 기술을 유치했고, 지식 저장량의 제고를 가져왔을 뿐만 아니라 더욱 많은 취업기회를 창조했으며, 경제성상을 실현하고, 인민들의 생활을 개선하

---

230) 위의 글.
231) 위의 글.

는 윈-윈을 실현하여 국내 상품의 국제시장을 넓혔고, 중국 경제의 세계적 영향력을 높였다. 시진핑 총서기는 이렇게 지적했다. "실천이 우리에게 보여주다시피 발전하고 장대해지려면 반드시 주동적으로 경제 글로벌화의 트렌드를 따르고, 대외개방을 견지하고 인류사회가 창조한 선진적인 과학기술 성과와 유익한 관리경험을 충분히 응용해야 한다. 개혁개방 초기에 우리는 강하지 못했고 경험도 부족했기에 서방 선진국이 장점을 차지하는 상황에서 적지 않은 동지들은 우리가 대외개방을 유리하게 이용할 수 있는지, 부식되지 않을 수 있을지에 대한 의문을 가지고 있었다. 우리가 '관세 및 무역에 관한 일반 협정' 회원국의 지위 회복을 추진하고, 세계무역기구의 가입을 위한 담판을 추진하는 과정에서 적지 않은 압력을 받았다. 오늘날 이를 되돌아보면 우리의 대담한 개방을 통해 세계로 나아간 것은 정확한 방향 선택이라고 할 수 있다."[232]

'중국 특색의 사회주의' 신시대에 대외개방 확대를 통해 국내의 개혁이윤을 풀어 더욱 큰 국제공간을 확보하는 것은 더욱 깊이 있는 개혁의 실천 효과와 직접 관련된다. 시진핑 총서기의 개방발전이념은 "개방으로 개혁을 촉진시키고, 발전을 촉진시켜야 한다."고 강조했으며, 중국경제와 세계경제의 더욱 깊이 있는 융합을 통해 대외경제 교류와 합력과정에서 경제성장의 새로운 기회를 발굴함으로써 서비스 경제 성장점의 개혁을 추진해야 한다고 했다. 시진핑 총서기는 이렇

---

232) 习近平, 「在省部级主要领导干部学习贯彻党的十八届五中全会精神专题研讨班上的讲话」, 人民网, 2016, 05, 10.

게 지적했다. "중국은 이미 개혁의 관건적인 단계에 진입했기에 해결해야 할 문제들 모두 어려운 문제들이다. 이런 시기에는 '산에 호랑이가 있는 줄 알면서도 기꺼이 그 산에 오르는' 용기로써 개혁을 부단히 추진해 나가야 한다."[233] 대외개방의 확대를 통해 깊이 있는 개혁을 끌어내어 중국의 개혁발전이 관건적인 시기를 지나도록 해야 하는데, 이는 개방발전이념이 신시대에 국내 개혁에 대한 추진을 촉구하고 발전의 슬럼프를 이겨내도록 외부 원동력을 제공하는 것이다.

또한 신시대에 개방발전의 발걸음을 촉구하면 협조발전, 공유발전과 녹색발전의 연동 실현에 도움이 될 수 있으므로 사회발전의 주요 모순해결을 촉진케 한다. '일대일로'의 개방발전 제안은 새로운 웅대한 설계도를 제시한 것으로 새로운 교역공간과 발전기회가 대량으로 나타나도록 하여 더욱 많은 지역에 더욱 많은 발전과 창업 및 취업기회를 제공할 것이다. 특히 내륙지역 경제의 발전과 인민 수입의 수준 제고를 촉진시켜 지역 간의 발전 격차를 줄여 발전성과가 더 많은 인민들에게 혜택으로 돌아가게 함으로써 공유 발전을 실현하도록 해야 한다. 이와 동시에 '일대일로' 등 고품질 개방발전에 대한 제안과 실시는 일대일로 연선 국가의 발전을 위한 장점을 서로 보완하며, 연선 국가의 기술, 에너지자원 등 각종 요인의 교류를 촉진케 하는 과정에서 중국뿐만 아니라 전 '일대일로' 지역의 녹색발전을 실현하게 될 것이다. 다섯째, 공유발전이라는 개혁의 최종목표를 확정지어 풍향계로서의 작용을 히게 한다. 중국공산당 집정과 중국 사회주의 사업발

233) 「习近平在欧洲学院发表重要演讲」, 『人民日报』, 2014, 04, 02.

전의 역사적 경험으로부터 "누구를 위한, 누구에 의존하는 것인가?"를 확정하는 것은 모든 발전의 전제와 사업성공의 근본적인 보장이다. 시진핑 총서기는 이렇게 강조했다. "인민들의 옹호 여부, 찬성 여부, 애착 여부, 동의 여부는 모든 사업의 득실을 평가하는 근본 표준이다."[234] 발전이념에서는 인민을 중심으로 하는 발전사상을 견지해야 한다. 인민을 중심으로 하는 발전사상은 집중적으로 공유발전을 견지해야 하는 것으로 표현된다. 인민을 위한 발전, 인민에 의존하는 발전, 발전성과가 인민들이 공유해야 하는 것을 견지해야 한다. 개혁개방 초기, 우리나라 인민 군중의 생활은 전반적으로 보편적인 빈곤 단계에 처해있었다. 이런 발전배경에서는 전체 구성원들의 모든 적극 요인을 동원하고 발양케 하여 생산력을 발전시킴으로써 광대한 인민 군중들의 생존 난제를 해결해야 했다. 개혁개방 40년의 빠른 발전을 거쳐 우리나라는 이미 예전의 물질 결핍의 단계에서 벗어났으며, 신시대의 발전임무는 이미 "생존성 수요"를 만족 시키는 것에서 "발전성 수요"를 만족시키는 것으로 변화되었다. 이와 동시에 발전에 영향을 미치는 각종 불안정하고 불확정적인 요인들이 부단히 나타났고, 일부 사회의 공평과 정의의 문제가 점차 부각되어 중국 사회주의 사업에 중요한 도전장을 내밀었다. 이런 문제가 나타나게 된 원인을 깊이 있게 분석한 결과 "중국의 사회발전은 경제발전보다 훨씬 뒤쳐져있고, 사회와 경제는 선명한 불균형의 발전과 어울리지 않는 발전이 나타났으며, 그중에서 관건은 사회공정의 문제가 이미 중국 사회경제발전의

---

234) 「习近平在纪念朱德同志诞辰130周年座谈会上的讲话」. 人民网, 2016. 11. 29.

전반에 영향을 미치고 있으며, 중국사회 각 계층에 영향을 주는 큰 문제가 되었다는 점이다."[235]

시진핑 총서기는 이렇게 지적했다. "전면적으로 개혁을 심화시키는 것은, 반드시 더욱 공평하고 정의로운 사회 환경을 마련한다는 것에 착안해야 하며, 부단히 여러 가지 불공정하고 정의롭지 않은 현상을 극복하여 개혁발전의 성과가 더욱 공정하게 전체적인 인민에게 돌아가도록 해야 한다. 만약 백성들에게 실질적인 이익을 주지 못하고 더욱 공정한 사회환경을 마련하지 못하거나 심지어 더 많은 불공정을 초래하게 된다면 개혁은 그 의미를 잃게 되고 지속 가능성도 없게 된다."[236] 공유발전이념의 제기는 바로 새로운 역사발전시기 중국사회주의 사업에서 나타난 공평·공정의 문제에 초점을 모은 것이고, 공동으로 공유를 촉진시킬 것을 제기한 것이며, 신시대 '중국 특색의 사회주의' 사업건설이 누구를 위한 것이며, 누구에게 의존해야 하는 기본 방향문제를 명확히 하여 신시대 중국 특색 사회주의의 개혁발전을 위한 목적과 실천방향을 제시한 것이다.

235) 吳忠民, 『社会公正理论十二讲』, 济南, 山东人民出版社, 2012, 12쪽.
236) 习近平, 『习近平谈治国理政』 第一卷, 앞의 책, 96쪽.

# 4
## 신 발전 이념으로 발전행동의 중점 임무를 인도하자

시진핑 총서기는 당의 제19차 전국대표대회에서 신 발전 이념을 관철시키고 현대화 경제체계를 건설할 것을 제기했으며, 이를 신시대에 중요한 시기를 이겨내야 하는 절박한 요구와 우리나라 발전의 전략 목표로 해야 한다고 했다. 현대화 경제체계는 혁신적인 인도와 협동발전의 산업체계, 통일적으로 개방되고 질서적인 경쟁의 시장체계, 효율을 체현하고 공평한 수입 분배를 촉진시키는 체계, 장점을 보여주고 협조하며 연동하는 도시와 농촌의 지역발전체계, 자원절약과 환경과 조화로운 녹색발전체계, 다원적인 균형과 안전하고 고효율적인 전면 개방체계, 충분히 시장작용을 하며 더욱 훌륭하게 정부작용을 할 수 있는 경제체제이다. 이 7가지 체계 구축을 위해 시진핑 총서기는 5대 전략조치를 제기했다. 첫째, 대대적으로 실체적인 경제를 발전시키고, 현대화 경제체제의 단단한 기초를 공고히 한다. 둘째, 혁신구동 발전전략을 다그쳐 실시하여 현대화 경제체제 전략을 지탱하는 것을 강화하고, 국가 혁신체계 건설을 강화하며, 전략 과학기술 역량을 강화하여 과학기술 혁신과 경제사회발전의 깊이 있는 융합을 추진함으로써 혁신구동에 의존하고 장점을 보여주는 인도형 발전을 만들어야 한다. 셋째, 적극적으로 도시와 농촌의 협조발전을 추진하여 현대화 경제체계의 공간 배치를 최적화하여 도시진영의 전략을 실시할 것을 촉구하고, 징진지(京津冀)의 협동발전과 창장(長江)경제벨트 발전을 추진함과 동시에 웨·깡·아오·타이완에 대한 개발계획(粵港澳大灣區)을 협력하여 추진한다. 넷째, 개방형 경제발전에 힘을 다하여 현대화 경제체계의 국제경쟁력을 높여야 한다. 다섯째, 경제체제의 개혁을 심화시켜 현대화 경제체계의 제도보장을 개선해야 한다. 7대 체계와 5대 전략에 초점을 둔 이 조치는 신 발전 이념의 본질적 의미와 논리의 기점을 결합한 것이며, 신 발전 이념의 관철과 실행은 정확한 실시 절차와 정확한 실시 방안이 필요하다. 구체적으로는 아래의 몇 가지 면에서 나타난다.

(1) 가치관념을 변화시켜 신 발전 이념의 가치가 지니고 있는 의미를 확고히 파악해야 한다.

당의 제18기 중앙위원회 제5차 전체회의에서 혁신적이고 조화롭고 친환경적이며, 개방적이고 공유의 발전이념을 확립했다. 이는 중국발전의 전반적인 것과 관련된 장엄한 변혁이다. 변혁의 시발점은 필연적으로 사상의 해방과 관념의 변혁이다.

첫째는 발전관을 전향시켜야 한다.

개혁개방 이후의 'GDP 발전관'을 '고품질 발전관'으로 확장시켜 GDP의 핵심 지위만을 돌출시키는 것이 아니라 이를 '오위일체'의 전반적인 배체체계에 포함시켜 총괄함으로써 성장·녹색·공유를 모두 고려하게 되었다. 더는 GDP의 고속성장만을 추구하는 것이 아니라 균형적인 성장추구로 전환하고, 경제성장의 속도를 강조하고, 구조를 최적화하며, 품질 제고를 위한 상호 적응을 강조했다. 그 때문에 '경제 뉴노멀'은 당과 정부가 신시대 발전의 새로운 변화와 새로운 모순에 대비하여 내린 새로운 선택인 것이다. 즉 부분적인 속도 조절하는 대가로 품질과의 균형을 이루자는 것이다. 더욱 중요한 것은 정책 제정자와 연구자 더 나아가서 사회 대중들도 응당 사유를 넓혀 '경제 뉴노멀'을 정확하게 인식하는 것이 바람직한 것이지 '성장·녹색·공유'의 목표와 저울질해서는 안 된다. 이는 중장기적으로 보면 '성장·녹색·공유'와의 충돌은 사라지고 서로를 촉진케 하고 협동하여 시너지 효과가 나타나게 할 것이다. 그 하나로 오염 처리는 경제성장을 늦추고 물가상승을 초래한다고 단정 지을 수 없고, 반대로 성장을 촉진시키고 물가를 하락시키며 인민들의 전반적 복지를 높여줄 수 있다는 점이다. 다음으로 가난한 사람들을 도움으로써 가난한 사람들의 인력 자본을 높여 전 사회의 협력 효율과 생산력을 강화할 수 있다는 점이다. 그 다음으로 가난한 사람들에 의존하는 자본량인 기초시설, 기술 환경, 화폐 등을 제고시키므로 한계 생산품을 늘일 수 있기 때문에 공평을 촉진시킬 뿐만 아니라 효율을 향상시킬 수 있는 것이다.

둘째는 발전에 대한 시야를 제고시켜야 한다.

글로벌적인 시야를 수립하여 국내와 국제의 두 방면의 발전에 입각해야 한다는 것이다. 중국의 경쟁관계는 날로 격렬해지고 있다. 예전의 '개발도상국과의 경쟁, 선진국과의 협력'에서 '선진국과의 경쟁'으로 변화되었기에 과학기술 혁신을 견지하고 국제표준으로써 엄격하게 요구하여 경쟁에 대한 장점을 구비하여 발전의 기회를 잡아야 한다는 것이다.

셋째, 발전 에 대한시야를 전향시켜야 한다.

즉 '총량 위주'에서 '구조 위주'로 전향해야 한다는 점이다. 현재 경제사회발전의 돌출된 모순은 구조문제에서 나타나고 있다. 인민들은 더욱 높은 품질, 더욱 높은 효율을 요구하며, 더욱 공평하고 지속 가능한 발전체계를 요구하고 있다. 신 발전 이념을 방안의 지침과 행동강령으로 삼아 공급 측면의 구조적 개혁과 거시 관리를 견지하여 경제가 안정적으로 성장하도록 확보하는 것은 신시대가 직면한 발전에 대한 난관을 해결할 수 있는 해결책이며, 인민들의 아름다운 생활에 대한 요구에 적극적으로 응답하는 것이다.

그렇기 때문에 사상을 해방시키고 낡은 관념을 바꾸어 신 발전 이념의 가치가 지니고 있는 의미를 공고히 파악하는 것은 신 발전 이념의 선도 조건과 근본적 요구를 관철시키는 것이다.

## (2) 시장의 주체적 지위를 확립하고 시장화 수단으로 신 발전 이념을 실행해야 한다.

시장화 개혁을 깊이 있게 진행하여 시장의 자원배치에서의 결정적 작용을 충분히 발휘토록 해야 한다.

그러기 위해서는 시장으로 하여금 혁신을 촉진케 해야 한다. 우열성패의 시장경쟁체제를 구축하여 기업의 혁신을 끌어내거나 압력을 가해야 한다. 업계의 벽을 타파하여 더 많은 업계가 시장에 진입할 수 있도록 함으로써 민영경제·국유경제·집체경제가 더욱 공평한 무대에서 경쟁을 할 수 있도록 해야 하는 것이다. 시장의 가격체계가 더욱 충분히 그 작용을 하도록 하여 정부와 업계의 수량과 가격에 대한 관제를 줄이고, 시장가격이 공급과 수요의 변화를 보여주어야 하며, 시장작용의 정도를 보여주도록 하여 사업에 의한 이윤이 시장에 대한 기여 정도를 보여주도록 하고, 혁신자에게 충족한 지원체제를 마련하여 발전의 원동력이 부족한 문제를 해결하도록 해야 한다. 시장으로 협조를 촉진하도록 하여 국내에서는 징진지와 창장의 경제벨트, 도시와 농촌 간 일체화 시장의 형성을 촉진시키고, 대외적으로 '일대일로'의 요인, 생산품과 서비스 시장의 구축을 촉진하도록 함으로써 시장이 더욱 넓은 지역공간에서 자원의 배치를 실현하여 지역의 협조발전을 실현하도록 해야 한다. 또 시장으로 하여금 녹색발전을 촉진시켜야 한다. "녹수청산이 금산·은산이다"라는 발전 사유를 견지하여 녹색 요인(새로운 에너지), 녹색 생산품, 녹색 산업의 시장 경쟁력을 제고시켜야 한다. 예를 들어 적극적으로 탄소배출권, 물 오염 권 등의 권리와 교역시장의 건립을 적극적으로 추진하고, 시장에서의 교역방식으로 오염 배출 원가와 수익의 내재화부터 기업과 오염 배출 주체의 원가수익을 고려하도록 하며, 자원적인 교역을 통해 산업내부에서 적당한 오염 배출량을 형성하도록 유도한다. 또 다른 예로는 현대 에너지체계의 건립을 추진하여 에너지구조와 산업구조가 '녹색발전'으로 나아가도록 하고, 생태환경이 받아들일 수 있고 통제할 수 있는 상태를 유지하도록 하며, 경제발전 과정에서 새로운 오염이 악화되는 것을 점차 방지면서 예전의 오염문제를 해소하여 녹색발전을 실현하는 것이다. 또한 시장이 개방을 촉진토록 해야 한다. 글로벌시장과 무역규칙을 준수하면서 글로벌시장의 규칙과 질서, 제정과 수호에 참여하여 더욱 공평한 시장경제의 환경을 조성하고, 우리나라와 세계 각국의 더 넓은 협력공간을 마련하며, '일대일로' 제의의 추진, 인류운명공동체의 구축을 위한 길을 개척하여 세계를 향해 전면적인 개방을 하려는 중국의 태도를 확실하게 표명해야 한다.

또 시장으로 하여금 공유를 촉진토록 해야 한다. 그러려면 한편으로는 업계의 진입문턱을 낮추어야 한다. 자본·노동의 각종 요인이 충분히 모든 업계에 유입될 수 있게 하여 특권 업계와 독점적 폭리를 타파하고, 민영경제·국유경제·집체경제의 공평한 경쟁을 촉진시키며, 정부의 행정 권력이 관여하는 것을 줄이고, 심사와 비준에 대한 업계의 특권을 형성하는 불합리한 독점과 폭리를 줄이며, 자금세탁에 인한 효율의 소모와 주민 수입의 더 큰 불균형을 줄여야 한다. 다른 한편으로는 노동력의 자유로운 유동을 제한하는 요인을 제거하여 전국적으로 통일된 노동력시장을 건립하고, 호적제도에 대한 개혁을 촉구하여 노동력이 자유적으로 시장이 필요로 하는 모든 지역과 업계로 하여금 유동할 수 있도록 하여 업계와 지역의 수입 균등화를 촉진싴켜 민중들이 '느끼는' 공유경제를 형성토록 해야 한다.

(3) 정부 자신의 능력건설을 강화하여 관건적 분야에서의 총괄적인 협조능력을 제고시켜야 한다.

정부 자신의 능력건설을 강화하여 시장이 자주 실패하는 부분과 분야에서 정부의 작용을 더욱 잘 발휘하도록 해야 한다.

시장이 실패한 원인에 대해서 정부의 독점금지와 감독관리하는 능력을 강화하여 시장에 대한 '파수꾼' 역할을 잘 해야 한다. 예를 들면 전력체제 개혁 '9호 문건'을 개혁의 본보기로 하여 반독점체제의 건설을 강화하고, 기업의 시장 세력을 남용하고 공모하여 시장질서를 교란하고 인민들의 복지를 빼앗는 상황을 방지함과 동시에 정부의 관리 감독 능력을 높이고, 감독관리 체제를 혁신하여 독점에 인한 수입 분배의 악화와 X-비효율 및 낡은 감독 관리로 인한 과도한 투자 문제를 피하도록 해야 한다. 혁신발전에 대해 시진핑 총서기는 이렇게 지적했다. "혁신구동 발전전략의 실시는 '수박 껍질을 밟고 이러저리 미끌어 다니듯'하지 말고, 상부의 설계와 임무를 실행해야 한다는 책임감을 확고히 해야 한다."[237] 이는 정부가 총괄적인 조정을 강화하고, 효과적인 시장메커니즘과 정책구조를 설계하여 국가의 전반과 관련된 중대한 과학기술프로젝트와 과학기술의 성과 전향을 위한 고등교육 기관과 과학연구기구의 지원을 강화하며, 기초연구를 격려하여 국제적인 수준의 전략 형 과학기술 인재와 과학기술을 인도할 수 있는 인재 및 혁신능력을 배양하여 관건적인 핵심기술을 확보하는데 도움이 되도록 함으로써 혁신이 인도하는 경제체제와 발전형식을 형성하도록 해야 한다.

---

237) 习近平, 「习近平谈创新驱动:不能 "脚踩西瓜皮" 要抓好顶层设计」, 中国共产党新闻网, 2016, 03, 15.

발전을 위해 협조하는 면에서는 농촌진흥전략의 실시와 지역간 협조발전 전략을 깊이 있게 진행하여 지역 간, 도시와 농촌 간의 자원배치 불균형과 공공서비스의 불균형, 기초시설의 지역 간 차이, 인민 생활수준이 상응하지 못하는 문제를 제거하여 지역 간, 도시와 농촌 간의 균형적이고 균등한 발전을 실현토록 해야 한다. 녹색발전 면에서는 정부의 주도하에 상부의 설계와 전면적인 배치를 움켜쥐고 제일 엄격한 제도와 제일 엄밀한 법률제도를 실시하면서 부단히 생태문명 체제를 개선하고, 생태문명제도의 "골격과 기둥"을 세워 녹색발전을 추진토록 해야 한다.

개방을 발전시키는 면에서 글로벌화의 새로운 추세와 우리나라 경제사회발전의 새로운 요구를 파악하여 외자유입 조건을 진일보 적으로 개방하고, 지식재산권 보호를 강화하며, 자유무역구 전략의  실시를 재촉하여 '일대일로' 건설에 대한 추진을 깊이 있게 진행하는 등의 방법으로 다원적 균형과 안전하고 높은 효율의 개방체제 구축을 촉구하여 개방의 질과 양이 새로운 수준으로 발전하여 새로운 개척을 실현하도록 해야 한다. 공유하는 바를 발전시키는 면에서 정부의 수입과 지출에 대한 개혁을 최적화해야 한다. 예를 들면 기업의 소득세와 개인소득세 제도를 개혁하고, 상속세와 증여세를 증설한다. 최저 생활 보장제도에 대한 지출의 비중을 높이고 정확성도 높인다. 교육에 대한 지출과 기초시설에 대한 건설을 강화하여 노동력의 품질과 1인 평균자본 저축 량을 제고시키는 등의 방법으로 인민 군중들의 획득감을 높이고, 공유하는 바의 발전을 촉진시켜야 한다.

(4) 적극적으로 글로벌 거버넌스에 참여하여 5대 발전이념 실천의 영향력을 높여야 한다.

적극적으로 글로벌 공공재 제공과 규칙 제정에 참여해야 한다. 냉전의 사유, 제로섬의 사유를 버리고 인류공동체 의식을 수립해야 하고, 서로 이익과 혜택을 얻을 수 있도록 견지해야 하며, 협력을 통한 윈-윈의 발전 사유를 견지하여 함께 세계 평화와 안정·번영을 위해 '공공재'와 공평한 규칙을 제공해야 한다. 첫째, 적극적으로 세계평화와 안정을 수호해야 한다. 지금의 중국은 세계와 긴밀하게 연계되어 있다. 세계의 평화와 발전은 우리나라 주민들의 인신재산 안전과 관련되어 있으며, 기업의 수익과 관련되어 있고, 우리나라의 시장 및 자원의 공급과 관련되어 있다. 그렇기 때문에 글로벌 질서수호와 규칙의 제정은 우리나라의 개방과 발전에 관련된다. 둘째, 적극적으로 글로벌 기후변화 사업을 추진해야 한다. 열심히 우리나라가 「파리협정」에서 승낙한 에너지절약과 오염배출 절감 약속을 지키고 에너지 수요 측에서 에너지 소비가 높은 산업의 생산·운송·소비·수출입 등 방면에 대한 지원을 배제하고, 에너지 소비가 높은 산업이 경제 중에서의 비중을 낮추어 에너지 수요를 낮추도록 해야 한다. 에너지 공급 측에서 계속 비 화석 에너지원을 늘이거나 상대적으로 깨끗한 천연가스 사용의 비중을 높이고, 계속적으로 화석 에너지원의 품질을 높여 화석 에너지원의 오염을 줄이며, 계속해서 정제유 표준을 높이고, 탈황(脫黃)에 대한 실시상황을 감독해야 한다. 에너지 공급구조를 개선하는 것은 기업경쟁력과 가정용 에너지 원가를 희생하는 대가로 녹색

발전을 이루는 것이다. 셋째, 국제 에너지질서 재건을 추진해야 한다. 국제 에너지원질서 재건은 우리나라 해외 에너지원의 안정적인 공급과 안정적인 가격 구간에서의 소비, 국제 에너지 가격파동을 감소하는 데에 매우 중요한 의미가 있다. 이는 저렴한 에너지원을 대가로 에너지원의 충분한 공급을 실현하는 개혁이다. 한 가지는 에너지원의 수요 주체와 국제에너지기구(IEA) 등 에너지 국제기구와 협력관계를 구축하는 것이고, 다른 한 가지는 아랍국가, 러시아, 오스트레일리아 등 주요 에너지 수출국과 수출입 협력관계를 건립하여 합리적으로 에너지무역으로 인한 소비자 잉여와 생산자 잉여를 분배해야 한다.

넷째, 국제 세무협력을 제창하여 국제 세무협력의 신 체계를 건립해야 한다. 예를 들면 G20 최저 기업소득세 세율 설립을 제창하고, 글로벌 세금 정보 공유 데이터베이스를 구축하며, 국가재정의 자동안정 기구를 건립하여 글로벌 세금징수에 대한 경쟁 압력에 대응해야 한다. 다섯째, 글로벌화 지역의 일체화 과정에서 서로 다른 집단의 이익에 관심을 두어야 한다. 글로벌화 과정에서 국가 간 노동력과 환경보호 등 부분에서 이익에 대한 인식을 일치시킬 필요가 있으며, 노동력표준과 환경표준을 제고시킬 것을 제창하여 국가가 "환경과 노동자의 이익을 희생하는 대가로 성장을 실현하는 발전의 길"을 가지 말도록 해야 할 것이다.

제8장

신 발전 이념을 관철하여

현대화 경제 체계를 건설하자[238]

당의 제19차 전국대표대회 보고에서는 처음으로 '현대화 경제체계 건설'을 제기했다. 이는 슬럼프를 이겨내야 하는 절박한 요구이고 우리나라 발전전략의 목표이다. 시진핑 총서기는 이렇게 강조했다. "현대화 경제체계의 건설은 당 중앙이 당과 국가사업으로부터 출발하여 '두개 백년'의 분투목표 실현에 착안하고, '중국 특색의 사회주의'가 신시대에 진입한 새로운 요구에 따라 내린 중대한 결책이다. 국가가 강대하려면 경제체계가 강해져야 한다. 오직 현대화 경제체계를 형성해야만 현대화 발전의 트렌드에 맞추어 국제경쟁에서 주도권을 차지할 수 있고, 기타 분야에서의 현대화를 위해 유력한 지원을 할 수 있다. 우리는 사회주의 현대화 강국 건설의 요구에 따라 현대화 경제체계의 건설을 촉구해서 사회주의 현대화 강국이 되는 목표가 제시간에 실현되도록 해야 한다."[239] 현대화 경제체계의 건설은 '중국 특색의 사회주의' 신시대에 경제가 고속성장에서 높은 질량으로 전향하는 과정에서의 중요한 전략적 조치이고, 사회주의 모순의 변화에 적응하여 경제체계의 구조적 모순문제를 해결하는 핵심이다. 현대화 경제체계의 건설은 응당 혁신, 협조, 녹색, 개방, 공유를 핵심으로 하는 신발전 이념이 인도해야 하며, 현대화 경제체계 건설의 6대 구체적 임무를 둘러싸고 7개 주요 방면사업을 실천하는 착력점으로 하여 경제체계의 고품질 발전을 추진하고 최종적으로는 중화민족의 위대한 부흥을 실현해야 한다.

---

239) 习近平, 「深刻认识建设现代化经济体系重要性推动我国经济发展焕发新活力迈上新台阶」, 『人民日报』, 2018, 02, 01.

# 1
## 신 발전 이념으로 현대화 경제체계의
## 건설을 인도하자

　시진핑 총서기는 이렇게 강조했다. "국가가 강해지려면 경제체계가 반드시 강해야 한다. 오직 현대화 경제체계를 형성해야만 현대화의 트렌드에 순응하여 국제경쟁을 주도할 수 있으며, 기타 분야의 현대화를 유력하게 지지할 수 있다."[240] '중국 특색의 사회주의' 신시대 역사의 시작점과 실천의 배경에서 중국의 현대화 경제체계 건설을 촉구하는 것은 중국 특색의 사회주의 제도의 장점을 부각시키는 것이고, 신시대 신 발전 이념을 실천하는 인도 작용을 충분히 나타내는 것이다. "5대 발전이념"을 사상의 선도로 하여 현대화 경제체계 건설의 사상방향을 인도하고, 현대화 경제체계를 위해 기본 내용 프레임을 만들어야 한다. 신 발전 이념이 현대화경제 체계 건설에 미치는 작용은 집중적으로 아래 몇 가지로 나타난다.

　첫째, 혁신 발전 이념으로 현대화 산업체계의 건설을 인도한다. 시진핑 총서기는 이렇게 강조했다. "혁신이 인도하고 협동 발전하는 체계를 건설하여 실체 경제, 과학기술 혁신, 현대 금융, 인력자원의 협동발전을 실현하고, 과학기술 혁신이 실체 경제 발전에서의 공헌도를

---

240) 위의 글.

부단히 제고시키며, 현대의 금융서비스 면의 실체 경제의 능력을 부단히 강화시키고, 인력자원이 실체 경제의 발전을 지원하는 작용을 부단히 최적화해야 한다."[241] 산업체계는 현대 경제체계의 기초이다. 혁신이 인도하는 산업체계의 건설은 혁신발전을 강조한다. 이는 우리나라 경제가 고속성장 단계에서 고품질 발전단계로 전향했기 때문이며, 혁신은 발전을 이끄는 제1동력이기 때문이다. 신 발전 이념이 이끄는 현대화 경제 체계의 건설에 대해 장위(張宇, 2018)는 이렇게 지적했다. "우리는 경제사회발전을 이끄는 '소의 코'를 공고히 움켜쥐고 새로운 과학기술과 산업혁명의 역사적 기회에 노동력과 요인 추입에 의존하던 발전으로부터 혁신 구동에 의존하는 발전으로 변화해야 한다. 전방위 적이고, 다층적이며, 넓은 영역의 혁신으로 품질 변혁, 효율 변혁, 원동력 변혁을 추진하여 현대화 경제체계에 전략적 지원을 제공해야 한다."[242] 둘째, 협조발전으로 장점을 보여주고 도시와 농촌 지역의 협조발전 체계를 건설해야 한다. 시진핑 총서기는 현대화 경제체계 건설은 몇 가지가 필요하다고 했다. "장점을 보여주고 도시와 농촌 지역의 협조 발전체계를 건설하여 지역의 양적 상호 작용, 도시와 농촌의 융합발전, 육지와 바다의 총괄적인 최적화를 실현하려면 지역의 장점을 배양하고 발양토록 해야 하며, 지역의 상호 보완을 강

---

241) 习近平, 「深刻认识建设现代化经济体系重要性推动我国经济发展焕发新活力迈上新台阶」, 『人民日报』, 2018, 02, 01.
242) 张宇, 「以新发展理念引领现代化经济体系建设」, 『人民日报』, 2018, 04, 12.

조하여 지역의 협조 발전의 새로운 패턴을 만들어야 한다."[243] 협조발전이념의 인도 하에서 "적극적으로 도시와 농촌지역의 협조 발전을 추진하고, 현대화 경제체계의 공간 배치를 최적화하여 지역의 협조 발전전략을 실시하며, 징진지의 협동발전과 창장 경제벨트의 발전을 추진함과 동시에, 웨·깡·아오·타이완 등 지역의 개발 계획을 추진해야 한다."[244] 현대화는 도시와 농촌, 지역과 국가가 서로 속해 있는 공동체라는 의미이다. 내적·외적으로의 협조발전, 개방 유동을 협조 발전이념으로 하여 지역의 발전체계 건설의 연동을 인도하면, 반드시 현대화 경제체계 건설에 강력한 원동력을 제공하게 될 것이다.

셋째, 녹색발전이념으로 자원 절약, 환경 우호의 녹색발전 체계 건설을 인도해야 한다. 녹색발전을 강조하는 목적은 사람과 자연의 조화로운 공생을 실현하기 위함이다. 현대화 경제체계 건설은 경제발전과 생태환경 보호와의 관계를 잘 처리해야 한다. 생태환경을 보호하는 것은 생산력 보호와 생태환경 개선으로 생산력을 발전시킨다는 이념이다. 시진핑 총서기는 이렇게 지적했다. "자원절약, 환경 우호의 녹색발전 체계를 건설하여 녹색 순환의 저탄소 발전, 사람과 자연의 조화로운 공생을 실현하려면" "녹수청산은 금산·은산이라는 이념을 확고하게 수립하여 사람과 자연이 조화롭게 발전할 수 있는 새로운 구조를 형성해야 한다."[245] 자원절약, 환경우호의 녹색 발전체계는

---

243) 习近平,「深刻认识建设现代化经济体系重要性推动我国经济发展焕发新活力迈上新台阶」,『人民日报』, 2018, 02, 01.

244) 위의 글.

245) 위의 글.

녹색발전 이념이 실천 측면에서 관철되도록 실행하는 것이다. 녹색발전 이념의 녹색발전 체계에 대한 인도 작용은 녹색발전 체계를 확보하는 관건이다. 넷째, 개방발전 이념으로 현대화 시장체계 건설을 인도한다. 현대화 경제체계는 시장화의 경제체계이며, 시장이 자원배치에서의 결정적 지위를 갖는 경제체계이다. 시진핑 총서기는 이렇게 지적했다. "통일 개방적이고 경쟁질서가 있는 시장체계를 건설하여 시장 진입이 원활하고 시장개방이 질서 적이며, 시장경쟁이 충분하고, 시장질서가 규범적인 시장을 실현하려면, 기업 자주경영의 공평한 경쟁, 소비자의 자주적 소비, 상품과 요인의 자유 유동의 평등 교환의 현대화 시장체계를 빨리 형성해야 한다."[246] 시장경제 체계의 핵심은 개방경쟁이다. 현대화 경제체계의 생명력과 국제경쟁력을 제고시키려면 인류의 운명공동체를 구축하는 높이에서 개방, 포용, 보혜(普惠), 균형, 윈-윈의 경제체계를 건설해야 한다. 개방발전 이념으로 현대화 경제체계의 건설을 인도하여 우리나라 기업의 대외 투자 확대를 지지하고, 설비, 기술, 표준, 서비스의 대외 수출을 추진해야만 우리나라 상품의 글로벌 가치사슬에서의 위치를 높일 수 있다. 또한 글로벌 거버넌스에 적극 참여하여 각국의 발전 혁신, 연동 성장, 이익 융합의 세계경제 패턴의 형성을 촉진시켜야 한다.

다섯째, 공유발전이념으로 현대화 수입 분배체계의 건설을 인도해야 한다. "두개 백년 계획"의 분투목표를 실현하는 전략적 높이에서 현대화 경제체계의 건설을 촉구하는 중요한 의미를 이해하려면, 공

---

246) 위의 글.

유발전 이념의 지도를 떠날 수 없으며, 현대화 수입 분배체계의 구축이 없어서는 안 된다. 시진핑 총서기는 이렇게 지적했다. "효율에 대한 구현과 공평한 수입 분배체계를 건설하여 수입 분배가 합리적이고, 공평하고 정의로운 사회와 전체 인민의 공동부유를 실현하며, 기본공공서비스의 균등화를 추진하여 수입 분배의 차이를 점차 줄여야 한다."[247] 현대화된 수입의 분배체계는 현대화 경제체계 성과의 최종 공유에 관계되기에 효율 구현과 공평한 수입의 분배체계 구축에 대한 촉진을 강조하는 것은 공유발전을 강조하는 것이다. 현대화 수입 분배체계의 실질은 인민을 중심으로 하는 발전사상을 견지하는 것으로 사회주의가 점차 공동부유를 실현하는 본질적 요구를 보여준다.

공유발전이념의 인도 하에서 충분히 인민 군중의 적극성, 주동성, 창조성을 동원하여 부단히 '케이크'를 크게 만들어야 한다. 또한 부단히 수입의 분배제도를 최적화하고, 현대화된 수입의 분배체계를 건설하여 부단히 커지는 '케이크'를 잘 분배함으로써 사회주의 제도의 우월성을 충분히 구현하여 인민 군중들의 획득감을 증가시켜야 한다.

---

247) 위의 글.

# 2

## 현대화 경제체계를 건설하려면
## 6대 구체적 임무를 실시해야 한다

시진핑 총서기는 당의 제19차 전국대표대회 보고에서 현대화 경제체계 건설에 관한 6대 구체적 임무를 제기했다. 첫째, 공급 측 구조적 개혁을 심화시켜야 한다. 반드시 경제발전의 착력점을 실체 경제에 두는 것을 강조하여 공급체계에 있어서 품질제고를 주요방향으로 우리나라 경제품질의 장점을 현저하게 제고시켜야 한다. 둘째는 혁신형 국가건설을 촉구해야 한다. 혁신이 발전을 인도하는 제1동력이라는 점을 강조하는 것은 현대화 경제체계의 전략적 지지이다. 셋째 농촌진흥전략을 실시해야 한다. 현대 농업·산업체계, 생산체계, 경영체계 건설을 강조하고 신형 농업경영주체를 배양하여 농업현대화 서비스체계를 완비하고, 자치·법치·덕치가 결합된 농촌 거버넌스 체계를 갖추도록 해야 한다. 넷째, 지역협조 발전전략을 실시해야 한다. 오래된 혁명지구, 민족지구, 변강 지구, 빈곤지구의 빠른 발전을 위한 지원을 강조해야 하며, 동부·중부·서부·동북지역을 포함한 협조발전을 강조해야 한다. 다섯째, 사회주의 시장경제체계의 개선을 강조해야 한다. 재산권 제도와 요소의 시장화 배치, 국유자산 및 자본 경영체제, 시장진입과 상업제도, 거시 관리, 소비체제, 투자와 융자체제 등 6대 개혁이 포함된다. 여섯째, 전면개방의 새로운 구도형성을 추진해야 한다. 들여오고 나가는 것을 모두 중시하는 것을 견지하고, 혁신능력의 개방협력을 강화하며 서비스업의 대외개방을 확대하고, 국제생산능력 협력을 촉진하여 세계적인 무역, 투자와 융자·생산·서비스네트워크를 형성해야 한다.[248] 현대화 경제체계를 건설하는 과정에서 6대 구체적 임무는 시진핑 신시대 '중국 특색의 사회주의' 경제사상체계의 계통론과 변증법을 집중적으로 보여주고 있다. 6대 임무는 서로 지지하며 내적 논리체계도 엄밀하다.

### (1) 실체 경제 공급 측 구조개혁으로 현대화 경제체계의 견고한 기초를 마련하자.

공급 측 구조개혁을 심화하는 것은 현대화 경제체계 사업의 주요 노선이다. 현대화 경제체계 건설의 착력점은 반드시 실체 경제에 있어야 하며, 중요한 것은 공급체계의 품질을 제고시키는 것이다. 시진핑 총서기는 이렇게 강조했다. "우리의 정책기반을 기업 특히 실체 경제 기업에 두고 실체 경제의 건전한 발전을 중시해야 하고, 실체 경제의 영리능력을 강화시켜야 한다."[249] "실체 경제를 진흥시키는 것에 매진해야 한다. 품질제고와 핵심 경쟁력의 제고를 견지해야 하며, 혁신구동발전을 견지하여 상품과 서비스의 공급품질을 제고시켜야 한다."[250] 공급 측 구조개혁의 착력점은 제조업을 위주로 하는 실체 경

---

248) 习近平, 『决胜全面建成小康社会夺取新时代中国特色社会主义伟大胜利-在中国共产党第十九次全国代表大会上的报告』, 앞의 책, 29-35쪽.
249) 习近平, 「在党的十八届五中全会第二次全体会议上的讲话(节选)」, 앞의 책.
250) 中央经济工作会议在北京举行, 「习近平李克强作重要讲话」, 新华网, 2016, 12, 16.

제에 있으며, 단기적으로는 "3가지를 버리고 한 가지를 내리고, 한 가지를 보완하는 것이며" 장기적으로는 "산업구조의 최적화와 업그레이드 및 개혁을 통해 제조업 체계의 관건적 핵심기술의 장벽돌파를 강화하고, 자주 혁신능력 체계구축 및 국제경쟁력을 현저하게 강화해야 한다." 시진핑 총서기는 이렇게 강조했다. "반드시 실체 경제를 중시하고, 실체 경제를 움켜쥘 때에는 제조업을 확실하게 움켜쥐어어야 한다. 장비제조업은 제조업의 기둥으로 투자를 확대하고, 연구개발을 강화하며 발전을 촉구하여 세계의 선두를 차지하도록 노력하여 기술 발언권을 가지도록 함으로써 우리나라가 현대장비 제조대국으로 발돋움하게 해야 한다."[251] 실체 경제 공급 측 구조개혁의 중점 임무와 핵심에 관한 시진핑 총서기의 논술은 실체 경제 공급 측 구조개혁으로 현대화 경제체계의 견고한 기초를 만드는 것에 중요한 인도를 한 것이며, 장비 제조업 등 관련 핵심 제조업의 공급 측 구조개혁의 역량을 강화하여 전반적인 실체 경제의 고품질 발전을 인도함으로써 현대화 경제체계의 건설에 견고한 기초를 마련해주었다.

(2) 혁신형 국가건설을 위해 현대화 경제체계의 전략적 지지를 촉진토록 해야 한다.

혁신형 국가건설을 촉구하는 것은 현대화 경제체계의 전략적 지지가 필수적이며, 현대화 경제체계 건설이 실현해야 할 중요한 목표이

---

251) 「习近平在江苏徐州市考察时强调深入学习贯彻党的十九大精神紧扣新时代要求推动改革发展」, 『人民日报』, 2017. 12. 14.

다. 혁신은 발전을 인도하는 제1의 원동력이다. 시진핑 총서기는 이렇게 지적했다. "우리는 반드시 혁신이 발전을 인도하는 제1동력으로 해야 하며, 인재는 발전을 지탱하는 제1자원으로 삼아야 하고, 혁신을 국가발전 전반의 핵심 위치에 놓아 부단히 이론혁신, 제도 혁신, 과학기술혁신, 문화혁신 등 각 방면의 혁신을 추진함으로써 혁신이 당과 국가의 모든 사업을 관통케 하고, 혁신이 전 사회의 기풍이 되도록 해야 한다."[252] 현대화 경제체계의 건설을 촉구하는 과정에서 기초연구의 강화와 기초연구능력의 응용, 국가혁신체계의 건설 강화, 전략적 과학기술 역량의 강화, 과학기술 체제 개혁의 심화 등 일련의 개혁으로 과학기술 강국, 품질 강국을 건설토록 해야 한다. 현대화 경제체계의 건설은 공급 측 구조개혁으로 경제발전을 도모하는 새로운 원동력을 형성할 것을 요구하고, 경제발전 과정의 불균형하고 불충분한 구조적 모순 해결에 힘쓸 것을 요구하며, 체제구조의 혁신을 통해 전반적인 경제체계 건설의 제도개혁을 도모할 것을 요구해야 한다. 시진핑 총서기는 이렇게 지적했다. "자력갱생은 중화민족이 세계민족 앞에 우뚝 서도록 분투하는 기본이며, 자주혁신은 우리가 세계 과학기술의 최고봉에 오르기 위해 반드시 거쳐야 하는 길이다." "혁신구동 발전전략을 실시하는 것은 체계적인 공정이다. 반드시 과학기술 체제개혁을 심화시켜 과학기술 혁신을 제약하는 모든 사상적 장애와 제도의 벽을 허물고 정부와 시장의 관계를 잘 처리하며, 과학기술과 경제사회발전의 깊이 있는 융합을 추진하여 강대한 과학기술

---

252) 习近平, 『习近平谈治国理政』 第二卷, 앞의 책, 198쪽.

에서 강대한 산업, 강대한 경제, 강대한 국가로 통하는 길을 만들어야 한다. 또한 개혁으로 혁신의 활력을 불어 넣어야 하고, 국가 혁신의 새로운 체계건설을 촉구하여 모든 혁신을 위한 활력을 충분히 끌어내야 한다."[253] 혁신형 국가 건설을 촉구하는 것은 현대화 경제체계 건설의 중요한 임무이고, 국가 혁신능력의 전면적인 제고는 현대화 경제체계의 건설과 경제체계의 고품질 발전에 강대한 전략적 지지를 주는 것이다.

(3) 농촌 진흥과 지역 간 협조를 발전전략으로 하여 현대경제체계의 공간적 배치를 최적화해야 한다.

"아름다운 생활에 대한 인민들의 요구와 불균형하고 불충분한 발전 간의 모순"은 신시대 '중국 특색의 사회주의' 사회의 주요 모순이고, 발전의 불균형과 불충분은 도시와 농촌, 지역 사이의 발전 불균형과 불충분에서 집중적으로 나타난다. 경제발전의 도시와 농촌, 지역 간의 불균형이 그 핵심이다. 현대화 경제체계 건설의 핵심목표와 임무는 경제발전과 경제체계 배치에서 장기적으로 존재하게 되는 도시와 농촌 및 지역 간의 불균형 문제를 해결하는 것이다. 농촌진흥 전략과 지역협조 발전전략을 대대적으로 실행하여 현대 경제체계의 공간 배체를 최적화함으로써 신시대 '중국 특색의 사회주의' 주요 모순문제에 대한 해결에 힘써야 한다. 농촌진흥 전략과 지역협조 발전전략은 현대화 경제건설 체계의 두 가지 핵심 경로로서 장기적으로

---

253) 习近平, 『习近平谈治国理政』 第一卷, 앞의 책, 122·124·125쪽.

축적되어 온 경제발전과 경제체계 중의 도시와 농촌 및 지역 간 불균형 문제에 강한 목표성이 있는 것이다. 시진핑은 농촌진흥전략 실시에 관한 중국공산당 중앙정치국 제8차 집체학습 시에 이렇게 강조했다. "농촌진흥전략은 당의 제19차 전국대표대회에서 제기한 중대한 전략으로 전면적으로 사회주의 현대화를 건설하는 전반적이고 역사적인 임무와 관련되며, 신시대 '3농(三農)' 사업의 총 착력점이다. 우리는 이 중대한 전략을 깊이 있게 이해하여 시종 '3농'문제 해결을 전당 사업의 절대적인 중심 사업으로 해야 하고, 사유를 명확하게 하며 이에 대한 인식을 심화시키고 사업을 확실하게 잘 실천하여 농업의 전면적인 업그레이드, 농촌의 전면적인 진보와 농촌의 전면적인 발전을 촉진시켜야 한다."[254] 농촌진흥의 기초는 농촌경제의 진흥이다. "농민 합작사와 가정·농장 두 가지 농업 경영주체의 발전을 확고히 움켜쥐어 두 가지 차원의 경영체제에 새로운 의미를 부여하여 부단히 농업의 경영효율을 제고토록 해야 한다."[255] 이런 농촌 경제발전의 요구에 맞추어 현대화 경제체계의 건설과 농촌경제의 진흥을 융합시켜 현대화 경제체계 건설로 농촌경제의 진흥과 도시와 농촌의 협조·발전을 이끌어야 한다. 이와 동시에 농촌진흥과 농촌의 발전을 추진하는 기초위에서 더욱 효과적인 지역 간 협조·발전의 새로운 구조를 건립할 필요가 있다. 특히 도시 군을 주체로 하는 대중소 도시와 소도시의 협조·발전의 도시지역 발전구도를 만들어야 한다. 지역 간 협조·

---

254) 习近平, 「把乡村振兴战略作为新时代 "三农" 工作总抓手促进农业全面升级农村全面」, 『人民日报』, 2018. 09. 23.
255) 위의 글.

발전을 촉구하여 현대화 경제체계의 건설 중에서 신흥경제 상태와 산업의 배치가 지역 간의 총괄 협조를 강조해야 하며, 현대화 경제체계의 발전을 위한 실천을 움켜쥐고 지역 간 경제의 불균형을 바로잡아 지역의 협조·발전을 통해 현대화 경제체계의 양호한 공간 배체를 다지고 불균형과 불충분이라는 발전하는 데에 있어서 나타나는 문제 해결에 적극적이어야 한다.

**(4) 경제체제 개혁으로 현대화 경제체계의 제도적 보장을 개선해야 한다.**

사회주의 시장경제 체제개혁의 개선을 촉구하는 것은 전면적 개혁을 심화시키는 중점적인 일이다. 개혁개방 40년 이래 중국경제발전의 실천이 보여주다시피 경제체제의 개혁을 부단히 심화시키는 것은 우리나라의 경제실력이 연속적으로 새 단계에 오르고 있고, 경제구조가 부단히 최적화하여 경제가 더욱 활력이 있고 유연성이 있으며, 발전하는 품질이 현저하게 제고되도록 하는 근본적인 보장이다. 현대화 경제체계를 건설하는 과정은 경제체제의 개혁을 심화시키는 과정이며, 경제체제 개혁의 심화는 현대화 경제체계 건설에 제도적 보장을 제공해준다. 이는 현대화 경제체계의 내적 요구를 개선하는 것이며, 불가피한 일일 뿐만 아니라 현대화 경제체계 건설의 중요한 임무이다. 시진핑 총서기는 당의 제19차 전국대표대회 보고에서 이렇게 지적했다. "경제체제의 개혁은 반드시 재산권제도의 개선과 요인시장화 배치를 중점으로 해야 하고, 재산권의 효과적인 격려, 요인의 자유 유동, 가격의 영활한 반응, 공정하고 질서적인 경쟁, 기업의 우열성패를 실현해야 한다."²⁵⁶ 재산권제도와 요인의 시장화 배치 뒤에는 정부와 시장의 관계 조정이 필요하다. 이는 전 사회주의 시장경제 체제개혁의 핵심문제이다. 정부와 시장이 각자 맡은 바 소임을 다하도록 하여 "시장이 자원배치에서 결정적 작용을 하고, 정부의 작용을 더욱 잘 해내도록 하는 것은 중대한 실천명제이다." "시장의 작용과 정부 작용의 문제에서 변증법과 양점론을 따져 '보이지 않는 손'과 '보이는 손'을 모두 잘 이용하여 시장의 작용과 정부 작용의 유기적 통일, 상호 보충, 상호 협조, 상호 촉진의 방식을 형성하는 데에 힘써 경제사회가 지속적으로 건전하게 발전하도록 추진해야 한다."²⁵⁷ 현대화 경제 체계의 건설은 정부와 시장관계의 협조를 핵심으로 하는 경제체제의 개혁을 떠날 수가 없다. 경제체제개혁의 심화로 현대화 경제 체계의 건설을 촉진케 하고, 현대화 경제체계의 건설로 경제체제 개혁을 심화시켜야 한다는 새로운 사유와 새로운 방법의 실천 플랫폼을 제공한다. 이 두 과정은 서로를 보완해 주고 서로를 촉진케 한다.

(5) 개방형 경제발전으로 현대화 경제체계의 국제경쟁력을 제고시켜야 한다.

개방의 마음가짐으로 "발전이라는 제일 중요한 일"을 견지하는 것은 시진핑 신시대 '중국 특색의 사회주의' 경제사상의 살아 있는 영혼이다.

---

256) 习近平, 『决胜全面建成小康社会 夺取新时代中国特色社会主义伟大胜利-产党第十九次全国代表大会上的报告』, 앞의 책, 33쪽.
257) 习近平, 『习近平谈治国理政』 第一卷, 앞의 책, 116쪽.

개방의 마음가짐으로 세계에 우뚝 서기 위해 시진핑 총서기는 이렇게 지적했다.

"어떠한 민족이든, 어떠한 국가든 모두 다른 민족, 다른 국가의 우수한 문명 성과를 배워야 한다. 중국은 항상 배움의 자세를 갖춘 대국이 되어 발전이 어떠한 단계로 성장하든 허심탄회하게 세계 각국 인민들에게서 배워서 개방 포용의 자태로 세계 각국과의 상호 포용과 서로 배우고 서로 소통을 강화하여, 대외개방을 부단히 제고시켜 새로운 수준으로 상승토록 해야 한다."[258]

때문에 신시대 현대화 경제체계를 건설하려면 반드시 세계경제체계와 발걸음을 맞추어 세계경제에 대한 개방과 교류과정에서 현대화 경제체계 건설의 양분을 섭취해야 한다.

신시대의 발전은 개방형 경제를 착력점으로 해서 현대화 경제체계의 국제 경쟁력을 향상하는 것은 매우 중요한 의미가 있다. 시진핑 총서기는 이렇게 지적했다. "새로운 역사의 시작점에서 '두개 백년 계획'의 분투목표를 실현하고, 중화민족의 위대한 부흥의 '중국의 꿈'을 실현하려면, 반드시 경제 글로벌화의 새로운 추세에 적응하고, 국제 형세의 새로운 변화를 정확하게 판단하고, 국내 개혁 발전의 새로운 요구를 깊이 있게 파악해야 한다. 더욱 적극적이고 확실한 행동으

258) 习近平, 「中国要永远做一个学习大国」, 『人民日报』, 2014, 05, 25.

로 더욱 높은 수준의 대외 개방을 추진하고, 자유무역지역 수립의 전략 실시를 촉구하여 개방형 경제의 신체제 건설을 촉구하고, 대외개방으로 경제발전을 주동적으로 해나가야 하며, 국제경쟁 또한 주동적으로 해나가야 한다."[259] 구체적인 실시에서 전면 개방의 새로운 패턴의 형성을 추진하고, 더욱 높은 차원의 개방형 경제를 실현하려면, 반드시 '일대일로'의 건설을 중점적으로 들여오고 나아가는 것을 모두 중시하여 공동으로 상의하고 공동으로 건설하고, 공유하는 원칙을 준수하면서 혁신능력에 의거한 개방과 협력을 강화하여 대륙과 해양의 내외 연동, 동서 양 방향이 서로 방조하는 개방의 패턴을 형성하고, 국제적 경제협력과 경쟁에서의 새로운 장점 배양을 촉구하여 최종적으로 업그레이드된 무역 강국인 중국을 건설하는 것이다.

---

259) 习近平, 『习近平谈治国理政』第二卷, 앞의 책, 99쪽.

# 3
## 현대화 경제체계의 건설은 응당 7가지
## 주요 방면에 초점을 맞추어야 한다

시진핑 총서기는 현대화 경제체계 건설의 주제로 진행된 중국공산당 중앙정치국 제3차 집체학습 시에 이렇게 강조했다. "현대화 경제체계는 사회경제 활동의 각 고리와 각 층면, 각 분야의 상호 관련, 상호 내적 연계로 구성된 유기적인 전체이다."[260] 현대화 경제체계는 주로 아래 7가지 방면이 있다.

첫째는 혁신 인도, 협동 발전의 산업체계.
둘째는 통일개방, 질서적인 경쟁의 시장체계.
셋째는 효율과 공정을 체현하는 수입 분배체계.
넷째는 장점과 협조의 연동을 체현하는 도시와 농촌의
　　　　지역발전체계.
다섯째는 자원 절약, 환경우호의 녹색발전체계.
여섯째는 다원적 균형, 안전하고 고효율적인 개방체계.
일곱째는 충분히 시장작용을 실현하고, 정부의 작용을 보여주는
　　　　경제체제.

---

260) 「习近平主持中央政治局第三次集体学习建设现代化经济体系」, 新华网, 2018, 02, 01.

이 일곱 개 방면은 현대화 경제체계 건설의 유기적인 전반적인 면을 구성하고, 공동으로 현대화 경제체계의 전반 프레임을 지탱하며, 사회주의 현대화 강국건설의 목표를 제시간에 실현할 수 있도록 확보해 주어야 한다.

### (1) 혁신을 인도하고, 협동하여 발전하는 산업체계.

산업체계는 미시적 경제와 거시적 경제를 이어주는 다리의 역할을 하고 있고, 전반적인 경제체계에서 중요한 중추작용을 하는 국가 발전전략과 신 발전이념을 실시하는 것이 그 주요 작용대상이다. 산업체계의 건설은 현대화 경제체계의 기초와 핵심이다. 구체적으로는 협동 발전하는 실체 경제, 과학기술의 혁신, 현대 금융, 인력 자원의 산업체계 건설을 촉구하는 것이다. 현대화 경제체계 건설에서 우선 혁신적인 인도, 협조하며 발전하는 산업체계를 형성하여 미시적 기업의 현대화와 거시적 경제체계의 현대화 건설을 위해 연결점을 제공하는 것이다. 시진핑 총서기는 경제건설 중에서 산업체계 건설의 중요성을 고도로 중시했다. 국가안전에 관련된 인터넷 발전을 이야기 할 때에 그는 이렇게 강조했다. "산업체계 건설을 움켜쥘 때, 기술·산업·정책 면에서 함께 힘을 주어야 한다. 기술발전의 규칙을 따르고 체계적인 기술 배치를 완성하여 우수한 가운데서 더 우수한 것을 선택하고 중점적 문제를 해결해야 한다."[261] 산업체계를 착력점으로 해서 경제체

---

261) 「引领网信事业发展的思想指南—习近平总书记关于网络安全和信息化工作重要论述综述」, 『人民日报』, 2018. 11. 06.

계 건설에 대한 정확한 이해를 하는 것은 현대화 경제체계 건설을 지도하는 중요한 방법이다. 혁신적인 인도, 협동하며 발전하는 산업체계로의 혁신구동의 발전전략을 실행하여 혁신이 제일의 원동력이라는 점을 보여주어야 한다. 어떻게 현대화 경제체계의 건설을 촉구할 것인지에 대해 시진핑 동지는 이렇게 강조했다. "혁신구동의 발전전략 실시를 촉구하여 현대화 경제체계에 대한 전략적 지지를 강화하고, 국가의 혁신체계 건설을 강화하며, 전력을 기울여 과학기술의 역량을 강화하고, 과학기술혁신과 경제사회발전의 심도 있는 발전을 추진하며, 혁신구동에 더욱 의존하여 장점을 더욱 많이 보여줄 수 있는 인도형 발전을 만들어야 한다."[262] 혁신발전이념은 시진핑 총서기 경제사상의 핵심이념 중의 하나이다. 그는 이렇게 강조한 적이 있다. "혁신을 움켜쥐는 것은 경제사회발전의 전반을 이끄는 '소고삐'를 잡은 것과 같다."[263] "오직 혁신을 꾀하는 자만이 진보하고, 오직 혁신을 하는 자만이 강해지고, 오직 혁신을 하는 자만이 승리한다."[264] 산업체계는 혁신발전 과정에서 중요한 작용을 한다. 시진핑 총서기는 이렇게 지적했다. "중국공산당 제18차 전국대표대회에서 제기한 혁신구동의 발전전략 실시는 과학기술 혁신을 핵심으로 하여 전면적인 혁신을 추진하고, 수요에 대한 지향과 산업화의 방향을 견지하며, 혁신하는 중

---

262) 习近平, 「深刻认识建设现代化经济体系重要性推动我国经济发展焕发新活力迈上新台阶」, 『人民日报』, 2018. 02. 01.

263) 习近平, 『习近平谈治国理政』第二卷, 앞의 책, 201쪽.

264) 中共中央文献研究室, 『习近平关于科技创新论述摘编』, 앞의 책, 3쪽.

에서 기업의 주체지위를 견지해야 한다."[265] 현대화 경제체계의 건설은 혁신을 인도하는 산업체계를 강조하는 것이므로 혁신발전이념을 실시하는 입각점을 찾아주었고, 현대화 경제체계 건설의 중요한 내용을 구성했다.

(2) 통일적으로 개방하고 질서 있는 시장경쟁체계의 수립.

경제체계의 핵심문제는 경제요인의 배치문제이다. 현대화 경제체계의 건설에는 반드시 통일개방, 질서 있는 시장의 경쟁체계가 형성되어야 한다. 이는 현대화 경제체계의 자원배치를 위한 중요한 구조이다. 중국 사회주의 시장경제는 무에서 유로, 소에서 대로 향하는 발전과정의 자원배치방식에서 시장의 역할이 부단히 강화되는 과정이었다. 시진핑 총서기는 이렇게 강조했다. "시장이 자원배치에서의 기초적 작용을 더욱 잘 해낼 수 있도록 하는 것은 개혁을 심화하는 중요한 발전의 추세이고, 통일적인 개방, 질서 있는 시장의 경쟁체계 형성을 촉구하고, 시장의 문턱을 제거하는데 힘써 자원배치의 효율을 제고시켜야 한다."[266] 시장체계의 건설은 전 현대화 경제체계 건설에 기초적인 부분이고, 경제체제의 개혁을 심화시키는 것은 현대화 경제체계의 건설을 추진하는 중요한 내용이다. 통일적 개방과 질서 있는 시장의 경쟁관계는 반드시 정부와 시장이 각자 자신의 직능을 조

---

265) 「习近平主持召开中央财经领导小组第七次会议」, 中国政府网, 2014, 08, 18.
266) 习近平, 「加强对改革重大问题调查研究提高全面深化改革决策科学性」, 『人民日报』, 2013, 07, 25.

정하면서 함께 진보하는 관계이다. 시진핑 총서기는 이렇게 강조했다. "시장이 자원배치에서 결정적인 작용을 하고, 정부의 작용을 잘 발휘하는 것은 중대한 이론적인 명제이며, 동시에 중대한 실천명제이다."[267] 시장이 자원배치에 있어서 결정적 작용을 하는 것은 시장의 개방적 경쟁을 확보하는 전제이다. 오직 시장이 자원배치에서의 주요한 수단이 되었을 때만이 통일적인 개방을 보장할 수 있기 때문이다. 질서가 있는 경쟁의 실현은 정부의 작용을 떠나서 할 수가 없는 것이다. "20여 년간의 실천을 거처 우리나라 사회주의 시장경제의 체제는 초보적으로 형성되기는 하였지만, 여전히 적지 않은 문제들이 존재하고 있다. 중요한 문제로는 시장질서가 규범적이 못하고 부당한 수단을 통해 경제이익을 갈취하는 현상이 보편적으로 존재하고 있으며, 생산요인시장의 발전이 낙후하고, 이들 요인의 방치가 존재함과 동시에 대량의 효과적인 수요가 만족되지 못하고 있는 상황이 동시에 존재하고 있다.[268] 전통적인 경제체계에서 존재하는 경쟁으로 인해 나타나는 무질서한 문제는 현대화 경제체계 중에서 정부의 조절작용이 필요로 하고 있는 부분이다. 즉 정부와 시장이 결합되어야만 기업에 자주 경영과 공평 경쟁의 양호한 환경을 마련해줄 수 있고, 소비자가 자유적으로 선택하고 자주적으로 소비하는 공간을 마련해줄 수 있으며, 상품과 요인의 자유유동과 평등 교환을 실현하도록 하여 높은 품질의 발전을 위한 미시적 기초를 마련할 수 있는 것이다.

---

267) 习近平, 『习近平谈治国理政』 第一卷, 앞의 책, 116쪽.
268) 위의 책, 76쪽.

(3) 효율과 공정을 체현하는 수입의 분배체계.

현대화 경제체계를 건설하는 중요한 목표는 사회주의 현대화 강국을 제시간에 실현하도록 하는 것이다. 이와 동시에 신시대 '중국 특색의 사회주의' '아름다운 생활에 대한 인민의 날로 늘어나는 갈망과 불균형하고 불충분한 발전 간의 모순' 해결에 중요한 의미가 있다.

사회주의 현대화 강국이 되는 목표의 실현이나 신시대 '중국 특색의 사회주의' 주요 모순의 해결을 위해서는 경제체계의 평형 구조를 빠른 시일 내에 건설하여 효율적이고 공평을 촉진하는 수입의 분배체계 건설을 중점으로 하는 것은 공동으로 부유해지는 목표를 실현하는 제도적 기초를 마련해주는 것이며, 현대화 경제체계 건설 성과의 중요한 상징이다. 신 발전 이념의 근본 목표와 최종 결과인 공유발전의 효과는 신 발전 이념의 관철 정도를 검증하는 관건적 척도이다. 신시대에 신 발전 이념의 관철을 실시하는 것을 견지하는 것은, 반드시 공유발전이라는 근본 목표를 둘러싸고 전개해야 된다. 시진핑 총서기는 성부장급 주요 영도간부들을 상대로 하는 당의 제18기 중앙위원회 제5차 전체회의 정신 관철 세미나에서 이렇게 지적했다.

"공유발전의 실시는 큰 학문이다. 상부설계를 잘하는 것부터 '마지막 1리'까지 확실하게 사업을 배치하여 실천에서 부단히 새로운 효과를 거두어야 한다."[269] 동시에 시진핑 총서기는 현대화 경제체계 건설에서 "건설은 효율을 체현해야 하며, 공평한 수입 분배체계를 촉진하

---

269) 習近平,「在省部級主要領導幹部學習貫徹黨的十八屆五中全會精神專題研討班上的講話」,『人民日報』, 2016. 05. 10.

여 수입의 합리적인 분배, 사회 공평 정의와 전체 인민들의 공동 부유를 실현하고, 기본 공공서비스의 균등화를 추진하여 수입 분배의 격차를 점차 줄여야 한다"[270]고 지적했다. 시진핑 총서기의 공평한 수입 분배체계의 건설과 기본 공공서비스의 균등화 촉진을 위한 사업의 지시는 실천 중 공유발전의 이념을 실행하고, 공유발전을 촉진하여 실천과정에서 부단히 새로운 성과를 얻도록 방향을 제시해 주었다. 또한 현대화 경제체계 건설과정에서 공유발전이념이 사상에서 발전으로 실천되는 작용의 매개체가 되었다.

⑷ 장점과 협조의 연동을 체현하는 도시와 농촌의 지역발전체계.

당의 제19차 전국대표대회의 현대화 경제체계 건설 관련 6대 구체 임무의 조치는 현대화 경제체계를 촉진시키는 공간 배치의 최적화를 강조하고 있다. 도시와 농촌의 경제와 지역 간 경제발전 불균형은 중국의 전통 경제체계에 존재하는 중요한 구조적 문제이고, 자원요인과 경제 배치의 최적화를 방해하는 관건적인 슬럼프이다.

장점을 보여주고, 협조와 연동시키는 도시와 농촌지역의 발전체계 구축을 통한 현대화 경제체계 공간 배치의 최적화로 경제요인의 공간 배치 또한 최적화를 촉진케 하여 자원요인의 이용을 통해 효율을 제고시키는데 유리하고, 요인의 집성도와 도시와 농촌, 지역 간 양적 상호작용 제고에 도움이 되는 생산력 배치구조의 형성을 촉구하여 현

---

270) 习近平,「深刻认识建设现代化经济体系重要性推动我国经济发展焕发新活力迈上新台阶」.『人民日报』, 2018, 02, 01.

대화 경제체계 건설이 협조하며 발전을 촉진시키는 내부 구조를 형성하여 최종적으로 협조발전이 신시대 '중국 특색의 사회주의' 경제체계의 내생적 특징이 되도록 한다. 협조발전이념의 의미는 풍부한데 지역협조, 도시와 농촌의 협조, 물질문명과 정신문명의 협조, 종합경제와 국방건설의 협조 등 여러 방면이 포함된다. 현대화 경제체계의 건설로 자원요인의 공간 배체를 최적화하여 '중국 특색의 사회주의' 발전을 실천하는 과정에서 협조발전이념의 실시에 실천적 착력점을 제공했다. 시진핑 총서기는 이렇게 강조했다. 현대화 경제체계의 건설을 잘 해내려면 "적극적으로 도시와 농촌의 협조발전을 추진하고, 현대화 경제체계의 공간 배치를 최적화하여 지역 간의 협조발전 전략을 잘 실시하고, 징진지의 협동발전과 창장경제벨트 발전을 추진함과 동시에 웨·깡·아오·타이완 등의 개발계획을 협조적으로 추진해야 한다."[271] 현대 경제체계의 공간 배치 조정에 따라 중점적으로 징진지의 협동 발전, 창장경제벨트와 웨·깡·아오·타이완 개발계획 등 지역 발전전략을 중심으로 지역발전과 협조발전을 위한 실천방향을 제시했다. 이와 동시에 시진핑 총서기는 이렇게 지적했다. "농촌 진흥은 큰 바둑과 같기에 이 바둑을 잘 두어야 한다."[272] 농촌진흥을 핵심으로 현대화 경제체계 건설에서 도시와 농촌의 협조발전이념을 잘 실시해야 할 것이다.

---

271) 习近平,「深刻认识建设现代化经济体系重要性推动我国经济发展焕发新活力迈上新台阶」, 『人民日报』, 2018, 02, 01.

272) 习近平,「深刻认识建设现代化经济体系重要性推动我国经济发展焕发新活力迈上新台阶」, 『人民日报』, 2018-02-01.

## (5) 자원절약과 환경우호의 녹색발전 체계.

현대화 경제체계와 전통 경제체계가 구별되는 핵심은 전 경제체계의 자원절약, 환경우호의 특징을 강조하는 것이다. 시진핑 총서기는 생태환경은 대체품이 없으며, 쓸 때에는 느낌이 없지만 잃어 버리고 나면 되돌리기 어렵다고 했다. 생태환경 보호에서 반드시 대국관(大局觀)·장원관(長遠觀)·전반관을 수립해야 하며, 보호를 우선적으로 하는 것을 견지하고, "자원절약과 환경보호를 견지하는 것을 기본국책으로 하고, 눈을 보호하듯이 생태환경을 보호하고, 생명을 대하듯 생태환경을 대하여 녹색발전 방식과 생활방식이 형성을 촉구해야 한다."[273] 자원절약, 환경우호의 녹색발전체계를 건설하는 것은 전 현대화 경제체계의 생태환경에 대한 기초이며 현대화 경제체계 성공을 확보하는 근본적인 보장이다. 현대화 경제체계의 건설은 녹색 순환의 저탄소 발전과 자원환경이 우호적인 녹색발전의 체계건설을 강조하고, 녹색이 노멀이 되도록 해야 한다. 시진핑 총서기는 이렇게 지적했다. "녹색발전의 발전관을 견지하는 것은 심각한 혁명이다.

경제의 발전방식을 전환하고, 환경오염을 통합 관리하며, 자연의 생태보호를 다시 복원하고, 자원절약과 집약적인 이용을 하며, 생태문명 제도체계의 개선 등 방면에서 보통이 넘는 조치를 취해 전방위, 전지역, 전 과정에서 생태환경에 대한 보호를 실시해야 한다."[274]

---

273) 习近平, 『习近平谈治国理政』第二卷, 앞의 책, 209-210쪽.
274) 「习近平在山西考察工作时强调扎扎实实做好改革发展稳定各项工作为党的十九大胜利召开营造良好环境」中国共产党新闻网, 2017, 06, 24.

녹색발전이념은 생태, 경제, 사회, 정치와 문화 등 여러 방면을 모두 망라한다. 시진핑 총서기는 현대화 경제체계 건설을 촉구하는 측면에서 출발해 이렇게 지적했다. "자원절약, 환경우호의 녹색발전체계의 건설을 통해 농색순환·저탄소 발전 및 사람과 자연의 조화로운 공생을 실현하여" 청산녹수는 금산·은산이라는 이념에 대한 실천을 공고히 수립함으로써 사람과 자연이 조화롭게 발전하는 현대화 건설의 새로운 패턴을 형성토록 해야 한다.[275] 현대화 경제체계 건설의 임무에서 출발하여 자원 환경과 우호적인 녹색발전 체계에 의존하여 녹색 순환 저탄소 발전의 실현을 녹색발전이념을 관통하는 실천의 착력점으로 해야 한다. 또한 과학기술 혁신에 의존하여 경제사회발전을 위한 자원의 순환이용과 환경오염 통제의 수준을 제고시킴으로써 녹색발전이념의 효과적인 실시를 추진해야 할 것이다.

## (6) 다원적 균형을 수립하고, 안전하고 고효율적인 개방체계.

개방에 의한 발전은 중국 사회주의 경제건설의 관건적 수단이다. 개혁개방 이후 중국은 부단한 대외개방의 확대를 통해 거대한 경제발전 효과를 가져왔다. '중국 특색의 사회주의' 신시대에 전면적인 대외개방의 확대와 제고를 통해 전통적인 개방패턴에 존재하는 부족함을 극복하면서 다원적 균형, 안전하고 효율적인 전면개방 체계에 의탁하여 신시대 중국 현대화 경제체계와 외부 세계경제와의 연계 및

---

275) 习近平, 「深刻认识建设现代化经济体系重要性推动我国经济发展焕发新活力迈上新台阶」, 『人民日报』, 2018-02-01.

교류하는 구조를 구축해야 한다. 시진핑 총서기는 이렇게 지적했다. "새로운 시작점에서 우리는 확고부동하게 대외개방을 확대하여 더욱 광범한 호혜와 윈-윈을 실현해야 한다. 호혜와 윈-윈의 개방전략을 실행하여 부단하게 더욱 전면적이고, 더욱 깊이 있고, 더욱 다원화된 대외개방 패턴을 창조하는 것은 중국의 전략적 선택이다. 우리의 대외개방은 멈추지 않을 뿐만 아니라 더 이상 물러서지도 않을 것이다."[276] 더욱 넓은 영역, 더욱 깊이 있는 단계의 대외개방을 통한 글로벌 분업시스템과 가치체계의 융합과정에서 세계경제와의 양호한 순환과 상호작용 체제를 구축하는 것은 현대화 경제체계 건설의 중요한 방면이다. 다원적 균형, 안전하고 고효율적인 전면개방체계를 형성하려면 개방형 경제를 발전시켜 계속적이고 적극적으로 '일대일로' 프레임의 국제교류협력을 추진하는 것은 개방발전이 반드시 거쳐야 하는 길이다. 시진핑 총서기는 이렇게 지적했다. 현대화 경제체계의 건설을 촉구하려면 "개방형 경제발전에 힘쓰고, 현대화 경제체계의 국제 경쟁력을 높이며, 글로벌 자원과 시장을 잘 이용하고, 계속하여 '일대일로' 프레임의 국제교류협력을 적극 추진해야 한다."[277]

중국공산당 제18차 전국대표대회 이후, 우리나라 개방형 경제의 새로운 체계는 점차 건전해졌다. 특히 '일대일로' 제의가 제기되고, 중국이 '들여오고' '나가는' 것을 모두 중시하면서 함께 상의하고, 함께 건

276) 习近平, 「坚定不移扩大对外开放实现更广互利共赢」, 新华网, 2016, 09, 03.
277) 习近平, 「深刻认识建设现代化经济体系重要性推动我国经济发展焕发新活力迈上新台阶」 『人民日报』 2018, 02, 01.

설하며, 함께 공유하는 원칙을 따르면서 국제협력의 새로운 공간을 개척했다. 현대화 경제체계 건설과정에서 계속하여 '일대일로' 프레임 속의 국제교류와 협력을 계속하여 발양할 수 있도록 중국이 반드시 견지해야 하는 개혁개방을 위해 실천적 지원을 제공해주어야 한다.

## (7) 충분히 시장 작용을 실현하고 정부의 작용을 보여주는 경제체제.

시진핑 총서기는 이렇게 지적했다. "정부와 시장의 관계는 우리나라 경제체제 개혁의 핵심문제이다. 당의 제18기 중앙위원회 제3차 전체회의에서는 자원배치의 기초 작용을 결정적 작용으로 수정했다. 비록 두 글자의 차이지만 이는 시장의 작용에 대한 새로운 자리매김이었다. '결정적 작용'과 '기초적 작용' 이 두 가지는 서로 맞물리며 계승 발전한 것이다. 시장이 자원배치에서 결정적 작용을 하고, 정부의 작용을 제대로 하는 것은 서로 통일되는 것으로, 서로 부정하는 것이 아니기에 양자를 분할하고 대립시키지 말아야 한다. 시장이 자원배치에서의 결정 작용으로 정부의 작용을 대체하거나 정부의 작용을 부정하지 말아야 하고, 정부의 작용으로 시장이 자원배치에서의 결정적 작용을 대체하거나 부정하지 말아야 한다."[278] 현대화 경제체계의 건설은 신시대 우리나라 경제체제 개혁의 중대 조치이다. 경제체제개혁의 핵심문제인 정부와 시장의 관계는 자연적으로 현대화 경제체계의 제도적 기초가 되었으며, 없어서는 안 되는 기본방면이 되었다. 현대화 경제체계는 시장의 작용을 충분히 보여주어야 한다. 구체

---

278) 习近平, 『习近平谈治国理政』 第一卷, 앞의 책, 117쪽.

적으로 시장이 자원배치에서 결정적인 작용을 하도록 하여 시장메커니즘이 효과적이고 미시 주체로서의 활력을 실현하는 것이다. 시진핑 총서기는 이렇게 강조했다. "우리가 전면적으로 개혁을 심화하려면 잠재하는 시장의 활력을 불러일으켜야 한다. 시장의 활력은 사람에게서 오는데, 특히 기업가에게서 오며, 기업가 정신에서 온다. 시장에 활력을 불러일으키려면 권력을 타당한 자리에 주어 필요한 환경을 마련해주고, 필요한 규칙을 제정하여 기업가들이 사용할 수 있도록 해야 한다. 우리는 정부가 정부의 작용을 잘 하는 것을 강조하고 관리자에서 서비스를 하는 사람으로 자세를 변화하여 기업을 위해 일을 함으로써 경제사회발전을 돕도록 해야 한다."[279] 현대화 경제체계에서 정부의 작용을 더 잘해만 거시적 관리가 적절해진다.

시진핑 총서기는 이렇게 지적했다. "시장이 결정적 작용을 한다는 말은 전반적인 것으로 맹목적니거나 절대적으로 시장의 결정 작용을 논하지 말아야 한다. 비록 시장이 자원배치에서 결정 작용을 하도록 해야 하지만, 정부도 정부의 작용을 제대로 해야 한다. 일부 영역, 예를 들면 국방건설에서는 정부가 결정적 작용을 해야 한다. 일부 전략적인 에너지자원 분야에 대해서도 정부는 공고히 파악해야 하지만, 시장 메커니즘을 통해 완성할 수도 있다."[280] "정부의 작용을 잘 이행하는 것은 간단하게 행정명령을 하달하는 것이 아니라 시장의 규칙을 존중하는 기초에서 진행하는 개혁으로 시장에 활력을 불어 넣고,

---

279) 习近平, 「谋求持久发展, 共筑亚太梦想」, 『人民日报』, 2014, 11, 10.
280) 中共中央文献研究室, 『习近平关于社会主义经济建设论述摘编』, 앞의 책, 57-58쪽.

정책으로 시장을 예측할 수 있게 인도하여 기획적으로 투자 방향을 명확히 하며 법치로써 시장의 행위를 규범토록 해야 한다."[281] 그렇기 때문에 현대화 경제체계의 건설은 시장의 작용을 충분히 하고, 정부가 정부의 작용을 잘 해내는 제도의 기초를 건설해야 하며, 정확하게 시장이 자원배치에서의 결정적 작용과 정부의 조절작용의 경계를 파악해야 한다.

---

281) 「把改善供给侧结构作为主攻方向推动经济朝着更高质量方向发展」, 『人民日报』, 2017, 01, 23.

# 제9장
# 공급 측 구조개혁을
# 주요 노선으로 하자[282]

---

282) 본 장의 저자는 위쩌(于泽)이다.

공급 측의 구조개혁은 '중국 특색의 사회주의'가 신시대에 진입한 역사적 환경에서 뉴노멀에 적응하고, 뉴노멀을 인도하여 중진국 함정을 넘어 '두개 백년 계획'의 목표 실현을 위한 중대한 전략 조치이며, 미래의 일정 기간 동안 중국의 경제문제를 해결하기 위해 장기적으로 견지해야 할 주요사업의 내용이다. 개혁개방 이후 사회주의 시장 경제체제를 건립하고 개선하기 위해 연산도급(聯産承包) 책임제로부터 국유기업 직원의 권리와 이익을 나누어 주고, 인원을 줄이고 효과를 늘이는 등의 방법과 수단에 이르기까지 우리나라는 대량의 공급 측 개혁을 실시하여 미시경제 주체의 활력을 제고시켜주고 생산력을 발전시켰다. 1978년 이후부터 이런 공급 측 개혁은 보통 생산량의 제고를 목표로 했고, 세계적으로도 큰 주목을 받았다. 하지만 경제가 뉴노멀에 들어서면서 전통적 공급 측 수량형식의 개혁조치는 점차 신시대의 요구에 부합되지 않았다. 이렇게 생산관계와 신시대의 생산력 발전 요구가 어긋나기에 우리는 신 발전 이념의 인도 하에 새로운 체계적인 개혁조치를 실시해야 한다. "공급 측 구조개혁의 중점은 사회 생산력을 발전시키는 것이다. 개혁으로 구조조정을 추진하여 '효과가 없고, 저급적인 공급'은 줄이고, 효과적이고 중고급적인 공급을 확대하여 공급구조가 수요변화에 대한 적응성과 유연성을 증가시킴으로써 모든 요인의 생산성을 제고시켜야 한다."[283] 전반적으로 보면 공급 측 구조개혁은 신시대의 역사적이고 필연적인 요구로 엄밀한 이론적 논리를 가지고 있는 신시대 경제사업의 주요 노선이다.

---

283) 习近平, 『习近平谈治国理政』 第二卷, 앞의 책, 252쪽.

# 1
## 공급 측 구조개혁의 이론적 논리


　뉴노멀의 공급 측 구조개혁은 시진핑 동지를 핵심으로 하는 당 중앙에서 중국의 경제를 "어떻게 보고, 어떻게 해야 하는가?"를 탐색하는 과정에서 제기한 과학적 판단이다. 개괄하면 공급 측 구조개혁에는 세 가지 판단이 포함된다. 즉 신시대 기본모순의 주요 방면은 공급 측에 있고, 공급 측의 문제는 주로 구조적 문제이며, 구조적 문제 해결은 주로 개혁의 의존해야 한다는 것이다. 이는 중국의 신시대 경제 사업에 대한 총체적 파악으로 미래 장기간 동안 견지해야 하는 사업의 주요 노선이다.

## (1) 신시대 주요 모순의 주요 방면은 공급 측에 있다.

　개혁개방 초기에 낙후한 생산력은 주로 심각하게 부족한 공급 측 생산량이 인민들의 기본생활 요구를 만족시키지 못하는 것으로 표현되었다. 물자의 부족으로 소비자들은 긴 줄을 서서 분배되는 제한적인 물자를 받아야만 했다. 이런 경제형세하의 중국경제의 기본 모순을 해결할 수 있는 방법은 상품 생산량을 대대적으로 제고시키는 것이었다. 이에 따라 1978년 이후에 우리나라는 수량을 지향하는 공급 측 개혁을 실행했다. 공급 측의 수량형 개혁으로 우리나라 경제의 총량은 신속하게 증가했다. 여러 가지 상품의 생산량은 세계의 앞자리를 차지했다. 하지만 우리나라가 신시대에 진입하면서 경제의 증가속도는 지속적으로 줄어들었다. 이는 우리나라의 기본모순이 변화하고 있음을 설명한다. 전통적인 수량형 개혁패턴은 신시대 경제발전의 새로운 요구에 적응하지 않기에 경제의 뉴노멀은 새로운 개혁을 요구하고 있다. 신시대에 들어선 '중국 특색의 사회주의'의 제일 근본적인 변화는 우리나라 사회의 주요 모순이 아름다운 생활에 대한 날로 늘어나는 인민들의 요구와 불균형하고 불충분한 발전 간의 모순으로 변화한 것이다. 수요 측으로부터 보면, 사람들의 요구는 더욱 높아져 기본 물질문화의 생활을 요구하는 상황에서 아름다운 생활을 갈망하는 차원으로 높아져 물질문화생활에 더욱 높은 요구를 제기하게 되었을 뿐만 아니라 민주, 법치, 공평, 정의, 안전, 환경 등 방면에 대한 요구도 날로 증가하고 있다. 공급 측으로부터 보면 우리나라의 많은 상품의 생산량은 이미 세계의 앞자리를 차지했는데, 주요 문제는 불균형으로 사람들이 날로 업그레이드되는 소비의 변화를 따르지 못했다는 점이다. 저급상품의 공급은 과잉상태인 반면 첨단상품의 공급이 부족했던 것이다. 수요와 공급의 변화 특징을 보면, 주요 모순의 주요 방면은 공급 측에 있음을 알 수 있어 아름다운 생활에 대한 인민들의 높아진 요구를 만족할 수 없음을 알 수 있다.

전통적인 조방식 공급패턴은 역부족으로 전 요인의 생산율 향상을 제약하여 생태환경의 악화를 초래햇고 공급 총량과 품질 간의 모순을 악화시켰다.

첫째, 생산요인의 가격은 공급원가의 핵심부분으로 이미 상행단계와 투자보수율이 감소하는 상태이기에 주로 노동, 토지, 자본 등 요인의 대규모 투자로 수량형 성장을 실현하던 패턴을 계속 유지할 수가 없다. 루이스 터닝 포인트(The Lewis turning point)가 닥쳐오면서 우리나라 노동력의 가치는 점차 상승하기 시작했다. 생산율의 성장을 유지할 수 없는 상황에서 원가는 필연적으로 상승하게 된다. 동시에 천문학적인 고정자산 투자는 전통산업의 생산력 과잉, 투자보수율의 감소를 초래했으며, 기업효과와 이익이 하락하고, 성장이 둔화를 초래했다. 뉴노멀은 요인가격의 상승기이고 투자보수율의 하락기이다. 전통적인 요인이 이끄는 성장패턴에서 생산량 증가는 점차 줄어들고 사회의 원가는 날로 높아졌다. 공급 측이 새로운 개혁으로 새로운 이윤을 창조하고, 새로운 에너지를 비축하는 것이 매우 필요하다.

둘째, 전통 조방식 공급패턴은 수입구조를 왜곡시켰으므로 전면적으로 샤오캉사회를 건설하여 공동의 부유를 실현하려면 반드시 공급패턴에 대한 개혁을 진행해야 한다. 신시대 샤오캉사회의 전면적인 건설은 국내의 공동적으로 부유해 지는 것이 필요하다. 이를 위해서는 성장패턴의 변화가 요구된다. 그러려면 먼저 일부 사람들이 먼저 부유해지고, 후에 전국인민이 공동으로 부유해지는 것을 실현하도록 해야 한다. 전통적 수요에 대한 자극과 대량의 자본축적으로 나타난 경제성장은 수입이 자본 쪽으로 쏠리게 하고, 노동수입이 사회 총 수입에서 차지하는 비율을 하락시켰다. 수입의 분배구조를 조정하려면 오직 생산 측 공급패턴에 대한 조절을 통해 요인가격과 요인의 공간적 유동을 조절하고 노동자가 좋은 보수를 받도록 하여 빈곤층의 빈곤 탈출을 실현하는 것이다. 공급 측 신 개혁은 전면적으로 샤오캉사회를 실현하는 필연적인 선택이다.

셋째, 자원의 과잉소비로 생태환경의 적재능력이 하락되었기에 생태의 단점이 뚜렷하다. 우리나라는 높은 오염, 높은 에너지 소비 업계의 비중이 크기에 토양, 수원, 공기는 대규모적으로 오염되었다. 이 때문에 인민들이 희망하는 아름다운 생활과는 거리가 멀다. 비록 전통적인 공급패턴으로 경제의 성장을 가져왔지만, 거대한 환경 파괴로 대가로 치렀다. 환경의 적재능력은 생산 측을 구속하는 원인이 되어 공급 측 능력의 제고를 제약하고 있다. 맹목적인 프로젝트 가동으로 수토의 유실이 심각해졌고, 사람들의 거주환경이 나빠져 자연과의 관계개선은 공급 측의 거대한 도전과제가 되었다.

넷째, 전통적인 공급패턴은 모든 요인 생산성의 향상을 제약하고 있어 조방형 성장은 쇠퇴하고 말았다. 전통적으로 생산량을 지향하는 공급패턴은 일을 벌이고 프로젝트 가동에만 열중했기에 중복 건설, 맹목 생산, 생산량 과잉, 저급 산업이 과도하게 밀집되는 등의 현상을 초래했다. 저급적인 중복 건설과 맹목적인 모방은 사회의 혁신 원동력을 억압하고 있고, 기업은 동등한 품질의 저급 상품 제공에 만족하고 있었기 때문에 우리나라 전체 요인의 생산성은 2011년 이후 완만하게 성장했다. 2008년의 대규모적인 수요로 산업구조는 더욱 굳어져 상술한 추세는 급격하게 악화되었다. 오직 공급 측의 기술혁신을 통해서만 새로운 원동력을 얻을 수 있고, 경제가 규모 측면의 성장에서 고품질의 성장으로 변화하도록 할 수 있으며, 지속적인 성장을 실현할 수 있다.

## (2) 공급 측의 문제는 수량 형에서 구조 형으로 변화했다.

생산력이 극도로 발전함과 동시에 사회주의 초급 단계의 새로운 역사시기를 맞이했다. 이 시기에 기본 모순은 공급 측 표현형식이 수량형 모순에서 구조 형 모순으로 변화되었다는 점이다. 수량이 부족하고 줄을 서서 공급품을 받던 상황은 품질이 좋지 않은 문제로 변화되었고, 생산력의 낙후성은 수량 부족에서 인민들이 상품 품질과 성정의 다양화·개성화에 대한 수요를 만족 시키지 못하는 모순으로 변화되었다. 공급 측의 구조문제는 주로 아래 몇 가지 방면에서 표현되었다.

첫째, 부족한 유효한 공급과 소비자 수요의 향상은 괴리가 존재한다는 점이다. 개혁개방 초기에는 수입이 비교적 적으므로 소비자들은 소비가 가능한 상품에만 관심을 가졌고, 그 상품을 살 수 있음에 행복을 느꼈다. 그러나 1인 평균수입의 증가에 따라 소비자들은 상품의 품질을 더 따지게 되었다. 많은 소비자들은 믿음이 가는 정품을 사기 위해 해외직구를 하기 시작했다. 수량이 주도하던 공급패턴과 상품의 품질을 따지는 소비자들의 요구는 점점 더 괴리가 있게 되었기에 더욱 많은 소비의 잠재력을 깨우지 못하고, 상품의 구조적 과잉을 초래했다. 한쪽은 대량의 생산능력 과잉이 나타났고, 다른 한쪽에서는 소비자의 수요 만족을 받지 못하게 되었다. 생산자들은 수량에서 품질을 원하는 소비자들의 수요 변화를 따르지 못했다. 중요한 원인은 상품의 혁신능력이 부족하여 여전히 생산품 수량을 통해 이를 벗어나려 했기에 상품의 품질과 녹색 생산을 추구하려는 원동력과 능력이 상대적으로 제한적이 되었다.

둘째, 우리나라의 기초 원자재와 가정의 소비품 등 분야에서의 생산력은 방대하지만, 첨단소재와 고급 장비의 대부분은 수입에 의존하고 있다. 우리나라의 개혁개방은 제2차 세계대전 이후 글로벌화의 대 발전 시기에 처해있었다. 이 시기 글로벌화의 특징은 생산품 생산의 분업이었기에 대부분 선진국은 생산을 외주에 맡기고 국내에는 연구개발팀과 시장 마케팅 등 높은 부가가치가 있는 부분을 남겨두었다. 그러나 우리나라는 기존의 완전한 공업구조와 비교적 저렴한 노동력 원가에 의지하여 이 시기 글로벌화의 분업에 참여할 수 있었다. 우리나라는 세계 최대의 기초 원자재인 강철, 초급 화학공업품 등의 생산을 담당했다. 이런 원자재와 노동력의 우세로 우리나라는 세계의 공장이 되었다. 하지만 대량의 설비와 선진적인 원자재는 여전히 수입에 의존해야 했기에 생산의 부가가치는 적고 환경 손상만 컸다. 이런 성장은 우리나라가 중진국 함정에 빠질 가능성을 높여주었다.

셋째, 상대적으로 저급 산업의 과잉현상은 수입구조를 심각하게 악화시켰고, 이는 수요의 구조 변화를 제약했으며, 더욱 공급체계와 현실의 유효한 수요 모순을 악화시켰다. 상대적으로 저급 산업 상품의 가격신축성은 적다. 그렇기 때문에 더 많은 이윤을 실현하려면, 기업은 생산과정을 더욱 표준적이고, 지능적으로 최적화하기에 자본 밀도는 더욱 높아지게 된다. 비록 생산규모의 확대로 노동의 수요를 향상시켜 많은 일자리를 창조함으로써 경제성장을 가져오지만, 국민 총수입에서 노동으로 인한 수입 배당은 줄어들었기에 수입 격차는 급격하게 악화되었다. 부유층과 빈곤층의 수요는 큰 차이를 보이고 있어 대체불가이기 때문에 전통적 공급체계와 현실의 유효한 수요 간의 모순은 더욱 악화되기 마련이다.

넷째, 도시와 농촌의 발전 불균형이다. 도시와 농촌은 수입, 공공서비스, 사회발전 등 방면에 큰 격차가 존재한다. 도시와 농촌의 발전 불균형 중 농촌건설의 문제가 특히 심각하다. 각종 국가정책의 지원 하에 농민과 농업은 큰 개선을 가져왔다. 하지만 농민들이 도시에 집을 마련하게 되면서 농촌건설은 극도로 낙후해져 각 지역의 농촌 거버넌스 문제가 특출하게 나타났다. 다년간 도시와 농촌의 모습을 보면, 도시는 농촌의 토지를 이용하여 건설했을 뿐 농촌에 대한 건설을 촉진시키지는 못했다.

다섯째, 지역 공간구조의 불합리성은 사회의 유효한 수요 형성을 제한하였기에 공급 측 구조모순을 심화시켰다.

지금의 지역 공간 배치에서 몇 안 되는 몇 개의 일선(一線)의 도시는 인구가 특히 밀집되어 엄청난 소비의 중심이 되었다. 이선(二線)의 도시는 지역경제의 중심이라고는 하지만, 소속지역에서 효과적인 역할을 할 수 있는 환경을 형성하지 못했기에 현지의 경제발전을 이끄는 사명을 감당할 수 없었다. 삼, 사선(三, 四線)의 도시는 인구 집결과 신형 도시화 촉진의 기능이 매우 약하다. 때문에 전국적인 유효한 수요가 형성되기 어렵다.

여섯째, 혁신 능력을 제고시킬 필요가 있다. 선진국과 비교하면 중국의 국가 혁신체계의 업적은 매우 큰 차이가 있다. 중국의 PCT 특허와 기업의 연구개발을 위한 투자는 제일 빠르게 성장하고 있다. 하지만 시작점이 비교적 낮기에 부분 선진국과의 국가 과학 및 혁신체계와의 업적 차이는 여전히 뚜렷하다. 중국은 기업 연구개발 지출 지수는 이미 OECD 국가의 중간치를 초과했지만 기타 항목에서의 차이는 여전히 크다. 특히 설립 기간이 5년 미만인 기업이 보유한 특허 수량, 기업의 국제 특허 수량, 등록 상표와 대학의 기초 연구는 여전히 선진국 수준에 미치지 못하고 있다.

일곱째, 요인시장과 자원시장의 개혁이 정체되었고, 가격의 왜곡은 구조의 불균형을 초래했다. 2017년 12월 18일 중앙경제사업회의에서는 우리나라 경제의 구조적 모순이 요인시장의 배치 왜곡에서 비롯된 것이라고 지적하고, 이 문제를 해결할 수 있는 근본적인 경로는 요인시장의 배치에 대한 개혁을 심화하는 것이라고 했다. 우리나라 상품시장의 개혁은 거의 완성되고 있다. 하지만 노동력, 토지자금과 기술 등 생활 요인 시장의 개혁은 뒤처지고 있다. 요인시장 가격의 두 가지 방법을 병행하는 것은 정보가 불충분하고 불투명하고 자원배치의 효율도 낮아 공급패턴이 수량형을 위주로 하게 되었기에 고품질의 발전 요구를 확실하게 체현하지 못하고 있다. 동시에 에너지와 자원 가격에 대한 관제가 많이 존재하고 있고, 희귀성을 충분하게 반영하지 못하고 있기에 오염이 많고 에너지 소모가 높은 업종은 우리나라에서 비교적 큰 비중을 차지하고 있다. 이는 토양, 수원, 공기의 대규모 오염을 초래했기에 아름다운 생활을 갈망하는 사람들의 요구와는 거리가 멀다. 또한 조화로운 자연경제와의 관계 형성은 공급 측의 큰 도전이 되었다.

### (3) 공급 측의 구조적 문제해결은 개혁에 의존해야 한다.

공급 측의 구조문제가 나타난다는 것은 공급 측 수량형 개혁이 현재의 사회발전에 필요한 수요와 점차 멀어지고 있다는 것을 말해준다. 이는 기존의 경제발전 패턴과 아름다운 생활을 바라는 인민들의 수요와도 점점 멀어지고 있다는 의미기에 많은 불균형의 구조문제를 초래했다. "공급과잉 해소, 재고의 제거, 지렛대의 제거, 원가 절감, 단점 보완" 등 다섯 가지 임무는 상술한 구조적 문제를 집중적으로 해결하는 방안이다. 이런 구조적 문제를 해결하기 위해 5대 임무를 공략해야 한다. 생산력의 발전은 우리가 공급 측 수량형 개혁에서 공급 측 구조형 개혁으로 과도할 것을 요구한다. 개혁은 우리가 문제를 해결하기 위한 제일 효과적인 수단이다.

이번 개혁의 실질은 중국체계 개혁의 2차 출항이다. 이번 개혁은 지난 1차 개혁보다 훨씬 어렵다. 새로운 개혁은 재고화와 체계성 등 두 가지 특징을 필요로 한다. 지난번의 개혁과는 달리 이번 개혁은 증가량 개혁에서 재고량 개혁으로 바뀌어야 한다. 1978년부터 시작된 첫 번째 체계적인 개혁은 경제 총량의 빠른 제고(提高)를 지향하는 따라잡는 이념으로 기존의 이익패턴을 거의 변화시키지 않는 전제하에서 새롭게 수량을 증가시켰던 것이다. 예를 들면 농촌기업과 민영기업의 역할이 그것이었다. 이런 기업은 정부가 허가하는 특정분야에서 개방을 통한 국제 선진기술의 모방과 재수출을 통해 경제 총량을 신속하게 상승시켰다. 바로 이런 수량을 증가시키는 개혁을 위주로 하는 성격 때문에 지방정부 전체의 자발적 개혁이 필요했고, 개혁이 다른 주체의 적극성을 충분히 볼 수 있었던 것이다. 그렇기 때문에 이런 개혁에서 먼저 승차하고 후에 표를 사는 현상이 합리적인 경우도 있었다. 하지만 신시대에 우리는 추격하던 상황에서 어깨를 겨루는 상황으로 변화되어 기술모방의 공간이 점차 줄어들고 있고, 더이상 모방단계에서의 제3세계 국가들과의 경쟁이 아니라, 세계 선진기술 및 유럽과 미국 등 선진국과 경쟁을 해야 하는 상황이 되었다. 이는 모방단계의 기존 경제주체의 행위패턴과 이익구조가 더 이상 이런 상황에 적응하지 못하는 현상이 나타난다는 의미이기에 전면적으로 체제와 이익구조의 조정을 위해 격려하여 모방행위에서 혁신행위로 변화시켜야 한다. 이는 사회가 재고량 개혁을 통해 자원을 해방시키고, 모방에서 혁신으로 발전할 것을 요구하는 것이다. 재고량 개혁이기에 전면적이고 체계적이어야 하며, 상부설계로부터 기존의 개혁패턴이 과도하게 분할되는 것을 방지해야 한다.

점차 고품질 발전을 실현하여 아름다운 생활을 갈망하는 사람들의 수요를 만족시키기 위해 미래 경제의 원동력을 전통 제조업에서 선진적인 제조업으로 전향시키고, 농업과 서비스업의 업그레이드를 이끌어야 한다. 선진 제조업 전형의 기초는 자주적인 연구개발에서 시작된다. 이는 우리나라가 기술의 도입·흡수·재개발의 패턴에서 점차 자주적인 혁신으로 패턴을 변화시킬 것을 요구한다. 이런 패턴의 변화는 오직 개혁을 통해서만 실현할 수 있다. 당의 제19차 전국대표대회의 보고에서는 경제체제개혁은 반드시 재산권제도의 개선과 요인의 시장화 배치를 중점으로 한다고 명확하게 지적했다. 이는 시장과 정부의 관계를 바로잡아 시장과 정부의 경계를 새롭게 확정할 것을 요구한다. 이런 경제 재확정은 기존의 우리나라 정부와 시장의 관계가 불확정했다는 뜻이 아니라 모방형 기술의 발전을 변화시키는 과정에서 점차 정부와 시장의 관계를 변화시켜야 한다는 뜻이다. 한편으로 정부의 기능범위를 점차 줄여 기업에게 더 많은 공간을 넘겨주도록 하여, 기업과 시장이 혁신 과정에서의 주체적 지위를 향상시켜야 하는 것이지, 예전의 모방 단계처럼 미래의 발전방향을 예측할 수 있다고 해서 정부가 전략을 주도하지 말아야 한다. 다른 한편으로 정부의 직능 방향을 조절할 필요가 있다. 추월하는 단계에서 정부는 기본적인 기초건설을 진행할 필요가 더 크다. 예를 들면 도로건설·통신건설 등이 있다. 이런 방식으로 기업의 수출 고정 원가를 줄이고, 수출입과 학습을 촉진시켜 생산효율을 향상시켜야 한다. 혁신단계에서는 기초시설 건설의 중요성은 줄어들고, 기업은 융자와 리스크 분담 등의 문제에 더욱 관심을 가지게 된다. 이는 우리나라가 최근에 대규모로 기초시설에 투자를 해도 경제성장률이 날로 줄어드는 원인이다. 정부는 사회 리스크 분담기능을 더 많이 제공할 필요가 있으며, 그릇된 시도에 더 큰 공간을 할애해야 한다.

정부와 시장관계의 경계를 재 확정하는 것은 두 개 방면이 포함된다. 첫째는 재정이고, 둘째는 국유기업이다. 첫 번째 개혁에서 지방정부는 주력군이었다. 지방정부의 경쟁은 경제성장을 촉진시켰다. 하지만 이런 격려구조는 혁신을 지향하는 미래의 발전패턴에 적합하지 않다. 새로운 패턴에서 기업은 주체이고, 시장은 주요 추진 역량이다. 혁신으로 인한 그릇된 시험과정에서 기업은 미래의 방향을 확정할 수 없기에 정부는 더욱 어렵게 된다. 초월 단계에서 효과적이던 지방정부의 투자에 의한 격려방법과 성장을 촉진시키는 방법은 효력을 잃었다. 이런 상황에서 기존의 행위패턴을 지속한다면 현재는 사반공배(事半功倍, 노력에 비해 성과가 큰 것—역자 주)가 된다. 이렇게 되면 일부 지방정부는 어찌해야 될지를 모르는 상황이 나타나게 된다. 여기에 보편적으로 존재하는 부작위와 직무태만 등의 현상으로 인해 지방정부는 전형단계에서 수수방관하게 된다. 이 때문에 새로운 정부와 재정체계의 건립이 필요한 것이다. 이를 통해 지방정부가 새로운 형세에 새로운 행동패턴을 수립하도록 격려해야 한다. 여기에서 특히 주의해야할 점은 새로운 격려구조는 간단하게 부작위를 해결하는 것이 아니라, 지방정부의 행위와 시장의 혁신격려가 서로 어우러지도록 하는 것이며, 그 목표는 어떻게 할지를 모르고 하기 싫은 현상을 종합적으로 해결하는 것이다.

산업정책은 우리나라 공급 측 수량형 개혁에서 중요한 작용을 보여주었다. 우리나라 기존의 산업정책은 규모 지향이다. 예를 들면 국유기업 개혁에서 "큰 것을 움켜쥐고 작은 것을 풀어 주는 것"으로 국유기업의 연합 개편을 촉진시켰다. 학습과 모방의 단계에서는 제일 적합한 정책으로 규모를 확대하여 규모의 장점을 발양하여 원가를 줄여 경제성장을 촉진시켰다. 하지만 혁신 발전단계에서는 중소기업이 주력이 될 것이다. 조지프 슘페터(Joseph Alois Schumpeter)의 "창조적 파괴"에 따르면 관건적인 혁신은 기존의 기업이 이루는 것이 아니라 새로운 기업이 이루는 것이다. 새로운 기업의 규모는 크지 않다. 만약 규모 지향으로 산업정책을 선정한다면 혁신형 소기업의 발전을 저해하게 된다. 때문에 우리나라 산업정책은 규모 지향에서 업종과 시장의 실패를 주시해야 하며, 중대 기술을 주시해야지 특정 산업을 주시해서는 안 된다. 그렇기 때문에 효과적인 구조조정을 추진해야 하는 것이다.

# 2
## 공급 측 구조개혁은 신시대
## 경제사업의 주요 노선이다

신시대 경제사업의 주요 노선은 왜 공급 측의 구조개혁인가? 공급 측 구조개혁 사업의 돌파점은 어디에 있는가? 기타 사업과 공급 측 기구개혁은 어떻게 협조하고, 어떻게 시너지 효과를 얻는가? 이런 중대한 문제에 대해 시진핑 총서기는 여러 강화에서 수차례 깊이 있는 사고를 통해 문제를 설명하고, 사업의 사유를 명확히 했으며 직접 실천하여 본보기를 제공했다. 공급 측 구조개혁은 우리나라 신시대의 기본 모순에 호응하여 이루어진 것이다. 공급 측 구조개혁은 현재에 착안했을 뿐만 아니라, 장기적으로 실행 가능한 방법론을 보여주는 우리나라 중장기 문제에 대한 과학적인 판단의 기초위에서 내린 전반적인 배치이다. 공급 측 구조개혁은 세 가지 판단이 포함된다. 즉 경제적인 각도에서 신시대 기본 모순의 주요 방면은 공급 측에 있으며, 공급 측의 문제는 주로 구조적 문제이고, 구조적 문제는 주로 개혁에 의존한다는 것으로 논리적으로 조리 있는 체계이다. 공급 측 구조개혁은 신시대의 주요 모순을 중심으로 중국의 문제해결을 시도하는 것이기에 장기적인 주요 노선사업으로 기타 경제 관리는 모두 이 주요 노선을 중심으로 전개해야 한다. 우리나라 신시대의 경제사업은 모두 기본 모순을 중심으로 진행된다. 공급 측 구조개혁 역시 주요 모순의 주요 방면에 대한 응답으로 경제사업의 총체적 강령이고, 각항 개혁의 조정 조치는 모두 이 총체적 강령에 따라 배치해야 하며, 구조조정을 촉진하고 경제의 신 원동력에 대한 자극을 통해서 현대의 경제체계를 수립하고, 고품질 생산에 의해 발전목표를 실현해야 한다. 시진핑 총서기는 공급 측 구조개혁을 주요 노선으로 하여 어떻게 기획하고 실시할 것인가를 매우 중시했으며, 이 문제에 관한 방향을 제시했다. 시진핑 총서기의 영도 하에 2015년부터 2017년까지 중앙재정영도소조는 연속회의를 열어 공급 측 구조개혁을 주요 노선으로 하여 사업방안의 사유부터 배치와 실시까지, 구체적인 문제 해결부터 심화계획에 이르기까지 차근차근 점차 깊이 있게 연구했다.

2016년 1월 26일 제12차 회의에서는 공급 측 구조개혁의 5대 중점 임무의 여덟 가지 사업방안에 대한 사유를 연구했다.

2016년 5월 16일 제13차 회의에서는 공급 측 구조개혁의 중점 임무의 네 개 사업방안을 연구했다.

2017년 2월 28일 제15차 회의에서는 '강시기업(僵尸企業, 좀비기업, 부실기업)'의 처리, 금융리스크의 예방과 통제, 부동산 시장의 안정적이고 건전하며 장기적인 효과가 있는 구조수립의 촉진 등 문제를 연구하여 공급 측 구조개혁을 심화시키는 구체적 문제에 대한 처방전을 내렸다.[284] 공급 측 구조개혁을 주요 노선으로 하는 사업의 중점은

284) 「领航新时代中国经济航船―从中央财经领导小组会议看以习近平同志为核心的党中央驾驭中国经济」, 新华网, 2018, 03, 31.

기타 사업과 공급 측 구조개혁의 관제를 잘 처리하는 것이다. 한편으로 구조조정을 한다고 기타 방면의 요구를 무시하지 말아야 한다. 다른 한편으로는 각자의 목적을 가진 일상 사업으로 공급 측의 구조개혁을 대체하지 말아야 할 뿐만 아니라, 정책을 설계할 때에 단기적인 총량만 중시하고 공급 측 구조문제의 영향을 무시하지 말아야 한다. 어떻게 공급 측 구조개혁이라는 주요 노선을 견지하고, 기타 사업과의 관계를 잘 처리해야 하는 문제에 대해 시진핑 총서기는 깊이 있는 분석을 진행했다. 중국공산당 중앙정치국 제38차 집체학습에서 시진핑 총서기는 공급 측 구조개혁은 전반적인 것에 관계되는 항구적인 공격전이라고 강조했다. 우리는 기존의 사업과 성과의 기초하에서 목표, 임무, 방식, 정책, 경로, 조치 등을 깊이 있게 실시하여 부단히 실질적인 진척을 가져와야 한다. 공급 측 구조개혁을 추진하는 과정에서 몇 가지 중대한 관계를 잘 처리해야 한다.[285]

시진핑 총서기는 정부와 시장의 관계를 잘 처리해야 한다고 강조했다. 시장이 자원배치에서 결정적 작용을 하고, 정부가 정부의 작용을 잘 하도록 하는 것은 공급 측 구조개혁을 추진하는 중대한 원칙이다. 우리는 시장의 규칙을 준수하고 시장메커니즘을 적절하게 사용하여 문제를 해결해야 하며, 정부가 용감히 책임을 지고 자신의 맡은 바 사업을 잘 해내도록 해야 한다. 시장의 작용과 정부의 작용은 서로 보완하고 서로를 촉진시키고 서로를 보충해야 한다. 시장으로 하

---

285) 아래 몇 단락 내용은 "习近平, 「把改善供给侧结构作为主攻方向」, 新华网, 2017, 01, 22" 을 참고할 것.

여금 자원배치에 대해서 결정적 작용을 하도록 하여 시장메커니즘을 개선하여 업종의 독점, 진입 허가의 장벽, 지방 보호주의를 타파하여 기업이 시장의 수요변화에 대한 반응과 조절 능력을 향상시켜 기업의 자원소요 배치에 대한 효율과 경쟁력을 높이도록 해야 한다. 정부의 작용을 잘 완성하는 것은 간단하게 명령을 하달하는 것이 아니라, 시장규칙을 존중하는 기초하에서 개혁으로 시장에 활력을 불어넣고, 정책으로 시장 예측을 인도하고, 기획으로 투자방향을 명확히 하며, 법치로 시장행위를 규범해야 한다.

시진핑 총서기는 단기와 장기의 관계를 잘 처리해야 한다고 강조했다. 현실에 입각하여 멀리 내다보고 현재의 뚜렷한 모순을 해결하는 것으로부터 시작하여 장기적으로 효과가 있는 체제를 구축하고, 중장기적인 경제성장의 원동력을 새로 만드는 것에 착안하여 전략적으로 지구전을 견지해야할 뿐만 아니라, 전술적으로 섬멸전을 잘 치러야 한다. 전략적으로 안정 속에서 진보를 추구하고 상부설계를 잘하여 박자와 강약을 잘 조절하면서 지속적으로 진행되어야 한다. 전술적인 면에서 실용적인 일을 움켜지고 실제적인 효과를 중시하면서 침착하게 천천히 나아가야 한다. 누에가 허울을 벗고 나비가 되는 과정에도 아픔이 있다. 공급 측 구조개혁을 진행하는 과정에서 잠깐의 아픔은 있겠지만, 반드시 그 아픔을 이겨내야 한다. 그 아픔을 견디기 어렵다고 진보를 포기해서는 안 된다. 합리적으로 사회에 대해 예측을 해야 하고, 합리적으로 인도하여 아픔을 통제하고 줄이도록 노력해야 하며, 기업의 채무를 적절하게 처리하고, 인원의 배치를 잘해야 하며, 사회 저층의 사업을 잘하여 사회의 조화로운 안정을 수호해야 한다. 동시에 새로운 원동력 구조를 형성하는 데에 힘써야 하며, 체제구조의 건설에 힘을 다해 시장이 주체가 되는 내생의 원동력과 활력을 불러일으켜야 한다.

시진핑 총서기는 덜기와 더하기의 관계를 잘 처리해야 한다고 지적했다. 덜기는 저급품의 공급과 무효한 공급을 감소시키기 위해 공급 과잉의 해소, 재고의 제거, 지렛대의 제거를 통해 경제발전의 새로운 공간을 마련해야 한다고 했다. 더하기는 효과적인 공급과 중고급 상품의 공급을 확대하여 단점을 보완하고 민생에 혜택이 돌아가도록 하는 것이며, 신기술·신산업·신상품의 발전을 촉구하여 경제성장을 위해 새로운 원동력을 배양시키는 것이다. 덜기 혹은 더하기 모두 문제점을 움켜쥐고 적당하게 방향성·정확성·강약을 조절해야 한다. 덜기라고 해서 칼로 벤 듯 일률적으로 하지 말고 정확하게 조준하여 과실 상해가 나타나지 말게 해야 한다. 더하기라고 우르르 몰려들지 말고, 고춧가루를 뿌리듯이 강한 자극을 주지 말며 새로운 중복 건설을 피해야 한다. 사회가 시급히 필요로 하는 공공상품과 공공서비스의 공급을 강화하여 도시와 농촌·지역 간의 공공서비스 격차를 줄이고, 빈곤 탈출을 위한 공격전에 온 힘을 다해야 한다. 저장량의 조절과 증량에 대한 개선, 전통산업의 개조와 업그레이드를 통해 신흥 산업의 배양과 유기적인 통일을 거쳐 실체 경제를 진흥시켜야 한다. 경쟁력의 핵심, 소비의 업그레이드 방향, 공급 측의 단점, 사회발전의 슬럼프 제약 등 여러 문제를 중심으로 혁신사슬과 산업사슬을 총괄

배치하여 혁신능력을 전면적으로 제고시키고 경제성장에 미치는 과학기술 진보의 공헌도를 높여야 한다.

시진핑 총서기는 공급과 수요의 관계를 잘 처리해야 한다고 강조했다. 공급과 수요는 시장경제의 내적관계에 있어서의 두 개의 기본 방면이고, 공급 측과 수요 측의 관리와 거시경제적인 조정이라는 두 개의 기본 수단이 있다. 경제정책은 "공급 측을 중심으로 해야 하는가? 아니면 수요 측을 중심으로 해야 하는가?" 하는 것은 거시경제의 형세에 따라 선택해야 한다. 양자는 양자택일이나 서로 대체할 수 있는 관계가 아니라, 서로 협동하고 서로 조절하면서 추진해야 한다. 공급 측 구조개혁을 추진할 때에 수요 측 관리라는 중요한 도구를 잘 사용하여 공급 측 개혁과 수요 측 관리가 서로를 보완하고 상부상조하도록 하여 공급 측 구조개혁에 양호한 환경과 조건을 마련해 주어야 한다. 총체적으로 볼 때 공급 측 구조개혁은 우리나라 신시대의 기본 모순에 대응하는 것으로 미래에 주도적 지위에 있게 될 사업노선이다. 각항의 사업을 총괄적으로 고려하고 여러 가지 중대한 관계를 조정하는 과정에서 우리는 이 주요 노선을 중심으로 진행해야만 하는 것이다.

# 3
## 공급 측 구조개혁의
## 보편적 인식 오류


공급 측 구조개혁은 뉴노멀 상황에서 진행하는 이익구조에 대한 조정이다. 이는 공급 측 구조개혁을 핵심으로 하는 신 개혁은 예전의 개혁과 다른 새로운 패턴이 필요하고, 혁신을 불러일으키는 것을 핵심으로 하며, 혁신, 협조, 녹색, 개방, 공유의 신 발전 이념을 추진하는 방향으로 하여 서로에게 도움을 주고 서로에게 받아들일 것을 요구한다. 시진핑 총서기는 여러 차례 지도사상 등의 변화와 함께 상술한 발전이념이 실현되게 하려면, 새로운 개혁사유로 형식과 내용의 통일을 실현할 것을 요구했다. 공급 측 구조개혁을 이해함에 있어서 일부 보편적인 문제에서 사회적인 큰 분쟁이 있고, 공급 측 구조개혁에 대한 해석도 명확하지 않기에 특별히 주의해야 한다. 시진핑 총서기는 성장 및 부장(장관)급 영도간부들이 참가한 당의 제18기 중앙위원회 제5차 전체회의 정신 관철 세미나에서 공급 측 구조개혁에서의 보편적인 인식문제를 상세하고 깊이 있게 설명했다. 공급 측 구조개혁을 학습할 때에는 그릇된 인식을 버리고 정확한 사상을 수립해야 한다.

(1) 공급 측 구조개혁의 경제학 기초는 공급 경제학이 아니다.

공급 경제학은 케인즈의 수요 측 관리를 반대하면서 나타난 것으로 먼저 '세이의 법칙'[286]을 회복시킨다는 가설 하에서 공급은 스스로 수요를 창조한다고 여겼다. 이런 관점은 사람은 어떻게든 돈을 어딘가에 사용한다고 여기기에 수입과 지출은 언제나 상등(相等)하므로 경제는 균형적인 상태라고 여긴다. 신자유주의의 대표 인물인 프리드먼(Friedman)의 제일 저명한 관점은, 화폐는 경제 파동의 원인이라는 것이다. 그는 비록 시장이 자아 안정의 경향이 있지만, 정부의 화폐변화는 전반적인 요구를 통해 경제파동을 가져온다고 여겼다. 신자유주의 거시경제학도 수요의 작용을 부정하지는 않고, 시장의 자아 안정의 특징을 강조했다. 공급학파는 이 극단적인 특징이 있으며, 시장공급은 스스로 수요를 창조한다고 여긴다. 그렇기 때문에 공급학파는 모든 거시적 연구학자들이 공인하는 그릇된 이론에서 만들어진 것이다. 우리는 새로운 형식의 '세이의 법칙'이 우리의 공급 측 개혁을 그릇된 길로 유도하지 말도록 해야 할 것이다.

(2) 공급 측 구조개혁의 핵심은 개혁이며, 주요 수단은 세금인하가 아니다.

공급학파는 공급은 스스로 수요를 창조한다고 여긴다. 그렇다면 수

---

286) 세이의 법칙(Say's Law) : 판로설(販路說)'이라고도 하며, '공급은 스스로 수요를 창조한다'는 법칙이다. 따라서 과잉생산은 없다는 것으로 고전학파 이론의 중심이 되어 왔다. 고전파 이론에 의하면 생산된 것이 판매되지 않아서 기업들이 휴업을 하고 따라서 실업이 발생하는 사태는 이론상 있을 수 없다는 것이다. 총공급의 크기가 총수요의 크기를 결정하기 때문에 총공급과 총수요는 언제나 일치하고, 따라서 항상 완전고용이 달성된다는 이론.

요의 요인은 경제에 영향을 미치지 말아야 한다. 경제발전을 추진하려면 공급 측 요인으로부터 시작해야 한다. 공급학파의 주요 수단은 세금인하이다. 공급학파는 세금 인하는 노동 공급, 노동 생산율과 투자를 높이고 잠재적 경제성장을 자극할 수 있다고 여긴다. 하지만 미국의 실제상황에서 나온 결과는 만족스럽지 못하다. 노동력 자극을 보면 1982~1989년 노동력 연평균 성장은 1.6%로 5년 전과 대체로 비슷했다. 노동생산율 면에서 1973~1979년 사이의 연평균 성장은 1.1%였고, 1980년대에도 1.1%였다. 1980~1992년 사이의 개인투자는 GDP에서 겨우 17.4%를 차지했고, 70년대에 이 수치는 18%였다. 수입의 분배는 더욱 불균형해졌다. 수입이 많은 가정의 수입은 사회 총수입 증가량의 70%를 차지했다. 예산적자가 대폭적으로 늘어났다. 1980년에 GDP의 2.7%에서 1986년에는 5.2%로 늘어났고, 1992년에는 4.9%였다. 1980~1992년 사이의 GDP에서 20%를 차지하던 연방의 채무는 50%넘게 상승했다. 미국경제의 평균 성장률은 1979~1990년 사이에는 2.3%였고, 1973~1979년 사이에는 2.4%였으며, 1969~1979년 사이에는 2.8%였다. 이로부터 세금 인하 이후 잠재적인 성장률은 예전보다 못했다는 것을 알 수 있다. 신자유주의 학파의 마틴 펠드스타인(Martin Feldstein) 등은 세금인하가 일정한 효과가 있을 것이라고 했지만, 미국의 현실은 세금인하만을 통해서 잠재적 성장률을 대폭 향상시킬 수 없다는 것을 보여주었다. 사실 확실하게 공급을 늘이려면 종합적인 개혁이 필요하다. 시진핑 총서기는 이렇게 지적했다. "공급 측 구조개혁의 중점은 사회의 생산력을 발전시키는 것이다. 개혁방법으로 구조조정을 추진하여 무효하고 저급한 상품의 공급을 줄이고, 효과적이고 중고급 상품의 공급을 늘여 수요의 변화에 대한 공급구조의 적응력과 유연성을 강화하여 모든 요인의 생산성을 제고시켜야 한다. 이는 세금과 세금율의 문제만이 아니라 일련의 정책조치 특히 과학기술혁신의 추진, 실체 경제의 발전, 인민들의 생활보장과 개선 등의 조치를 통해 우리나라 경제 공급 측에 존재하는 문제를 해결해야 하는 것이다."[287]

공급 측 구조개혁은 공급에서부터 뉴노멀시대 중국의 경제구조를 업그레이드하여 잠재력을 발굴하는 것이다. 뉴노멀시대에 조정해야 하는 관건은 구조개혁이며, 구체적인 정책의 출발점은 공급 측이다. 구체적인 문제에서 정책을 공급 측에만 초점을 맞춘다면 쉽게 개혁을 소홀이 하여 또 다른 대 생산·대 건설에게 핑계를 마련해 주는 것이 되어 뉴노멀시대에 새로운 형태의 생산능력 과잉상황이 나타나게 된다. 그렇기 때문에 우리는 중점을 개혁에 두고, 맹목적인 확대 공급을 피해야 하는 것이다.

(3) 공급 측 구조개혁에서 공급과 수요의 관계를 잘 처리하는 것이 간단하게 공급구조를 조정하는 것이 아니다.

공급과 수요는 대립의 관계가 아니며, 공급 측 구조개혁은 총수요의 조정을 포기하는 것이 아니다. 시진핑 총서기는 명확하게 지적했다. "공급과 수요는 시장경제의 내적 관계에서 두 가지 기본 방면이

---

287) 习近平, 『习近平谈治国理政』 第二卷, 앞의 책, 252쪽.

며, 대립 통일의 변증법적 관계로 양자는 어느 한쪽도 다른 한쪽을 떠날 수 없기에 서로 의존하고 서로를 전제조건으로 한다. 수요가 없으면 공급은 실현하기 어렵고, 새로운 수요는 새로운 공급을 탄생시킨다. 공급이 없으면 수요는 만족되지 못하고, 새로운 공급은 새로운 수요를 창조한다. 수요 측 관리의 중점은 총량 문제를 해결하고, 단기 조정에 주의해야 하는데 주로 세금, 재정 지출, 화폐의 신용조절을 통해 수요를 자극하고 억제하면서 경제성장을 촉진한다. 공급 측 관리의 중점은 구조적 문제의 해결이며, 경제성장 원동력의 자극을 중시하고, 요인배치와 생산구조의 조절을 통해 공급체계의 품질과 효율을 향상시킴으로써 경제성장을 촉진시켜야 한다."[288]

앞에서 논술한 바와 같이 우리나라 현재의 경제모순의 주요 방면은 공급 측에 있다. 그렇기 때문에 우리는 공급 측 구조적 개혁을 주요 노선으로 해야 한다. 하지만 수요와 공급의 관계 처리에 주의해야 한다. 개혁과정에서 총수요의 안정을 수호해야할 뿐만 아니라 공급 측 구조개혁을 위해 양호한 환경을 창조해야 한다.

---

288) 习近平, 『习近平谈治国理政』第二卷, 앞의 책, 252-253쪽.

제10장

거시경제적 관리의

혁신과 개선[289]

289) 본 장의 저자는 류위안 (刘元春)이다.

효과적이고 중국 특색을 가진 거시경제 관리는 맡은 바 사업을 하는 정부를 만들고, 사회주의 시장경제체제를 개선하고, 현대화 경제체계를 건설하며, 사회주의 현대화를 실현하는 필연적인 요구이다. 시진핑 총서기는 당의 제18기 중앙위원회 제3차 전체회의, '제13차 5개년 계획', 당의 제19차 전국대표대회 보고 및 2017년 중앙경제사업회의에서 거시경제 관리의 혁신과 개선을 위한 지도사상, 기본사유와 기본조치를 명확하게 제기했다. 지난 5년 동안의 위대한 발전의 실천을 통해 신시대 '중국 특색의 사회주의' 거시경제 관리의 이론체계가 초보적으로 형성되어 시진핑 신시대 '중국 특색의 사회주의' 경제사상의 유기적 구성부분을 조성했다.

시진핑 신시대 '중국 특색의 사회주의' 경제사상의 거시경제 관리 부분은 신시대 중국 거시경제 관리가 직면한 새로운 문제와 새로운 실천을 출발점으로 하여 사회 주요 모순의 변화, 국내외 발전환경의 변화, 체제구조의 난제해결, 공급 측 구조개혁의 주요 노선, '두 개 백년'의 분투목표와 신시대 정책 전달구조의 구축 등 여러 방면에서 집중적으로 체현되도록 해야 한다. 중국공산당 제18차 전국대표대회 이후의 '중국 특색의 사회주의' 건설의 위대한 실천 과정에서 중국의 거시경제 관리구조의 혁신을 인도하고, 전면적으로 샤오캉사회를 실현하며, 중국 특색 사회주의 신시대의 신노정(新征程)에 진입하는 과정에서 중국의 거시적 관리의 혁신을 위한 새 경로를 모색하고 추진했다. 최종적으로는 시진핑 '중국 특색의 사회주의' 경제사상의 인도 하에 마르크스주의 정치경제학 이론을 바탕으로 중국 신시대 거시경제 관리의 구체적인 실천과 결합하여 '중국 특색의 사회주의' 거시경제학이 3대 방면에서 중요한 돌파를 가져오도록 촉진했다.

# 1
## '중국 특색의 사회주의'는 신시대에 접어들면서
## 거시경제 관리의 혁신에 새로운 요구를 제기했다

당의 제19차 전국대표대회 보고에서는 '중국 특색의 사회주의'는 신시대에 들어섰다고 지적했다. 이 중대한 정치 논리의 관건적 이론과 실천의 기초는 '물질문화에 대한 인민들의 날로 늘어나는 요구와 낙후한 사회생산력 간의 모순'에서 이미 "아름다운 생활에 대한 인민들의 날로 늘어나는 요구와 불균형과 불충분한 발전 간의 모순"으로의 변화이다. 신시대 사회 주요 모순의 변화는 전통적인 거시경제 관리에 엄준한 도전을 가져다주었고, 신시대 중국 발전의 국내외 형세에 부단히 거시경제 관리와 조직 관리의 능력을 제고시켰고, 거시경제 관리의 혁신을 통해 신시대 개혁과 발전 중의 체제구조에 대한 장애를 물리치고, 단기적인 수요관리라는 전통적인 관리의 사유를 타파하여 거시경제 관리의 혁신을 통해 '두 개 백년'의 분투목표를 실현하는데 유력한 지지를 제공해줄 것이다.

(1) 신시대 사회 주요 모순의 변화는 전통적 거시경제 관리 패턴에 도전을 가져다주었다.

당의 제19차 전국대표대회 보고에서는 중국발전의 새로운 역사 방향인 '중국 특색의 사회주의'가 신시대에 진입했다고 제기했다. 신시대 중국사회의 주요 모순은 이미 "물질문화에 대한 인민들의 날로 늘어나는 요구와 낙후한 사회 생산력 간의 모순"에서 "아름다운 생활에 대한 인민들의 날로 늘어나는 요구와 불균형과 불충분한 발전 간의 모순"으로 변화되었다. 우리나라 경제도 예전의 부족하고 생활기초를 만족시키던 상황에서 구조적 과잉과 전반적인 샤오캉시대로 들어섰다. 주요 모순의 변화로 우리는 간단하게 예전의 거시경제 관리의 프레임에서 이런 모순을 효과적으로 해결하지 못할 뿐만 아니라 모순을 악화시키고 있다. GDP 총량과 속도를 핵심으로 하는 전통의 거시경제 관리체계는 부족하고 생활의 기본을 겨우 만족시키던 시대의 주요 모순 해결에 효과적이었지만, 신시대에서는 중국 경제발전의 불균형하고 불충분한 중요한 원인의 하나가 되었다. 신시대 사회 주요 모순의 변화는 전통적인 거시경제 관리 패턴에 도전을 가져다주었다. 이는 주로 아래의 몇 가지 방향에서 나타난다.

첫째, 인민들의 아름다운 생활에 대한 갈망은 거시경제 관리에 도전을 가져다주었다. '중국 특색의 사회주의' 신시대에는 아름다운 생활을 갈망하는 인민들의 요구를 만족시키는 것을 출발점으로 해야 한다. 시진핑 총서기는 이렇게 강조했다.

> "하늘은 백성들이 보는 것을 보고, 백성들이 듣는 것을 듣는다, 실현, 수호, 발전을 잘 해내어 수많은 인민들의 근본 이익을 모든 사업의 출발점과 입각점으로 하는 것을 견지

해야 하며, 우리의 중대한 사업과 중대한 결책은 반드시 민간의 상황을 잘 알고 서민적이어야 한다. 인민군중의 이익을 중시하고, 인민군중의 기대를 마음에 새기고, 군중들의 목소리에 귀 기울여 진실하게 군중들의 염원을 반영하고, 진심으로 인민군중의 질고에 관심을 두어야 한다."[290]

"인민들의 아름다운 생활에 대한 갈망이 바로 우리의 분투목표이다."[291] 그렇기 때문에 신시대 거시경제 관리의 출발점은 응당 아름다운 생활을 갈망하는 인민들의 염원을 중심으로 진행되어야 한다. 이는 거시경제 관리의 중점을 인민 군중의 아름다운 생활에 두고, 거시경제 관리는 인민 군중 생활의 질을 제고시키고 '획득감'에 미칠 영향을 중시해야 한다.

둘째, '인민을 중심으로' 해야 한다는 요구는 거시경제 관리의 지도사상이 하루빨리 전향하기를 요구한다. 신시대 '중국 특색의 사회주의' 사회 주요 모순의 변화에 거시경제 관리의 지도사상과 관리 목표는 'GDP 중심'에서 '인민 중심'으로 변화시키고, '경제 우선'의 우선 발전이라는 방향에서 '5위 일체'의 신 발전으로 변화되어야 하며, '투자 중시'에서 '품질과 효익의 중시'로 변화해야 하고, '속도를 근본으로 해야 한다는 요구'에서 '고품질 발전을 근본으로 해야 한다는 요구'로 변화하여 정책의 착력점이 예전의 모방형 생산력 발전에서 고품질·

290) 习近平, 『习近平谈治国理政』 第二卷, 앞의 책, 296쪽.
291) 위의 책, 4쪽.

고효율·균형적인 생산력 발전으로 변화하도록 해야 한다. 신시대 거시경제 관리는 반드시 '불균형하고 불충분한 발전'의 문제 해결에 초점을 맞추고, 반드시 '아름다운 생활을 갈망하는 인민들의 날로 늘어나는 수요'를 입각점으로 해야 하며, '고품질의 발전을 추진하는 것'을 실시의 근본 요구로 하고, '혁신 협조, 녹색, 개방, 공유'의 신 발전관을 기초로 하며, '네 가지 전면'의 전략적인 배체로 통솔하여 시진핑 신시대 '중국 특색의 사회주의' 경제사상을 지도로 해야 한다.

셋째, 주로 '불균형하고 불충분한 발전'의 문제가 거시경제 관리의 기점 이념에 주는 도전을 해결하는 데에 주력해야 한다. 시진핑 총서기의 '중국 특색의 사회주의' 신시대에 직면한 '불균형 불충분의 발전'이라는 중요한 논점은 중국공산당이 확실하게 파악해야 하는 우리나라 발전의 단계적 특징으로 실사구시를 견지하면서 모든 것을 실제로부터 출발하여 과학적인 사실 판단을 내려야 한다. '불균형·불충분의 발전' 문제를 에워싸고 신시대 거시경제 관리는 수량과 총량의 성장을 격려하던 전통적 기본 이념을 전환하여 균형적인 성장과 구조 최적화의 관리이념으로 변화시켜야 한다. 거시경제 관리의 효과를 판단하는 표준도 응당 총량 성장의 관리작용에서 수량과 결과를 균등하게 분포하는 수준으로 변화시켜야 한다. 이는 신시대 거시경제 관리의 기본이념 변화에 더욱 높고 더욱 엄격한 요구를 제기했다.

(2) 신시대 발전환경의 변화로 거시경제 관리의 새로운 프레임 체계를 제정해야 한다.

2008년 글로벌 경제위기 이후, 중국 경제발전의 전반적인 국면은 거대한 변화가 일어났다. 경제속도의 조정기, 구조조정의 진통기와 전반부의 자극적인 정책에 대한 소화기를 핵심으로 하던 중국 거시경제 관리의 프레임을 뉴노멀 시대에는 반드시 "뉴노멀에 대한 인식, 뉴노멀에 대한 적응, 뉴노멀에 대한 인도" 등을 핵심논리로 해야 한다는 것을 결정했다. 신시대 중국 경제발전의 내외 환경 변화는 거시경제 관리의 새로운 프레임 체계를 결정했다. 이를 위해서는 다음과 같은 준비를 해야 한다.

첫째, 뉴노멀에서의 '3기 중첩'을 인식하여 거시경제 관리의 안정을 위주로 하는 기본 주안점을 마련해야 한다. 시진핑 총서기는 이렇게 강조했다. 경제의 새로운 상황에서 "거시정책은 안정적이여야 한다. 바로 적극적인 재정정책과 흔들림이 없는 화폐정책을 견지하여 경제의 구조개혁을 위해 안정적인 거시경제의 환경을 마련해야 한다. 그리고 산업정책을 정확히 해야 한다. 바로 정확하게 경제 구조의 개혁 방향을 확정하여 실체 경제를 발전시키고, 혁신구동의 발전을 견지하며, 재고량의 성장 원동력을 자극하고, 단점 보완에 힘쓰며, 녹색 발전을 촉구하고, 대외 자본을 적극 이용하면서 타당성 있게 대외 투자를 적극 확대해야 한다."292 시진핑 총서기는 '중국 특색의 사회주의' 신시대의 '안정적인 거시정책, 정확한 산업 정책'이라는 관리사상의 근원은 뉴노멀 시기 중국 경제발전의 '3기 중첩'의 상태에 대한 기본 판단에서 온 것이기에, 신시대에는 '안정을 중요시' 해야 한다는

---

292) 中共中央文献研究室, 『习近平关于社会主义经济建设论述摘编』, 앞의 책, 87-88쪽.

거시경제 관리의 총체적인 주안점을 마련했다.

둘째, 뉴노멀시기의 성장속도 감속에 적응하고, 구조변화의 진통 상황에서 거시경제의 조정을 통해 장기적인 이익에 집중할 것을 요구해야 한다. 반드시 중국 현재의 성장속도가 내려가게 된 것은 주기적인 요인도 있지만, 추세적 요인도 있다는 점을 충분히 인식하고, 거시경제 관리의 목표는 경제성장의 속도에만 둘 것이 아니라 추세적 요인과 분리하는 기초에서 주기적 요인을 주시하면서 거시경제 정책의 역주기적 조정작용을 보여주어야 한다. 시진핑 총서기는 이렇게 강조했다. 신시대에 "단기와 장기의 관계를 잘 처리 하고, 현재에 입각하여 멀리 내다보면서 현재의 주요한 모순 해결부터 시작하여 장기적인 효과가 있는 체계구조를 구축하여 중장기적인 경제성장의 원동력을 마련하는 데에 착안하여 전략적으로 지구전을 견지하고, 전술적으로 섬멸전을 잘해야 한다. 전략적으로는 안정에서 진보를 추구하면서 상부설계를 잘하고, 박자와 강약 조절에 꾸준히 노력해야 한다."[293] 시진핑 총서기는 신시대 경제사회발전은 장기적인 이익으로부터 출발하여 장기적인 전략사상에 착안하며, 신시대 거시경제 관리의 장기적인 목표에 목표의 지향점을 두어야 한다고 했다.

셋째, 뉴노멀 상황에서 중국의 사회경제적 고품질 발전을 인도하려면 거시경제 관리 구조의 혁신이 필요하다. 중국의 경제는 고속 발전에서 고품질 발전단계에 들어섰다. 이는 시진핑 총서기가 신시대 뉴노멀이라는 기본 상황에 입각하여 뉴노멀을 인도할 전략적 목표에서

---

293) 위의 책, 120쪽.

출발하여 제기한 중대한 이론혁신이다. 경제의 고품질 발전으로 뉴노멀을 이끌려면 고품질의 발전단계에서 거시경제의 관리구조에 대해 고품질의 혁신을 할 것을 요구하는 것이다. 이는 거시경제정책의 핵심을 전면적으로 새로운 경제성장 원동력의 형성과 추세적 감소의 변화 및 잠재적 성장속도 향상에 둘 것을 요구한다. 고품질 발전단계의 경제임무의 변화는 중국 거시경제 관리의 프레임이 반드시 혁명적인 변화를 가져와야 한다는 것을 결정했으며, 거시경제 조정체제 역시 중대한 혁신이 나타나야 함을 결정하고 있다.

(3) 신시대 체제구조의 난제 해결은 거시경제 관리의 제도적 기초의 전면적인 조정을 요구한다.

40년의 경제발전을 거쳐 수많은 구조체제의 문제가 부단히 축적되어 중국경제는 개혁의 관건적인 단계에 진입했다. 대량의 깊은 차원의 제도적 모순으로 인해 거시 관리는 효과적으로 제도를 전달할 수 있는 기초를 잃어갔다. 재정정책과 화폐정책은 각종 이익의 충돌과 제도의 왜곡 속에서 효과적으로 실시되기 어려웠다. 과학적인 거시경제 관계를 재 조성하려면 전면적인 개혁의 심화를 통해 효과적인 시장과 작용을 하는 정부를 만들어 거시경제 관리의 견고한 시장운행의 기초와 정부 관리의 기초를 마련해야 한다. 한편으로 진실한 성장을 중심으로 하여 재정 화폐정책의 관리 기준을 제정해야 한다. 시진핑 총서기는 이렇게 지적했다. "경제정장을 유지하기 위해 계속적으로 적극적인 재정정책과 안정적인 화폐 정책을 실시하여 경제성장의 내생적인 활력과 원동력을 강화해야 한다. 성장은 반드시 확실하고 순수한 성장이어야 하고, 효과적이고 품질이 있어야 하며, 지속 가능한 성장이어야 한다."[294] 시진핑 총서기는 "성장은 반드시 확실하고 순수한 성장이어야 한다"고 했다. 이는 신시대에 화폐정책과 재정정책에 의존하여 거시적 조정을 진행할 때에 직면한 성장을 이한 실천환경과 성장에 대한 평가제도의 기초가 변화되었다는 것을 말해준다. 이는 예상되는 재정정책과 화폐정책의 조정 강도와 조정의 효과를 정할 때에는 진실한 성장수준에 따라 '효과적이고 품질이 있어야 하고, 지속 가능한 성장'의 실현을 거시경제 관리정책을 제정하는 데에 있어서 현실적 의거와 목표 기준으로 해야 함을 말해준다.

다른 한편으로는 중앙과 지방의 신형 재정관계를 형성케 하여 거시경제 관리정책과 집행해야 하는 예상을 받쳐주어야 한다. 거시경제 관리정책의 혁신은, 한편으로 정책에 대한 상부설계의 혁신에서 체현되며, 다른 한편으로는 거시경제 관리정책의 집행을 촉진시키는 제도혁신에서 나타난다. 중국의 특수한 중앙과 지방의 관계로 인해 여러 영역에서 중앙의 거시경제 관리정책이 지방에서 효과적으로 실행되기 어렵기 때문에 거시경제 관리정책의 집행효력을 제약한다. 중국공산당 제18차 전국대표대회 이후 시진핑 동지를 핵심으로 하는 당 중앙에서는 중앙과 지방의 재정관계 개선을 위해 효과적인 개혁을 진행했다. 당의 제19차 전국대표대회 보고에서는 중앙과 지방의 신형 재정관계를 건립하여 '중국 특색의 사회주의' 신시대 재정관리의 체제개

294) 习近平, 『习近平谈治国理政』 第一卷, 앞의 책, 112쪽.

혁을 추진하는 데에 근본적인 방향을 제시했으며, 거시경제 관리정책이 중앙에서 지방으로의 확실한 관철을 이룰 수 있도록 실시하는 제도적 보장을 제공했다. 이 때문에 신시대에 발생한 기타 제도의 변혁으로 장기간 동안 체제구조의 장벽을 철폐시키는 제도적 기초를 마련해 주었고, 신시대 거시경제 관리는 이런 제도변혁의 중대한 기회를 움켜쥐고 더 큰 혁신을 가져와야 한다.

(4) 신시대 경제가 직면한 뚜렷한 문제는 거시경제 관리를 통해 단기적인 요구를 관리해야 하는 속박을 타파할 수 있기를 요구해야 한다.

현재 중국의 경제가 직면한 문제는 총량적인 문제도 있고, 주기적인 문제도 있다. "현재와 금후 한 동안 우리나라 경제의 발전을 제약하는 요인은 공급과 수요 모두에게 있지만, 모순의 주요 방면은 공급 측에 있다."[295] 구체적으로 공급의 품질이 좋지 못하고, 구조가 불균형하고, 시장이 상품을 청산하는데 어렵고 발전의 원동력이 부족하다는 점 등에서 나타난다. 전통적 단기 수요를 위한 관리정책은 이런 공급 측 구조문제를 해결하지 못할 뿐만 아니라, 단기적인 주기성 총량 관리과정에서 이런 문제를 더욱 악화시키고 있다. 따라서 과거에 케인즈주의를 핵심으로 하던 단기성 수요관리 프레임을 타파하고, 공급 측으로 방향을 바꾸어 구조적인 도구에 더 많이 의존하는 것은 신시대 거시경제 관리혁신의 방향이라고 할 수 있다. 경제의 주기성 문제는 수요관리의 사유를 변화시켜 주기적인 경제파동의 함정을 떨

---

295) 中共中央文献研究室,『习近平关于社会主义经济建设论述摘编』, 앞의 책, 95쪽.

쳐내는 것이다. 중국의 경제는 뉴노멀에 들어서면서 경제성장은 느려졌다. 이는 중국 심지어 글로벌경제의 주기성 변화와 긴밀한 연관이 있다. 수요애 대한 관리정책은 제2차 세계 대전 이후 미국의 경제가 주기성 정체에 진입한 상황에서 나타난 것이다. 수요관리는 경제성장이 느린 하행주기에 투자를 확대하고, 정부지출을 확대하는 등의 수요관리를 통해 경제의 단기적인 파동을 안정시켰다. 경제의 하행주기에는 경제회복이 개혁보다 우선임을 강조한다. 오직 경제가 정상적으로 돌아가고 있는 상황에서만 효과적으로 개혁을 실시할 수 있기 때문이다. 수요관리는 경제의 성장세 회복을 위주로 하기에 거시경제가 높은 파동의 주기적 곤경을 벗어나기는 어렵다.

경제가 침체한 시기에 투자로 경제의 성장속도를 높일 수가 있어서 단기적으로 경제회복에 는도움이 되지만, 장기적인 구조의 최적화와 지속성장을 저해하는 잠재적 위험을 증가시킬 수 있으므로 이런 방법은 경제가 시종 주기적 파동에 처하게 한다. 경제의 주기적 파동을 피하려면, 경제성장의 완만기에 수요관리를 위주로 하는 관리사유를 변화시켜 장기적인 구조의 최적화를 중시해야 한다. 저효율과 무효율의 공급문제는 거시경제 관리가 더하기를 함과 동시에 덜기도 할 것을 요구한다. 경제성장의 침체기에 전통적 수요관리는 투자를 늘리고 정부지출을 늘리는 공급요인을 강조하고, 적극적인 화폐와 재정 공급정책으로 경제성장을 이끌고 있다. 하지만 이 과정에서 실제경제의 소화 능력이 제한적이기 때문에 효과가 적거나 무효한 공급이 대량으로 산생되었다. 이는 생산능력 과잉과 '강시(좀비)기업'이 출현하는 문제를 초래했다. 시진핑 총서기는 이렇게 강조했다. "공급과잉에 대한 해소를 진행하고 '강시기업'의 처리에 힘써야 한다.

관련 부문, 지방정부, 국유기업과 금융기구는 사상과 인식을 중앙의 요구와 통일시켜 확고부동하게 '강시기업'을 처리해야 한다."[296] 신시대 중국의 경제는 공급에 대한 배치가 그릇된 문제에 직면했으므로 반드시 거시경제 관리를 통해 저효율의 공급과 무효한 공급을 제거하여 공급과잉과 '강시기업'을 처리함으로써 거시경제 관리의 덜기를 완성해야 한다.

(5) '두 개 백년'의 분투목표는 전면적으로 거시경제의 관리강화를 전략으로 할 것을 요구한다.

당의 제19차 전국대표대회에서는 두 번째 백년 분투목표의 구체적 방략과 절차를 명확하게 제기했다. 2020년에 전면적인 샤오캉사회의 건설을 완성한 기초위에서 다시 15년을 분투하여 기본적으로 사회주의 현대화를 실현하고, 2035년에는 그 기초에서 또 15년을 분투하여 중국을 부강하고 민주적이며 문명적이고 조화로운 아름다운 사회주의 현대화 강국으로 건설해야 한다고 했다. 이런 목표의 제기와 목표의 완성을 위해 해결해야 할 각종 모순과 문제는 중국 거시경제 관리가 반드시 경제규칙을 존중하면서 중장기적인 목표실현을 방향으로 하여 "거시경제 관리는 주로 역주기의 총량 조절"이라는 서방의 규칙을 타파하는 기초위에서 국가 발전계획을 전략적으로 지향한다는 작

---

296) 习近平主持召开中央财经领导小组第十五次会议. 新华网, 2017-02-28.

용을 충분히 보여주어 거시경제 관리의 목표, 수단, 도구 및 실시양식이 국가 전략과의 규칙이 서로 맞물리도록 해야 한다. 한편으로 전면적 샤오캉사회의 건설을 실현하는 목표는 거시경제 관리가 도시와 농촌에 대한 전략의 총괄을 강화할 것을 요구한다. "개혁개방 이후, 우리당은 우리나라 사회주의 현대화 건설을 전략적으로 배치하면서 '삼보주(三步走)'[297]의 전략목표를 제기했다. 인민의 먹고 입는 기본적인 문제를 해결하고, 인민들의 생활이 전반적으로 샤오캉 수준에 도달하도록 하는 두 개의 목표는 이미 앞당겨 실현되었다."[298] 2020년에 전면적인 샤오캉사회 건설을 완성하는 것은 중국공산당의 영도하에 실현하는 첫 번째 백년 분투목표를 실현했다는 중대한 표징이다. 이에 시진핑 총서기는 여러 차례 지적했다. "전민의 샤오캉이 없으면 전면적인 샤오캉은 없다." "샤오캉의 실현 여부는 백성들의 만족에 달렸다." "전면적으로 샤오캉을 실현함에 있어서 어느 민족도 빠뜨려서는 안 된다."……전면적인 샤오캉사회의 건설을 완성하는 핵심은 '전면(全面)'에 있다. 시진핑 총서기의 "백성들의 만족에 달렸다"는 샤오캉 사상은 농촌주민들의 샤오캉사업을 중점으로 할 것을 요구하고 있다. 이러한 요구는 거시경제 관리로써 전면적인 샤오캉사회의 건설

---

297) 삼보주 : 개혁개방을 실천하면서 등소평이 지속적으로 전개한 운동이다. 제1보는 원바오(溫飽)로 "따뜻한 음식을 배불리 먹는다."는 것으로 이는 인민이 먹고 입는 문제를 해결한다는 초보적인 단계이다. 제2보는 샤오캉(小康)인데, 이는 "인민의 생활을 편안하게 한다."는 것으로 중국을 중류 정도로 이끌어 올리는 것이 목표이다. 제3보는 따퉁(大同)으로 "크게 발전하여 모두가 잘 사는 사회"로 만들어 중국의 현대화를 이룩한다는 목표이다.

298) 习近平, 『决胜全面建成小康社会夺取新时代中国特色社会主义伟大胜利-共产党第十九次全国代表大会上的报告』, 앞의 책, 27쪽.

을 실현하겠다는 목표를 완성하려면, 농촌과 농민에 대한 전략적 총괄을 확대하고, 예전의 거시 관리에서 도시경제와 총량경제를 핵심으로 하던 전략의 출발점을 변화시킬 것을 요구하는 것이다. 다른 한편으로 사회주의 현대화 국가의 건설은 거시경제 관리가 사회의 전면적인 발전이라는 전략을 총괄하는 것을 강화할 것을 요구한다. 당의 제19차 전국대표대회에서는 이렇게 강조했다. "2035년부터 본세기 중엽까지 기본적으로 현대화를 실현한다는 기초위에서 다시 15년을 분투하여 우리나라를 부강하고 민주적이며 문명하고 조화로우며 아름다운 사회주의 현대화 강국으로 건설한다. 그때가 되면 우리나라 물질문명, 정치문명, 정신문명, 사회문명, 생태문명은 전면적으로 향상될 것이고, 국가 거버넌스체계와 거버넌스 능력의 현대화를 실현하여 종합국력과 국제적 영향력이 앞선 국가가 되고, 전 인민들이 공동으로 부유해지는 것을 기본적으로 실현하여 우리나라 인민들이 더욱 행복하고 편안하고 건강한 생활을 향유하면서 중화민족이 세계의 무대에 우뚝 서게 될 것이다."[299] 여기에서 사회주의 현대화 강국 건설의 목표를 실현하려면 경제건설에서 큰 성과를 가져와야 할 뿐만 아니라, 정치건설, 문화건설, 생태건설 등 기타 사회발전 영역의 전면적인 진보가 더욱 중요하다.

이는 거시경제 관리는 반드시 단순한 경제조정을 기본 기능으로 하는 생각을 변화시켜 거시경제 관리가 정치, 생태, 사회문명 등 기타

---

299) 习近平, 『决胜全面建成小康社会夺取新时代中国特色社会主义伟大胜利-共产党第十九次全国代表大会上的报告』, 앞의 책, 29쪽.

분야에 미치는 전면적인 영향도 중시할 것을 요구한다.

## (6) 복잡한 신시대 경제환경이 거시경제 관리가 협조성과 총괄성을 제고하기를 바란다.

중국의 경제가 뉴노멀에 진입하면서 중국 거시경제의 관리목표는 '안정적인 성장'에 관심을 두어야 할 뿐만 아니라 '구조조정', '리스크 관리', '개혁촉진'과 '민생혜택' 등에 관심을 두어야 할 것을 요구하고, 시장이 주체가 되는 경제관계를 조정해야할 뿐만 아니라 제도적 층면으로부터 각종 이익의 관계를 조정해야 한다는 점을 결정하고 있다. 그렇기 때문에 신시대의 준엄한 도전에 간단하게 예전처럼 '도구와 목표의 매칭'으로 분류하여 관리하던 방법은 더 이상 근본적으로 각종 이익의 관계를 조정하기 어렵게 되었고, 각종 목표의 관계를 총괄할 수가 없으며, 대 조정, 대 개변, 대 개혁 시기의 관리 권위를 형성하기 어렵기에 거시경제 관리의 협조성과 총괄성 수준에 대한 제고가 시급하다. 한편으로 당의 영도를 강화하여 거시경제 관리의 총괄성을 근본적으로 보장해야 한다. 시진핑 총서기는 이렇게 강조했다. "우리나라에서 당의 유력한 영도는 정부가 작용을 이행하는 근본적인 보장이다."[300] 개학개방 이후 우리나라 사회주의 시장경제 건설 여정으로부터 사회주의 시장경제 개혁은 하루아침에 이루어지는 것이 아니며, 완성되었다고 한숨 돌리지 말아야 한다. 이 과정은 부단히 심화하고 점차 개선하는 과정이라는 것임을 알 수 있다. 시진핑 동지를

---

300) 习近平, 『习近平谈治国理政』 第一卷, 앞의 책, 118쪽.

핵심으로 하는 당 중앙은 사회주의 경제개혁의 역사적 경험을 총결하고, 실제에 입각하여 "시장 배치가 자원배치에서 결정적 작용을 하고, 정부가 더욱 정부의 작용을 이행해야 한다"고 제기하여 사회주의 시장경제 이론을 풍부히 했으며, 실천과정에서 부단히 관철시키며 심화시키고 있다. 신시대에 국내외 경제환경이 거대하게 변화하는 상황에서 정부의 거시경제 관리능력을 향상시키고, 국내외 발전의 리스크를 줄이려면 반드시 당의 영도를 견지하고, 개혁개방의 응집력을 강화하여 방향을 유지토록 해야 한다. 다른 한편으로는 부문 간의 교류와 지역 간의 협력을 강화하여 거시경제 관리의 총괄 능력을 제고시키는 일에 중점적인 노력을 기울여야 한다.

'중국 특색의 사회주의'는 신시대에 진입했고, 개혁 발전과정에서 모듈형의 이익충돌이 부단히 나타나기에 거시경제 관리는 부문과 이익집단의 국한에 얽매이지 말고, 시장의 실패와 정부의 실패라는 두 가지 속박을 돌파해야 한다. 전통적 거시경제 관리는 주로 정부와 금융부문에 의존하고, 제기한 정책과 조치 역시 주로 재정금융 분야에 국한되어 거시경제 관리가 기타 부문에 미치게 될 영향을 미처 고려하지 않았기에 거시경제 관리로 인한 부문 간 이익충돌이 부단히 발생했다. 신시대에 거시경제 관리는 부문 간의 총괄을 강화하여 거시경제 관리에서 부문 간·지역 간의 교류체제를 건전하게 하는 것은 거시경제 관리의 총괄성을 향상케 하는 중요한 받침돌이다.

(7) 신시대 정책 전달구조의 변화는 반드시 거시경제 관리의 도구혁신을 요구한다.

　중국 경제 뉴노멀이 직면한 각종 복잡한 문제는 중국 거시경제 목표의 다원성을 결정한다. 목표의 다원성은 우리나라가 전통적인 재정정책과 화폐정책의 도구로서는 거시경제 관리의 목표를 실현하기 어렵다는 것을 결정하자는 것이다. 시진핑 총서기는 이렇게 강조했다. "금융의 위험을 예방하고 제어하기 위해서는 감독 관리 조정구조를 속히 수립하고, 거시적인 신중한 감독 관리를 강화하며, 총괄적 조정 능력을 강화하여 계통적 리스크를 방지하고 해결해야 한다."[301] 그렇기 때문에 우리는 반드시 거시적이고 신중한 감독관리 도구로써 거시적 금융리스크에 대응해야 하고, 공급 측 구조개혁으로 경제주체를 조정하며, 사회정책의 혁신을 이용하여 민생에 대한 공정성을 실현 한다. 이는 신시대 정책의 전달 구조의 변화와 발전목표의 화가 거시 관리도구의 혁신을 요구하는 것임을 알 수 있다. 물론 더 중요한 것은 전통적인 '안정 성장'의 목표를 실현하기 위한 재정정책과 화폐정책의 전달구조도 거대한 변화를 가져왔기에 우리는 전통적인 간단한 재정수입과 지출에 대한 총량 조정과 화폐공급에 대한 조정, 이율 및 환율조정을 통해 거시경제를 안정시키는 목표를 실현하기가 어렵다. 그렇기 때문에 총량조정과 구조 조정, 구간조정과 지향하는 정책에 대한 정확한 실시와 기회적 조정을 결합시켜 부단히 각종 정책 도구를 혁신하여 새로운 경제운행에 적응토록 해야 한다.

---

301)「习近平主持召开中央财经领导小组第十五次会议」, 中国政府网, 2017. 02. 28.

## 2
## 위대한 실천은 중국 거시경제
## 관리의 부단한 혁신을 인도한다

신시대에 전통 거시관리 체계에 대한 각종 도전에 대응하기 위해 중국공산당 제18차 전국대표대회 이후 시진핑 동지를 핵심으로 하는 당 중앙에서는 세계경제의 장기적인 주기와 중국 경제발전의 새로운 규칙을 분석한 기초위에서 거시경제 분야의 혁신과 개혁의 실천을 대대적으로 실시했다. 이런 개혁과 혁신은 중국공산당 제18차 전국대표대회 이후 우리나라 경제발전이 우수한 성과를 얻을 수 있도록 보장해 주었고, 동시에 시진핑 신시대 '중국 특색의 사회주의' 경제사상의 유기적 구성부분이 되었다. 위대한 개혁의 실천은 중국 거시경제 관리의 혁신을 추진하여 신시기 중국 특색의의 거시경제 관리체계와 이론체계를 나날이 완성되어 가게 했다.

(1) 중국공산당 제18차 전국대표대회 이후의 경제발전 성과는 신시기 거시경제 관리사상의 실천기초이다.

개혁개방 이후 40년간의 경제발전 과정을 돌이켜 보면, 중국의 거시경제 관리체계는 무에서 유로, 과학화, 시장화, 시스템화로 발전과정을 거쳤다. 거시경제 관리체계의 형성과정은 중국의 거시경제발전의 실천과정이며 대체적으로 네 개의 단계로 나뉜다.

제1단계는 1980년대였다.

현대의 거시경제 관리체계가 아직 건립되지 않았고, 거시경제 관리는 탐색 중에서 진행되고 있었다. 이 시기에는 '경제건설을 중심'으로 하는 기본노선을 확정하여 투자열정을 대대적으로 불러일으켰으며, 경제의 과열상황이 나타났다. 이 단계에서 거시경제 관리의 주요 목표는 경제과열을 방지하는 것이었다. 하지만 현대 거시경제 관리체계가 아직 건립되지 않았기 때문에, 조정방식은 주로 재정지출과 신용대출 및 기초건설 프로젝트의 중단 등 행정수단으로 직접 관리했기에 경제파동이 비교적 컸다. 중국공산당 제13차 전국대표대회에서는 경제수단으로 시장의 공급과 수요를 조정한다고 제기했다. 이렇게 우리나라 거시경제 관리체계가 초보적으로 형성되게 되었다.

제2단계는 1990년대이다.

이 단계에서 거시경제의 형세는 더욱 복잡해졌고, 거시경제 관리목표는 경제과열 방지뿐만 아니라, 경제의 지나친 냉각도 방지해야 했다. 이 단계에서 처음에는 경제수단과 행정수단을 병용하는 방법을 취했다. 중국공산당 제14차 중앙위원회 제3차 전체회의에서는 처음으로 거시경제 관리구축의 목표와 방법을 제기했다. 주로 경제 방법인 경제수단·법률수단·필요한 행정수단으로 국민경제를 관리하기로 했다. 중국공산당 제15차 전국대표대회에서는 시장메커니즘의 작용을 충분히 보여주면서 거시경제의 관리체계를 건전히 하기로 제기했다. 이렇게 중국 특색의 거시경제 관리체계가 점차 건립되게 되었고, 대대적으로 시장화의 관리수단으로 조정의 강도를 적절하게 조절하기 시작했다.

제3단계는 2010년대 였다.

2001년에 우리나라는 WTO에 가입했다. 그 뒤로 점차 수출입에 대한 보호무역을 줄이고 자본의 유동성을 강화하였고, 이율과 환율의 파동이 커져 거시경제 관리는 더욱 복잡한 상황에 직면하게 되었다. 특히 화폐정책의 실시는 더욱 복잡한 외부환경에 처하게 되었다. 이 시기 우리나라 거시경제의 관리체제 건설은 더욱 발전했고, 관리도구는 더욱 다원화 되었으며, 관리의 목표는 더욱 구조조정과 경제효율을 중시하게 되었다. 관리의 경험도 풍부해져 관리의 강도와 관리방향이 더욱 정확했기에 거시경제의 연착륙을 실현할 수 있었다.

제4단계는 중국공산당 제18차 전국대표대회 이후이다.

이때 우리나라 경제는 고속성장에서 중고속성장으로 변화되었고, 경제성장의 원동력은 요인구동으로부터 혁신구동으로 변화되었기에, 기존의 많은 거시경제 관리정책과 도구가 적합하지 않았다. 동시에 이전 단계의 글로벌 금융위기에 대응하면서 남겨진 대규모의 경제자극 정책으로 인한 후유증으로 거시경제의 관리목표는 점차 "성장을 안정시키고 개혁을 촉진시키며, 구조를 조정하고 민생에 혜택을 돌리고 리스크를 예방하는 것"이었다. 이런 배경 하에서 신시대 발전의 요구를 더 많이 만족시키기 위해 시진핑 총서기는 중국공산당 제18기 중앙위원회 제3차 전체회의, 당의 제19차 전국대표대회 보고 및 2017년 중앙 경제사업회의에서 거시경제의 관리를 위해 혁신과 개선을 제기했다. 중국공산당 제18차 전국대표대회 이후의 위대한 발전성과는 시진핑 동지를 핵심으로 하는 당 중앙이 중국의 거시경제 형세에 대한 판단과 거시경제의 관리사유에 대한 조정, 거시경제 정책도구 혁신의 정확성을 충분히 증명했으며, 점차 '중국 특색의 사회주의' 거시경제 관리의 관점을 형성했다.

성장에 대한 안정과 리스크를 예방하기 위해 중국의 경제는 당의 지도하에 국제적인 '중국 공매도' '중국 붕괴론' '경기 대폭 하락론'의 충격을 이겨냈다. 이보다 더 중요한 것은 그런 과정에서도 연평균 7.1%의 경제성상 속도를 유지했고, GDP총량은 82.7조 위안에 달하여 중국의 경제는 공업의 침체와 증가속도의 지속적인 하락의 곤란을 이겨내고, 경제실력을 한 단계 높였고, 거시적인 채무수준도 효과적으로 통제했다. 국제와 비교할 때 중국의 경제는 세계 GDP의 15% 이상을 차지했다. 이는 경제성장 속도가 세계 경제성장 속도의 3배나 되는 수치로 세계의 경제성장에 미친 공헌 율은 30%가 넘었다. 국가의 외화보유액은 3억 달러를 넘어 세계 첫 자리를 유지하였다. 고속철로의 길이는 2.2만㎞로 제2~10위 국가의 전체 길이보다 길었다. 강철·자동차 등 200여 가지 공업품의 생산량은 세계 1위였다.

그러나 구조조정 방면에서 중국의 경제구조는 대폭적으로 다년간 생각했었지만, 실현하지 못했던 방향으로 전진하고 있다. 시진핑 총서기는 뉴노멀은 "경제구조의 부단한 최적화와 업그레이드, 제3산업, 소비자의 수요를 주체로 하고, 도시와 농촌지역의 격차가 줄어들고, 거주민들의 수입비중을 점차 높이며, 발전성과가 광대한 민중들에게 돌아가게 하는 것"이라고 했다.[302] 구조조정을 위주로 거시경제 관리를 해야 한다는 관념 하에서, 우리나라 거시경제 발전 중 소비가 경제성장에 미친 공헌도는 5년 전보다 10% 증가했고, 서비스업은 8% 증가했으며, 장비제조업과 첨단산업은 두 자리 수의 성장을 기록해 실체 경제의 구조는 대폭 개선되었다. 개혁을 촉진시키는 방면에서는 중국공산당 제18차 전국대표대회 이후 우리는 경제체제 개혁영역의 105가지 중대 개혁사항을 관철시켰으며, 일부 관건적이고 기초적인 개혁에서는 중대한 성적을 내었다. 시진핑 총서기는 이렇게 강조했다. "실시를 개혁사업의 중점으로 하고, 중점을 파악하고 실용적인 방법으로 해결하며, 빠르고 안정적으로 실제적인 효과를 추구해야 한다." "이미 내놓은 개혁 조치는 추구하는 바에 대한 이해를 강화하여 제때에 경험을 종합하고, 문제를 해결하여 개혁의 성과를 공고히 하고 발전시켜야 한다. 새로 시작한 개혁조치나 개혁시점에 대해서는 조직과 협조의 역량을 높여 효과를 확보토록 해야 한다."[303] 동시에 공급측 구조개혁 전략의 인도 하에 수많은 경제운행에 있어서의 난제와 주목받는 문제들을 해결하여 시장의 배치자원의 효율성 강화와 전 요인의 생산율을 제고시키는데 관건적인 작용을 하게 했다. 민생의 혜택에 대한 면에 대해 시진핑 총서기는 이렇게 강조했다. "우리 인민들은 생활을 사랑하고, 더욱 좋은 교육과 더욱 안정적인 사업, 더욱

---

302)  中共中央文献研究室, 『习近平关于社会主义经济建设论述摘编』, 앞의 책, 74쪽.
303)  「习近平. 把抓落实作为推进改革工作的重点真抓实干蹄疾步稳务求实效」, 人民网, 2014. 03. 01.

만족스러운 수입, 더욱 믿음직스러운 사회보장, 더욱 높은 수준의 의료위생 서비스, 더욱 쾌적한 주거의 조건, 더욱 아름다운 환경을 요구하며, 아이들의 성장이 더 훌륭하고 사업이 더욱 좋고 생활이 더욱 나아지기를 바라고 있다."[304]

시진핑 총서기의 민생관이 인도하는 바에 따라 지난 5년 동안 거시경제의 관리체계 혁신을 통해 우리나라의 일자리는 예상보다 더 많아 6,600만을 기록했고, 거주민들의 실제수입의 연 평균 성장은 7.2%를 초과했으며, 빈곤인구는 6,700만 명 정도 줄어들어 인민들의 복리 수준을 대폭적으로 향상시켜 대대적으로 인민군중들의 복지를 향상시켰으며, 당의 응집력을 강화시켰다.

중국공산당 제18차 전국대표대회 이후, 중국의 거시경제는 '안정적인 성장', '구조조정', '리스크 관리', '개혁의 촉진'과 '민생의 혜택' 등 분야에서 위대한 역사적인 성과를 얻었다. 이는 시진핑 동지를 핵심으로 하는 당 중앙이 중국의 거시경제 형세에 대한 판단, 거시경제의 관리사유에 대한 조정, 거시정책의 도구에 대한 혁신 및 관건시기 거시정책의 정확성을 충분히 증명해두었다. 이런 거대한 실천은 시진핑 신시대 '중국 특색의 사회주의' 경제사상이 이론적으로 합리적일 뿐만 아니라 착실한 실천적 기초가 있음을 증명하는 것으로, 현재 중국 특색 정치경제학의 발전이며, 경제규칙을 파악하고 중국의 문제를 해결하는 경제학이다. 시진핑 신시대 '중국 특색의 사회주의' 경제사상을 이론기초로 구축한 중국의 거시경제 관리체계는 반드시 중국의

---

304) 习近平, 『习近平谈治国理政』第一卷, 앞의 책, 4쪽.

거시경제가 직면한 각종문제를 해결할 것이다.

(2) 중국공산당 제18차 전국대표대회 이후 거시경제의 구체적인 혁신은 신
시대 거시경제 관리관점의 유기적인 구성부분이다.

신시대 거시경제 관리의 관점은 시진핑 신시대 '중국 특색의 사회
주의' 경제사상의 중요한 내용이다. 중국공산당 제18차 전국대표대회
이후, 시진핑 동지를 핵심으로 하는 당중앙은 전국의 인민을 영도하
여 거시경제를 발전시키는 과정에서 각항에 대한 구체적인 혁신은 신
시기 거시경제 관리관점의 형성에 중요한 요인을 제기해 주어 시진핑
신시대 '중국 특색의 사회주의' 경제사상의 유기적 구성부분이 되도
록 하였다.

첫째, 당이 일체를 관리한다는 사상의 지도하에 당이 거시경제 관
리를 총괄하는 새로운 구조를 형성했으며, 거시경제 관리의 협조성
과 실시의 강도는 전례 없이 강화되었다. 당이 경제를 관리하고 당이
거시경제를 관리하는 것은 대 전형, 대 개혁 시대에 순차적으로 각
종 거시경제 목표를 완성하는 데에 유리하고, 거시경제 관리의 전략
에 대한 신념과 전반적인 성질을 보장해주었으며, 우리가 각종 시장
의 실패와 정부의 실패가 가져다준 각종 비상적인 문제를 극복하는
데에 유리하세 했다. 지난 5년 동안 중앙정치국 상임위원회, 중앙정치
국, 중앙 전면개혁 심화 위원회와 중앙 재정위원회는 거시경제 관리
의 앞장에 서서 각종 거시경제 문제와 관련한 회의를 주최했고, 우리
나라 거시경제에 관련한 중대한 판단과 전략 계획을 제기했다. 이런

중대한 판단과 전략계획은 예전의 거시경제 관리가 직면한 '구룡치수 (九龍治水, 아홉 마리의 용이 물을 다스린다-역자 주)'의 곤란한 국면을 극복할 수 있게 했고, 전통적인 이익구조에서 각종 관리사상과 관리도구의 '고착화', '구식화'의 문제를 극복하도록 했으며, 거시경제 관리의 과도기의 단기화와 전략적 신념의 문제를 해결하도록 했다.

둘째, 과학적으로 중국경제와 세계성장의 장기적 추세와 발전규칙을 연구하여 판단한 기초위에서 '3기 중첩'이라는 중대한 판단을 내려 혁신적으로 중국의 거시경제 뉴노멀 이론과 뉴노멀 거시 조정의 관리프레임을 제기했다. 중국공산당의 제18차 전국대표대회 이후, 시진핑 총서기는 뉴노멀 이론을 제기해 중국의 거시경제 관리의 이론적 기초, 전략적 사유, 목표체계 및 도구의 선택을 전면적으로 재건했다. 처음은 뉴노멀 이론에 근거하여 중국 거시경제가 처한 단계는 경제위기의 단계가 아닐 뿐만 아니라, 노멀 상황하의 안정기도 아닌 '성장속도 변속기', '구조조정 진통기', '초기 자극 정책 소화기'에 처해있다고 지적했다. 이러한 '3기 중첩'의 중대한 판단은 중국의 거시경제 정책이 서방의 간단한 위기관리 패턴이 아닐 뿐만 아니라, 일반 안정기의 반주기 단기 조정프레임도 아닌 중국의 거시경제 관리프레임의 핵심 임무인 '뉴노멀에 대한 적응과 뉴노멀의 인도'라고 했다.

다음으로 중국경제의 성장속도가 하락한 원인에는 주기적인 요인도 있고, 추세적인 요인도 있다는 과학적인 판단을 내렸다. 중국 거시경제 정책의 목표는 간단하게 '8% 성장률을 고수'하고 '7% 성장률을 고수'하는 것이 아니라, 중국의 거시경제 정책은 중국경제가 단기적 하락을 방지하고, 주기적인 역량에 의한 충격을 완화시키는 작용도 해야 한다. 더욱 중요한 것은 추세적 하락의 요인으로 인한 성장속도의 하락은 거시경제 정책으로 단기 내에 완화시키기 어렵다는 점을 확실하게 인식하여 추세적 하락을 해결하는 방안은 반드시 구조와 제도에서부터 시작하여야 하며, 반드시 중장기적으로 총괄 진행해야 함을 확실히 해야 한다. 단기적 거시경제 관리의 목표는 '안정 성장'의 의미를 전면적으로 조정해야 한다. 더 중요한 것은 반드시 전통적인 단일목표에서 '안정적 성장', '구조조정', '개혁촉진', '민생혜택'으로 확장하고, 각종의 장기적인 목표와 단기적인 목표를 총괄해야 한다.

그 다음은 전략적 판단의 기초위에서 서방 위기관리의 강력한 자극인 교조(敎條, 입증적 논거[論據] 없이 맹목적으로 받아들여지는 원칙이나 원리—역자 주)를 포기하고, '대수만관(大水漫灌)'의 관리방식도 포기하여 구간 관리조정의 거시적 사유를 혁신적으로 확립하여 구간 조절을 하는 기초위에서 지향적으로 조정하고, 기회에 따라 조정하며, 정확한 조정을 하는 등의 새로운 조치를 확립했다. 한편으로는 총 수요와 공급의 관계변화를 파악하는 기초위에서 경제성장의 합리적인 구간을 명확히 하여 구간 내의 운행과 구간 밖의 운행을 위해 서로 다른 정책적 도구를 준비하여 경제가 합리적인 구간을 벗어나는 것을 방지토록 해야 한다. 다른 한편으로는 구간조정을 견지해야 하는 기초위에서 안정 속 진보의 책략을 견지하고, 지향하는 바에 대한 조정, 구조 조정의 실시를 중시하여 경제운행 중의 돌출된 모순을 겨냥해야 하는데, 특히 불균형하고 조화롭지 못하고 지속 불가능한 문제를 둘러싸고 구조조정, 리스크 통제, 개혁촉진 및 민생혜택 등의 사업을 실시해야 한다.

셋째, 서방의 교조를 뛰어넘어 국가의 중장기발전을 위한 계획과 목표 및 경제개혁의 목표에 근거하여 단기적 거시경제 관리보장으로 전략신념을 유지하고, 중국의 대개혁·대 전형 및 민족부흥의 위대한 목표를 위하며, 거시경제 관리의 단기적 및 장기적으로 효과적인 결합을 보장토록 해야 한다. 오랜 기간 동안 신고전(新古典) 거시경제학은 중장기발전의 문제를 시장에 맡겼고, 단기적 거시경제가 안정적이면 중장기적 목표가 스스로 실현될 것이라고 여겼기에, 거시경제의 관리는 응당 단기적 경제의 파동을 주시해야 한다고 했다. 하지만 이런 교조는 대 전형과 대위기시에 전면적으로 파산되었다! 중국경제의 기적은 중국경제의 개혁개방에만 있는 것이 아니라, 중국이 시장의 실패와 정부의 실패에서도 독특한 혁신을 실현했다. 이는 중장기 발전계획을 진행했기 때문이고, 각종 단기정책이 장기목표를 위하도록 했기 때문이다. 지난 5년간 중국 정부는 국가 중장기계획을 인도하고 구속하는 작용을 더욱 강화했고, 연도별 계획을 실시한다는 기초위에서 단기적인 재정정책 예산, 금융 배치, 국토자원개발 및 기타 자원배치를 총괄했다.

넷째, 각종 전통 거시경제 정책도구가 전달한 미시적 기초위에 발생한 중대한 변이, 전통 거시경제 정책도구의 실시효과가 크게 줄어든 시기인 과거 5년간 전면적인 도구의 혁신을 했다. 더욱 중요한 것은 대 개혁을 통해 거시경제 정책실시의 미시적 기초와 제도 환경을 재건했다. 1) 전반적인 거시정책 방면에서 전면적으로 체계적 리스크 관리는 거시경제 관리의 핵심목표임을 강조하여 거시적 감사·감독 관리를 재정정책·화폐정책과 병행하는 3대 거시경제 정책의 하나로 지정했으며, 거시경제 관리체계의 기초위에서 금융안정발전위원회를 성립했다. 2) 화폐정책 방면에서는 사회 융자 총액을 중간적 관리목표로 함과 동시에 화폐정책의 혁신도구를 통해 과거에 간단하게 외환평형기금에 의존해서 화폐발행에 미친 각종문제를 효과적으로 극복했다. 3) 재정정책 방면에서는 지방정부의 채무융자 총액에 대해 상한제를 실시하여 지방의 융자플랫폼 관리를 강화하고, 혁신적으로 지방의 채무·PPP와 정책산업의 유도 기금 등의 수단으로 지방정부의 재정자금 수지관리 구조를 변화시켰다. 4) 대대적으로 시장경제의 체계개혁을 진행하여 거시경제 정책도구의 혁신적 환경을 창조했다. 제일 대표적인 사건은 이율 시장화의 전면적인 실시를 통해 각종 이용도구의 관리환경을 제공했고, 지방정부 채무시장의 형성과 부동산 시장의 장기적인 효과를 창출하는 구조건설로 정부재정의 전형적인 기초를 마련했다.

다섯째, 거시경제가 직면한 주요 모순과 주요 문제에 근거하여 적절하게 공급 측 구조개혁을 제기하면서 전면적으로 '중국 특색의 사회주의' 거시경제 관리를 혁신시켰다. 현 단계 우리나라 경제발전의 주요 모순은 이미 구조적 문제로 전환되었고, 모순의 주요 방면은 공급 측에 있으며, 주로 공급구조가 수요구조의 변화에 적응하지 못하는 것으로 표현된다. 간단하게 전통정책으로 총량 수요를 관리하면 문제를 해결할 수 없을 뿐만 아니라, 더욱 많은 리스크를 축적하고 미래성장의 잠재력을 과도하게 당겨쓰게 된다. 공급 측 구조개혁은 중국 거시경제의 주요 모순을 해결하는 만병통치약이다. 지난 2년 동안 중국은 "세 가지를 버리고, 두 가지를 내리고, 한 가지를 보완"한다는 작용을 통해 성공적으로 과잉생산·재고의 과잉기업·지렛대 상승속도가 너무 높고, 기업원가가 너무 높은 등의 각종 단점이 너무 심각했던 문제를 성공적으로 완화시켰거나 해결했다. 중국의 성공은 거시경제정책은 수요측만 고려할 것이 아니라 공급 측에도 관심을 두어야 하고, 총량 관리뿐만 아니라 구조적 문제에도 착안해야 하며, 일반적 행정수단으로부터 착수해야 할 뿐만 아니라, 체제구조 개혁도 착수해야 하고, 단기 파동을 주목해야할 뿐만 아니라, 중장기적인 경제성장 잠재력에 대한 제고와 혁신능력의 양성도 주목해야 하며, 금융리스크 문제를 주목해야 할 뿐만 아니라, 금융이 어떻게 확실하게 실체 경제를 위하는 지에도 주목해야 한다. 이런 사상은 신시기 중국 특색 거시경제 관리체계의 개선에 새로운 기초를 제기했다.

여섯째, '안정 속 진보'의 거시경제 관리사업의 총체적 주안점과 방법을 형성했다. 시진핑 총서기는 이렇게 강조했다. "거시정책은 안정적이어야 한다. 적극적인 재정정책과 묵직한 화폐정책을 견지하면서 경제의 구조개혁을 위해 안정적인 거시경제 환경을 마련해주어야 한다."[305] 지난 5년간 중국의 제는 안정적으로 좋은 태세를 유지하며 튼튼해 졌다. 제일 핵심적인 원인은 우리가 안정 속에서 안보를 추구하

---

305) 中共中央文献研究室,『习近平关于社会主义经济建设论述摘编』, 앞의 책, 87-88쪽.

는 정책을 관철시키는 것을 사업의 총체적 주안점으로 하고, 전략에 대한 신념을 견지할 것을 강조하며, 문제 지향을 견지하고, 마지노선적 사고를 견지하며, 못을 박는 정신을 발양하여 차근차근 앞으로 나아가야 하기 때문이다. 이런 사업방법과 총체적인 주안점은 우리가 진행하는 거시적인 형세판단, 거시적인 전략파악, 거시적인 정책선택 및 구체적인 실시과정에서 과잉현상과 과도한 조작 리스크가 나타나지 않도록 보장해주었다. '안정 속 진보'라는 거시경제 사업의 총체적인 주안점도 시진핑 신시대 '중국 특색의 사회주의' 경제사상의 중요 특징과 거시경제 사업의 중요한 방법론이 되었다.

# 3
## 신노정(新征程)은 거시경제의 관리체계를
## 더욱 혁신시키고 개선할 것을 요구한다

　　중국공산당 제18차 전국대표대회 이후의 위대한 실천은 중국 거시경제 관리의 혁명적인 혁신을 촉진시켜 시진핑 신시대 '중국 특색의 사회주의' 거시경제 관리의 관점에 관한 논술의 초보적인 프레임을 형성했다. 전면적 샤오캉사회를 완성하고 전면적으로 사회주의 현대화 강국건설을 촉구하는 신 노정에서 신시대 우리나라 사회의 주요 모순의 중대한 변화와 전략목표의 단계적 대체 및 국제와 국내형세의 변화와 더불어 전면적 샤오캉사회를 완성하고, 중화민족의 위대한 부흥인 '중국의 꿈'을 실현하려면, 우리는 중국의 거시경제 관리 및 이론프레임을 더욱 혁신시키고 개선시켜야 한다.

(1) 시진핑 신시대 '중국 특색의 사회주의' 경제사상으로 전면적으로 중국 거
　　시경제 관리의 새로운 사상과 새로운 이론을 다듬어야 한다.

　　리커창(李克强) 총리는 2017년 중앙경제사업회의에서 이렇게 지적했다. "시진핑 신시대 '중국 특색의 사회주의' 경제사상은 5년래 우리나라 경제발전의 실천을 추진한 이론적 결정이고, '중국 특색의 사회주의' 정치경제학의 최신 성과이며, 당과 국가의 매우 소중한 정신적 재

부로 반드시 장기적으로 견지하고, 내용을 부단히 풍부히 하고 발전시켜야 한다."[306] 그렇기 때문에 미래에 중국 거시경제 관리를 혁신시키고 발전시켜 고품질 거시경제 관리로 전면적인 샤오캉사회를 완성하고, 사회주의 현대화 강국을 실현하는 신노정에서 한편으로는 시진핑 신시대 '중국 특색의 사회주의' 경제사상을 지도에 의거하여 전면적으로 '서양의 교조(教條)'와 '낡은 교조(教條)'를 타파였기에 각종 거시경제 관리의 이론 기초는 시진핑 신시대 '중국 특색의 사회주의' 경제사상에 뿌리를 내리게 되었다. 시진핑 총서기는 이렇게 강조했다. "중국인민은 사상을 해방시키고 실사구시를 견지하는 과정에서 사상해방의 실현과 개혁개방이 서로를 격려하고, 관념에 대한 혁신과 실천 탐색을 통해 서로를 촉진시키면서 충분히 사상인도의 강대한 역량을 보여주었다."[307] 신시대에 '중국 특색의 사회주의' 거시경제 관리의 실천과 이론 혁신의 형성을 촉진시키려면 계속하여 '사상해방, 실사구시'의 기본원칙을 견지하고, '노선 자신감, 이론 자신감, 제도 자신감, 문화 자신감'을 견지하면서 '중국 특색의 사회주의' 거시경제 관리의 길을 촉진시켜 나가야 한다. 다른 한편으로는 중국의 대지와 중국의 실천에 뿌리를 내리고 현대 경제학 원리발전의 최신 성과를 충분히 흡수하여 시진핑 신시대 '중국 특색의 사회주의' 경제사상을 이론화·체계화하는 과정에서 시진핑 '중국 특색의 사회주의' 거시경제

---

306) 「中央经济工作会议举行习近平李克强作重要讲话」, 新华网, 2017. 12. 20.
307) 习近平, 「开放共创繁荣创新引领未来—在博鳌亚洲论坛2018年年会开幕式上的主旨演讲」, 新华网, 2018. 04. 10.

관리에 대한 논술을 구축했으며, 시진핑 신시대 '중국 특색의 사회주의' 경제사상이 중국의 거시경제 관리를 실천하는데 대한 구체적인 지도를 강화했다. 단호하게 서방문화의 모든 것을 배척할 것이 아니라 능숙하게 서방의 선진문화를 학습하여 장점을 취하고 단점을 보완해야 한다. 예를 들면, 서방문화의 자유·민주사상은 중화문화의 중용(中庸) 및 논리 사상과 결합하여 중화민족의 발전과 중국인민의 정신세계 신문화와 부합하는 발전을 도모해야 한다. 신시대 중국의 거시경제 발전과 관리를 실천하는 것에 의존하여 서방의 경제학과 이론적 성과를 충분히 참고하고 받아들인다는 기초위에서 마르크스주의 정치경제학을 기초로 체계적인 시진핑 신시대 '중국 특색의 사회주의' 경제사상 체계를 구축해야 한다.

## (2) 당의 영도를 강화하여 거시경제 관리의 전략성·협조성·총괄성·계통성을 향상시켜야 한다.

당의 제19차 전국대표대회 보고에서는 "당정군민학(党政軍民學) 및 동서남북중(東西南北中)에 당의 영도는 모든 것이다"[308]고 했다. 중국공산당은 '중국 특색의 사회주의' 사업의 굳센 영도핵심이고 최고의 정치적 영도역량이기에 각 분야 각 방면의 사업은 반드시 자각적으로 당의 영도를 확고부동하게 견지해야 한다. 경제건설은 당의 중심사업으로 당의 영도는 필연적으로 경제사업에서 충분히 나타나야 한다.

---

308) 习近平, 『決胜全面建成小康社会夺取新时代中国特色社会主义伟大胜利-产党第十九次全国代表大会上的报告』, 北京, 人民出版社, 2017, 20쪽.

그중에서 제일 중요한 것은 거시경제 관리 분야에서 당의 영도를 강화하는 방법으로 거시경제 관리에서 존재하는 분산주의·자유주의·본위주의·파벌주의·지방보호주의를 전적으로 반대해야 한다.

거시경제 관리와 경제건설에 대한 당의 총괄적 영도능력을 강화하여 중대한 경제개혁에 존재하는 각 측의 이익 충돌문제를 잘 조정하여 거시경제 관리정책의 실시를 확보하고, 효력을 나타낼 수 있게 확보해야 한다. 당의 영도를 강화하는 것은 경제건설과 거시경제 관리 분야의 '네 가지 의식'을 강화하는 것이다. '네 가지 의식' 강화는 중국공산당·국가·중화민족의 미래 운명과 관계되는 것으로 우리당과 중국공산당이 영도하는 위대한 사업에 지극히 중요한 현실적 의미와 깊이 있는 역사적 의미가 내포되어 있다. 중국공산당 제18차 전국대표대회 이후에 형성된 중국공산당 중앙정치국 상임위원회와 중국공산당 중앙정치국은 정기적으로 거시경제에 대한 형세를 분석하고, 중대한 경제사항을 결정하는 방법을 부단히 개선하여 중앙재정위원회에서 제때에 중대한 거시경제 문제의 새 제도를 연구하고, 나아가 당이 영도하는 거시경제 관리의 정보 수집체계, 연구 분석체계, 결책체계와 실시 집행체계를 연구함으로써 제도화·규범화·과학화를 강화해야 한다.

(3) 거시경제 관리의 전략성을 강화하여 거시경제 관리가 직면한 단기화 곤경을 극복하는 데에 초점을 모아야 한다.

시진핑 총서기는 줄곧 사업실천의 정확성과 목표성을 강조했다. 그는 이렇게 지적했다. "중점을 부각시키고 초점에 맞추어 정확하게 문제점을 찾아 이해를 적확히 하여 영향력이 있고 견딜 수 있으며 군중들이 승인하는 확실한 조치들로 개혁의 '첫 1㎞'와 '마지막 1㎞'의 관계를 잘 처리하고, '중추적인 저항'을 돌파하고 부작위를 방지하여 개혁방안의 실속을 충분히 보여줌으로써 인민 군중들의 획득감을 높여야 한다."[309] 개혁과정의 초점인 핵심문제에 대해 시진핑 총서기는 이렇게 강조했다. "전면적으로 개혁을 심화시키는 것에 의거하여 공급측 구조개혁의 추진을 중요한 위치에 놓고, 개혁의 자신감을 공고히 하고 문제 지향을 돌출하게 하여 분류하여 지도하는 것을 강화하고 정확한 정책실시로 개혁의 효과를 제고시켜 제도의 장점을 극대화시켜야 한다."[310] 이는 시진핑 '중국 특색의 사회주의' 경제사상이 갖고 있는 전략적 초점사유를 충분히 보여주었으며, 시진핑 총서기의 정확한 초점의식의 개혁사유를 충분히 흡수한 개혁사유와 거시경제 관리를 통해 전략적인 초점을 맞추면서 단기화의 곤경을 극복해야 한다.

구체적으로 보면 거시경제 관리에서 정확하게 초점에 대한 사유를 파악해야 한다. 하나는 중국의 경제가 직면한 주요 모순과 모순의 주요 방면에 대해 더욱 초점을 맞추어 주요 모순의 변화에 따라 거시경제 관리의 사유와 관리의 도구를 혁신시켜야 한다. 두 번째는 위대한 신노선의 위대한 목표에 초점을 맞추어야 하는데 특히 2035년과 2050년의 경제목표에 대해 과학적인 분석과 논증을 진행하고, 각종 속박

---

309) 习近平, 『习近平谈治国理政』第二卷, 앞의 책, 102쪽.
310) 「习近平主持召开中央全面深化改革领导小组第二十四次会议」, 新华网, 2016, 05, 20.

적인 지표와 예견하는 지표에 근거하여 적절하게 매년 지표를 계획하고 실시해야 한다. 세 번째는 신 발전관의 실시에 더욱 초점을 맞추어 고품질 발전과 중국의 현대 경제체계 건설에 초점을 맞추어야 한다. 네 번째는 3개 공격전에 초점을 맞추어 중국이 경제사회 발전을 하는데 부딪치는 난관의 극복을 위해 유리한 거시경제 환경을 창조해야 한다.

## (4) 기초적 개혁에 대한 강도를 높여 거시정책의 도구에 대한 혁신과 확장을 위한 공간 환경을 마련해야 한다.

비록 이미 5년이라는 혁신 발전을 거쳐 중국의 거시경제 관리체계의 효과가 대폭 제고되었다고는 하지만, 여전히 전달 경로가 원활하지 않고, 실시효과가 비교적 크다는 문제가 있다. 이런 문제의 형성은 거시경제 관리에 존재하는 수많은 문제 때문만이 아니라 수많은 제도체계에 존재하는 조정하기 어려운 왜곡으로 인해 나타난 화폐정책·재정정책에 대한 거시적 심사관리 전달체제의 장애로 인해 이익변이와 효율저하 현상이 나타났다. 이에 대해 시진핑 총서기는 이렇게 지적했다. "우리나라 개혁은 이미 공격기와 관건기에 진입하였기에 개혁에 대한 심화를 강화하며, 반드시 확고한 자신감으로 공동의식을 응집하고 총괄계획으로 협동 추진해야 한다. 용감하게 시장관념의 장애와 이익 고형화(固形化)의 벽을 부수고, 용감하게 힘든 문제를 해결하며, 용감하게 위험한 고비를 넘기면서 시장규칙을 더욱 존중하고, 정부의 작용을 더욱 잘 보여주어 개방의 최대 장점을 가지고 더 큰 발전공간을 도모해야 한다."[311]

거시경제 관리의 관건기를 넘어 힘든 문제를 해결하는 가운데서 확실한 성과를 얻는 것은 개혁과 발전의 장기적 효과와도 직접적인 관련이 있다. 높은 품질의 거시경제 관리로 관건적 경제 분야의 개혁을 추진해야 한다. 그 핵심은 전면적으로 기초적이고 관건적인 분야의 개혁을 가속화하는 것이다. 예를 들면 재정과 세무체계의 개혁을 통해 재정정책의 자동안정 기능을 제고시키고, 환율체제와 자본항목에 대한 개혁으로 환율제도의 제반 기능을 강화하며, 이율체계에 대한 개혁으로 가격형 화폐의 정책도구기능을 강화하고, 금융체제 개혁과 시장질서의 정돈을 통해 거시적 심사 감독의 효율을 높이며, 국유기업과 지방정부 및 은행체계의 개혁으로 중국 은행과 정부, 정부와 기업, 은행과 정부의 관계를 공고히 하여, 전면적으로 중국의 거시정책 도구의 미시적 전도(傳導)시스템을 개선함으로써 거시경제 관리도구의 혁신이 개혁의 순익을 방출할 수 있는 큰 공간을 마련해 주도록 해야 한다.

(5) '안정'과 '진보'의 과학적 의미를 전면적으로 이해하여 안정 속에서의 진보추구라는 사업의 총체적 주안점을 파악해야 한다.

사회경제발전의 서로 다른 시기와 서로 다른 단계에는 중국 거시경제 '안정'의 표준과 의미도 달랐고, 마지노선 관리의 표준도 달랐다. 중국공산당 제18차 전국대표대회 이후, 시진핑 동지를 핵심으로

---

311) 「习近平等领导同志和代表一起审议政府工作报告」, 中国人大网, 2013, 03, 06.

하는 당 중앙은 '안정 속 진보추구'를 지극히 중시했다. 즉 안정은 주안점이고, 안정은 대국(大局)이었다. 즉 '안정'을 잘 파악한 기초위에서 분투하고 노력해야 한다는 것이었다. 시진핑 총서기는 이렇게 강조했다. "안정의 중점은 경제운행을 안정시키는 것에 중점을 두는 것이고, 진보의 중점은 개혁개방을 심화시키고 구조조정을 하는 것이다. 안정과 진보는 유기적으로 통일되어 서로를 촉진시킨다. 경제사회가 안정적이여야만 개혁개방을 심화시키고 경제구조의 조정에 안정적인 거시환경을 만들어 줄 수 있다. 지속적으로 개혁개방을 추진하려면 경제사회발전을 위해 양호한 예상과 새로운 원동력을 창조해야 한다. 경제발전의 목표를 실현하는 관건은 안정적인 성장과 구조적 균형을 조정하는 것이 관건이다. 또한 거시정책의 안정과 미시정책의 영활 및 사회정책 영활의 전반적 사유를 견지해야 한다."[312]

'중국 특색의 사회주의' 신시대의 '안정'의 구체적인 사업 실행을 지향해야 하는 것으로부터 볼 때, "금융리스크 통제를 더욱 중요한 위치에 놓고, 체계적인 리스크 마지노선을 공고히 수호하는 것"은 거시경제 관리에서 '안정을 중요시'하는 것은 중요한 착력점이다. 이와 동시에 구조적 개혁과 기초적 개혁의 전면적 실시와 함께 '진보'의 의미도 다르다. 시진핑 총서기는 이렇게 강조했다. "우리는 빠르고도 안정적으로 개혁을 진행하면서 그간 해결하기 어려운 난제를 풀어갔

---

312) 「习近平强调 : 继续坚持稳中求进工作总基调着力做好四项重点工作」, 新华网, 2014, 12, 05.

다."[313] '안정'이라는 기초위에서 용감하게 개혁의 관건기를 향해 나아가야 하며, 장기간 해결하지 못했던 난제해결을 시도해야 한다. 이것이 바로 '진보'의 태도로 거시경제 관리와 개혁 발전을 추진하는 태도이다. 그렇기 때문에 응당 중국의 경제 행이 상대적으로 안정적인 기초위에서 중국의 거시경제 관리에 대해 실행 가능한 개혁 조정안을 확정할 수 있는 것이다.

## (6) 거시경제 관리과정에서 직면한 각종 단점을 목표로 거시정책 체계를 개선해야 한다.

'단점 보완'은 공급 측 구조개혁의 '더하기'의 핵심적인 착력점이다. 시진핑 총서기는 이렇게 지적했다. "단점 보완에 힘을 써서 점차 도시와 농촌의 격차를 줄이고, 단점 보완을 통해 용량을 늘여 유효한 공급을 확대시킬 수도 있고, 유효한 수요를 증가시키고 자극시킬 수 있다. 생산능력의 구조적 과잉과 부족이 병존하는 현상이 비교적 심각하기에 단점 보완을 통해 산업 단계를 높이고, 경제발전의 전반성을 높여 발전을 추진하는 원동력을 형성토록 해야 한다."[314] "단점 보완"의 방법론과 사업사유를 움켜쥐고 거시경제 관리에 존재하는 각종 단점을 목표로 하여 이를 지향하는 제도개혁을 진행함으로써 거시경제 관리정책의 지지체계를 개선하여 거시경제 관리의 용량을 확대시

---

313) 「习近平同党外人士共迎新春俞正声张高丽出席」, 中国共产党新闻网, 2015, 02, 13.
314) 「拉高标杆补齐短板,确保如期高水平全面建成小康社会」, 中国共产党新闻网, 2016-07-07.

켜야 한다. 거시경제 관리의 각도에서 보면 직면하고 있는 단점과 시급히 개선해야 할 부분은 다음과 같은 몇 가지가 있다. 1) 반드시 각종 거시경제 관리의 목표를 조정하여 중국의 거시경제 정책이 목표하고 있는 것이 곤경에 빠지지 않도록 방지해야 한다. 시진핑 총서기의 '방향을 잡는', '정확하게 초점을 맞추는' 사업방법론을 에워싸고 거시경제 관리 중에서 목표로 하는 대상을 정확하게 식별하여 거시경제 관리 속에 있는 주요 모순점을 모두 잡아내야 한다. 2) 반드시 국가 발전계획의 과학성을 강화하여 국가기획의 단기적 거시경제 관리의 전략적 지향작용을 하도록 더욱 강화해야 한다.

당의 영도를 강화하는 기초위에서 국가 사회경제 거시적 발전계획과 단기적 관리 간의 협조를 겸용하는 것을 중시해야 한다. 3) 반드시 현재의 체제구조와 이익의 압박을 극복하여 재정, 화폐, 산업, 지역 등 경제정책의 협조구조를 더욱 건전히 하여 지방재정과 산업정책이 재정과 화폐정책의 "인질"이 되지 않도록 해야 한다. 재정정책과 화폐정책의 거시경제 관리에서의 관건적 지위를 명확히 하여 화폐와 재정정책의 실시효과를 제고시켜야 한다. 4) 반드시 각종 거시정책 도구의 예상되는 인도기능을 제고시켜야 한다. 예상 관리는 거시경제에 중대한 의미가 있다. 확실하게 거시경제 개혁의 예상되는 인도효과를 보여주어 중대한 개혁이라는 신호를 보내 거시경제 관리의 예상 목표가 순조롭게 실현하도록 확보해야 한다.

# 4

## 중국 특색 거시경제학은 세 방면을 돌파해야 한다

시진핑 신시대 '중국 특색의 사회주의' 경제사상을 지도로 거시경제 관리의 혁신과 개선을 위해 중국 특색의 거시경제 이론은 세 가지 방면에서 돌파해야 한다. 중국 개혁개방의 위대한 실천은 중국 특색의 거시경제학에 혁신적 원동력을 제시했다. 중국은 역사적으로 제일 광범하고 심각한 사회변혁과 제일 굉장하고 독특한 실천혁신을 경험하고 있다. 이는 반드시 이론 창조, 학술 번영의 강력한 원동력이 되어 광활한 공간을 만들어 주게 된다. 중국의 경제 학자들은 경제학 이론을 혁신해야 한다는 역사적인 중대한 임무를 짊어지고 이론과 실천의 상호작용 과정에서 중국 특색 거시경제학의 발전을 추진하고, 중국 특색·중국 기풍이 있는 거시경제학을 창립하여 우리나라 경제 발전의 실천을 잘 지도해야 한다. 미래 중국 특색의 거시경제학 이론의 발전은 세 가지 방면에서 중대한 돌파를 해야 한다. 첫째는 개혁 발전 과정에서의 정치경제학 작용을 더욱 강조해야 한다. 두 번째는 중국과 세계경제의 상호 작용과 정책의 지나침을 더욱 중시해야 한다. 셋째는 금융규칙에 대한 인식을 새로운 높은 단계로 끌어 올려야 한다.

(1) 중국 거시경제 중에서 마르크스주의 정치경제학의 주도적 지위를 공고히 해야 한다.

우리나라 사회주의 경제발전의 파란만장한 과정과 세계적인 주목을 받은 성과는 '중국 특색의 사회주의' 정치경제학의 과학적인 이론적 지도를 떠날 수 없다. '중국 특색의 사회주의' 경제발전의 생동적인 실천은 부단히 당대 중국 마르크스주의 정치경제학의 새로운 경지를 위해 생생한 경험을 제공해주었다. 이론과 실천의 상호 작용 중에서 '중국 특색의 사회주의' 정치경제학의 신 발전을 촉진시키고, 우리나라 경제발전의 실천을 더 훌륭하게 지도해야 한다. 중국 경제체제에서 제일 큰 특점 혹은 제일 선명한 '중국 특색의 사회주의'는 정치와 경제의 관계, 정부와 시장의 관계, 정부와 비즈니스의 관계에 있다. 개혁개방 40년 동안 중국은 경제발전을 매우 중시했고, 정부와 경제의 발전은 긴밀하게 융합되었다.

이런 관계는 중국경제의 고속 발전의 40년을 완성했고, 정부는 경제발전을 추진하는 '도움의 손'이 되었다. 이와 동시에 이 과정에서 나타난 관리들의 사욕을 채우는 부패현상도 나타났다. 부패 반대, 청렴 제창에서 중대한 전략적 승리를 거둔 후에는 응당 성장을 안정시킨 기초위에서 적극적으로 새로운 대개혁·대조정의 격려가 포함된 새로운 원동력 구조를 적극 구축해야 한다. 이를 위해서는 주로 몇 가지 방법이 있다. 첫째, 기율검사와 법치 개선을 통해 '그릇된 문을 닫는' 기초 위에서 신형의 '정확한 문을 여는' 격려체계를 구축하면서, 뉴노멀 단계에 필요한 신형의 정치업적 심사제도와 관리와 장려제도를 구축하여 새로운 개혁개방의 새로운 구조를 형성해야 한다. 둘째, 신형의 정부와 기업·정부와 상인의 관계를 수립하려면, 중장기 계획이 필요할 뿐만 아니라 단기 계획도 필요하다. 셋째, 전면적으로 과학기술자의 혁신에 대한 열정을 불러일으키고, 지식인에 대한 당의 응집력을 강화하여 지식인이 개혁과 국가 거버넌스에 참여하는 독특한 새로운 경로를 개척해야 한다.

## (2) 중국과 세계 거시경제와의 상호작용과 정책의 효과 연구를 강화해야 한다.

시진핑 총서기는 이렇게 강조했다. "세계 발전의 대세를 인식하고 시대의 트렌드에 맞추는 것은 매우 중요하고 자주 새로운 발견을 해야 하는 과제이다. 중국이 발전을 하려면 반드시 세계발전의 트렌드를 따라야 하고……세계경제 조정의 복잡함을 충분히 예측해야할 뿐만 아니라, 경제 글로벌화 진척이 변화하지 않는 상황도 볼 줄 알아야 한다."[315] 근년에 들어 세계경제에는 현저한 변화가 일어났고, 중국경제와 세계경제의 관계도 새로운 특징이 나타났다. 이런 거시경제 발전의 배경에서 중국과 세계 거시경제의 상호 작용 연구를 강화할 필요가 있다.

한편으로 정확하게 현재의 세계경제는 여전히 경제위기를 완전히 넘기지 못했음을 인식하고, 위기가 중국경제에 주는 충격은 지속적으로 확대되고 있음을 정확하게 인식해야 한다. 이번 경제위기의 출현은 미국을 중심으로 하는 글로벌경제의 성장패턴을 조정한 것으로

---

315) 习近平, 『习近平谈治国理政』 第二卷, 앞의 책, 442쪽.

이 조정은 미국의 과도소비, 기타 국가의 과도한 생산축적으로 인한 글로벌경제 리스크를 바로잡는 과정이다. 역사적 경험에 따르면 글로벌경제 성장방식에 대한 조정은 반드시 제도의 혁신 혹은 기술혁신의 기초위에서 이루어져야 한다. 2008년 경제위기 폭발로부터 지금까지 여전히 어떠한 기술이나 제도혁신은 기미가 보이지 않고, 경제지표도 경제회복을 위한 혁신기초를 보여주지 못하고 있다. 혁신기초가 부족한 상황에서 글로벌경제는 회복세를 보이고 있다. 이는 현존의 글로벌 경제패턴에 대한 조정이 아직 실현되지 못했으며, 금후 몇 년간 비슷한 경제조정은 새로운 글로벌경제 성장방식이 출현하고, 새로운 글로벌경제 번영단계가 나타나기 전까지 반복적으로 나타나게 될 것임을 말해준다. 세계경제가 경제 위기의 제일 어려운 시점을 벗어난 후, 각국의 거시적 수치 개선은 각국 정부가 위기시기에 사용했던 각종 비상정책을 마무리하는 것이다. 이렇게 세계경제는 '거시경제 정책의 대조정기'에 진입하게 되었다.

다른 한편으로 중국의 경제 규모와 세계 경제에 미친 영향력은 날로 커지고 있다. 중국의 정책이 나타내는 효과는 날로 강해지고 있으므로 폐쇄적인 거시경제 프레임으로 중국의 경제문제를 묘사하고 해결하기는 어렵다. 중국은 개발도상의 경제대국으로 세계경제와의 연계는 날로 밀접해지고 있다. 중국경제의 규모가 날로 확대되고 세계에 대한 영향력이 강화됨에 따라 중국의 발전문제도 일련의 새로운 세계문제를 초래하게 된다. 중국의 경제발전은 글로벌 상품시장과 무역에 미치는 영향은 날로 커지고 있고, 중국 개혁의 깊이와 끊임없는 시장의 변화는 글로벌 화폐와 자본 및 인재 시장에 직접 혹은 간접적인 영향을 미치고, 중국경제의 향상은 글로벌 게임규칙의 변화를 가져다 줄 수도 있다. 그렇기 때문에 세계는 중국의 발전에 주목하고 있다. 현재 중국의 시장규모와 인재규모는 기술혁신과 상업혁신의 패턴을 변화시킬 수 있다. 경제 글로벌화와 기술 진보의 배경 하에서 중국의 거대한 인구규모와 중등수입의 수준은 거대한 시장의 수요를 공급할 뿐만 아니라, 동시에 거대한 혁신을 공급한다. 이런 상황은 예전에는 없었다.

(3) 금융규칙에 대한 인식 높이를 향상하여 금융과 실체 경제가 통일된 이론 프레임을 구축해야 한다.

신시대 거시경제는 '안정'이라는 사업의 주안점으로부터 출발하여 거시경제의 안정을 실현하려면 반드시 "시스템적인 금융리스크가 발생하지 않는 마지노선을 수호"해야 한다. 시진핑 총서기는 이렇게 강조했다. "시스템적인 금융리스크가 발생하지 않도록 방지하는 것은 금융사업의 영원한 주제이다. 주동적으로 시스템적인 금융리스크를 방지하고 해결하는 것은 더욱 중요하다."[316] 금융리스크 형성원인에 대해 시진핑 총서기는 이렇게 지적했다.

"현상을 통해 본질을 봐야 한다. 현재 금융리스크는 경제금융의 주기적인 요인·구조적 요인·체제적 요인이 중첩되어 나타난 필연적인 후과이다." 때문에 착실하게 거시경제학 연구를 통해 금융규칙에

---

316) 「全国金融工作会议在京召开」. 中国政府网, 2017. 07. 15.

대한 인식 높이를 향상시켜 '경제 금융의 주기적 요인·구조적 요인· 체제적 요인의 중첩과 공진(共振)'의 각도로 이해하고, 거시경제 관리를 강화하여 시스템적인 금융리스크를 방비하는 과학적 의미를 강화해야 한다. 이와 동시에 시진핑 동지는 이렇게 강조했다. "금융은 실체 경제의 혈맥이다. 실체 경제를 위하는 것은 금융의 천직이고 금융의 취지이며 금융리스크를 방비하는 근본적인 조치이다."[317] 실체 경제발전을 위한 각도에서 시스템적 금융리스크를 방비하는 것은 금융과 실체 경제에 관한 시진핑 총서기의 논술이고, 금융리스크 방비에 대한 방향을 정해준 것이며, 사유를 제공해준 것이다. 그는 또 이렇게 지적했다. "금융서비스를 개선하여 금융이 실체 경제 특히 중소기업, 작은 기업에 들어 갈 수 있는 통로를 만들어야 한다."[318] 시진핑 총서기의 금융과 실체 경제 관계에 대한 논단은 중국 특색의 거시경제학이 이론에서 금융과 실체 경제가 서로 통일된 종합 이론 프레임을 구축할 것을 요구한다. 그 핵심 임무는 전통 거시경제학을 재건하고 금융학시스템의 이론적 기초를 수립하는 것이다. 현대 경제운행의 두 가지 없어서는 안 될 구성 부분인 금융과 실체 경제가 동시에 이론 프레임에 들어가고 통일되고 일치하도록 해야 한다. 지금의 급선무는 우선 거시경제학의 금융학 기둥을 재건하는 것이다.

간단히 화폐와 신용을 고려하지 않는 것이 아니라, 체계적으로 전반적인 금융체계를 하나의 완전한 내생적 분석 프레임으로 보고 핵

---

317) 「全国金融工作会议在京召开」, 中国政府网, 2017, 07, 15.
318) 「加大支持力度增强内生动力加快东北老工业基地振兴发展」, 人民网, 2015, 07, 20.

심 구성부분을 분석에 포함시켜야 한다. 이런 묘사는 위기 전의 주류 거시경제학에 장기간 존재했던 각종 이론의 곤경을 이해하는 데에 도움이 된다. 어쩌면 지금 시작되고 있을지도 모르는 거시경제 정책의 변혁을 실천하는데 약간의 전례 없는 혁명적 영향을 미치게 될 것이다.

# 제11장

## 경제 글로벌화를 촉진하여

## 인류 운명 공동체를 구축하자[319]

---

319) 본 장의 저자는 뤄라이쥔(罗来军)과 바오젠윈(保建云)이다.

전면 개방의 새로운 구조를 형성하고 인류운명공동체 건설을 촉진시키는 것은 시진핑 신시대 '중국 특색의 사회주의' 대외개방과 국제질서 논술의 주요 내용이고, 신시대 우리나라가 제정하고 실시한 대외개방 전략 및 관련 정책의 지도강령으로 "장구한 평화, 보편적인 안전, 공동 번영, 개방 포용, 청결하고 아름다움의 세계"[320]를 건설하는 중요한 목표이다. 완전하고 정확하게 시진핑 신시대 '중국 특색의 사회주의' 대외개방 논술을 파악하는 것은 신시대 우리나라 대외개방 전략 및 관련 정책에 대한 조치를 이해하는 이론적 전제이다.

---

320) 习近平, 『决胜全面建成小康社会夺取新时代中国特色社会主义伟大胜利-共产党第十九次全国代表大会上的报告』, 앞의 책, 58-59쪽.

# 1
## 전면 개방의 새로운 구조, 새로운 체제를 형성하여
## 더욱 높은 차원의 개방형 경제를 발전시키자

  신 발전이념을 관철하고 현대화 경제체계를 건설하는 것은 시진핑 신시대 '중국 특색 사회주의' 경제사상의 중요한 내용이고, 전면 개방의 새로운 구조 형성을 추진하는 것은 신 발전 이념 관철과 현대 경제체계 건설의 관건이며, 최종 목적은 각국 인민이 한 마음으로 협력하여 공동으로 인류운명공동체를 건설하는 것이다. 전면개방의 신 구조형성과 인류운명공동체 건설을 추진하는 것은 시진핑 신시대 '중국 특색의 사회주의' 대외개방과 국제질서 논술의 주요 내용이다. 본 장에서는 신시대 우리나라가 추진하여 형성한 대외개방 신 구조, 인류운명공동체 구축 추진의 각항 대외 개방전략과 정책을 모두 신 개방이라고 한다.

### (1) 전면 개방 신 구조의 목표 선정과 형식·원칙의 형성.

  명확하게 목표를 선정하고, 합리적이고 높은 효율로 추진하는 형식 및 필요한 원칙은 전면 대외개방의 예상목표를 형성하고, 최종적으로 성공을 가져올 수 있는 관건이다. 전면 개방의 신 구조 형성은 직접적인 목표도 있고, 중요한 목표도 있으며, 최종 목표도 있다. 목표를 선정한 후에 영활하고 다양하며 합리적이고 높은 효율의 추진형식을 선택하여 공동으로 상의하고 공동으로 구축하는 원칙을 준수해야 한다. 우선 전면 대외개방의 새 구조 형성을 추진하고, 개방형 세계경제를 건설하는 것은 새로운 개방의 직접적인 목표이다. 시진핑은 이렇게 지적했다. "중국은 다자무역의 체제를 지지하며, 자유무역구 건설을 촉진시키고, 개방형 세계경제의 건설을 추진한다."[321] 글로벌화와 일체화의 발전은 지금 세계경제의 발전을 막을 수 없는 트렌드이다. 오직 전 방위적인 대외개방을 실시해야만 글로벌 자유무역을 추진하고, 포퓰리즘·역 글로벌화·무역보호주의가 세계의 경제발전, 특히 무역발전에 대한 방해와 소극적인 영향을 방지할 수 있고, 경제 글로벌화와 개방형 글로벌 경제체계의 형성을 촉진시킬 수 있다.

다음으로 무역투자의 편리화를 촉진시키고, 경제 글로벌화를 추진하는 것은 신 개방의 중요 목표이다. 경제 글로벌화는 지속적인 역사과정으로 각 측의 공동참여가 필요하다. 반드시 소수의 서방국가가 경제글로벌화에 대한 조종과 독점을 타파하여 더 많은 국가가 경제 글로벌화 과정에 참여도록 하고, 그 과정에서 보편적인 수익을 얻어 각측이 자신의 이익을 공모하고 서로 포용하며, 보편적으로 혜택을 얻도록 하는 것이다. 시진핑 총서기는 이렇게 지적했다. "일심협력하여 무역과 투자의 자유화·편리화를 촉진시켜 경제 글로벌화가 더욱 개방적이고 포용적이며, 보편적으로 혜택을 얻을 수 있는 균형적이고

---

321) 习近平, 『决胜全面建成小康社会夺取新时代中国特色社会主义伟大胜利-共产党第十九次全国代表大会上的报告』 앞의 책, 60쪽.

윈-윈의 방향으로 발전할 수 있도록 추진해야 한다."³²² 마지막으로 각국의 인민이 공동으로 새로운 세계를 건설하는 것은 신 개방 시대 중국이 인류운명공동체 구축을 추진하는 최종 목표이다. 시진핑은 이렇게 지적했다. "각국의 인민이 일심협력하여 인류운명공동체를 구축하여 장구한 평화, 보편적인 안전, 공동의 번영, 개방 포용의 청결하고 아름다운 세계를 건설해야 하자."³²³ 현재 세계에는 아직도 각종 전쟁과 분쟁이 존재하고, 무역 마찰과 경제 분쟁이 수시로 발생하고 있으며, 각종 극단주의, 분열주의, 테러리즘과 패권주의가 여전히 인류의 평화를 위협하고 있으므로 각국의 인민과 중국인민은 함께 노력하여 더욱 아름다운 신세계 건설을 위해 노력해야 한다. 여기에서 상술한 3가지 유형의 목표를 실현하기 위해 신 개방은 영활하고 다양한 추진형식을 취해야 하고, 반드시 공동으로 상의하고 공동으로 건설하는 원칙을 지켜야 한다. 오직 공동으로 상의하고 공동으로 건설하는 원칙을 준수해야만 각 측의 적극성을 불러일으키고 각 나라와 각 측의 이익 주체가 공동으로 글로벌 및 지역의 개방·개발과 협력에 참여하여 공동으로 함께 이익을 얻을 수 있다. 신 개방이 준수하는 공동으로 상의하고 공동으로 건설하는 원칙은, 신 개방 과정에서 각국이 공동으로 상의하고 공동으로 참여하며 공동으로 이익을 도모하며 공동으로 책임지며 공동으로 거버넌스에 참여할 것을 요구한다.

---

322) 위의 책, 59쪽.
323) 위의 책, 58-59쪽.

(2) 새로운 역사 배경하의 전면적인 개방의 새로운 출발점.

신시대 중국의 전면개방은 새로운 역사배경 하에서 새로운 출발점을 기초로 한다. 1970년대 말·80년대 초의 개혁개방과 비교하면 중국 신시대 개혁개방의 역사배경·경제기초·정치조건은 천지개벽의 변화가 일어나도록 했기에 새로운 역사 배경하의 새로운 기점을 기초로 하는 신 개방은 아래 몇 가지 방면에서 선명한 특점을 가지고 있다.

첫째는 새로운 역사 배경이다.

지금의 시대는 정치경제의 대 변혁·대 조정의 시대이다. 중화민족의 위대한 부흥인 '중국의 꿈'은 점차 가까워지고 있다. 중국은 어느 역사시기보다 세계의 무대중앙과 가까이 와 있다. 위대한 시대는 위대한 개방을 요구하고, 위대한 시대는 위대한 개방을 위해 모처럼 역사적 기회와 역사적 조건을 창조해주었다. 오직 역사적 기회를 잡은 국가와 민족만이 경쟁이 치열한 글로벌화 사회에서 발전의 기선을 잡고 먼저 진보하여 번영하고 강성하고 안정적인 안정한 발전을 보여주는 국가로 성장할 수 있다. 당대 중국의 발전은 천재일우의 역사적 기회에 직면해 있다. 평화와 발전은 여전히 당대 세계의 주제이고 트렌드이다. 중국의 신 개방은 바로 이런 시대의 트렌드를 따르는 전략적 행동으로 중국의 번영창성을 더 이끌 수 있을 뿐만 아니라 세계문명의 진보를 이끄는 관건적인 역량이다.

중국의 신 개방은 새로운 역사 조건하에 형성된 전면적인 개방 국면과 인류운명공동체 구축을 추진할 수 있는 관건으로 신 역사 배경하의 중국 개혁개방과 발전의 필연 산물이며, 중국이 역사의 진보를 이끄는 전략적 선택이기도 하다.

둘째는 새로운 경제 기초이다.

중국은 이미 세계 제2대 경제체·제1의 제조대국·제1의 무역 대국·제1의 외환보유국이며, 글로벌 주요 투자를 이끄는 대국이 되었다. 이는 신시대의 중국의 대외개방을 위해 두터운 경제기초를 마련해주었다. 두터운 경제기초와 물질조건이 있기에 신시대의 중국 대외개방은 더욱 큰 저력이 있으며, 더욱 강한 경쟁력을 가질 수 있다. 하나는 중국의 강대한 제조업과 생산능력은 개방의 조건에서 세계 각국 인민들을 위해 높은 품질의 상품과 기술을 제공할 수 있고, 글로벌 상품의 공급능력을 제고시킬 수 있다. 다음으로 중국의 강대한 무역능력은 글로벌 소비자들에게 저렴하고 품질이 좋은 상품과 서비스를 제공하여 글로벌 자유무역을 추진할 수 있다. 그 다음으로 충분한 외화보유액, 지속적으로 성장하는 대외투자 능력과 금융시장 리스크 대응능력이 있기에, 중국은 글로벌 금융발전과 화폐 및 금융 체계개혁을 추진한 능력과 조건이 있어 글로벌 금융시장 자원배치의 효율과 개선 및 제고를 촉진시킬 수 있다.

셋째는 신정치 조건이다.

중국공산당 제18차 전국대표대회 이후, 시진핑 동지를 핵심으로 하는 당 중앙은 온힘을 다하여 나라를 다스리고 부패를 제거하고 혁고정신(革故鼎新-묵은 것을 버리고 새것을 취함-역자 주)으로 당의 제19차 전국대표대회가 제기한 신시대 대외개방을 위해 양호한 정치조건을 마련해 주었다. 양호한 정치생태와 청렴한 정치 환경은 신시대 중국이 추진하는 새로운 개방전략과 정치적 전제(前提)와 기초이다. 1) 당의 견강(堅强)한 영도는 신시대 중국의 대외개방에 대한 정확한 정치방향을 보장해주고, 장기간의 태평한 나라와 안정적인 사회질서 및 생활의 개방조건을 보장해준다. 2) 깨끗하고 공정한 정치 환경은 우수한 개혁개방 인재들이 두각을 나타낼 수 있는 조건을 마련해주며, 신시대 발전의 필요에 적응하지 못하는 부패와 부작위한 사람들이 신시대의 홍수에 의해 도태되게 된다. 3) 안정적인 정치 환경은 신 개방으로 인해 나타날 가능성이 있는 각종 리스크, 특히 정치리스크를 낮추어 주었다. 중앙 및 기타 지방정부의 정책집행 능력과 리스크 방비능력의 제고는 대외개방 능력를 제고시킬 수 있는 것으로 나타날 뿐만 아니라 신 개방의 예기성과 실시 성을 증가시켰다.

이렇게 신시대의 중국 대외개방은 천재일우의 역사적 기회를 움켜쥐고 역사의 진보를 추진할 수 있을 뿐만 아니라, 탄탄한 경제 기초와 물질조건, 양호한 정치조건은 신 개방전략 및 정책의 제정과 실시를 보장해준다.

(3) 중화민족의 위대한 부흥과 궐기에 대한 새로운 시야 : 대국의 책임과 중국의 담당.

신 개방은 중화민족의 위대한 부흥과 궐기를 새로운 시야에 들 수 있다는 것을 되돌아 볼 수 있는 기회를 제공해 주었다. 중국은 새롭게 일어난 대국으로 대국의 책임을 담당하는 정신이 필요하다. 중화민족의 위대한 부흥과 궐기는 위대한 역사과정으로 국제정치 패턴변화의 필연적인 결과이며, 국제정치 패턴변화를 추진하는 역량이기에 전 인류사회의 문명진보와 서로 연계시킬 필요가 있는 것이다. 중화민족의 위대한 부흥인 '중국의 꿈'을 실현하고 인류문명공동체 구축을 추진하는 것은 긴밀하게 연관되어 있는 동일 역사과정의 중요한 두 방면이다.

첫째는 신 개방의 각도 즉 글로벌 시야에서 중화민족의 위대한 부흥인 '중국의 꿈'을 실현하는 것은 인류의 문명진보에 대한 영향까지를 생각하여 중화민족의 위대한 부흥을 인류운명공동체의 구축을 추진하는 위대한 사업과 융합시켜야 한다. 동시에 인류운명공동체의 구축을 추진하는 각도에서 중화민족의 위대한 부흥과 궐기의 전략적인 계획과 정책을 선택하여 중국의 대국으로서의 영향을 충분히 이행하고, 대국의 책임을 다하여 중국이 대국으로서 담당해야 하는 정신이 중화민족의 위대한 부흥과 인류운명공동체 구축의 긍정에너지가 되도록 해야 한다.

둘째는 중화민족의 위대한 부흥과 궐기의 과정은 인류운명공동체의 구축을 추진하는 과정이다. 그렇기 때문에 인류운명공동체 구축의 새로운 시야로 중화민족의 위대한 부흥인 '중국의 꿈' 실현이 주는 세계에 대한 영향과 글로벌적인 의미를 살펴보아야 한다. 인류운명공동체의 구축을 추진하는 주요 목표는 지속적인 평화, 보편적인 안전, 공동의 번영, 개방과 포용 및 청결하고 아름다운 신세계를 건설하는 것이다. 신시대 중국이 추진하는 인류운명공동체 구축의 최종목표는 평화, 안전, 번영, 포용과 아름다운 신세계를 구축하는 것으로 신시대 중국의 발전이 신세계 구축에 융합되게 하여 인류공동의 번영을 촉진케 하자는 것이다. 중화민족의 위대한 부흥인 '중국의 꿈' 실현은 인류운명공동체의 건설을 추진하고 인류운명공동체 건설이 중화민족의 위대한 부흥을 위해 새롭게 노력해야 하는 방향을 제공해주는 것이다. 마지막으로 중국이 어떻게 대국의 책임을 담당하고, 중국이 어떻게 대국의 담당에 대한 믿음을 보여주는가 하는 것은 중화민족의 위대한 부흥의 실현과 인류운명공동체 구축을 추진하는데 있어서 중시해야 할 중요한 문제이다. 대외개방을 촉진케 하는 방식에 대한 혁신, 국제 생산능력의 협력을 촉진시켜 형성된 글로벌적인 무역과 투자·융자 및 생산서비스 네트워크는 중국이 대국의 책임을 다하고 대국으로서 담당해야 한다는 정신을 보여주는 행동이다. 대외투자는 신시대 중국이 대외개방을 추진하는 중요 역량이고, 주요 내용이다. 대외투자 방식은 부단한 혁신을 통해서만 국제시장의 새로운 변화에 적응할 수 있고, 최종 목표는 중국의 대외투자 효율을 높이는 것이며, 국제적 경제협력과 국제경쟁에 참여하는데 있어서 장점을 배양하여 새로운 경쟁을 위한 장점을 형성하는데 있는 것이다. 시진핑은 이렇게 지적했다. "대외투자의 혁신적 방식은 국제적으로 생산능력에 대한 협력을 촉진케 하고, 세계를 향한 무역, 투자 융자, 생산 서비스 네트워크를 형성하는 것이다."[324]

종합하여 말하면, 시진핑 신시대 '중국 특색의 사회주의' 신 개방에 대한 논술은 우리가 중화민족의 위대한 부흥과 궐기에 대해 다시

---

324) 위의 책, 35쪽.

한 번 글로벌적인 시야를 새롭게 제공해주었다. 중국은 대국의 책임을 다해야 하며, 대국의 정신으로 적극적으로 인류운명공동체 구축을 촉진시켜야 한다. 이는 중화민족의 위대한 부흥인 '중국의 꿈' 실현과 긴밀히 연계되었기 때문이며, 동일한 위대한 역사과정에서 서로 뗄 수 없는 중요한 두 가지 방면이기 때문이다.

## (4) 국제체계의 변화 및 거버넌스 변혁의 신 탐색 : 개방형 세계경제를 건설하자.

신 개방은 국제체계의 변화 및 글로벌 거버넌스 변혁의 탐색에 참신한 참조적 체계를 제공했다. 경제 개방형인 세계경제에 유리한지는 중요한 참고의 바탕이 되었고, 개방형 세계경제가 바로 신 개방의 중요한 목표이다. 신시대 중국의 대외개방은 국제체계 변화와 글로벌 거버넌스 변혁의 방향을 벗어날 수 없다. 중국은 신형의 국제관계 구축을 추진할 필요가 있고, 적극적으로 글로벌 파트너십 계획을 적극 발전시키며, 대대적으로 개방형 세계경제 건설을 촉진시켜야 한다. 신흥대국으로서의 중국은 개방형 세계경제 건설과정에서 없어서는 안 되는 역할을 하고 있다. 시진핑 총서기가 2017년 9월 3일, 브릭스 비즈니스 포럼(BRICs Business Forum) 개막식 강화에서 브릭스정신의 구체적 체현을 종합할 때에 지적한 바와 같이 "천하를 품고 자신의 성공을 위해서는 남을 성공시켜야 한다.(胸懷天下, 立己達人)"[325]고 했다. 우선 신형의 국제관계를 구축하고 글로벌 파트너십을 적극 발

---

325) 习近平, 「共同开创金砖合作第二个 "金色十年"」, 人民网, 2017. 09. 04.

전시키는 것은 개방형 세계경제와 긴밀히 연관된다. 협력을 통해 윈-윈하는 신형 국제관계의 구축은 신 개방 조건에서 인류운명공동체를 구축하는 관건이므로 적극 글로벌 파트너십 계획을 추진하면서 기타 주요 국가, 주변 국가, 신흥 및 수많은 개발도상국과 여러 차원과 여러 형식의 교류와 협력을 확대해야 한다. 시진핑은 이렇게 지적했다.

"중국은 평화, 발전, 협력, 윈-윈의 기치를 높이 들고, 서로 존중하고 공평하고 정의로우며 협력하여 상호 윈-윈할 수 있는 신형 국제관계의 건설을 추진시켜야 한다."[326] 신형 국제관계의 선명한 특점은 각국 간에 상호 존중하는 것으로 공평·정의의 원칙을 견지하고, 협력하여 윈-윈하는 길을 걸어가며, 패권주의와 일방주의를 반대하고, 불공정하고 불의적인 법칙과 제로섬 사유를 버리며, 이익집단의 충돌과 투쟁에 있어서 구식의 국제관계 사유를 반대해야 한다.

다음으로 글로벌 파트너십을 발전시키는 것은 중국이 신형 국제관계 건설을 추진하는 중요한 전략 조치로 그 관건은 각국 공동이익의 확대 혹은 이익의 교차점을 확대하는 것이다. 시진핑은 이렇게 지적했다. "중국은 적극적으로 글로벌 파트너십을 발전시키고, 각국과의 이익교차점을 확대시킬 것이다."[327] 어떻게 대국관계를 조정할 것인가 하는 것은 신형 국제관계의 중점이자 난제이다. 그렇기 때문에 "대국과의 협력과 합작을 추진하여 전반적으로 안정적이고 균형적 발전의

326) 习近平, 『决胜全面建成小康社会夺取新时代中国特色社会主义伟大胜利-共产党第十九次全国代表大会上的报告』, 앞의 책, 58쪽.
327) 위의 책, 59쪽.

대국 관계 프레임을 구축해야 한다."[328] 안정적이고 우호적인 주변 환경은 중국이 구축하려는 신형 국제관계의 시발점이며 기초적인 전제이기에, "친성혜용(친절하고 성심성의껏 혜택을 주고 포용한다.—역자 주)이념과 이웃들을 착하게 대하고 이웃을 동반자로 여기는 주변국과의 외교 방침에 따라 주변국과의 관계를 심화시켜야 한다."[329]

신시대 중국은 신형 국제관계를 구축하는 과정에서 충분히 정부, 정당, 민간단체, 기업 및 기타 사회 행위단체가 적극성을 보여주면서 전방위적으로, 다층 차원으로, 다양한 주체들과, 다양화와 다원화의 외교를 전개하려면 "각국 정당과 정치조직과의 교류협력을 강화하고, 인민대표대회, 정치협상회의, 군대, 지방, 인민단체 등의 대외교류를 추진해야 한다."[330] 만약 각 측의 적극성과 장점을 보여주지 못한다면 글로벌 파트너십 발전의 순조로운 추진에 불리한 것이다.

마지막으로 신흥대국으로서의 중국은 대국의 책임을 짊어질 필요가 있으며, 기타 개발도상국의 발전을 도와주어야 하며, 적극적으로 저발전 국가를 지원하여 이런 국가들이 빈곤과 저발전을 이겨내도록 해야 한다. 그렇기 때문에 "개발도상국 특히 저발전 국가에 대한 지원 강도를 높여 남북발전의 격차를 감소시키는데 힘써야 할 것이다."[331] 신형대국과의 국제관계 구축과정에서 중국은 각종 모순과 도전에 직면할 것이며, 대화와 평화적인 방식으로 각종 모순과 문제를

---

328) 위의 책, 59-60쪽.
329) 위의 책, 60쪽.
330) 위의 책.
331) 위의 책, 60쪽.

해결하여 국가 간의 평등한 왕래와 공동의 번영을 위해 새로운 국제 관계의 본보기를 수립해야 한다. "대항이 아니라 대화로, 비동맹이 아니라 파트너 관계의 나라와 나라의 교류형식을 택해야 한다."[332]

간단히 말하면 시진핑의 신 개방 논술은 국제체계 변화의 탐색 및 글로벌 거버넌스의 변혁을 위해 방향을 제시했으며, 개방형 세계 경제의 건설을 위해 새로운 사유와 새로운 이론적 지지를 제시했다. 글로벌화가 부단히 진척되면서 중국의 대외개방은 부단한 진보를 가져 왔기에 세계 인민들도 필연적으로 시진핑의 신 개방 논술을 인식하고 이해하게 될 것이며, 반드시 세계 각국의 인민들이 공유하는 이론적 성과가 되어 인류사회가 아름다운 미래를 향해 발전하도록 추진하게 될 것이다. 중국의 개혁개방 사업도 필연적으로 신 개방 논술의 지도와 인도 하에서 새로운 진척을 가져올 것이고 새로운 성공을 하게 될 것이다.

---

332) 위의 책, 59쪽.

# 2

## '일대일로' 건설의 제의와
## 국제협력의 신 플랫폼을 구축하자


신 개방은 새로운 역사 배경 하에서 시대발전의 필요에 적응하고, 인류사회의 변화에 적응하기 위한 슬기로운 선택이며, 우리나라가 이미 취득한 개혁개방 성과의 기초위에서 새로운 조치이자 신 발전의 사유이고, 시진핑 신시대 '중국 특색의 사회주의' 대외개방 논술의 전략적 실시와 정책의 실시이다. 오직 신 개방의 역사와 시대배경을 깊이 있게 이해해야만, 신 개방의 역사와 시대적 의미를 정확하게 해석할 수 있는 것이다.

### (1) '일대일로' 건설의 창의적 경제기초.

신 개방 전략과 정책의 제정 및 실시는 튼튼한 경제 및 물질적 기초가 필요하고 중점 영역과 중점 방향을 명확히 하여 광범한 영역과 범위에서 지속적으로 추진해야 한다. 튼튼한 물질적 기초가 없으면 개방은 지속 가능하지 않고 각종 가능한 리스크를 방비할 수가 없다. 만약 중점 영역과 방향이 없다면 예정된 목표를 실현하기 어렵고 장점을 보여주기가 비교적 어렵다. 만약 추진하는 영역과 범위가 너무 좁아도 신 개방의 종합적인 비교 우위 장점을 충분히 보여줄 수가 없다. 우선 신 개방은 튼튼한 경제적 기초를 가지고 있다. 신 개방은 새로운 기점에서의 개방이고, 기존 개방의 기초위에서 더 넓은 범위 및 더 깊은 차원의 개방이다. 어떠한 경제체도 장기적으로 폐쇄되어 있으면 지속적인 성장을 실현할 수가 없을 뿐만 아니라 경제가 쇠퇴해진다. 1978년 이래 중국의 경제성장과 사회의 진보 모두는 개혁개방의 결과가 아닌 것이 없다. "개방은 진보를 가져오고 폐쇄는 필연적으로 낙후한 것이다."[333] 중국은 오직 새로운 기점에서 계속하여 개혁개방 사업을 추진하고 심화시켜야만 계속하여 경제성장의 성과를 유지하고 부유함에서 강대해지는 목표를 실현할 수 있다. "중국 개방의 대문은 닫히지 않았을 뿐만 아니라 더욱 활짝 열릴 것이다."[334] 개혁개방 초기와 비교하면, 신시대 중국의 대외개방을 위한 물질적 기초는 더욱 튼튼하기에 각종 시스템적이거나 그렇지 않은 리스크들을 방비할 능력이 더 강하고, 산업 경쟁력과 정부 감독관리 능력도 더 강한 개방을 위한 제도체계를 우리나라는 형성했다. 신시대 중국의 대외개방은 더욱 깊어지고, 대외개방의 지리적 공간범위·시장범위·산업범위도 더욱 넓어져 중국의 경제는 더욱 깊이 있게 글로벌 경제체계와 융합될 것이다. 다음으로 신 개방은 '일대일로'의 건설을 중점으로 한다. 신 개방은 중점에 따라 분류하고 한 단계 한 단계씩 진행해야 한다. 시진핑 총서기가 제기한 것처럼 "'일대일로' 건설을 중점으로 해서 들여오고 나아가는 것을 모두 중시하고, 함께 상의하고, 함

---

333) 위의 책, 34쪽.
334) 위의 책, 34쪽.

께 건설하고, 함께 공유하는 원칙을 준수하며, 혁신능력을 통한 개방협력을 강화해야 한다."[335] 신시대 중국의 대외개방이 의미하는 뚜렷한 특점은 명확한 중점영역과 중점방향이 있다는 점이다. 중점영역과 중점방향에 대한 개방협력을 통해 대외개방의 전반적인 신 구조 형성을 촉진시켜야 한다. '일대일로'의 건설에서 실크로드 정신을 더욱 발양시켜야 한다. 시진핑은 실크로드 정신의 핵심은 평화협력, 개방포용, 호학호감(互學互鑒) 및 호리공영(互利共贏)[336]이라고 했다. '일대일로' 건설은 신 개방의 중점일 뿐만 아니라 실크로드 정신이 부여한 신시대 내용의 전략이다. 마지막으로 신 개방의 범위는 매우 넓다. 신시대의 중국은 전방위적인 인터액션(상호작용)으로 개방을 추진하고 실시하고 있다. 신시대 중국의 대외개방은 전방위적이며, 인터액션으로 서로 작용하는 개방이다. 중국은 대외자본에 대한 개방을 늘이는 외에도 중국 기업과 자본도 대외로 나가는 것을 격려하여 국내자본과 외국자본이 동시에 국내·국외시장에 대한 자원배치를 이용하여 원-원하는 발전을 실현하도록 해야 한다. 인터액션 개방은 각국이 함께 협상하고 함께 참여할 것을 요구하므로 단독이 아니라 각국은 서로 소통하고 평등하게 협상하고 충분히 여러 측의 이익을 고려하면서 각국의 비교우위 장점을 충분히 보여주는 원-원의 국면을 형성해야 한다.

---

335) 위의 책.
336) 习近平, 『携手推进 '一带一路' 建设―在 '一带一路' 国际合作高峰论坛开幕式上的演讲 : '一带一路' 国际合作高峰论坛重要文辑』, 北京人民出版社, 2017:1-17.

종합해서 말하면 신 개방은 우리나라가 이미 취득한 거대한 대외 개방의 기초에서 진행되는 기존의 개방전략과 정책에 대한 계승이고 발전이며, 혁신을 통해 튼튼한 경제 및 물질적 기초를 보장이 되어야 한다. 또한 신 개방의 중점방향과 중점영역을 명확히 해야 한다. '일대일로'의 건설을 신 개방의 중점방향과 중점영역으로 하고, 중국의 전반적인 대외개방에 대한 인도 작용으로 해야 한다. 신 개방은 더욱 넓은 지리적 공간, 더 깊이 있는 단계와 영역에서 중국의 신시대 발전 생산에 헤아릴 수 없는 추진 작용을 하고, 적극적인 영향을 미치게 할 것이며, 필연적으로 경제의 글로벌화와 세계의 경제발전에 거대한 추진 작용을 할 것이다.

## (2) '일대일로' 가 제의하는 기본적 요구의 원동력과 배치.

신 개방의 기본적인 요구는 중국과 세계 각국 간의 상호 연계와 소통을 실현하는 것이다. 특히 정책, 시설, 무역, 자금과 민심 등 방면에서 서로 연계하고 소통해야 한다는 것이다. 신 개방은 필요한 플랫폼을 요구할 뿐만 아니라, 새로운 추진 원동력을 요구하며, 동시에 대외개방의 공간배치를 최적화시킬 것을 요구한다. 특히 지역개방에 대한 전체적인 배치를 요구한다. 시진핑은 이렇게 지적했다. "중국은 대외개방이라는 기본국책을 견지하고, 계속해서 나라의 문을 열고 건설을 강화하고, 적극적으로 '일대일로'의 국제협력을 적극 촉진시키며, 정책소통, 시설연통, 무역원활, 자금융통, 민심상통을 실현하여 국제협력의 새로운 플랫폼을 구축함으로써 공동 발전의 새로운 원동력을 마련할 것이다."[337] 본 장에서는 '정책소통, 시설연통, 무역원활, 자금융통, 민심상통'을 '5통(五通)'이라고 한다. 이는 신 개방의 기본 요구이며, 신 개방을 격려하는 원동력이며 신 개방의 새로운 플랫폼을 구축하는 출발점이다. 먼저 신 개방의 기본 요구는 '5통'을 실현하는 것이다. 글로벌화의 과정이 부단히 제고되고 있는 지금 세계에 각국 간의 정치·경제·문화는 날로 긴밀하게 연계되어 가고 있어 서로간의 소통을 강화할 필요가 있다. 그 원인은 다섯 가지가 있다. 1) 각국 간의 거시경제 정책 특히 거시 화폐정책과 재정정책 방면에서 서로 협조하고 협동하여 각국의 정책 특히 거시경제 정책 간의 상호 모순과 충돌을 해소하고, 정책 협조와 소통이 부족하여 나타난 외부의 영향을 줄여 각국의 경제발전 나아가 전 세계경제의 안정적인 운행을 위해 양호한 정책과 관련제도의 환경을 마련해야 한다. 2) 각국 간의 상품과 요인이 국가 간의 유동을 촉진시킬 수 있도록 상품과 요인의 국가 간 유동에 장애가 되는 원가를 줄이고, 각국은 기초시설을 건설하는 면에서 서로 협조하고 협동하여 기초시설의 상호 연동을 촉진시켜 무역의 발전과 요인의 글로벌 범위에서의 배치를 최적화하기 위해 기초시설 및 관련 공공재의 공급조건을 창조해야 한다. 3) 각국은 서로 각자의 비교우위적인 장점을 발양하여 서로 유무상통(互通有无)으로 양자 및 다자간 무역발전을 위한 양호한 국제환경을 창조해야 한다. 물류가 원활한 무역발전을 통해 각국의 사회복리 수

337) 习近平, 『决胜全面建成小康社会夺取新时代中国特色社会主义伟大胜利-共产党第十九次全国代表大会上的报告』, 앞의 책, 60쪽.

준을 높이고, 개선하고, 제고시켜야 한다. 또한 각종 무역장애를 없애고, 각종 형식의 무역보호주의를 반대하여 글로벌 자유무역의 발전을 촉진시키며, 질서 있는 경쟁을 통한 글로벌 자유무역체계를 형성시켜야 한다. 4) 자금의 국가 간 융통을 위해 양호한 시장과 지도조건을 마련해야 한다. 자금이 순리롭게 국가 간 유통을 하느냐 하는 것은 국제금융시장 및 국가 간 투자·융자구조 효율의 중요한 지표이고, 자금의 국가 간 유통은 국가 간 금융협력의 전제이며 기초이다. 5) 각국 인민의 교류·왕래 및 우의를 촉진시켜 각국 민중 간의 우호적 감정을 배양시켜 국가 간 협력을 위해 양호한 민간 우호와 정감을 바탕으로 한 교류의 기초를 창조해야 한다. 다음으로 신 개방은 국가 간 협력의 새로운 플랫폼 구축이 필요하고 각국이 공동으로 발전할 수 있는 새로운 원동력의 추가가 필요하다. 신 개방은 각종 단계와 각종 유형의 플랫폼과 지지 조건이 필요하다. 신 개방의 과정은 국제협력의 새로운 플랫폼을 구축하는 과정이다. 동시에 신 개방은 각국의 적극성을 불러일으킬 것을 요구하기 때문에 공동으로 참여하여 신 개방의 새로운 원동력을 형성토록 해야 한다.

'5통'의 주요 목적은 각국 간의 양자 및 다자 협력을 위해 새로운 플랫폼을 구축하여 각국의 공동번영과 진보를 촉진시키자는 것이다. 신시대의 중국은 인류운명공동체 구축을 추진하는 과정에서 각국 정부 간의 정책구축의 강화, 기초시설 건설 및 관련 국가 간 공공재의 효과적인 공급과 시설의 연통을 강화하고, 양자 및 다자간 자유무역 발전을 위한 무역의 원활을 촉진시키고, 국제금융시장 및 국가 간

투자·융자구조를 개선하고 최적화하여 자금의 융통을 실현하고 민간교류를 증폭시켜 민심의 상통을 실현할 수 있도록 이끌어 국제 정치경제의 협력을 위해 글로벌화와 네트워크화의 새로운 플랫폼을 제공하며, 세계의 경제발전과 각국의 공동번영을 위해 새로운 에너지와 새로운 원동력을 제공해야 한다.

마지막으로 신 개방은 개방의 신 구조와 신 태세 형성에 유리하게 하며, 지역개방의 배치를 최적화 시켜야 한다. 신 개방은 대외개방의 신 구조 구축에 힘쓰며, 육상 개방과 해상 개방의 상호 협동, 자국 개방과 대외 개방의 상호 연동을 실현시키고, 동부의 대외개방과 서부의 대외개방이 서로 보충하고, 상호 협조하며, 상호 협동하는 것을 실현하여 "육해 내외의 연동, 동서 양방향으로 도움을 주는 개방구조를 형성해야 한다"[338]는 것이다. 우리나라의 국토는 넓어 육지대국이기도 하고 해양대국이기도 하다. 따라서 해상을 통한 대외개방은 육상을 통한 대외개방을 지원하고 지지하며, 육지를 통한 대외개방은 해외개방의 최전방으로써 인도하는 작용을 해야 한다. 그렇기 때문에 대외개방의 과정에서 바다와 육지의 연동이 필요한 것이다.

우리나라의 개방은 자국의 개방과 대외적 개방 두 개 차원의 개방이 포함된다. 국내 각 지역 간의 상호 개방은 국내 통일의 시장체계를 수립하는 기초이며, 대외 개방의 능력과 경쟁력을 향상시키는 필요조건이고, 대외개방은 반드시 국내 각 지역의 상호 개방과 발전에 유리하도록 해야 한다. 그렇기 때문에 자국 개방과 대외개방을 결합

338) 위의 책, 34-35쪽.

시켜 자국 개방의 연동 구조를 형성토록 해야 한다. 또한 우리나라는 지역발전이 불균형하고 각 지역의 대외개방 정도가 선명한 차이가 있는 개발도상국이므로 개방으로 각 지역의 협조발전을 촉진케 하여 다른 지역의 개방구조를 최적화함과 동시에 개방을 통해 발전이 느린 지역을 위해 양호한 주변환경과 국제환경을 제공하여 "지역 개방의 배치를 최적화시키고, 서부개방의 강도를 높이는 것"[339]을 실현해야 한다. 종합하면 신 개방의 기본요구는 '5통'을 실현하여 중국과 각국의 양자, 다자간의 여러 차원·여러 영역의 국제협력 플랫폼을 구축함과 동시에 강국이 중국의 신 개방 및 글로벌, 지역적인 국제협력에 적극 참여하도록 하여 신 개방의 신 원동력을 형성케 하자는 것이다.

### (3) '일대일로' 제의가 직면한 도전과 대응.

신 개방은 중국이 새로운 국제정치구조에서 나타나게 될 도전에 대응하는 전략적인 조치이다. 신 국제정치 구조의 형성과 변화는 필연적으로 각종 도전과 리스크를 출현시키므로 체계적으로 대응책을 기획할 필요가 있다. 신 개방은 중국이 신 국제정치 구조의 각종 조정에 대응하는 전략적 선택으로 아래와 같은 세 가지 작용을 한다.

첫째, 개방을 통해 도전에 대한 국제적 공동인식을 형성케 한다. 글로벌화는 당대 국제사회의 모든 나라들이 공동으로 해결해야 하는 일련의 문제에 직면하게 되었다. 예를 들면 글로벌 기후변화와 생태환경 보호문제, 글로벌적인 질병전파와 통제문제, 국제금융과 채무위

---

339) 위의 책, 35쪽.

기 문제 등이 그것이다. 이런 문제를 해결하려면 어느 한 국가의 힘으로 완전히 대응하기는 어렵다. 그렇기 때문에 각국이 공동으로 참여하고 공동으로 대응할 필요가 있는 것이다. 각국에서는 공동으로 공동의 도전에 대응하려고 한다는 기본적인 공동의식을 가져야 한다. 만약 공동인식을 가지지 못한다면 일치한 행동을 할 수 없기 때문에 효과적으로 각종 가능한 도전에 상응할 수 없게 된다. 그렇기 때문에 개방을 통해 각국이 응대하는 공동으로 도전한다는 면에서 국제적 공동인식을 가져야 하는 것이다. 1) 개방은 공동의 이익을 만들 수 있다. 한 나라의 개방과정은 그 나라와 국제사회가 서로 분업하고, 이익이 서로 융합되는 과정이기에 공동 이익의 형성은 분쟁해소에 유리하다. 2) 개방은 각국이 정확하게 자국이 국제행동에 참여하는 이익·원가와 리스크의 존재를 정확하게 인식하고 평가하는 데에 유리하며, 각국의 공동이익에 대한 인지에도 유리하다. 3) 개방은 각국이 국제적 공동인식을 달성하는데 필요한 구조 및 관련 제도를 형성케 하는데 유리다. 한 나라가 국제사회에 개방하는 과정은 그 나라와 기타 나라의 이익창조와 이익분배의 게임에 참가하는 방식이다. 이렇게 하여 형성된 게임의 규칙인 국제 공동인식의 달성을 촉진시키는데 필요한 관련 구조를 형성하는데 유리하다.

둘째, 개방을 통해 각국이 각자의 행동을 협조하여 공동으로 국제 정치구조의 변화로 인한 도전에 대응할 수 있는 조건을 제공해준다. 각국이 국제문제의 해결 및 국제적 도전에 대응하기 위한 국제적 공동인식을 달성한 후에는 일관적인 행동을 취하게 된다. 특히 단체행동으로 실시해야만 효과적으로 각종 도전과 리스크를 대응할 수 있다. 어떻게 여러 나라 간의 행동을 조정하고 특히 각종 집체의 행동을 조정하는가 하는 것은 각국의 개방태도에 달려 있을 뿐만 아니라, 각국의 개방정책 면에서의 상호 협조와 협동이 필요하다. 여러 방면에서 진척을 가져오려면, 1) 개방을 통해 각국 정부 간에 공동으로 도전에 대응하는 정책의 협조구조를 형성하여 각국 정부의 행위가 분업협력과 상호 협동을 실현해야 하고, 2) 개방을 통해 각국 민중들이 공동으로 도전에 대응하는 적극성을 동원함과 동시에 각국 민중이 서로 분업하고 협력하여 공동으로 행동하는 구조 및 관련 방안을 형성해야 하고, 3) 각종 도전에 대응하려는 국제적 행동은 반드시 개방이라는 조건하에서만 실시가 가능하므로 개방은 각종 국제행동에 플랫폼을 제공해줄 수가 있는 것이다.

셋째. 개방을 통해 국제정책의 구조변화에 대한 도전으로 인해 나타나는 리스크와 원가를 공동으로 감당하도록 해야 한다. 각종 지역적이거나 글로벌적인 도전에 대응코자 하는 집단행동은 필요한 원가를 지불해야 하므로 어느 나라나 소수의 국가가 이런 원가를 감당하면 두 가지 문제가 나타난다. 하나는 도전에 대응하는데 필요한 원가와 수익이 불균형하므로 불공평을 가져온다. 다음은 원가가 해당 국가 혹은 소수 국가들이 받아들이기 어려운 정도로 증가하게 되면 관련 행동이 중단되거나 지속할 수가 없게 되어 국제정치구조의 변화로 인한 도전을 효과적으로 대응할 수 없게 된다. 지금 세계에는 전쟁과 정치적 분쟁이 여전히 존재하고 있고, 일부 분쟁지역의 난민위기와 인도주의적 재난도 각국이 공동으로 책임을 지고 리스크를 분담해야 하므로 오직 개방의 조건하에서만 각국은 서로 협력하는 원가와 리스크 분담구조를 형성할 수가 있다. 간단히 말하면 신 개방은 중국이 새로운 국제정치구조 변화에서 기타 나라와 함께 각종 도전에 대응하기 위한 국제적 공동인식을 형성하는데 유리하고, 중국이 제창하는 각국 정부 간의 상호 협조 정책 및 공동 행동을 위한 조건과 기초를 제공해주는 것이며, 각국 민중 간의 협력을 위해 개방형 플랫폼을 제공할 수 있기 때문에 각국이 공동으로 새로운 국제정치구조 변화로 인한 원가와 리스크를 감당할 수 있다는 것이다.

## (4) 국제협력의 새로운 플랫폼 구축.

현재 나타나고 있는 국제경제의 진화는 새로운 특점을 보여주고 있고, 각국의 경제발전도 각종 새로운 문제에 직면해있다. 중국을 대표로 하는 신흥대국은 '신 발전 사유'를 바탕으로 자국 및 전 세계 경제의 지속적인 발전을 추진해야 할 필요가 있다. 새로운 개방은 신 국제경제 진화과정의 '신 발전 사유'이다. 신시대의 중국 대외개방 전략은 신 국제정치경제 진화의 특점에 적응하고, 발전 과정에 직면한 각종 문제의 해결을 위해 형성된 '신 발전 사유'이다. 이는 구체적으로 아래 세 가지 방면에서 표현된다.

첫째, 개방의 태도로 신 국제경제 진화에서 나타난 신 특점을 인식하고 대응해야 한다. 인터넷, 빅데이터, 클라우드 컴퓨팅, 인공지능 등 첨단기술의 발전과 함께 인류의 국가 간 경제활동은 새로운 특징이 나타났는데, 이는 아래의 몇 가지로 표현된다. 1) 요인의 국가 간 유동과 배치공간의 범위는 더욱 넓어졌다. 많게는 생산요인이 신기술의 도구를 통해 국가 간 유동과 배치를 실현한다. 2) 신흥 경제활동의 방식이 부단히 나타나고 있다. 특히 지능제조, 전자무역, 빅데이터와 AI 등 신흥 경제활동이 점차 인류의 경제활동에서 주요 형식이 되고 있다. 3) 신흥경제조직은 중요한 경제활동의 주체가 되었다. 전통적인 경제활동의 주체인 공장, 소비자, 정부, 비정부조직(NGO) 이외에도 인터넷화, 가상화의 경제활동 주체가 나타났다.

새로운 국제경제 진화과정에서 나타난 이런 신 특점은 개방의 태도로써 인식하고 분석해야지 폐쇄적이고 보수적인 인식으로서는 분석될 수 없는 것이다.

둘째, 개방방식으로 신 국제경제 진화에서 나타난 새로운 문제와 새로운 도전에 대응해야 한다. 현재 신 국제경제 진화과정에서 나타난 일련의 새로운 문제와 새로운 도전을 적절하게 처리하고 대응해야 한다. 만약 이 문제에 적절하게 대응하지 못하면 각종 위험과 리스크가 나타난다. 신 국제경제 진화에서 나타난 각종 새로운 문제는 아래의 몇 가지가 있다. 1) 신흥 무역마찰과 충돌이 나타날 확률이 더 높아졌다. 특히 대국 간 신기술무역에 관한 무역전쟁은 더욱 빈번히 나타났다. 제일 전형적인 것은 2018년 상반기에 미국이 중국을 상대로 일으킨 대국간 무역 전쟁이다. 특히 두 나라의 칩 기술·정보통신기술 분야의 무역마찰과 충돌이 심했다. 2) 국가 간 자본의 유동과 금융에 대한 감독 관리는 새로운 도전에 직면했다. 비트코인을 대표로 하는 디지털화폐 및 가상화폐가 전통화폐의 유동과 금융거래에 충격을 가져다주었고, 리스크를 더해주었다. 어떻게 대응하고 감독 관리를 해야 하는가 하는 것은 국제사회가 공동으로 직면한 난제이다. 3) 개방 조건에서 각국의 거시경제 정책의 외부성이 더욱 선명해졌다.

예를 들면, 각국 간의 단기 수요관리 정책인 화폐정책과 재정정책을 어떻게 조정하고, 각국 간의 장기 공급 관리정책인 산업정책과 지역발전정책 등의 문제해결을 어떻게 조정하는가에 따라 더 많은 불확정 요인과 곤란에 직면할 수 있으므로 모두 개방의 방식으로 대응해야 한다.

셋째, 개방의 방식으로 경제발전을 촉진케 하는 새로운 사유를 선택해야 한다. 신 국제경제 진화의 새로운 특점과 새로운 문제의 출현은 각국 경제발전의 전략과 정책제정 및 실시에 새로운 요구를 제기했다. 만약 여전히 전통적 경제발전 사유로 대응한다면 예상한 목표를 실현하기가 어려우므로 새로운 경제적 사유가 필요하다. 또한 새로운 경제발전의 사유는 충분히 개방된 조건에서만 나타날 수 있다. 개방의 방식으로 경제발전을 촉진시키는 새로운 사유를 선택하는 것에는 여러 가지 내용이 포함된다. 1) 폐쇄적이고 보수적인 관념의 속박을 타파하여 경제발전을 추진하는 각종 가능한 방식을 모색하고 비교하는 기초위에서 이성적인 선택을 해야 하는 것이지, 낡은 사유에 머물러서는 안 된다. 2) 각국의 경제발전 전략과 정책의 유익한 부분을 흡수하고 참고하여 개방의 태도를 가지고 비교하고 종합해야 하며, 선택에 따라 자국의 경제발전 혁신의 양식을 추진해야 한다. 3.

신 국제경제 진화의 새로운 특점과 새로운 문제에 적응해야 하며, 문제를 지향하는 방식으로 경제발전의 패턴을 혁신토록 해야 한다.

종합해서 말하면, 신시대의 중국 대외개방은 신 국제경제 진화에서 나타난 새로운 특점과 새로운 요구에 적응해야 하며, 새로운 사유로 자국과 세계경제발전을 촉진시키는 적합한 패턴을 선택하여 개방의 방식으로 신 국제경제 진화에서 나타나는 신 문제를 해결하는 합리한 방안을 선택해야 한다.

# 3
## 글로벌 거버넌스 체계(體系)의 개혁과 건설에
## 적극 참여하여 인류운명공동체의 구축을 추진해야 한다

글로벌 거버넌스 체계의 개혁과 건설에 적극 참여하여 인류운명 공동체 구축을 추진해야 한다는 것은 시진핑 신 개방 논술의 중요한 내용이다. 전통적인 개방과 비교할 때, 시진핑 총서기가 제창하는 신 개방은 현저한 혁신성과 선명한 신시대적 특징 및 중국 특색을 가지고 있으며, 세계 모든 나라에 지도와 참고 가치가 있는 것으로 마르크스주의 정치경제학 사상을 계승하고 발전시킨 것이다.

### (1) 글로벌발전의 도전과 중국의 해결 방안.

전 방위적인 대외개방의 구조형성과 개방형 세계경제 구축이나 인류운명공동체 구축 추진 등의 근본 목적은 글로벌화 시대에 국제사회가 직면한 각종 문제를 적절하게 해결하기 위해 내놓은 중국의 방안이기 때문에 글로벌화의 신 변화 추세 및 규칙을 정확하게 파악하고 정확하게 간파할 필요가 있다. 사실 신 개방은 글로벌화의 신 변화 추세와 규칙에 대한 정확한 간파를 기초로 한 전략이므로 응당 각종 글로벌화 도전과 문제에 중국의 해결방안을 제공할 수 있는 것이다.

첫째, 글로벌화의 중요한 특징은 무역 투자의 편리화, 서비스업의 개방과 각국 객상들의 권익 보호이다. 대대적으로 무역투자의 편리화를 추진하고, 서비스업의 대외개방을 확대하며, 외국상인들의 합법적인 권익을 수호하는 것은 글로벌화시대에서 중국의 신 개방이 노력하는 방향으로 각종 보호주의가 글로벌화와 개방형 경제건설에 대한 방해를 억제시키는데 유리하다. 시진핑은 이렇게 지적했다. "높은 수준의 무역과 투자의 자유화·편리화의 정책을 실행하여 진입하기 전의 국민의 대우에 대한 네거티브 리스트 관리제도를 전면 실시하여 대폭적으로 시장진입을 넓혀 서비스업의 대외개방을 확대하고, 외국상인들의 투자를 위한 합법적 권익을 보호해야 한다."[340]

둘째, 중국 대외개방의 중요한 목표는 충분히 국내와 국외 두 방면의 자원을 이용하고, 자원의 국가 간 배치의 파레토(전체 결과의 80%가 전체 원인의 20%에서 일어나는 현상—역자 주) 개선을 위해 각종 가능한 편리 조건을 제공하여 중외의 객상(客商)을 위해 공평경쟁의 시장 환경과 지도 조건을 마련함으로써, 요인과 상품의 국가 간 유동배치원가와 교역원가를 줄이는 것이다.

요인과 상품의 국가 간 유동규모가 확대되고, 유동속도가 빨라짐에 따라 이와 관련된 서비스업의 대외개방 정도도 반드시 이에 상응하게 확대하여 각종 시장의 주체를 위해 공평한 경쟁기회를 마련하는 것이 매우 필요하다. 즉 "우리나라 경내에 등록된 기업은 모두 차

---

340) 위의 책, 35쪽.

별 없이 평등하게 대해야 한다."[341]는 것이다.

셋째, 중국이 현대화의 신노정을 향해 나아가는 과정에서 우리나라 인민과 기업에 양호한 무역투자의 편리한 환경을 마련해 주어야 할 뿐만 아니라, 세계 각국의 인민과 생산자들이 중국에서의 무역투자 행위를 위해 공평한 시장 환경을 제공해 주어야 한다. 다시 말하면 각국의 민중과 기업이 중국에서의 발전을 위해 전면적인 진입을 하기 전에 국민에게 대우를 제공하며, 동시에 네거티브 리스트 제도를 실시하여 무역투자 원가와 교역비용을 줄이도록 해야 한다는 것이다. 종합하여 말하면, 시진핑 신시대 '중국 특색의 사회주의' 대외개방 논술은 글로벌화의 신 변화 추세와 규칙을 정확히 파악하고, 새로운 간파의 기초위에서 형성한 발전으로 신시대 중국의 개방발전을 위한 사상적 지도를 제공할 뿐만 아니라, 각종 글로벌화의 곤경에 대한 대응을 위해 중국의 해결방안을 제시할 수 있다는 것이다.

## (2) 신시대 중국의 국가발전과 거버넌스의 새로운 요구.

신시대 중국이 전면적으로 샤오캉사회 건설을 완성하고, 사회주의 현대화 국가를 건설하는 신노정을 시작하려면, 전면적인 대외개방이 필요하고, 국가의 지속적이고 안정적인 발전과 거버넌스 능력 제고를 위해 양호한 대외개방 조건을 창조할 필요가 있다. 다시 말하면 신개방은 신시대 국가의 지속적인 발전과 거버넌스 능력의 제고에 새로운 요구를 제기했다. 이는 아래의 세 가지 방면에서 표현된다.

---

341) 위의 책, 35쪽.

첫째, 신시대 국가발전의 요구.

당대 글로벌화의 국제사회에서 어떠한 국가도 폐쇄된 상황에서 발전과 번영을 실현할 수는 없다. 오직 개방을 통해서만 인류사회의 각종 문명의 성과를 흡수할 수 있으며, 오직 개방을 통해서만 충분이 국내외 두 가지 자원을 충분이 이용하여 자국의 발전을 위해 양호한 자원배치와 시장조건을 창조할 수 있다. 중국이 세계 제2의 경제체로 성장할 수 있는 중요한 원인의 하나는 중국의 개혁개방에 있다. 개혁개방을 통해 글로벌 범위에서 경제자원을 배치하여 자원배치의 효율을 제고하고, 국가의 사회복리 수준을 개선할 수 있는 것이다. 신시대 중국의 발전은 반드시 개방을 더욱 확대해야만 최종적으로 현대화를 실현할 수 있다. 1) 새로운 개방은 중국의 미래 발전을 위해 더욱 광활한 시장공간을 제공해 주어 경제 자원이 더욱 넓은 시장범위에서 최적화된 배치를 실현함으로써 자원배치의 효율을 제고시킬 수 있다. 2) 새로운 개방만이 중국의 미래발전에서 풍부한 국내외 생산요인을 유입할 수 있으며, 글로벌 범위에서 생산요인의 집결을 실현하여 경제의 지속적인 성장 특히 새로운 성장점의 형성을 위해 더욱 느슨한 요인의 유동조건을 창조할 수 있다. 3) 새로운 개방은 국제사회에 발전기회를 제공해주며, 국제분업과 협력을 촉진하여 중국의 발전을 위해 양호한 국제 협력의 환경을 창조해준다.

둘째, 신시대 거버넌스의 요구.

국가 거버넌스 능력의 제고와 거버넌스의 구조개선은 국가능력 제고의 관건이며, 국가의 자주성과 국가의 경쟁력을 제고시키는 관건이다. 양호한 개방 환경이 없다면 어떠한 국가도 거버넌스능력 제고와 거버넌스의 구조개선은 제약을 받게 된다. 이는 개방이 국가 거버넌스 능력을 제고시키고 거버넌스의 구조 개선에 다방면의 기회를 주기 때문이다. 1) 개방은 국가 거버넌스의 능력을 제고시키는데 참고할 수 있는 국제경험을 제공해주는데, 이런 경험은 폐쇄적인 환경에서 얻을 수가 없다. 2) 개방은 국가가 국제사회에서 발전하는데 필요한 수요에 적응할 수 있도록 촉진시키는데, 이를 통해 자신의 거버넌스 구조를 개진할 수 있을 뿐만 아니라, 심지어 자국의 거버넌스 구조의 변혁을 추진하는 힘이 될 수 있다. 3) 개방은 경쟁을 가져오기에 외부의 경쟁압력은 자국의 거버넌스 능력의 제고를 촉진시킬 수 있다. 4) 개방은 국제사회와 자국 거버넌스 경험과 거버넌스 패턴의 공유에 유리하며, 글로벌 거버넌스 구조의 변혁을 촉진시켜 국내 거버넌스와 국제 거버넌스의 국제협력을 추진하여 자국 거버넌스 능력의 제고와 효율을 개선하는데 양호한 국제 거버넌스의 기초를 제공해준다. 신개방은 중국 국가 거버넌스 능력의 제고와 거버넌스 구조의 개선에 유리한 것이다.

셋째, 신시대 국가번영의 요구.

순조롭게 샤오캉사회를 실현하고, 전면적인 사회주의 현대화 강국을 건설하는 것은 신시대 '중국 특색의 사회주의' 건설의 주요 목표이다. 국가의 번영창성은 전 방위적으로 개방된 국내와 국제 환경을 요구한다. 신 개방은 중국의 번영과 안정을 위해 다방면의 조건과 기회를 창조해준다. 1) 개방을 통해 최신의 과학기술을 들여올 수 있으므로 자국의 과학기술 진보를 촉진시키고, 자국의 연구개발을 촉진하여 자국의 번영을 위해 과학기술적 지지를 제공한다. 2) 개방을 통해 각국의 우수한 인재를 유입할 수 있고, 자국의 우수한 인재자원을 외국으로 수출할 수 있기에, 인재와 인재자본의 글로벌범위에서의 최적화 배치를 촉진시킨다. 3) 더욱 넓은 범위, 더욱 깊은 차원의 대외개방은 국가 간의 문화교류를 촉진시켜 인류문화와 문명의 진보적인 성과를 받아들여 중화문화의 번영을 촉진케 함으로써 국가의 번영발전을 위해 우수한 문화자원의 지지를 제공해준다.

종합해서 말하면, 신 개방은 신시대 중국의 국가발전과 거버넌스 능력의 제고에 필요하고, 중화민족의 위대한 부흥의 문화번영과 인류문명의 진보에 유리하다. 동시에 국가의 사회경제발전과 거버넌스능력의 제고는 국가의 더 나은 개방을 촉진시키며, 중화문화의 번영과 문명의 진보도 개방 확대를 통해 전 국제사회의 문화번영과 문명의 진보를 촉진시킨다.

### (3) 글로벌 거버넌스의 개혁과 건설에 적극 참여 : 전면적인 개방과 거버넌스의 혁신.

신 개방은 중국이 대국으로서의 책임을 요구하고, 글로벌 거버넌스의 변혁을 추진할 것을 요구한다. 중국은 신흥대국이다. 특히 세계에서 제일 큰 개발도상국으로 대국의 책임을 다 해야 하고, 적극적으로 글로벌 공공 거버넌스에 참여하여 글로벌 공공 거머넌스의 변혁을 추진하고 협력하여 각종 글로벌 거버넌스의 문제에 대응해야 한다. 중국이 제창하는 공동으로 상의하고 공동으로 건설하고 공유하는 글로벌 거버넌스관은 더욱 민주적인 국제관계 구축에 유리할 뿐만 아니라, 각국이 공동으로 참여하는 글로벌 공공 거버넌스의 평등성과 공평성에 유리하다. 시진핑은 이렇게 지적했다. "중국은 공동으로 상의하고 공동으로 건설하고 공유하는 글로벌 거버넌스관을 받들고 국제관계의 민주화를 제창하며, 국가의 크고 작음, 강약, 빈곤과 부유에 관계없이 모두 평등하다는 것을 견지해야 한다."[342] "중국은 계속하여 부단히 대국으로서의 작용을 할 것이며, 적극적으로 글로벌 거버넌스의 체계개혁과 건설에 참여하여 부단히 중국의 지혜와 역량을 공헌할 것이다."[343] 신 개방은 국가능력 건설 및 거버넌스 변혁에 새로운 사고 척도를 제공하였기에, 전면 개방과 거버넌스 혁신의 각도로 우리나라 국가의 능력건설과 국가 거버넌스 체계의 변혁문제를 탐구해야 한다. 국가능력의 건설과 국가능력의 제고는 전 방위적 개방환경을 요구한다. 국가 거버넌스 변혁도 국외의 선진 경험을 참고할 필요가 있으며, 동시에 기타 국가가 그릇된 길을 가지 않고, 예전에 저질렀던 잘못을 하지 않도록 해야 한다. 신 개방의 조건위에서 국가 능력 건설 및 거버넌스 변혁은 여러 분야와 관련된다. 무역 상태와 형식을 혁신시키고, 무역강국을 건설하는 것은 신 개방 조건에서 국가 능력의 건설과 거버넌스 변혁의 중요한 방면이다.

신 개방은 무역 상태와 형식의 혁신을 통해 무역강국을 건설할 것

---

342) 위의 책, 60쪽.
343) 위의 책.

을 요구하고, 중국 특색의 자유무역구와 자유무역항 건설을 추진할 것을 요구한다. 우리나라는 이미 세계 제1의 화물무역 대국이 되었다. 중요한 서비스무역 대국으로 무역대국에서 무역강국으로 전형하는 신 노정을 걸어야 한다. 신 개방의 중요한 목표의 하나가 바로 무역강국을 건설하는 것이다. 즉 "대외무역을 개방하고, 무역의 새로운 상태와 새로운 형식을 배양하여 무역 강국의 건설을 추진해야 한다."[344] 여기에서 지적해야 할 점은 신 개방 조건에서 국가 능력의 건설과 거버넌스 변혁의 중요한 방면으로써의 중국 특색의 자유무역구와 자유무역항 건설은 시진핑 신시대 '중국 특색의 사회주의' 대외개방 논술의 중요한 체현으로 세 가지 선명한 특징이 있다는 것이다.

첫째는 혁신성이다.

신 개방이 바로 개방의 혁신이며, 혁신이 없다면 신 개방도 없다. 중국은 부단한 모색을 통해 자유무역구 건설 방면에서 여러 가지 경험을 얻었고, 이를 이론적으로 종합하고 혁신하여 세계의 자유무역구와 자유무역항 건설을 위해 중국의 혁신적인 지혜를 공헌할 수 있다.

둘째는 특색성이다.

신 개방은 선명한 중국 특색을 띤 중국 사회주의 개방 논리가 신시대에서 발전하는 것이다. 중국의 자유무역구와 자유무역항 건설 모색은 중국 대지에 뿌리박고 글로벌 자유무역을 추진하기에 선명한 중국의 기호가 있는 것이다.

---

344) 위의 책, 35쪽.

셋째는 세계성이다.

신 개방은 개방형 세계경제를 건설하는 중요한 조치로 세계적 영향과 시범적인 효과를 가지고 있다. 중국의 자유무역구와 자유무역항 건설의 경험, 이론과 정책을 여러 나라와 함께 공유할 수 있고, 여러 나라의 무역협력에 유익한 경험적인 참고를 제시하므로 중국이 글로벌 자유무역 추진에 주는 공헌이다.

여기에서 신 개방은 중국이 대국책임을 다할 것을 요구하고, 적극적으로 글로벌 거버넌스 변혁을 추진하여 중국이 대국으로서 갖고 있는 능력을 종합 비교하여 얻은 장점을 충분히 보여주면서 합리적으로 신 개방의 중대한 분야와 중점 방향에서 안정적으로 추진함과 동시에, 과학적으로 합리적인 정책을 실시하여 세계를 향한 무역·투자·융자·생산서비스 네트워크 건설을 촉진할 것을 요구한다. 우리나라는 부강하고 민주적이며, 문명하고 조화로우며, 아름다운 사회주의 현대화 국가를 건설하여 중화민족의 위대한 부흥인 '중국의 꿈'을 실현하려면 반드시 인류문명 진보의 최신 성과를 받아들이고, 각국의 유익한 경험을 참고해야 한다. 바로 '일대일로'를 중점으로 나라의 문을 열고 사회주의 강국을 건설하고, 각국과의 분업협력을 강화해야만 하는 것이다. 종합해서 말하면, 시진핑 신시대 '중국 특색의 사회주의' 대외개방 논술은 전면 개방과 거버넌스 혁신의 각도에서 중국의 국가능력 건설 및 거버넌스 변혁에 새로운 사고와 시각을 제공해주었다. 중국 특색의 자유무역구와 자유무역항의 건설은 시진핑 신시대 '중국 특색의 사회주의' 대외개방 논술의 구체적인 체현일 뿐만 아니라 그 자체도 신 개방 조건에서의 국가능력 건설과 거버넌스 변혁의 중요한 구성 부분인 것이다.

## (4) 인류운명공동체 건설의 추진.

신 개방은 중국이 대국으로서의 능력을 종합 비교하여 얻어낸 장점을 발양해 내는데 유리하며, 적극적이고 적절하게 글로벌 거버넌스의 변혁을 추진하여 국제정치의 신질서 건립과 개선을 촉진시키게 할 것이다. 물론 신 개방은 반드시 합리적인 방향을 선택해야 하며, 유력한 종합 부서를 배치하여 각 분야에서 질서적으로 추진해야 한다.

먼저 이를 위해서 신 개방은 합리적인 방향 선택이 필요하다. 여러 경제활동 분야와 여러 지리적 방향에서 동시에 적극적인 진척을 보여주어야 한다. 정확하게 신 개방의 합리적 방향을 선택하려면 정확하게 신시대 중국 대외개방의 신 구조·신 태세와 지역별 개방구조 최적화의 방향을 파악해야 한다. 신시대 중국의 개방은 풍부한 내용을 가지고 있고, 대내 개방과 대외 개방의 통일과 해상개방과 육상개방에 대한 동시적인 총괄이 필요하며, 동쪽으로의 개방과 서쪽으로의 개방이 서로 연동해야 할 필요성이 있다. 지역별 개방구조의 서로 다른 최적화를 촉진시키고 대외개방의 강도를 높여 서부지역의 발전을 촉진시키는 것은 신시대 중국 대외개방의 중요한 목표이다. 신 개방은 각 관건적인 분야와 주요 방향에서 모두 적극적인 진척을 가져와야 한다. 다음으로 신 개방은 각종 합리적인 조치를 통해 세계를 대상으로 하는 무역·투자·융자·생산서비스 네트워크를 구축해야 한다. 사실상 세계를 향한 무역·투자·융자·생산서비스 네트워크의 형성은 세 가지 내용이 포함된다. 1) 중국을 글로벌 무역네트워크의 중추로 되게 하여 조정과 결산의 중심으로 건설함으로서 글로벌 무역네트워크화의 발전을 위해 고효율족인 질서가 있고, 양질의 확실한 기초시설의 지지체계와 무역규칙의 제정 및 무역담판을 위한 조정의 중심이 되어 글로벌무역의 발전에 중국 특색의 양질의 높은 효율을 가진 네트워크화 서비스를 제공해야 한다. 2) 중국은 세계를 위해 융자·투자를 주도하는 대국이 되어야 하며, 동시에 반드시 글로벌 투자·융자시장의 중심이 되어 글로벌 투자·융자의 발전을 위해 네트워크화·제도화의 공공재와 공공서비스를 제공하고, 글로벌 투자·융자의 일체화를 추진함과 동시에 글로벌 투자·융자에 대한 감독 관리와 담판을 위한 조정 중심이 되어야 한다. 3) 중국은 세계 제1의 제조업 대국으로써 세계 제조업 발전을 위해 전방위적인 네트워크 서비스를 제공함으로써 글로벌 제조업 네트워크화 서비스상품의 주도자, 확실하고 고효율의 공정한 제공자가 되어야 한다.

마지막으로 중화민족의 위대한 부흥과 궐기의 과정은 인류운명공동체 구축을 추진하는 과정이다. 인류운명공동체 구축은 새로운 시야로 중화민족의 위대한 부흥인 '중국의 꿈'을 실현하는 것이 세계에 미치는 영향과 글로벌적인 의미를 보아야 한다. 인류운명공동체 구축을 추진하는 목적은 항구적인 평화, 보편적인 안전, 공동의 번영, 개방 포용과 청결하고 아름다운 신세계를 구축하는 것이다.

종합적으로 신시대에 중국이 추진하는 인류운명공동체 건설의 최종 목적은 평화, 안전, 번영, 포용 및 아름다운 신세계를 건설하는 것으로, 신시대 중국의 발전을 신세계의 구축에 포함시켜 인류의 공동 번영과 진보를 촉진시키는 것이다. 중화민족의 위대한 부흥인 '중국의 꿈'을 실현하는 것은, 인류운명공동체 건설을 추진하는데 유리하고, 인류운명공동체의 건설은 중화민족의 위대한 부흥을 위해 새로운 노력 방향을 제공하는 것이다.

# 참고문헌

[1] 習近平. 擺脫貧困. 福建: 福建人民出版社, 1992.

[2] 習近平. 知之深愛之切. 石家庄: 河北人民出版社, 2015.

[3] 習近平. 干在實處 走在前列: 推進浙江新發展的思考與實踐. 北京 中共中央党校出版社, 2006.

[4] 習近平. 研究借鑒晋江經驗 加快縣域經濟發展 —關于晋江經濟持續快速發展的調査与思考.『人民日報』, 2002-08-20.

[5] 習近平. 福州經濟發展与結构調整. 發展研究, 1995(7).

[6] 習近平. 之江新語. 杭州: 浙江人民出版社, 2007.

[7] 習近平.『習近平談治國理政』第一卷, 第二卷. 北京 外文出版社, 2014, 2017.

[8] 習近平. 做焦裕祿式的縣委書記. 北京 中央文獻出版社, 2015.

[9] 習近平. 決胜全面建成小康社會 奪取新時代中國特色社會主義偉大胜利 —在中國共産党第十九次全國代表大會上的報告. 北京 人民出版社, 2017.

[10] 習近平福建18年執政軌迹. 鳳凰周刊, 2015(28).

[11] 中共中央文獻研究室. 習近平關于全面深化改革論述摘編. 北京 中央文獻出版社, 2014.

[12] 中共中央文獻研究室. 習近平關于全面建成小康社會論述摘編. 北京 中央文獻出版社, 2016.

[13] 中共中央文獻研究室. 習近平關于社會主義經濟建設論述摘編. 北京 中央文獻出版社, 2017.

[14] 中央党校采訪實彔編輯室. 習近平的七年知青歳月. 北京 中共中央党校出版社, 2017.

[15] 金波, 劉樂平, 陳宁, 馬悅, 李攀, 黃珍珍. 習近平總書記在浙江的探索与實踐: 以人民爲中心. 浙江日報, 2017-10-10.

[16] 中央党校采訪實彔編輯室, 習近平在正定, 北京 中共中央党校出版社, 2019.

[17] 中央農村工作領導小組辦公室, 福建省委農村工作領導小組辦公室, 習近平總書記"三農"思想在福建的形成與實踐. 求是, 2018(4).

[18] 中央農村工作領導小組辦公室, 河北省委省政府農村工作辦公室. 習近平總書記"三農"思想在正定的形成與實踐. 求是,2018(3).

[19] 中央農村工作領導小組辦公室, 浙江省農業和農村工作辦公室. 習近平總書記"三農"思想在浙江的形成與實踐, 求是, 2018(5).

[20] 中國社會科學院中國特色社會主義理論体系研究中心. 深刻理解中國特色社會主義進入新的發展階段, 人民網, 2017-08-17.

[21] 劉偉, 習近平新時代中國特色社會主義經濟思想是歷史與思想, 理論與實踐的邏輯統一, 中國高校社會科學, 2018(2).

[22] 程爲民, 譚偉東, 何蘇鳴, 丁謹之, 金春華, 習近平總書記在浙江的探索與實踐: 永遠的征程. 浙江日報, 2017-10-13.

[23] 張燕, 應建勇, 裘一佼, 翁浩浩, 夏丹, 杜博, 習近平總書記在浙江的探索與實踐: 全面小康一个也不能少. 浙江日報, 2017-10-07.

[24] 蘭峰, 鄭昭, 林蔚, 單志强, 習近平總書記在福建的探索與實踐. 党建篇: 山海情怀赤子初心. 福建日報, 2017-07-13.

[25] 党的十九大報告學習輔導百問編寫組. 党的十九大報告學習輔導百問. 北京, 党建讀物出版社, 學習出版社, 2017.

[26] 鄧小平, 『鄧小平文選』, 人民出版社, 1994.

[27] 丁薛祥, 深化党和國家机构改革是推進國家治理体系和治理能力現代化的必然要求, 『人民日報』, 2018-03-12.

[28] 胡錦濤, 高擧中國特色社會主義偉大旗幟爲奪取全面建設小康社會新胜利而奮斗, 北京, 人民出版社,2007.

[29] 黃偉, 陳釗, 外資進入,供應鏈壓力与中國企業社會責任. 管理世界, 2015(2).

[30] 賈康, 蘇京春, 論供給側改革, 管理世界, 2016(3).

[31] 江澤民, 論"三个代表", 北京 中央文獻出版社, 2001.

[32] 李實, 当前中國的收入分配狀况, 學術界, 2018(3).

[33] 李雪松, 張雨迪, 孫博文, 區域一体化促進了經濟增長效率嗎? 一基于長江經濟帶的實証分析, 中國人口 資源与環境, 2017, 27(1).

[34] 劉偉. 堅持新發展理念建設中國特色社會主義現代化經濟体系. 中國高校社會科學, 2017(6).

[35] 劉偉. GDP与發展觀 — 從改革開放以來對GDP的認識看發展觀的變化. 經濟科學, 2018(2).

[36] 劉偉. 中國特色社會主義新時代与新發展理念. 前線, 2017(11).

[37] 劉志彪. 中國新一輪經濟改革方向与中心环節. 學習与探索, 2012(3).

[38] 馬本, 張莉, 鄭新業. 收入水平, 污染密度与公衆環境質量需求. 世界經濟, 2017, 40(9).

[39] 盛斌, 毛其淋. 貿易開放, 國內市場一体化与中國省際經濟增長: 1985—2008年. 世界經濟, 2011(11).

[40] 楊筱怀. 習近平: 我是如何跨入政界的. 中華儿女, 2000(7).

[41] 張建軍, 沈博. 改革開放40年中國經濟發展成就及其對世界的影響. 当代世界, 2018(5).

[42] 張杰, 周曉艷. 中國本土企業爲何不創新 —基于市場分割視角的一个解讀. 山西財經大學學報, 2011,33(6).

[43] 張卓元. 当前需要深入研究的十个重大經濟改革議題.中國特色社會主義研究. 2014(3).

[44] 鄭新業. 過去十年城鎮收入不平等持續惡化. 第一財經日報, 2012-01-30.

[45] 鄭新業, 張陽陽, 黃陽華. 供給側结构性改革与宏觀調控: 分工与互補. 中國人民大學學報, 2017, 31(5).

[46] 朱平芳, 張征宇, 姜國麟. FDI与环境規制: 基于地方分權視角的實証研究. 經濟研究, 2011(6).

[47] DAM,M M.(2015). Impact of R&D and innovation on economic growth: An empirical analysis for the BRICS-TM countries. International Social Sciences Conference in the Balkans Held on August 25 30 at Kaposvar-Hungary.

[48] DONOU-ADONSOU, F,LIM,S, & MATHEY,SA. (2016). Technological progress and economic growth in SubSaharan Africa: evidence from telecommunications Infrastructure. international Advances in Economic Research, 22 (1),1-11.

[49] LUCAS, R E(1988). On the mechanics of economic development. Journal of Monetary Economics, 22(1), 3–42.

[50] ROMER, P M(1987). Growth based on increasing returns due to specialization. The American Economic Review, 77(2), 56–62.

[51] ZHANG, L, and ZHENG, X(2009), Budget structure and pollution control: a cross-country analysis and implications for China. China&World Economy, 17(4), 88–103.

[52] ERDOGAN, A M.(2014). Foreign direct investment and environmental regulations: a survey. Journal of Economic Surveys, 28(5), 943–955.

[53] VETSIKAS, A,STAMBOULIS, Y, & MARKATOU, M (2017). Innovation and economic growth: an empirical investigation of European countries. Globalics International Conference.

[54] PECE, A M, SIMONA, OEO, & SALISTEANU, F(2015). Innovation and economic growth: an empirical analysis for CEE countries. Procedia Economics & Finance, 26, 461–467.

[55] KOGAN, L, PAPANIKOLAOU, D, SERU, A, & Stoffman, N(2017). Technological innovation, resource allocation, and growth. The Quarterly Journal of Economics, 132(2), 65–712.

[56] GULOGLU, B, & TEKIN, R B.(2012). A panel causality analysis of the relationship among research and development, innovation, and economic growth in high-income OECD countries. Eurasian Economic Review, 2(1), 32–47.

[57] CRESPI, G, & ZUNIGA, P(2011).Innovation and productivity: evidence from six Latin American countries. World Development, 40(2), 273–290.